川流复始

理查德·艾尔曼随笔

a long the riverrun

[美] 理查德·艾尔曼 著
陈以侃 译

Richard Ellmann

上海译文出版社

目 录

三

一

如果我们必须受苦，那就不妨在一个我们自己创造的世界里受苦，这对于英雄是自然而然不自知的，艺术家是故意为之，而所有人或多或少都会这样做。

——《无可比拟的叶芝》

颓废之用：王尔德、叶芝、乔伊斯

维多利亚时代的愁思用“颓废”这个概念透漏它的不安。在英 3
格兰最早见到这种用法是十九世纪五十年代，就好像帝国的延展必定伴随心灵的沦落。约翰·拉斯金和马修·阿诺德觉得这个词并不合适——拉斯金喜欢用“腐坏”（corruption）而阿诺德喜欢用“庸俗”（philistinism）和“野蛮”（barbarism）。但“颓废”似乎暗示着一日将尽，一季将尽，一世纪行将落幕，有种陌生的风味，慢慢让人觉得恰如其分。似乎为了证明时代选中了正确的单词，维多利亚时代国事和文事的一些最重要的守护者在这时纷纷罹病、死去，不仅实情如此，也很具象征意义。九十年代开启之时，他们中的大多数已经不在了。“林木衰落，林木衰落、倾颓。”[1]

---

[1] 丁尼生（Alfred Tennyson，1809—1892）《提托诺斯》（Tithonus）的首句。提托诺斯是希腊神话中的特洛伊王子，曙光女神厄俄斯爱上了他，求宙斯让他永生，却忘了让他永葆青春，于是提托诺斯就成了一个老朽又唠叨的人。这首诗是提托诺斯的独白，求厄俄斯收回魔法，让他能够死去。

颓废与腐坏、庸俗不同，就在于谈论颓废时，既可以忧心忡忡，也能享受其中。戈蒂耶那时在英法都是当红作家，1868 年给波德莱尔的《恶之花》作序，就宣称颓废的气质与当下的危机是相称的。他把颓废解读为文明成熟的极限。保尔·魏尔伦 1883 年的说法类似，“Je suis l’Empire à la fin de la décadence”[1]，其中的幸灾乐祸大过困窘。行将就木的文明是最好的文明。魏尔伦那首诗问世不过数月，于斯曼的小说《逆流》（*A Rebours*）出版了，“颓废”像是有了行动指南一般气势大增。书里那位颓废的贵族（能被称为颓废派基本都是男人，最好还是贵族；女颓废派他们准备了别的叫法）品位没有一样是普通的。他执着地追寻那些闻所未闻的愉悦，最后死于神经衰弱，但他的神经衰弱也是最浮华的那种。以颓废派的散文作品而论，这本书的影响最为深远，因为它塑造了一种新的人物——一个不断换新酒的品酒人，不断从某个花哨、玄奥的奇思妙想转移到下一个。《逆流》马上成了惠斯勒、王尔德、乔治·穆尔（George Moore）、阿瑟·西蒙斯（Arthur Symons）最爱的书。王尔德和穆尔都写过部分取材于《逆流》的作品，而王尔德的人生也多
4 少看得出这本书的影响。就拿一些圈子对绿色康乃馨的痴迷来说，很可能就源于德赛森特[2]一个奇特的想法，那就是人造花好过天然的花，而最好的则是看起来像人造的天然花。（伯灵顿拱廊街[3]的一

[1] 法语：我是一个正处在颓废末期的帝国。

[2] Des Esseintes，《逆流》的主人公。

[3] Burlington Arcade，伦敦历史悠久的高档购物街。

家花店每天会把白色的康乃馨涂成绿色。)《逆流》的可贵，在于它一面兜售着“颓废”，一面又在批评它。德赛森特为了找到新的刺激以自娱，不断发明繁复的计划，但计划受挫不仅在于它们本质上是徒劳的，也因为于斯曼的嬉笑和暗讽；而作者虽然对自己的主角从不漠然，也始终避免把德森赛特与他本人等同起来。

读者对《逆流》的郑重大过作者自己，而它也一度成了颓废派的《圣经》。颓废派拥趸的坚定程度，不亚于布尔乔亚阶层对它的抗拒。但他们也只在八十年代的巴黎兴盛了没几年。英国作家对“颓废”产生兴趣之时，它的光彩已经黯淡了，或者成了他们所谓的“腐坏的磷光”（这是对波德莱尔的误译）。[1] 在英格兰，没有人自称“颓废派”，但用来恭维别人时却是个雅致的头衔。魏尔伦那首诗的十年之后，阿瑟·西蒙斯在《哈珀杂志》（*Harper's*）发表一篇文章，题目是《文学中的颓废思潮》（The Decadent Movement in Literature）。他对“颓废”表达欢喜时就似乎话中有话，说它是“一种新的、有趣的、美的疾病”，但不出几年，他又承认颓废派思潮不过是“一个插曲，一个半开玩笑的插曲”。之后他被说服，把它称作一次象征主义而不是颓废派的思潮，而这样改换名目，十年前在巴黎就发生了。奥斯卡·王尔德八十年代末论及“颓废派”

---

[1] 波德莱尔在评论爱伦·坡时，形容他常将人物设在绿兮兮、紫兮兮的背景前，可以瞥见“la phosphorescence de la pourriture”，艾尔曼称“its phosphorescence of putrescence”是误译。或指语体色彩上，pourriture 译成 decay 即可，putrescence 过于冷臭、具体。

时，其中的嘲讽意味已经很显著了。他提到有个新的俱乐部，名为“疲惫的享乐主义者”，说他们“会在纽扣孔里别上凋谢的玫瑰”，还有“对图密善[1]有种接近邪教般的崇拜”。这个幻想出来的教派出现在他《谎言的衰落》中，这篇散文的标题就是对“颓废”的讽刺。

事实上，颓废主义在英格兰从来算不上是一场文学运动，但这并不影响大家纷纷站队。它是一道辩题，它也影响了文学的发展，它其实干了所有文学运动可以干的事情，除了成为一场文学运动。对“颓废派”口诛笔伐的人，提到这个词其中主要指的是孕育它的那个流派：唯美主义。而交战的阵地早在那个世纪早期就已经被两本书划出了；一本是戈蒂耶的《莫班小姐》（*Mademoiselle de Maupin*，1837），另一本是克尔恺郭尔的《非此即彼》（*Either / Or*，1843）。戈蒂耶拿出了一个双性恋的女主角，并在序言里唾弃道德、社会功用和把自然作为艺术的参照；艺术不论道德，是无用的、不自然的。克尔恺郭尔则挑战“审
5 美之人”，将他与“伦理之人”相对，剖析“审美之人”如何努力沉浸于一种心绪中，而这种心绪只能是他整个人的一小块碎片。他不敢深思，怕丢失那种心绪，也只能把生命自限在那个“心绪时刻”中。他会从一种刺激转向下一种刺激，很像佩特日

[1] Domitian（51—98），罗马皇帝，专横暴戾，后被他的妻子和廷臣谋杀。此处大致嘲讽这个流派的人穷尽了普通的乐趣，只能去喜欢罗马最残暴的君主之一。

后所歌颂的那样；克尔恺郭尔似乎在佩特写作之前就已经驳斥了佩特。

在那个世纪中，唯美派和反唯美派都在积聚声势。乔伊斯的《英雄史蒂芬》（*Stephen Hero*）里面，大学校长警告史蒂芬："唯美主义者往往开头很好，但下场最为悲惨可耻……"不过，用出唯美主义这个名称本身还不会遭到谴责。1868 年，佩特把前拉斐尔派归到"唯美主义运动"中去，是把它作为一项荣誉的。但这个运动的反对者有嘲讽作为武器。1881 年，吉尔伯特的歌剧《裴申思》（*Patience*）里塑造了一个审美家的形象，把这位叫做邦索恩（Bunthorne）的人物表现得阴柔而自恋。到目前为止，英语文学中还没有一个"颓废唯美派"的人物形象可以和于斯曼的德赛森特相提并论，但佩特在《逆流》问世两年之后出版了《伊壁鸠鲁的信徒马里乌斯》（*Marius the Epicurean*），就试图打造这样一个角色。马里乌斯也是一个品尝者，一个个新的癖好是一次次新的刺激，不断吸引着他；其中一种是新普兰尼学派[1]，佩特解释，他们会"时不时突破现实的道德边界，或许在那些放肆之中未尝没有感到兴奋和愉悦"。正如那个双重否定所表现的，佩特是个小心的

---

[1] Cyrenaicism，希腊道德哲学学派。活动中心在北非的普兰尼，同时也是该学派一些成员的出生地。一般认为苏格拉底的学生亚里斯提卜（约公元前 435—前 366）是该学派的创始人。这个学派认为：当前的快乐就是善的标准，美好的生活在于合理地应付环境以期达到享乐主义的目的。晚期普兰尼学派的伦理学说后来并入伊壁鸠鲁的学说。

人。而他的马里乌斯也很小心，你很难说他真正投身于普兰尼学派还是基督教；他希望能满怀激情地获取新的体验，但获取方式太过一本正经，就褪去了唯美主义那层对身心无益的意味。（对于真正的颓废唯美主义来说，博尔吉亚家族[1]那种百无禁忌之感还是必需的。）佩特把自己的故事放在了罗马，那是马可·奥勒利乌斯[2]治下的帝国，于是就留下了一个空缺，让后人能填上一个更现代的英国范例。而这正是王尔德在《道连·格雷的画像》中所要提供的，这部小说出版于《马里乌斯》四年之后，它们都可看做是当时同一系列的小说。

对于颓废唯美主义的攻击，有些是耳熟能详的，就是反对其中所谓的病态和做作、它的自恋、它过于铺张的技法和文采、它对于感官刺激之外的忽视、它的不自然和不正常。这样的批评大部分都可以轻松地反用在批评者身上。王尔德说过，如果要找腐坏，那一定可以在那些真挚的人、诚实的人、认真的人身上找到。尼采在《瞧！这个人》中宣告："诚然，我是个颓废的人，但我也是一个与颓废相反的人。"照他的想法，"道德本身"就是"颓废的一个症状"。它是对生命的报复，要"让人失去自我"（《瞧！这个人》）。
6 在《英雄史蒂芬》中，乔伊斯承认史蒂芬有时会表现出颓废，但又

[1] The Borgias，定居意大利的西班牙世袭贵族，在十五至十六世纪出过两个教皇和许多政治及宗教领袖；不少家庭成员以阴毒狠辣、私生活混乱闻名。

[2] Marcus Aurelius（121—180），罗马皇帝（161—180），新斯多葛派哲学的主要代表，宣扬禁欲主义和宿命论，《自省录》十二篇至今广为流传。

补充道：“在腐坏中，我们却只能看到生命的进程。”甲之颓废，乙之复兴。

马拉美在世纪将尽中看到“神殿颤动的帷幕”，就好像里面藏着什么无穷的揭示［《诗歌的危机》（Crise des vers）］。而叶芝在1896年写了一篇散文，题目是《肉身的秋日》（The Autumn of the Flesh），其中这一句很有九十年代的语调：“我的确在每个国家的艺术里都看到那种微弱的光线、微弱的色彩、微弱的轮廓和微弱的能量，很多人把这称为‘颓废’，但我相信艺术是躺着梦见未来，所以更愿意把它们称为‘肉身的秋日’。”最好的季节是秋季，一天中最好的时光自然是“凯尔特的黄昏”[1]，它也预告了一场胜利，也就是月光照亮的心魂将取代日光照亮的物质。王尔德没有那么神秘，给出的标志性的新人是一个“无为之人”，一种只在下午五点之后才现身的生物，以前总称这种人为“客厅蜥蜴”[2]。那个时期的维多利亚人正不可开交地在所有事上乱做一气，而在王尔德看来，大家应该认识到“完全不做任何事的重要性”。在这种好逸恶劳的掩护之下，王尔德想要改造社会；但如果谁非要把这种好逸恶劳称作颓废，自然也是由得他去说。

---

[1] 原文“Celtic twilight”，叶芝的故事集《凯尔特的薄暮》（*The Celtic Twilight*）是勾勒爱尔兰民族性的重要作品，后来这个词还可直接指代爱尔兰民间传说的浪漫基调。Twilight 本身可指晨曦和暮色，也可指黎明或黄昏，或引申指代一个人的暮年。

[2] The lounge lizard，指那些在聚会场合勾引富贵女子的男人（大致跟蜥蜴灵活、冰冷有关）。

关于“颓废”的论争引发了巨大的回响，但凡想描述九十年代都不可能错过这一点。C.E.M. 鲍拉（C. E. M. Bowra）在他的《回忆录》（*Memoirs*）中写到叶芝曾写信跟他说：“事实上，九十年代是一段非常奋进的时期，思想和激情都在挣脱传统的束缚。”因为作家那时被指摘是颓废的，所以他们都觉得有必要为自己辩护；而在辩护之中，他们就必须要重新思考艺术、语言、自然、人生、宗教、神话。王尔德是绝佳的例子。他在都柏林三一大学时就接受了唯美主义，八十年代早期，他去美国宣讲其中的信条，用的标题是“英国文艺复兴”。那个时候他还在两种唯美主义间摇摆。一种是从戈蒂耶那里延续而来的，惠斯勒支持的正是这种唯美主义：为了艺术的绝对无用和精英主义而歌颂艺术，不承认艺术与人生、自然之间有本质关系，若有也只是流于表面的关系；另一种认为艺术可以改造世界。王尔德在美国的确大部分时间都在宣扬美，但他同样竭力主张艺术的准则可以美化住宅和着装，也可以大体上美化人生。这就意味着艺术不是无用的，也不一定只属于精英。

王尔德对着美国人鼓吹了一整年的文艺复兴，回来之后去了巴黎，发现自己已“沉浸在颓废中”。他之前坚定地宣扬那种不能确指的美，在巴黎式的颓废前显得有些过时。回到英格兰不久，王
7 尔德就在一篇评论中表明，自己全然不接受“为艺术而艺术”。那个口号只是形容艺术家在创作当中的感受，根本与艺术的整体旨趣无关。到了八十年代末，王尔德在《谎言的衰落》中就为艺术提出

了这样一种普遍的旨趣。他把亚里士多德完全颠倒过来，说艺术并不模仿自然，是自然模仿艺术。这个似非而是的道理之前还没有人表达得如此精炼，虽然浪漫主义作家一定暗含了类似的想法。这句话事实上不是要像惠斯勒和戈蒂耶一样，把艺术从生活中抽离，而是重新把两者结合起来，不过其中的优先顺序已经换了。王尔德和浪漫主义之间的区别不在于判断艺术价值，而在于王尔德极为注重“人工”。“日落毫无疑问是美的，但或许它最主要的功用只在于展现诗人的一个句子。”王尔德的这句话是想暗示，艺术家不只是雪莱所谓的未经公认的立法者，他们也是让感知更敏锐的人。我们所知晓的自然是靠想象出来的说法所塑造的。不管如何剥除服饰，我们也永远做不到赤身裸体。大家会坠入爱河，是因为诗人给这种情绪说了那么多好话。他们跛行是因为拜伦跛行，他们讲究穿戴是因为博·布鲁梅尔（Beau[1] Brummell）讲究穿戴，王尔德这里想要说的是：大家不仅仅被写在纸上的艺术作品影响，也被那些生活中经历的艺术影响。

这种对艺术的看法完全不是精英主义的，它是民主的、不可回避的。惠斯勒鄙夷艺术评论家，而他的观点又主要来自于戈蒂耶的一句话：“尤利乌斯二世[2]治下没有艺术评论。”而王尔德决定要

[1] Beau 即是“穿戴时尚的花花公子”。

[2] 罗马教皇（1503—1513 在位），以复兴教皇国为首要任务。所有教皇中最重要的艺术赞助人，曾委托好友米开朗基罗制作摩西雕像和在西斯廷教堂作画，也曾委托拉斐尔在梵蒂冈作壁画。

对抗这种立场，他认为："希腊人当年整个国家都是艺术评论家。"对于文艺复兴时期的意大利人他自然也是一样的看法。因为某种表达要辨认出自己在文化中的先例，评论是方式之一。王尔德在他另一篇了不起的散文《作为批评家的艺术家》中解释道：如果没有评论，艺术就只会重复自己。所有出色的创造性艺术都是刻意为之的，而且很在意自己的产生过程，那么评论的作用就是颠覆刚刚创造出的作品，颠覆的方法是让它面对别人以前在别的地方创造了什么。评论的意识会调用起"整个民族的集中起来的体验"，而不再是单个艺术家一时之间凝固下来的想法。艺术是个伟大的颠覆者，但永远有这样的风险：艺术会忘记要去颠覆。评论让艺术不能忘记，让它不能沉沦于因循和整齐。这种颠覆的意象让王尔德把艺术家——和艺术家心中的那个评论家——在某种意义上视为罪犯。这样一个人会破坏秩序，他会在创造的同时破坏。艺术家面对世界，总要追寻它更饱满却尚未被接受的版本，于是他永远在突破束缚。

8 所以他实际上就要挑战一切被认为不可动摇、被立成雕像的东西，比如那些被普遍认可的美德。就像勒南（Renan）说的，贞洁这项美德，大自然并不如何看重，王尔德又说，艺术也相应地对它毫不在意。慈善制造出一种虚假的责任感，因为富人并无权获取他们的财富，就像穷人也不能使用自己的穷困一样。至于自我牺牲，王尔德说只有像我们这样彻底的世俗时代才会神话它，因为自我牺牲是野蛮人自伤身体的残余，也包含在古老的对痛苦的崇拜中。（在这个话题上，王尔德之后还有别的见解。）它所要求的那种冲动的收缩，那种狭隘，正是艺术所要克服的。王尔德审视——甚至可以说是审讯——每一个公认的美德。比如，他要对付“遇事不慌”，就用到了一则故事。在挤满观众的剧场里，突然从舞台侧方有烟冒出来。观众们惊慌失措，往出口奔逃。但一个男主演是个“遇事不慌”的人，他站到舞台前沿，大声呼喊：“先生们女士们，没有什么好担心的。这个小意外根本就不足为虑。真正会给你带来危险的是你心里的慌乱。现在你们的最佳选择就是回到你们的座位上。”观众们全都掉转身，坐回了自己的座位，而后……全被烧成焦炭。

所有的美德都要重新考察，实际上，一切都需要重新考察。有了评论的眼光，思考范围必然更为宏大——比如，你不但要想到基督教，也要想到希腊，想到罗马；而具备这种眼光的艺术家就担负着考察的义务。我们常提到艺术要有想象力，但其实我们指的就是一种目光，它能看见“整个民族的集中起来的体验”，从来不让新事物凝固下来。说得更大些，这种感知的变化带来一种新的体制——王尔德说它是“新希腊精神”，就如同他年轻时提到的“文艺复兴”。把它称为颓废或复苏重要吗？他认为不重要，只说“当那一天破晓，或日落变红”，就好像这两种说法用哪种并无所谓，只要我们明白世界将会变得不同。

王尔德那时虽然没有读过尼采，但两人看待世界的方式却很相似。他们取径不同，但都在打造一种新的人类，日后华莱士·史蒂文斯会把这种新人类称为“重大的人”（major man）。尼采有一套道德流变的繁复学说，称基督教废除了异教时期的美德，并用奴隶的道德感取而代之；这套说法王尔德并不认同，但他确实在身边到处见到虚伪，并假扮成严肃。他把“重大的人”想象成一个敢于“开垦死者之屋”[1]的艺术家；尼采会同意的。

王尔德让艺术家充当社会的先头部队，而不是随军杂役，也就暗示艺术家不但要选择当一个离经叛道之徒，他也只能如此。他
9 意识到自己在性向上的偏离正轨也让他更觉得这种观点有理有据。（之后像 D.H. 劳伦斯这样的作家也把自己的性欲和艺术诉求结合在一起。）王尔德时代还没有人用“同性恋”（homosexual）这个词，但这个词背后所代表的东西，也一样需要理由来证明它是正当的。在克里斯托弗·马洛之后，王尔德是第一位替同性恋公开辩护的英语作家。他的辩护方式之一，就是攻击同性恋的敌人——那些在道德上保守严苛的人。他九十年代的戏剧就在展示这一点，通过一部又一部的剧作，他告诉你，道德问题太复杂了，用清教徒式的律令是解决不了的。除了在法庭上明确地为同性恋辩护，他其他时候都是暗示；这一代能高高兴兴在柜子外生活的人，有时候会怪他没有更公开、更有说服力地成为社会的受害者。（借用奥登的词，就是

---

[1] 引自奥登的诗《先生，无人为敌》（Sir, No Man's Enemy），也被称为《吁请》（Petition），主要写现代社会压抑性冲动，也就是压抑人性。此句是乞求爱神要在死气沉沉的世间播下种子。

他可以成为第一位“homintern[1]烈士”)。在我看来，是王尔德感觉到让他找几个位置多开几扇窗会更有效，而不是用成为烈士的办法掀掉屋顶。考虑到他所生活的那个时代——那个如狼似虎的可怕时代，谁又能说他的感觉是错的？在王尔德眼里，他是个反叛者，而不是传道士。同性恋不是一场运动，而是一种让自得自满者尴尬的方式。在1889年至1892年的三部作品中，王尔德就这样让沾沾自喜的异性恋大感骇然。

第一个作品是《W.H. 先生的肖像》(*The Portrait of Mr W. H.*)，其中演绎了这样一个想法：莎士比亚是同性恋，他那些十四行诗是写给他“如梦似幻的恋人”W.H. 先生的。王尔德其实并不认可这套说法，但并不影响他散播这种揣测。要把这个禁忌话题带入文学，王尔德用重建莎士比亚的人物形象开启了这场运动。下一站是《道连·格雷的画像》。道连不仅拥护颓废，而且他除了身体，一切都在腐坏，而除了书的结尾，他的腐坏都被移到了他的肖像上。他听从内心冲动，不分男女地毁掉别人，只能说这两种情爱只在一个共通之处是真诚的，那就是它们都是被玷污了的爱。就像在《逆流》中一样，两种形态的爱都被描绘成是腐坏的；要这么说的话，《荒原》作为后一时代的颓废，也是如此。王尔德并没有把同性恋写得欢欣鼓舞，其实普鲁斯特也没有；这种偏离正轨对两位作家来

---

[1] 二十世纪中期开始被私下使用的词，将“同性恋”(Homosexual)和“共产国际”(Comintern)拼接起来，大致是指有巨大权力的隐秘的同性恋组织。

说，都只能在不幸福的文字中表述。但在一个假装它不存在的社会里，仅仅提起它就是勇敢的，而后事也证明，王尔德的勇敢简直是莽撞。《道连 · 格雷的画像》也是对审美家那一类人的批评，他们品尝罪恶，又后悔这样做。道连没有艺术的动机，只懂得那些故作艺术的机制。他其实没有解放自己，而是奴役了自己；只是他如此俊美，我们几乎要原谅他。

在《莎乐美》中，那个青年男侍从爱着叙利亚士兵，但这只是剧作暗示的情欲关系之一。那个叙利亚人跟希律一样，爱着莎乐美，莎乐美爱着施洗者约翰，施洗者约翰爱着耶稣。所有的情爱似乎都偏离正轨，没有一种偏离高过其他的偏离；而每种偏离又都招来悲惨的后果。王尔德对《圣经》故事的改进，就在于他让犹客南[1]的愤恨跟莎乐美的爱一样歇斯底里，所以读者虽然担心他被砍头，也同样不愿莎乐美被遏制。一开始王尔德是想让他们俩都砍头的，似乎就为了彰显两人的对应。在别的地方，王尔德还说戒绝跟放纵无度一样，都要遭到惩罚；贞洁和淫荡都是偏颇的。马里奥·普拉兹[2]觉得《莎乐美》展现了 femme fatale[3] 能如何残忍，但这部剧作似乎更展现了激情的不可控制。虽然普拉兹声称这部剧全是抄袭，却无法理解为何这个版本的生命力比其他版本更强，其实道

---

[1] Iokannan，王尔德在最初法语版中给施洗者约翰起的名字。

[2] Mario Praz（1896—1982），生于意大利，英语文学批评家，最有名的作品《浪漫的苦痛》（*Romantic Agony*）分析浪漫派中的恐怖和欲望。

[3] 法语，英文中常见，本意“致命女人”，一般指引诱男人堕落的妖冶女人。

理很简单——只有王尔德的《莎乐美》既写莎乐美也写圣约翰，这样构成了完整的故事，而且是用一种强烈、新鲜的态度写的。

通过这些作品，王尔德拓展了文学的范围：他让人感到，艺术要重造世界，可以做的一件事就是以批评的姿态处理道德禁忌。就像赫伯特·马尔库塞说的，艺术砸碎日常经验，预示一种不同的现实准则。十几二十位法国作家花了十几年尝试的事情，王尔德几乎靠一己之力在英语文学中完成了。对他的回应是立竿见影的。王尔德受审那年，A.E. 豪斯曼有勇气写出了《什罗普郡少年》，里面对男孩的兴趣掩饰极为单薄；后来王尔德出狱时，豪斯曼把这本书寄给了他。受审第二年，罗达·布劳顿（Rhoda Broughton）虽然不喜欢王尔德，但对风气变化感受敏锐，写出了第一部英语的女同性恋小说《福斯蒂娜》（*Faustina*）。虽然王尔德失去自由，但他为艺术争得的自由甚至亨利·詹姆斯的一系列作品都因此受益。若只和此处话题相关，或许其中最重要的就是《螺丝在拧紧》（1897）。詹姆斯在故事中暗示那个小男孩和男仆、小女孩和女家庭教师，会两两结伴，久游不归，而且那个男孩被学校开除是因为某种难以启齿的恶行，被形容为“悖逆天性”，腐坏同学。当然这一恶行从来没有具体指明。詹姆斯跟随的是王尔德的榜样，用成人对孩童的腐蚀来展示同性恋，虽然故意欲言又止，但他们都触及了这层禁忌；詹姆斯和王尔德一样，把同性恋和行为不端联系起来，虽然他自己心里也有一样的冲动。所以说，写同性恋行为或性爱的其他形式，这种禁忌在英格兰被打破，主要归功于王尔德，功劳既包括他的书，也包括他在法庭中的陈词。现代文学努力的核心，就是要我们睁开双眼。

11 王尔德只在他的一个作品中试图阐明那个文艺复兴会是什么样子，那就是《在社会主义治下人的灵魂》。到时，艺术大获全胜，所有人会自由成长，新希腊主义出现，但又全然消除了标志着旧希腊主义的奴隶制度，没有人需要再替穷人担忧，因为没有了穷人；没有人会再为财产拼斗，因为没有了财产；也没有人会结婚，因为婚姻只不过是财产的延伸，它就被废除了。写给道德拉斯的那封信名为《自深深处》，王尔德在信中用柔和的词句，想象耶稣让文艺复兴成为现实；这时他终于信奉了耶稣，但只把他当成一个最高的审美家。而耶稣带来文艺复兴是靠大家都把他当成楷模——耶稣是通过自己的想象力创造了自己，然后把想象作为所有精神和物质生活的根基。再没有律责，只有例外。原罪和苦难对他来说是完美的两种形式。于是王尔德终于找到了安放苦难的位置，也就是通过苦难重新构筑如何生存。

叶芝在很多方面可以算是王尔德的门徒。他十八岁的时候在都柏林听过王尔德的一场演讲，二十二岁的时候在威廉·欧内斯特·汉雷（William Ernest Henley）的家中遇见了王尔德。佩特那本关于“文艺复兴”的作品，王尔德有句褒扬广为流传，就是在那个场合说的——“那是我的黄金之书。我不管去哪里都要带着这本书，不过这是颓废凋谢前的绽放，这本书写完那一刻，就该听到最后的号声[1]。”“可是，”有人插话道，“你都不给我们时间读这本书了吗？”“啊，不用的，”王尔德说，“之后还有很多时间，在两个世界都是如此。”王尔德赞扬了佩特的颓废，但同时又暗示佩特的读者下地狱的概率未必小于上天堂。他认识到佩特在道德上的模棱两可。

但王尔德和叶芝之间的联系，最初阶段的关键时刻发生在 1988 年的圣诞，那时叶芝二十三岁，被邀请到王尔德家共用晚餐。在泰特街（Tite Street）16 号叶芝见到了非比寻常的装潢——客厅和餐厅全是白色，不仅墙是白的，家具和地毯也是，唯一的例外是从屋顶吊下的灯，灯罩是红的。灯光笼着一个陶土的人形雕塑，立在白色圆桌中心的一块菱形桌布上。餐后王尔德拿出《谎言的衰落》校样，读给叶芝听。听到这篇文章，叶芝大为震动。他本就很愿意相信谎言胜过真相，之前就写过《快乐牧羊人之歌》（The Song of the Happy Shepherd）：

阿卡狄亚[2]的林木已死 12
结束了它们古旧的欢趣
世界往日以梦充饥
灰色真相此刻成了她上色的玩具。

---

[1] The last trumpet，最后审判日的号声，死者复苏、升天。

[2] 原文 Arcady，即 Arcadia，原为古希腊的一个山区，山民过着田园牧歌式的淳朴生活，后常用来指代世外桃源。

在他的对话诗 Ego Dominus Tuus[1] 中，更为有力地表述了类似想法。最先出场的两个人，西克为真诚、真实辩护，这样人才能做真正的自己，而以勒为面具和表象辩护，这样人才能不受限于那个本来的自我。当然赢的是以勒。在他编辑的布莱克诗选中，叶芝受唯美主义启发，重新定义真理——“最完整个人的戏剧化表达”。佩特和王尔德会认可这种说法。

《谎言的衰落》有很大一部分在讨论，我们形成对世界的认知时，表象是很重要的。比如王尔德强调，“整个日本都是纯粹虚构出来的。世上没有这样一个国家，没有这样一个民族”。是艺术家们拼凑出来的假象，给了它一个名字叫“日本”。叶芝也对拜占庭干了类似的事情，在他的诗歌中，拜占庭也成了纯粹虚构的地点。它跟真实历史中的君士坦丁堡毫无相似之处，而是一个那里的艺术家想象出的城市，是一个老爱尔兰人为了给自己的时代解毒，虚构出的一个华美的“不妨如此”。叶芝在这个主题上写的第一首诗，诗中的那个城市似乎还有些凝滞；写第二首的时候，它就添了一种活力，跟王尔德一样，叶芝也把这种活力视为艺术避免重复自我的关键。

虽然叶芝在九十年代对颓废文学嗤之以鼻，但他有很多诗写的正是当代世界的颓废。他在《复临》（The Second Coming）中写：

---

[1] 拉丁语：我是你的主，或译作，我是你的主人；取自但丁的《新生》（*La Vita Nuova*）。后文所说的两个人物名字西克（Hic）和以勒（Ille），是拉丁语中的“这个人”“那个人”。

“万事分崩离析，中心无法维系，/只有无序在世间扩散。”不过，在那个“为了降生朝伯利恒慵懒前行”的粗蛮野兽身上，他至少发现颓废可以引发半真不假的复兴，这点是让他满意的。叶芝的诗歌中全是对世间颓废感到的悲苦：

虽然伟大的歌谣一去不返，
此刻仍有至纯的快乐：
潮水离岸，
海滩上卵石的唱和。

爱德华七世即位时，他写道：

我片刻间忘记了
连根而起的塔拉山[1]，王座上
新的凡庸，街头的呼喊，
还有一根根柱子上垂下的纸花。

但他反感的不只是英格兰的颓废，他对爱尔兰的颓废态度也是一样 13
的，像“浪漫爱尔兰已经消亡，/它和奥列里[2]相伴在地下”，或者更宽泛一些：“很多巧妙又可爱的东西都没有了”。但他从来没有丧

[1] Tara，爱尔兰神话中众神聚居之地，据说也是古代爱尔兰君王加冕与统治的地点。
[2] John O’Leary（1830—1907），爱尔兰民族运动的领袖之一，深深影响了年轻的叶芝。

失希望，复兴似乎永远即将来临。《1916 年复活节》（Easter 1916）宣称“一种可怕的美已诞生”，而这首诗就是要说在悲壮的失败中，爱尔兰获得了英勇的重生。这巨大的牺牲是真正的“复活”，诗人最先意识到了。

维多利亚时代推崇的某些事，被认为是健康的迹象，但叶芝跟王尔德一样，认为那都是颓废。他语带讥讽地谈起“那些我们称之为进步的颓废”。维多利亚时代的诗人让道德和宗教把艺术变得极不纯粹，比如“真诚原则”就是一个例子。而维多利亚时期的道德观尤其值得挞伐。所以叶芝会在《灵视》（*A Vision*，1925）里说：“永恒的道德进步，让一种颓废降临在人群中，就像纽约或巴黎的一些妇人为了舍弃形象而丢掉脂粉盒。”甚至在早期作品中他已经强调，幻想和一时兴起都需要自由，但它们不管是与善或者恶联系在一起，都会马上丢掉这种自由。王尔德有时会远远指向一种“更高的伦理”，就是要完全修改道德标准，而叶芝则试图用美学的理念，重新定义善与恶。在《灵视》中，他说在将来，善就是“一个人可以想象一件别人完全不用去做，但他自己永远会去做的事”。他很多首诗都建立在这样的定义上，比如那首赞许“狂野坏老头”的诗[1]，或者反对主教、赞扬“疯婆子简”的那首[2]，要么拒绝僵死的

---

[1] 指《狂野的坏老头》（The Wild Old Wicked Man）。诗中一个老头跟虔诚的女子聊天，女子说自己把爱献给上帝，老头说他选择肉身的愉悦。

[2] 指《疯狂的简与主教聊天》（Crazy Jane Talks with the Bishop），诗中一个年长的女子拒绝了主教的天堂，说现实中没有污秽（肉欲）就没有美好。

人格、呼吁鲜活的个性，要么支持笑声、反对肃穆。因为他也和王尔德一样，明白“真挚”无关紧要到可怕——甚至是危险的[1]。艺术家和情人是同一阵营的，因为他们都想要一种更为活跃敏锐的意识。但另一方面，叶芝在《布尔本山下》（Under Ben Bulben）痛斥当下：

鄙夷此时成长的那一类，
从头到脚形状无规，
他们没有记忆的头与心
是低劣床铺造出的低劣产品，

可就像不是所有床铺都是低劣的（或者说没有床铺该被称作低劣），他要求爱尔兰的“诗人”战胜这种颓废。正是要靠诗人引发这场想象力的复兴，拯救“这正在衰落和瓦解的污浊世界”：

……高瘦笨拙的族系长成俊伟，伟大的族系渐渐枯竭，
祖先的珍珠全丢进猪圈，
英雄的回忆被小丑和无赖嘲笑。

（《青铜头像》）

---

[1] *The Importance of Being Earnest* 或许是王尔德最重要的剧作，剧名可以直译为“真挚 / 诚恳 / 认真的重要性”，其实是反语，剧中人物（包括一位假装自己不叫 Ernest 的 Ernest 先生）都有游戏人生的一面，但最后皆大欢喜。

14 就像王尔德一样，叶芝强调艺术并不只以自身为目的，它可以重塑我们生活的世界。所谓的文艺复兴一直都在酝酿之中。有时候它在伟大人物的事迹中，有时在激荡的情爱中，有时在诗人的意象中，而时常阻塞的语言有时会突然起舞，它就会出现在那舞蹈中。

至此，我们意识到每首叶芝的诗都很可能从颓废开始，以复兴收尾。那种衰败可能是外在的，比如《塔堡》（The Tower）和《驶向拜占庭》，也可以是文化的，比如《一九一九》。当然其中有很多式样，有的重点在于展现表面的颓废不是真颓废，比如《再无第二个特洛伊》（No Second Troy），有的，比如《冷天堂》（The Cold Heaven），颓废会延续到死后的世界，结果天堂就是地狱。但大体上叶芝的诗呈现颓废是为了战胜它。头脑和一些颓废的事实、想法、意象争斗一番，然后把它们挡到一边，更青睐耀眼的恢复、迷你的复兴。叶芝在探讨整个文明的时候也一样，就如同它们也会周期性地被艺术从颓废中拯救。这种观点在《螺旋》（The Gyres）中表述得最为有力：

> 行为和工作变得粗糙，心灵也如此，
> 有什么关系？那些“石面”[1]珍视的
> 爱马和女子的人，会从
> 破损坟冢的大理石中，

[1] Rocky Face，关于这个词的指涉，见本书《在叶芝家》第 425 页至第 426 页。

或鸡貂和猫头鹰之间的黑暗中，
或任何丰富、黑暗的虚无中，挖掘出
高贵、神圣的工匠，一切又会
在那不合时宜的螺旋上运转起来。

爱马和女子的人——叶芝本可以直接说“艺术家”，但他不想完全摆出审美家的派头，避开了这个称号。和王尔德的时代相比，“艺术家”这个头衔已经没有那么荣耀了，但要从大理石和空气中召唤出生命中最好的那部分，这些诗句中暗示的正是艺术家的作用。

在王尔德和叶芝的笔下，“颓废”成了一个攻击敌方的用词。接受那个贪婪的、麻木的、没有想象力的世界，同时接受它的道德、真诚和严肃，这样的人被称为“颓废者”。就像布莱克也会说：这样的世界只是对现实的扭曲。王尔德可以在自己的时代里更直接地歌颂艺术，而叶芝的时代更为反讽，已经不大可能这样做了。虽然叶芝和王尔德一样深信艺术可以拯救人类的头脑，但周围其他人都在那么坚决地贬低这个功能，他表扬起来也不得不小心一些。如果说叶芝偶尔会慎重，乔伊斯更是如此。到了乔伊斯的时代，需要 15
的是静默、放逐和狡猾。虽然他自己不会这样说，但乔伊斯也在同一个传统中。

他很少像王尔德和叶芝那样从整体上谈颓废或复兴。“唯美”这个词，他用来指代一套哲学理论，而不是一个拍拍艺术后背、表示鼓励的形容。他在称叶芝为审美家的时候，甚至是带着贬义的，意思是叶芝太虚渺出尘，所以才飘来飘去。乔伊斯希望自己的复兴更贴近尘世。一开始，他要点出爱尔兰生活中的那种荒原特质。《青年艺术家的画像》中迪达勒斯先生会在圣诞聚餐中提到“一个充斥着教士的被上帝遗弃的民族”。在乔伊斯第一个发表的作品《暴民之日》[1]中，他把爱尔兰人称为“全欧洲最迟到的民族”。《画像》后面，史蒂芬·迪达勒斯会说爱尔兰是“吃自己小猪仔的老母猪”。乔伊斯写的小说仰仗于细致的观察，他对虚伪的攻击比王尔德和叶芝更为具体——他展现同胞假装虔诚、良善，实则利用宗教和道德，残忍地压迫、限制个人生命。《都柏林人》是他第一份对爱尔兰的控诉，控诉的是它的呆滞、压抑和腐坏。

但《都柏林人》不只安于对颓废的描绘；通过暗含其中的对立，它指出了国家缺乏的是什么。即使是在描绘国民的堕落时，乔伊斯还是引入了三种或可以用来纾解的元素。第一种是往往潜藏的不言明的同情，同情那些被遏制的生命；第二种是作者显然对都柏林的幽默兴致盎然。如果乔伊斯只是一味痛斥，那幽默就始终和主题无关。但幽默不是无关的，它暗示污秽也可以好笑，就

---

[1] The Day of the Rabblement，乔伊斯十九岁在都柏林大学学院，有学生联名抗议叶芝的剧作《凯瑟琳女伯爵》(*The Countess Cathleen*)，乔伊斯拒绝签名，认为艺术有绝对的自由，不能接受任何形式的审查；校报拒绝发表，他就和另一位学生共同出版了一个小册子，名为《两篇散文》(*Two Essays*)。

好像我们可以借此离恶心和憎恶稍稍远一些，但因为笑的肌肉一次次被搔中，又无法彻底抽身。通过幽默，我们认清与他人的相似。第三种是克制、严苛的行文和突然喷发的诗意。就如同乔伊斯虽然宣称一切都是混沌，但宣称时用的是英雄偶句诗[1]。一旦精神上最贫瘠的状况都描写得如此娴熟、如此克制、如此优美，那么文字的风格本身就提供了丢失的节奏、错过的感情和缺席的结构。时代在哭泣，而行文的节奏在微笑。于是，虽然希望破灭，事业无望，爱总是一厢情愿或被误解扭曲，但同情、幽默和诗意反复提醒我们，生命未必就一定会如此不完整。《都柏林人》的最后一个故事《死者》中，主人公被迫承认，在闭塞和原始中也可以有激情；我们知道，乔伊斯这样写和主题并不矛盾。国家或许颓废，但仍值得拯救。

描述颓废是举例，而不是归纳、概括，描述复兴也是一样。但 16
乔伊斯确实说过希望复兴能够到来，虽然说的次数少之又少，语言也没有那么恢宏。第一次是在他半自传的叙事散文中，题为《艺术家的画像》(A Portrait of the Artist)，和之后那本书并不是同一个作品。文章结尾，他说因为有艺术家，必定会有这样的未来：

> 有万千生命尚未在子宫中孕育，但自然会从那里来到世间，他会对这些人留下这样的话：未来的国家就从你们这些男

[1] Heroic couplet，互相押韵的各含有五个抑扬音步的两行诗，多用于史诗。

男女女中来，是构成你们的材质在辛勤劳作中放射出的闪电；自由竞争法则被用来揭示它自身的不足，贵族被取代，而在一个疯狂社会的普遍瘫痪中，联合的意志会引发行动。

之后的那部小说《青年艺术家的画像》用的方法跟《都柏林人》不同：对颓废的描述不再通过诸多的视角，而完全只在那个青涩艺术家成长的意识中。对颓废的批判大致是相同的，但因为关注点不同，所以看上去也不一样了。史蒂芬能否成为一个艺术家决定了他的未来，但同时也能决定爱尔兰的未来。当他想到自己颓废的同胞时，会问自己："他要如何击中他们的良心，如果在这个国家的少女和情郎孕育后代之前渗入她们的想象，让她们的下一代不至于更为卑劣。"书的末尾，史蒂芬宣布，他将第一万一千次出发，"去碰撞现实体验，在我灵魂的熔炉里铸就我们种族还未被创造的良心"。乔伊斯已经把良心从教堂里偷出，交给了艺术。他想要强调，他的艺术是和现实合作的艺术。他的现实不是左拉式的现实，那是以身体的名义扭曲了现实；也不是神秘的变形，那是以灵魂的名义扭曲了现实。他指的是通过艺术带来这场伟大的变革。就像1912年8月22日给妻子的信中，乔伊斯说："在这个可悲民族的灵魂中，我们这个时代或许有几位作家正在创造一颗良心，而我在那几位作家之中。"

乔伊斯之前读了王尔德，把后者视为文学的英雄，社会的受害者；他让巴克·穆利根（Buck Mulligan）嘲笑王尔德的"新希腊主

义”，但穆利根嘲笑的东西正是乔伊斯自己想要认真对待的。《尤利
西斯》用了希腊书名正是要散播某种新的希腊思想和风格，尽管乔
伊斯自己不会用“新希腊主义”之类的口号。因为《尤利西斯》要
做的事情很多——乔伊斯一度担心他在这部小说里要完成的事情是
不是太多了——所以这个根本的创作冲动慢慢消散了。但乔伊斯就
跟《英雄史蒂芬》的史蒂芬一样，把艺术视作生命力的核心所在。 17
当他说到良心的时候，和那时普遍认知的良心是不同的——乔伊斯
所谓的良心更接近王尔德“更高伦理”的论调，更接近希腊精神，
而不是基督教。这种良心一直在为自己寻求更多的自由，也就是为
艺术家和它的欣赏者寻求更多自由。

《尤利西斯》的读者花了无尽的心思，琢磨这些主角是否重获新生。但他们无需新的生命。面对世界的各种力量时，他们的良心都逐渐表明自己是可以效仿的对象，不管从行动和思想上考量都是如此。在“喀耳刻”那个章节中，他们抵抗住了最后几次要慑服他们的尝试。他们正是那个比同胞更不卑劣的种族，艺术家为他们铸造了良心。史蒂芬是新时代和新良心说“不”的那一面——面对想要制服他心灵和身体的力量，他指着自己的头，引用布莱克：“但在这里我必须杀死神父和国王。”而布鲁姆是新时代和新良心说“是”的那一面：他支持“暴力、仇恨、历史那类东西的反面”，说这才是真正的生命——在被追问的时候说：“是爱……我指的就是仇恨的反面。”小说需要莫莉·布鲁姆来完成整个图景，把他们的离散提升为诗意，或许可以说，莫莉比布鲁姆和史蒂芬更接近自然，通

过她对两个男人总体上的认同，显示自然对艺术看重的东西——敏感、分辨、同情、理解和情绪的强度——不是无动于衷的。虽然她被形容为“偏重肉欲”，但她并不比哈姆雷特更在意肉身的体验；对她来说，头脑也会影响一切。她头脑中的主旨是恨恨地承认，丈夫懂得她的风趣、音乐才华和本性，是一个比布莱泽斯·博伊朗[1]更好的男人。她会说：“我明白他理解女人是什么，也能体会到女人是怎么回事。”珀涅罗珀认出尤利西斯，不是因为伤疤，而是因为他的想象力。所有三个人物都从虚伪的追求超脱和空洞的沉迷物质中解放了自己。读关于他们的文字，读者也会生出新的良心。乔伊斯就像王尔德和叶芝一样，有第五部福音书，有自己的构想，有新的“圣经”。如果能正确理解《尤利西斯》，阅读这本小说是一种摆脱束缚的方式。在阅读自由的时候，读者会获得自由。

所以，颓废对于王尔德、叶芝和乔伊斯来说，各有各的用途，他们都把颓废作为一个中心，用它来组织自己的写作。他们三人都用不同的方式营造出颓废的一种反面，把自己这样的艺术家任命为信使，预告一个“不合时宜”的时代。他们不是“颓废者”，而是“反颓废者”。或者我们可以说，他们都穿过颓废，在另一头现身。

1983

[1] Blazes Boylan，和布鲁姆妻子莫莉一起唱歌的人，布鲁姆知道那天下午博伊朗会跟莫莉偷情。

无可比拟的叶芝

当我们想到叶芝集中心神、体会静默的时候，或者用他的话， 18
“像长腿的苍蝇停在水流之上”的时候，我们确实会犹豫，是不是不该装备着我们的新式火枪——我们那些导读和评论、那些意象和原型——吵吵嚷嚷地冲进去，把枪筒对准那高贵的猎物。我意识到有这样的危险，是欧洲大陆一位百科全书的编辑邀请我写叶芝的条目。他担心美国人想法太出格，给了十分详尽的指示，倒是情有可原。我一定要记得写叶芝是个晚期“前拉斐尔派”，是“韵客俱乐部”[1]和“萨伏依团体”[2]的成员，他属于马拉美那一派的象

[1] Rhymers' Club，1890 年由叶芝和欧内斯特·里斯（Ernest Rhys）创立的俱乐部，成员多为在伦敦活动的男诗人。

[2] The *Savoy* group，指围绕在《萨伏依》杂志周围的一群人。这本杂志是由莱纳德·斯密泽斯（Leonard Smithers）、阿瑟·西蒙斯和奥伯利·比亚兹莱（Aubrey Beardsley）创办的，为的是在王尔德入狱之后延续类似的文学和艺术风格。比亚兹莱选这个名字是因为读者想到这家新酒店会联想到“奢华”和“现代”。

征主义者，是复兴威廉·布莱克的领袖，还是凯尔特文艺复兴的参与者。我需要指明，他是奥斯卡·王尔德的朋友、勃拉瓦茨基夫人[1]的朋友、格雷戈里夫人（Lady Gregory）的朋友、魔法师麦克格雷格·马瑟斯[2]的朋友、埃兹拉·庞德的朋友。我应该展示其他门类的艺术对叶芝的影响。这些规定颇让人畏惧，而在我奋力遵循它们的时候，越来越觉得不对劲。叶芝真的是所有运动都有份的人吗[3]？他真的在过往中到处流连吗？他真的是“某某某的朋友”吗？主编给我的这份如此细致的功课之所以顺理成章，是因为对叶芝已有一套众所周知的评论，而他虽然是德国人，我隐隐觉得这套评论得以确立，大概我也难辞其咎。但我也不会只陈列我自己的罪状。现在叶芝不管在哪里都面临一种危险，就是被文学史这条巨大的鲸鱼吞下；我们必须尽我们所能，不让他掉进那个全都混作一团的鱼肚子。

对于那些开路的先驱，如果你告诉他们，看上去新的东西其实是老的，每向前一步其实是后退，他们听了一定不好受，而叶芝本来就看不惯我们这些编辑、做注的人，年轻人在床上辗转反侧，被

---

[1] Madame Blavatsky（1831—1891），神秘主义者、作家，曾在亚、欧和美国等很多地方活动；参与创立神智学会（Theosophical Society），为这个学会主编过杂志。

[2] MacGregor Mathers（1854—1918），英国神秘学者，神秘组织“金色黎明”协会的创始人。

[3] 原文 jack-of-all-movement，戏仿英文表达 jack-of-all-trades，即什么都能干，但杂而不精的人。

爱折磨出的诗句[1]，全被我们糟蹋了。不过，我们也不用就此抛弃编
辑和评注；叶芝在别的地方也曾安抚过我们，说“学生灯光照亮的
地方，真理飞扬”。但现在读关于叶芝的文献，会让人觉得寻找出
处和比照已经大大过了头，有种倾向愈演愈烈，就是把他那些创新
到让人叹为观止的诗歌，变成了一份别人作品的摘要。当然，这 19
份摘要还是天才横溢的，但依旧只是摘要。有时候这份摘要里还有
别人画的画，刻的雕塑。比如，好几年前，G.D.P. 奥尔特（G.D.P.
Allt）和 T.R. 赫恩（T.R. Henn）提出，叶芝的《丽达与天鹅》从
米开朗基罗同主题的一幅画作演变而来，可能也借鉴了同一位画
家一幅关于朱庇特和伽倪墨得斯[2]的素描。之后乔治·梅尔奇奥里
（Giorgio Melchiori）在一本重要的书中依据这些线索推进，米开朗
基罗那幅《丽达与天鹅》早已散佚，他拿出了三幅复制品，那幅素
描的复制品，还有另两幅“丽达与天鹅”，一幅是达·芬奇的追随
者画的，一幅是古斯塔夫·莫罗画的，再加一件关于这个主题的希
腊时代的雕塑。总共给出了七件作品。但研究了这些艺术作品之
后，我们只觉得叶芝做的事跟它们全都不同；不仅仅是他的画面在
细节上跟那些作品有出入（它们之中没有鸟喙叼住丽达的脖子后

[1] 此句借用了叶芝《学者》（The Scholars）中的说法；这首诗讲的就是老学究没有真实的人生体验，自以为高明地阐释、注解年轻人在情爱的绝望中发出的诗句。

[2] Ganymede，或译作该尼墨德斯，希腊传说中特洛伊国王特洛斯的儿子，极为俊美，这个版本中是朱庇特变身为老鹰，把他掳走做侍酒童子。英文中 catamite（娈童）一词就是从这个神话人物而来。

方），关键在于思考的分量有差别。

在米开朗基罗的作品中，表现的是人神结合时那种优雅的和谐，在基督教正统观念的压力下，里面看不到对这种结合的讽刺。叶芝想做的完全不同，他上来就表达得很明白：

> 遽然的攻击，宏伟的翅膀依然拍打在
> 慌乱的女孩上方……

在叶芝看来，这个结合的重点就在于它不是温柔或轻松的；天鹅虽然满是神的力量和知识，依然只是空中的“蛮血”（brute blood）。这其中的不适被米开朗基罗掩饰过去了，但叶芝突出这种不适。在描绘这次袭击的时候，以及在描绘拍打的巨大翅膀、怪异的黑暗脚蹼和无助的丽达的时候，字词间抓住了那种悬殊感，那种震惊、强暴之感。她只感到晕眩，是被制服而不是诱骗的，而一旦性的危机过去，这位天神就让她从自己冷漠的喙边坠落。我并非想说叶芝是自然主义者，而米开朗基罗是理想主义者；这样的划分实在太简便了。叶芝所做的其实更像是让两种态度交融，像是一眼看到叠加的两幅图景，这也是为什么叶芝的诗是现代的艺术，而米开朗基罗的画不是。梅尔奇奥里很聪明地展现给我们，叶芝非常欣赏米开朗基罗本人，但不管他多喜欢米开朗基罗，他的艺术都和文艺复兴不属于同一派别。

关于《丽达与天鹅》的形象源头，查尔斯·马奇（Charles Madge）在《泰晤士报文学增刊》里登出过一件希腊浮雕，让此话题更为显眼。这个浮雕叶芝很可能在大英博物馆里看到过，比赫恩和梅尔奇奥里的例子更有说服力；浮雕上的细节和诗歌第一部分都 20
是吻合的，确切到不大可能是巧合。只剩下这个问题：它证明了什么？梅尔奇奥里写信给编辑，承认这新的图例比他的更贴切，但又宣称他的理论再次被证实：视觉画面对叶芝是“优先的”。但它证实了吗？“优先”已经成了一个带着轻蔑意味的词，而且并不容易断定。叶芝在大英博物馆见到那个浮雕之前，想必已经在书里知道丽达是谁了吧？要断定诗人在哪个感官上最受触动，岂非注定是徒劳的？举例说，即使我们认可那个浮雕帮助叶芝构架了十四行诗的前八句，那么接下来三行灵感来自何处？

> 腹下的震颤，在那里肇生出
> 断壁残垣，焚烧的屋顶与高塔，
> 阿伽门农已死。

浮雕上完全没有提示这次结合会有如上余波。揣测叶芝如何想到焚烧有意义吗？是不是他当时看见了一团火，听见了燃烧时劈啪作响的声音，闻到了焦味，还是烫伤了手，或者尝了什么烫嘴的东西？又或许是他想起了马洛笔下的“燃烧的朱庇特”[1]，不过他面前的不

---

[1] 出自克里斯托弗·马洛《浮士德博士的悲剧》（*The Tragedy of Dr. Faustus*）。这是浮士德对着海伦（Helen of Troy）的魂魄抒情时提到的。朱庇特（即宙斯）化为人形和塞墨勒交欢；塞墨勒（Semele）说想见识宙斯作为神的样子，结果被烧成灰烬。

是丽达而是“不幸的塞墨勒”？还是想起了罗塞蒂的叠句：“高高的特洛伊在燃烧”？即使我们可以排除所有疑点，证实叶芝真的看了一幅火焰图，火焰浮雕，或是怎样的一首诗，却依然无法解释这几行诗句中对历史事件的压缩组合。也不能解释这一列意象中（残破的墙壁、燃烧的屋顶和高塔、阿伽门农的死亡）很可能暗示了性侵犯的不同阶段。一种并不牵强的假设是：叶芝的诗句是通过个人经验生发的，而之前提出的性阶段与历史事件之间的联系，可能是他头脑中对那八行诗的带讽刺意味的回响。如果我们认可这样的假设，那么就可以更咄咄逼人地问一句：这样单独抽出创作动机有什么用？它造成的唯一后果就是在看待诗人塑造自己的印象时，把诗人自己的作用降到最低。

若是只论这个浮雕，我们可以更进一步，指出叶芝的诗并不能说是从浮雕中得来的。他使用其中的细节只是因为它们称手，但他的重点也和那位希腊艺术家截然不同。对于这位希腊人，天鹅强奸丽达似乎是性侵犯当中格外精彩的一种；他感兴趣的是其中不寻常的动作细节；神和女人受到的关注是相当的。但在叶芝的诗中，他关心的是这个凡间的女子，关心这件事在她心理上意味着什么，再推一步，也就是在我们内心引起了怎样的变化。我们注视的是丽达的反应，而不是天神。叶芝没有受限于这对怪异的组合，而是宏远
21 地思考性激情包含怎样毁灭性的力量，可以怎样颠覆世界。到了诗的末尾，他满是不解地慨叹神与人之间的差别，宙斯与丽达不只在形态，在思想上也完全不同。引发这些诗句的主题是叶芝童年时的

一种感受，是他发觉了人类生命有种引人入胜的不完美；他自己的经历让他懂得，力量和知识不能并存，获得这个就会丢失那个。所有叶芝的诗歌都包含这个主题；丽达和天鹅只是其中的一种形式。研究这首诗，我们把一个又一个出处留在身后，直到我们进入诗人的头脑，而不是大英博物馆。

如果说可供比照的画家和雕塑家还不够多，有一个诗人我们向来忍不住把他和叶芝比较；那个诗人就是威廉·布莱克。毫无疑问叶芝热爱布莱克，从 1889 年到 1892 年，他也的确花了三年时间苦心编辑、评注“预言书”[1]。把布莱克的“四天神”和叶芝的“四功能”[2]联系起来对评论者很有诱惑力，可尽管这样的联系能说得通，现在也是时候该强调他们之间联系不上的地方了？想到布莱克，我们想到的是几乎前无古人的不由分说；而想到叶芝，他的能量带着几乎前无古人的波动。用叶芝本人的说法，布莱克“敲打墙壁 / 直到真相对他言听计从”。而叶芝在跟真相打交道的时候，不是一个敲打墙壁的人，更像一只厉害的猫。布莱克唾弃五种感官的世界，叶芝对那个世界的接受非常充沛。布莱克一心要让英格兰成为天堂，叶芝甚至怀疑爱尔兰都达不到这个高度。布莱克震撼我们，是

---

[1] The Prophetic Books，布莱克根据自己发明的神话系统创作的一系列长诗。

[2] Four Faculties，叶芝在《灵视》中将人心分为两对互相矛盾的“功能”：“意志”和“面具”是一对矛盾，“创造思想”和“命运体”是一对矛盾。而在布莱克的神话体系中，原初之人阿尔比恩（Albion）分裂为四个天神（Zoas），他们间的争斗是布莱克神话世界的核心。

他的信念从一开始就那么不可动摇；而叶芝打动我们，是他可以蜿蜒并艰难地逼近自己那个放肆的宣告。布莱克全心投入在自己的系统中，创作力旺盛的那些年，大部分都花在了用特殊名称丰富那个系统。叶芝对自己的符号体系始终有所保留，除非它们带上了私人化的古怪含义，叶芝只用散文招待那些符号，从来不在自己的诗作中搬出它们的特殊名称。最后，叶芝写了一部解释布莱克的作品，而布莱克憎恶解释，如果易地而处，他是不可能会这样恭维叶芝的。

既然叶芝不是布莱克，那么他或许是马拉美。格雷厄姆·霍夫（Graham Hough）力证，至少早期叶芝属于法国象征主义那一派。霍夫指出："象征主义朝一个无法通过的海湾驶去……对于一个象征主义的诗人来说，描述体验是不可能的；照亮的那一刻，只是看它化成了怎样一种具体的艺术形式。把它和人生中的某个经历联系起来也是不可能的，因为它是独一无二的，它只存在于那首诗歌中。"于是他发现叶芝早期的诗作中就已经全面展现出这样象征主义的信念，虽然它被文学之外的神秘主义微微有些污染。但它既然
22 能被污染，即使只有一点点，我们就该被提醒了。在这一点上我没有办法假意认可霍夫的说法，即使早期的叶芝也完全没有渴望艺术独立自治，让它与人生、经历之间隔着无法通过的海湾。我们被教导了太多次：我们生活在一个堕落的时代，受众变得愚钝、呆板，作者不得不与读者保持一点距离，要是我们可以提醒一下自己，想到现在有那么多第一流的作家不是疏离大众的，不是与世隔绝的，甚至不是难以接近的，简直要让我们觉得害臊。可叶芝早先的梦不

是活在一座象牙塔中，而是在一个爱尔兰岛屿上；不是活在人造而是自然之中；不是活在一个从来没有见过的地方，而是活在一个他从小长大的地方。如果他真要回避什么，也是回避将自己的艺术与生活分隔。要想到他在伦敦和都柏林成立爱尔兰文学团体、把自己的感情都寄托在一个爱尔兰民族主义者身上，以及执意要写关于爱尔兰的诗、带有地方色彩的诗、情诗，所有这些都是他在跟阅读自己的大众建立联系。所有这些诗作都证实了一件事，就是不管他怎样暗示有另一个世界存在，他都愿意留在这一片大地上。

当叶芝认真考虑离开眼前这个可观察的世界时，一般都会指出，这种选择会是大错特错的。比如，他最早的一首诗，名为《寻觅者》(The Seeker)，主人公如此沉迷于寻求超越此世的幻念，他已经无力再战斗，大家说鬼魂偷走了他的心。最后，躲躲闪闪了一辈子，但又执着寻觅了一辈子之后，他发现了自己一直在找的人。但她不是什么超凡脱俗的美人，而是一个“长胡须的巫婆”，被问到名字时，她回答：“人们叫我‘声名狼藉’。”这本是叶芝表明理念的实例教学，要让象征主义者明白把体验从憧憬中隔绝出来是危险的，虽然叶芝后来把它从诗集中拿掉了，但其中的主题却和他保留下来的许多诗作是一致的。

在《弗格斯[1]和德鲁伊特》中，弗格斯求这位德鲁伊特赠予他

[1] Fergus，爱尔兰神话中的一个国王；这首诗中他对德鲁伊特（The Druid，古代凯尔特人中的祭司或占卜师）表达愿望，说自己想抛下人世牵绊，获得德鲁伊特的智慧；但德鲁伊特给国王的智慧，只让他看到自己悲哀的余生。

超越世俗的智慧；得到了这样的智慧之后，他为之惊恐，哀叹道：

可我知晓了一切，却丝毫没有长进。
啊！德鲁伊特，德鲁伊特，何等样交织的哀伤，
收在这石板色的小东西里面[1]！

叶芝在诗歌中远未向魂灵的另一个世界臣服，反而始终在演
示我们最好还是尽力抓住这个世界。他有一首诗《致时间十字架上
的玫瑰》(To the Rose upon the Rood of Time)，放在自己第二本诗
集的第一首，诗中他承认，有一件马拉美可能很想做的事情，他怕
自己也会如此，就是“用一种他人不懂的声音吟唱”。叶芝表明了
自己的决心，就是不能让自己隔绝于寻常事物，要能接触弱小的蠕
虫和田鼠，接触“俗世中沉重的希望，其中的辛劳与易逝”。他承
23 认孤立在召唤他，但立志抗拒这种召唤。接下来的一部诗集，《芦
苇间的风》(*The Wind Among the Reeds*)，开头也是另一个世界发出
的邀请，这一回是“希神”[2]喊着：“走吧，往这边走吧。”我们听着
她们如歌的喊声，没有应从。偶尔确实有人被带走，就像诗剧《一
心向往之地》(The Land of Heart's Desire)中那个被仙子偷走的孩

---

[1] 集梦的袋子。

[2] Sidhe。据叶芝自注，古爱尔兰诸神被称作“妲努女神的部族”(此处发出邀请的即是一位名叫“达芙雅”的女神)；民间常称他们为“仙山之人”(Aes Sidhe 或 Sluagh Sidhe)；“sidhe”在盖尔语中是“风”，指民间对这些神仙的理解常与风有关。

童，但这里的仙子是阴毒、掠夺成性的。叶芝后期的诗歌也在描绘同样的争斗，比如《摇摆》（Vacillation）和《自我与灵魂间的对话》（A Dialogue of Self and Soul）的主题就是如此。虽然诗人尽力公允，但不管是“对话”还是他自己的“摇摆”，最后的解决方法都是一样的。跟着灵魂进入另一个世界就是放弃心灵和自我，对于一个诗人来说，最糟的是还要放弃舌头，因为在一个完美无瑕的世界里，我们的舌头变成了石头，在纯粹的烈火中，我们都被烧成了哑巴。一个诗人必须忠于这个世界，既因为性情，也因为他的职业。

这一切听上去都跟马拉美那么不同，对于后者来说，艺术家对待经历是一种小心翼翼的探究，就像一个侦探寻找一个无法理解的罪行，而且被表象重重掩盖。马拉美让作诗成了一种处理现实的特殊技能，一种为其他侦探而写的侦探作品。能开诚布公讲的话是不值得讲的。马拉美认可的诗人形象是一个威严的巫师，他可以用语言唤起不可触碰的现实。但这个法国巫师与爱尔兰巫师又有不同。叶芝跟马拉美的不同是他对魔法有亲身体验，所以对这些事的看法更淳朴一些。我们会想到他曾经做实验，把各种物质放到枕头底下，看自己的梦会对它们产生什么影响，或者反过来它们会如何影响自己的梦。对于叶芝，念出咒语不是靠屏蔽大部分的头脑，而是借助整个生命的精神索求，诗歌的想象力自然是生命的一部分，而这种索求不在日常经历之外，而是在它们的压力之下。叶芝还有一点很不虚张声势，就是他不把这个魔法师当成一个生产者，而是一个引进者；他的印象不是完全新造的，而是来自“大记忆”——类似一种共同的想象力。而马拉美的努力是要把诗歌从所有那些非诗歌的东西中抽离出来，把诗人也消除，解放那件本来可以触碰的物件，让它无法触碰。花束本都是真的，它们散发的香味构成了一种纯粹的实质，它并不属于那些花束。

叶芝的重点就在于意象的可触碰，艺术家的工作是让它更干净、更完美，叶芝也在意这种干净和完美的不容易。诗人没有被他的诗作排挤出去，反而他是住在诗歌中无可取代的居民。有些意外的是，对于叶芝来说，创造本身是很民主的，跟其他任何形式的艰辛劳作相仿，只有这样，诗人才能让大家看到他的工作也一样属于人间。写诗的时候必须得有一种气势，让人相信诗人楼上
24 还放着一把剑[1]。正因为大家希望在叶芝身上看到马拉美，于是就容易误会他一些最出色的诗作。他对意象的追求被认为是逃离经历，但其实却是经历被压缩、集中了。在《马戏团动物的叛逃》（The Circus Animals' Desertion）里面，叶芝一开始的立场似乎不是这样，他说：

> 我全部的爱都给了演员和彩色舞台，
> 而不是那些他们所象征的东西，

---

[1] 出自叶芝的诗《所有事情都可让我分心》（All Things Can Tempt Me）。这是叶芝的反话，他说其他的事都比写诗更吸引他，年轻的时候只喜欢那些像要舞刀弄剑的豪侠诗，现在诗写多了，却更麻木了。

可即使在这两句诗中，“象征”这个词也提醒着我们，意象是必然有所傍依的。而他的结论毋庸置疑地昭示了这一点，也就是艺术必然依赖人生：

那些精湛的意象因为完整
从纯粹的思想中长起，但又从何处肇生？
一座废弃物堆起的小山，街道上扫出的垃圾，
旧水壶，旧瓶子，和一个破罐子，
废铁，残骨，破布，那个满嘴胡言的
管钱的浪荡婆娘。现在我的梯子不见了，
我必须躺倒在所有梯子的立足之处，
在心里那个收旧衣服的污秽店铺[1]。

一个非常出色的批评家在解释这几句诗的时候，认为叶芝想到要在自己的心里躺倒，就感到绝望，他也绝望于“仅仅活着”，“因为活着是最难的，生命都已经在另一项事业中被耗尽”[2]。但这样体会叶芝的文字是忽略了这些文字背后的语调。诗人在那一刻确实厌恶自己的内心，但他也十分清楚所有这些意象都是从心中生出的。他是在把自己渴望要做的事情说成是必需的；简单地说，也就是他“想要”躺倒在“心里那个收旧衣服的污秽店铺”。就像他在《一部

[1] 英文中 rag-and-bone shop 是收旧衣物和杂货的商铺，和上文中的老骨头（old bones）和破衣服（old rags）呼应。
[2] 见弗兰克·科莫德的《浪漫意象》（*Romantic Image*）。

戏剧中的两首歌》(Two Songs from a Play) 中写的：

不管夜里焚烧着什么
树脂般的人心都是燃料

还有在《摇摆》中：

从沾满鲜血的人心中长出
夜与日的枝丫
悬挂艳丽的月

《拜占庭》一诗中，叶芝先描绘了艺术中创造的奇迹，突然在末尾回想起孕育它们的时间的洪流，发现“时间的世界”也是由充满情绪的意象构成的：

25 那些生出新鲜意象的
意象，
那被海豚冲破、被钟声搅乱的海。

有评论要我们相信这些诗句表现了叶芝的厌恶，他抗拒实际经历的翻涌和混杂，但明显这些诗句暗示：就算在拜占庭如此优越的位置，那样的翻涌和混杂还是迷人的。

所以，不管是对自己的经历还是他人的经历，我们都不能说叶芝是隔绝的，甚至不能说他是淡漠的。从童年开始，他就很喜欢农民的生活，爱尔兰的生活。马拉美始终在竭力回避空间与时间，他恐怕会觉得爱尔兰民族运动荒唐可笑，虽然这样的看法未必没有道理，但至少叶芝不会同意。叶芝甚至写过《致未来的爱尔兰》(To Ireland in the Coming Times)，就此说定爱尔兰就是他的立身之地，还希望后世能把自己列在戴维斯、曼根、弗格森[1]这些爱尔兰诗人中间。在生命末尾，他写了一首诗要确保他的身体死后依然是属于爱尔兰的：

布尔本山光秃的头顶下，
鼓崖的教区墓地里埋着叶芝。

不过，有些人把叶芝划入一群让凯尔特传奇重获新生的爱尔兰诗人，我也不认为这种划分很有助益。叶芝很想成为一个地域性的诗人，他也可以做到这一点，但他同样可以四海为家。他写《灵视》的时候，就忘了自己是个爱尔兰人。虽然他用“希神”这样的爱尔兰名号称呼自己笔下的神仙，但我猜他们也是心怀天下的神。叶芝晚期的创作，除了在《梦中之骨》(The Dreaming of the Bones)中，超自然的生命尽管对家庭和个人依旧关心，但对种族是毫不在意的。爱尔兰特质的确不可或缺，却也是次要的属性。

或许我们应该往另一个方向探求，把叶芝看成是一个神秘主

---

[1] 分别是：Thomas Davis (1814—1845)、James Clarence Mangan (1803—1849) 和 Sir Samuel Ferguson (1810—1886)，三位都是十九世纪爱尔兰重要诗人，以及文化独立的领袖。

义传统的追随者，或者就像某个评论家新给的说法，叫“柏拉图传统”。但他在这方面的忠心也颇可存疑。若非要把他想成一个柏拉图主义者，我们得记起他写过一首诗，说：“那些柏拉图主义者是祸因……是上帝衰退的火焰”，另一首里面他说：“我对着柏拉图大呼小叫”。要是我们提柏拉图主义指的是柏拉图后来的追随者，我们又得想起叶芝也写过：“我嘲笑柏罗丁[1]的思想”，而且在其他好几首诗中对柏拉图和柏罗丁都是拳脚相加。有时候他的理论和柏拉图在片刻间正好一致，比如他有一首诗很英勇地为女子精心打扮辩护，题为《于世界造出之前》(Before the World Was Made)。在某种意义上，诗中的女主人公同意世界有一个更柏拉图式的本真面貌，眼前的只是复制品，但这首诗真正的主题是她耗神费心地想要
26 压倒人类的不完美。柏拉图的哲学只有带上叶芝的风味才会被用到，只用它来赋予无形之物以形态。

如果我们要把叶芝纳入神秘主义者的队伍，说他们私下里追随的是某条玄奥的传统，就会发现叶芝也很强调他自己的立场，与那些人无关。把他与麦克格雷格·马瑟斯和勃拉瓦茨基夫人联系得太紧密是有危险的，因为叶芝跟他们都争吵过，又分道扬镳。叶芝刻意远离神秘主义者的说教和与世隔绝——大部分魔法师要么强调道德，要么强调没有道德，都很无趣。而说到他们想要改变表象世界，叶芝也是极为质疑的。要随手处置表象世界并没有那么容易，

---

[1] Plotinus (205？—270？)，古罗马哲学家，新柏拉图学派主要代表。

或者说那样的态度很难维持。而说到神秘主义者可以和魂灵对话，并且从魂灵处求得超自然能量，叶芝也是间歇性地信以为真，而且他的“信”是出于他自己的一套道理。归根结底，叶芝就像《两个国王》中的艾登皇后[1]，拒绝了永生之神的求爱，留在她俗世恋人的身边。我们渴望永恒的纯粹，但当它们走近来搭话时，我们会抗拒。诗人坚定地置身于五种感官之间，想象的是感官如何到达极致，而非将它们放弃。完美的理念只有覆盖上叶芝所谓“随意的皮肉”[2]才能被诗人接受。

之所以要想法设法强调叶芝在何等程度上不同于米开朗基罗、柏拉图、勃拉瓦茨基、马拉美和布莱克，是因为我有更进一步的企图，想要提出另一种观点。当时是怎样的精神氛围让叶芝的诗歌如此个人主义？我们或许可以试着勾勒出他思想的边界，但也要一开始就承认，就像叶芝说的，他思想的边界始终在移动；然后再描绘头脑中的内在品质。他从极小的时候就体会到了，我们普遍经历的生命都是不完整的，但在某些片刻间，它似乎能超然越出自我，营造片刻间的完整或几近完整；他在《那里》这首诗中微微带着戏谑

---

[1] 叶芝在这首诗中大致借用了爱尔兰的传说，艾登皇后（Queen Edain）本是神的妻子，遭妒忌，被施法术，后来类似转世嫁给了爱尔兰国王约西（Eochaid），神来找她，被她拒绝（这个结尾是叶芝特意改写的）。

[2] 取自叶芝的诗《雕像》（The Statues），指希腊雕像的伟大固然有它们的数学基础，但也靠雕塑家给那些“计算”以“随意的皮肉”（casual flesh）。

描绘这样的时刻：“所有的酒桶箍都已接上，……所有的蛇都咬住了自己的尾巴。”在叶芝早期的诗作中，分隔完整与不完整这两个世界的边线被想象成明暗交接时的朦胧，在后期的诗作中，这条分隔线会被闪电照亮。不管光亮是模糊还是鲜明的，总之两个世界间有奇异的交汇。

越界者两个方向都有，有从此世去往彼方的，也有从那里往这边来的。精灵或“希神”想要转化我们、迷住我们、把我们困在幻梦的网中，引诱我们，或者提醒我们，他们有什么是我们没有的。有时候他们会成功，更多的时候只是把我们弄得痛苦不堪。世代交替的世界不知怎么就让他们难过，就像有这两个世界的区分也让他
27 们难以承受，给他们造成了痛苦。叶芝到中年就丢下了仙女们（像他之前就放弃了“玫瑰”[1]），开始把另一个世界的居民称为“反自我”（antiselves）或者直呼为“鬼”（ghosts）；再往后一些，诗歌里往往把它们叫做“魂”（spirits），在散文里叫做“灵”（daimons）。它们带着不停变换的名称在我们周围络绎不绝。

叶芝这一大堆玄虚的生灵让某些读者反感，它们也不喜欢叶芝相应地关心各种超越感官的体验。他们会问一句：叶芝难道真的会去信这些吗？但问出这样一个问题，却只能体现提问者比叶芝迟

---

[1]“玫瑰”是叶芝早期诗歌中常见到泛滥的意象，它的象征义大致介于实在的对女性的爱慕和抽象的阴柔之美中间；他也不断在宗教和神秘教传统中得到暗示（比如在犹太教神秘主义体系“喀巴拉”和他参加的神秘组织“金色黎明”中，都有明确的“玫瑰”符号）。

了好几代，叶芝自己的问法更有意义，那就是“信”这个词到了我们这个时代是否已经完全不适用了。为了避开这个词，叶芝用过很多种说法，至少可以确定，照单全收绝不是叶芝的思维方式。而“上帝”这个词他一般也会同样灵巧地闪过。在《摩希尼·查特基》（Mohini Chatterjee）这首诗中，有这样一句：“我问是否我该祈祷。”一位评论家解读这首诗，认为叶芝在问，他是否应该向上帝祈祷；但叶芝并没有提到上帝，而且也完全看不出来他指的就是那个久远的权威。或许诗人想要唤起一个更深层的自我，召唤某个灵或一群灵，或许是某个无法确指的对象，甚至他有可能只是对着一个更模糊的听众沉思，不用向谁或什么祈祷，只是祈祷。叶芝偶尔确实会在自己的诗作中运用超自然或异乎寻常[1]的机制，但每次也都语焉不详，不会像遵循教义般遵循它。

他之所以需要这样的机制，还是因为我之前提到的那个信念，就是叶芝深切相信，他可以想象一种比人类生活更好的生活，它更完整、更无瑕、更难以损害。这个世界我们就不妨称它为“灵界”。与灵相比，我们不过是他们的梗概（abstracts）。叶芝在指明我们这个世界的局限时，直白得让我们讶异；可一旦把局限指明了，他突然就为它辩护起来。它有痛楚，有挣扎，有悲剧，是神仙们得不到的元素。

[1] 作者此处用的两个词为 supernatural 和 preternatural，在英文中也时常作为“超自然”混用，但 supernatural 是必然超越科学解释的“超自然”，而 preternatural 是能解释但在日常语境中看来不可思议的事情。

在他们的高度看下来，人生从来都是失败的。但它并不彻底失败，因为人类可以想象灵界的状态，虽然他无法参与。想象力中带着救赎，人类因为局限而狂乱，但狂乱中已经颠覆了大部分的局限。人类挑衅地用自我的意象对抗徒劳，而想象英雄主义也就是成为英雄。

现在我们已经从世界与世界的比较引到了人与人的比较。在叶芝看来，人永远都在努力用虚构制造那些他实际上缺乏的东西。他生来不完整，但能想象完整，而也就在这个意义上获得了完整。我
28 们把自己抛向宇宙，让沙漠到处是我们丰沃的意象。这对于英雄是随兴而为的，而艺术家是故意为之，但所有人或多或少都会这样做。《三样东西》中，海滩上一根已经死去的骨头依然在歌唱人类的爱。哲学家说空间和时间都不是真实的，叶芝有时候会勉强认可这一点，但他说这种不真实是美妙的不真实；时间和空间、生与死、天堂与地狱、日与夜，都是人类强加的意象，就像让空无有了形式。叶芝看着两个枯槁的老妇人，伊娃·郭尔-布斯和康·马尔凯维奇，写出的诗句是这样：

傍晚的光，利萨代尔[1]

开向南方的大窗户，

---

[1] Lissadell，利萨代尔庄园是郭尔-布斯姐妹的居住地，叶芝经常去拜访，他著名的诗作《纪念伊娃·郭尔-布斯和康·马尔凯维奇》（In Memory of Eva Gore-Booth and Con Markievicz）惋叹姐妹的政治追求荒废了她们的美和庄园中的高贵生活。

两个穿绸袍的女孩，两个
都很美，一个像羚羊。

观景亭中的两个女孩在诗人的笔下比那两个衰朽的老妇更真实；如果说这世间宏伟的观景亭是虚幻的，那它也一定又是真实的。当它与我们那些完美的意象重合时，它就是真的，而这样的情形，确实会在某些片刻间发生。

但头脑除了创造力之外，紧邻着还有另一种功业：它也可以毁灭。人类会把他的铅垂线降到黑暗中，测出尺寸、形状、数字、才智。但这些数据还未全部确立，他就把线抛走了，就好像每个在想象力中建起的东西只能片刻满足创造的渴望，然后就必须马上摧毁。叶芝在《摇摆》中问："所有这些歌唱有何意义？"然后回答："让一切消逝。"叶芝的此类表述之中，最有力的出现在一首叫做《须弥山》（Meru）的诗中，印度那座山上的修行者用自身概括对一切人类虚构之物的不满。这些人是亚洲的修行者，但叶芝发现任何头脑都有它亚洲的一面，也就是想要摧毁这世上的一切表演——这种表演叶芝是把它跟欧洲联系在一起的。我们活在"多重幻觉"中；而且，就像叶芝在另一首诗中写的，"所有表演不过镜子在镜子中的镜像"。一层一层穿上华丽的服饰之后，我们又会把它们脱下。我们摘掉那张给自己创造的面具。我们下到自我的深渊；如果不能烧毁那观景亭，我们就带着鄙夷渴望这样做。毁灭的冲动就像创造的冲动一样，是对限制的抵抗；我们拒绝完全接受任何只属于人的东西，并以此超越自我，超越之后又不屈不挠地继续虚构起来。就像叶芝在《天青石雕》(Lapis Lazuli) 中说的：

> 一切都会倒塌，又会被重建，
> 而那些重建它们的人是愉悦的。

29 叶芝的诗中有两种对比，一种是人与灵之间的对比，一种是人与他自身的局限对比，若我们暂且狭窄一些，看叶芝的诗歌跟这两种对比的关系，我认为这两种对比的力量都来自被动接受和奋起反抗之间的交锋。任何一个客观的旁听者，都很容易认同，诗人的女儿不该和一个声名最为不堪的男人厮混；可当诗人告诫她的时候，她的回答无法反驳："但他的头发很美，/ 眼睛冷如三月的风。"《再无第二个特洛伊》本身是更好的诗；在这首诗里，同样容易的是承认茅德·冈对叶芝很恶劣，但诗的用意就在于，她人生的这个方面是无关紧要的，重要的是她努力遵循想象力的更高法则去生活。诗人的面前永远都有一个符合常识的解决方法，类似于某种最低工资，但他宁可什么都不要也不拿最低工资。如果说茅德·冈的能量是摧毁性的，那是因为她生活在一个过时意象构成的世界里，她不得不摧毁它们。叶芝晚期的诗作中经常把和平的心灵和战斗的自我对立；和平的心灵会提供某种符合常规的通往天堂的路径，而那个战斗的自我永远拒绝这条路径，宁愿选择这个世间的骚乱，宁愿在这世间竭力寻找字词和意象，也不要去那个舒适但会让人失语的天堂。每一首诗都建立两种选择，却暗示只有一种是值得选的；也就是那个煎熬的、无利可图的、英勇的选项。

这些不是叶芝的想法或信念；他就是在这样的心灵氛围中生活的，如果这种说法听上去太像阴晴冷暖，那么我们可以说这是叶芝心底的奔涌和躁动，他慢慢学会如何去控制和引导。我们不能把他的象征理解成是从马拉美那里借来的，要明白他只有用这样的象征才能表达自我。“我没有言语，只有象征。”他这样写道。他的象征是对他主题的浓缩，也就是所有拼斗都是徒劳，唯一的例外是与徒劳拼斗，也是他认出了空匮的丰饶角[1]，拥挤的虚无。每一个象征都是某种旋转的圆盘，就像叶芝的轮子或者《灵视》中有明与暗月相的月亮。我们可以将《塔堡》中的“塔”和《黑塔》（The Black Tower）中的“塔”作比较；前一座“塔”代表他智识上的追求，后一座塔代表这种追求的脆弱。“树”这个意象不只在《两棵树》中有两面，当它在《学童之中》（Among School Children）出现时是团结的象征，而在《青年与老人》（A Man Young and Old）中有“一株老荆棘树”，它又代表了衰落。《一九一九》中的舞蹈是狂躁、没有目的的毁灭，而在《学童之中》，舞蹈又成了沉静的完美。《孔雀》里，诗名这个符号象征着泛滥的想象力，而在《一九一九》中，瞎子罗伯特·阿提森给疯

[1] Cornocopia，源自神话中无所不有的山羊角，一般表现为鲜花、水果、谷物满溢。

30 子吉蒂勒夫人[1]带去了孔雀羽毛，它又似乎意味着美变得空洞了。

不仅仅是不同的诗中符号会有双重特质，即使是在同一首诗中，它们的内涵也在变化，就好像诗人在缓缓地旋转这些符号。《内战时的沉思》(Meditations in Time of Civil War) 中那些世代相传的宅邸，它们呈现荣耀不过是提醒我们荣耀的易逝。在《一部戏剧中的两首歌》中，那个瞪着眼的圣母[2]带着自己神圣的孩子开启新的轮回，就好像这个新的轮回是独一无二的，但缪斯们知道轮回很多，这样的事早就发生过，以后还会发生。耀眼的新神和黑暗、落空的意象互相比照；就像叶芝的那句“画家的笔吞噬他的梦”[3]，这是他关于任何身份都包含两重性最有力的表述之一。《内战时的沉思》里又有：“只有一颗疼痛的心才能想象一件不变的艺术品。”《塔堡》所指的这个高大建筑俯瞰乡野，但它的过往中却藏着颓败；但反过来看《黑塔》，它本已倾颓得无从防御了，却找到了自己的卫士。根深蒂固、花繁叶茂不过是春日里的树，舞蹈的完美是暂时的，马上又成了演员休息室的混乱。叶芝喜欢展示“梦”这个词本身是多么模棱两可，因为它既是曼妙的想象，同时又是虚妄的，既

---

[1] Dame Alice Kyteler (1263—？)，十四世纪著名的被审判的女巫，据说她害死了三任丈夫；而罗伯特·阿提森 (Robert Artisson) 是与她交媾的淫魔。(此句原文如此，但叶芝的诗中写的是吉蒂勒夫人给阿提森带去孔雀羽毛，和历史上的记载相符。)

[2] 指狄俄尼索斯 (Dionysus) 的母亲塞墨勒。这首诗的第一诗节大致是塞墨勒站在狄俄尼索斯的尸身旁，把他的心挖出来带走了；缪斯们唱歌，庆祝“大年” (Magnus Annus) 开启。

[3] 出自《一部戏剧中的两首歌》。

真也假，既是“花朵”（《我祈祷我永远都在编织》[1]），也是“冷雪”（《内战时的沉思》）。其实叶芝所有的关键字词都有类似属性；青春是强壮和愚笨，老年是智慧和虚弱。充实的意象总眼见着便要转成空无，其中的差别只在毫厘。“我跟枝条说了我的梦，于是它们枯萎了。”“每个我年轻时说谎的日子里 / 我在阳光中摇着我的叶和花；/ 现在我可以憔悴成真实了。”甚至艺术也带有这种双重性，也就是说，虽然它在自己的领域里是无所不能的，但这个领域也在此世和“灵界”之间难以倒向一边。如果进入灵界，它会变得飘渺、空洞；如果完全成了人事，它又会无助。叶芝在《拜占庭》中总结了艺术的这种状态，描绘拜占庭的熔炉里那些艺术的火焰：

> 衰灭成舞蹈，
> 迷醉的煎熬，
> 煎熬的火焰还不足烫伤袖口。

在艺术中，火焰是能焚毁一切的，但在生活中，它们毫无效果。类似的思考在《驶向拜占庭》中也很明显，那只完美的金色的鸟既高过人类，但它那玩具般的品格又比人类低微；它虽然摆脱了世代交替，却又只能歌唱这种交替，歌唱已经过去、将要过去，或 31
即将到来的东西；虽然假装摒弃自然，却又无可更改地离不开它。

不仅仅是符号像轮子般转动，每首诗的主题和思辨也总是平衡

---

[1] I pray that I ever be weaving，又名《智慧和梦》（Wisdom and Dreams）。

着两个互为条件的意思。以《朋友》这首诗为例，开头提了两个正统意义上的朋友——格雷戈里夫人和莎士比亚夫人，然后他就说到了茅德·冈，可茅德·冈对他完全谈不上友好。但这首诗的奥秘就在于，茅德·冈无意识带给叶芝的东西，比其他人的主动馈赠都要多，因为她代表了一种更为根本的能量。在《东方三博士》（The Magi）中，叶芝变化了一下标准场景，本来是三博士被基督神奇的降生而震撼，但这回是让基督如常人一般死亡，使他们感到困惑。《复临》中叶芝接受了基督教的这个名称，但新的神在他笔下并不和善，反而是摧毁性的，是野兽，而不是羔羊。《冷天堂》里坦荡的灵魂寻找天堂，却遭遇到一种惨怖的死后生活，充斥着不公。或者，换一个轻巧些的例子，叶芝有一首名字很长的短诗，叫做《当听到我们新大学的学生加入了反对不道德文学的激烈讨论》[1]，整首诗如下：

哪里，除了这里还有哪里，真相与尊严
早就渴望交出自我换来酬劳，
为青年人将忘我的中年
束缚手脚而狂笑？

---

[1] On Hearing That the Students of Our New University Have Joined the Agitation against Immoral Literature。题目中的“新大学”指的是都柏林大学学院，这首诗所指的事件是学生联名反对艾比剧院刚刚上演的辛格的剧作《西方世界的花花公子》（*The Playboy of the Western World*），诗中所谓的中年人大致也就指叶芝自己和格雷戈里夫人。

这首歌的微妙之处，就在于他没有把“真相”与“尊严”想象成披着长袍的希腊女像柱，而是想象成中年妓女。但这种诋毁只是玩笑，就好像他正在提醒我们“真相”与“尊严”索要的酬金可不便宜。

叶芝诗中的复杂自有它的法则，我有时候觉得我们或许要把这些法则整理出来。每一首诗都给出可供选择的不同立场。虽然诗人的选择可能会让我们惊讶，但我们无需惊讶的是做出选择的缘由，他一定更青睐那些轻率的、鲁莽的、与事实不符的；诗人这样选不是因为要胡来，而是出于一种可以理解的激情。另一个选项宣扬的要么是常识，要么就是放弃世界，从来不会被完全压倒，而始终像月亮的暗面那样隐藏着，或者用叶芝的另一个意象，像一只被囚禁的动物，随时要破笼而出。诗歌中做出的选择就反映在它的意象中，而那个意象就包含了另一种选择，或至少暗示了它，就像白天暗示夜晚。诗歌结尾不会是一个深思熟虑的结论，而是凌乱的呼吸，是从小心和算计的场域冲破到放肆和想象力的场域；诗歌的力
量来自用一种观点压制另一种观点，也来自尽管面对最强的反对力 32
量，也要说出那些不得不说的话。

一般来说，叶芝的诗都是两个方向取其一，一个方向是关于未来的幻象，是某种预言，关于两个世界之间的关系——时间会流逝的世界和没有时间的灵界；另一个方向是关心人类的事业，关心人与人之间的关系，或者人和自己隐秘的希望和志愿之间的关系。在《丽达与天鹅》或者《复临》这样的幻象诗中，叶芝要做的是把神圣的世界和动物世界交缠起来，将那个有时间的世界表现得像半人

半马的神兽一样，美丽却也凶恶，畸形但向往美好。在那些关于艺术家、英雄和其他人类的诗中，叶芝同样也想展现原始的事实可以幻化，展现我们可以为了想象中的自我牺牲自己，这是他唯一认可的宗教行为，而想象中的自我所提出的要求比任何社会惯例都要高得多。如果我们必须受苦，那就不妨在一个我们自己创造的世界里受苦，这对于英雄是自然而然不自知的，艺术家是故意为之，而所有人或多或少都会这样做。

为了表现自己的主题，撼动传统姿态，叶芝一开始的办法是减慢节奏，这样就可以稀释意义，引着它飞扬起来，也就是给它在新的高度一些新的可能。精神一旦如君王般登场，意义就只能像侍从武官那般让到路边。慢慢的，叶芝把这种渴望和痴迷的节奏换成了征服的节奏。就像朱庇特一样，神穿透我们的世界常常是来不及防备的，我们相应地也要出其不意地侵入他们的领地，就像在一片普普通通的店铺里，我们的身体会突然燃烧起来一样。我们并不寄希望于互相交融，只是彼此侵占。而在这场争斗中，语言必须是强劲的，因为它必须带着我们超越普通的陈述和宣言，进入头脑的躁动，在那里使命和徒劳称兄道弟，毁灭与创造同时进行，就像在太阳中一样。头脑是一阵狂风、一场大火，不是一个仓库。在这个意识的边缘，或许米开朗基罗、布莱克和马拉美，以及其他那些人都可能是守护它的魂魄，但在这个意识的中心我们只看到一个无可比拟的叶芝。

1964

成为流亡者

把《流亡者》(*Exiles*)这个名字给了自己的唯一一部戏剧，说 33
明乔伊斯明白这个词的浓度。二十世纪熙熙攘攘都是流亡者和侨居者。两种人很容易区分：侨居者(expatriates)无忧无虑，流亡者郁郁寡欢；侨居者住得体面，流亡者的居所昏暗肮脏。流亡者觉得跟祖国分隔，就像一个罪人与上帝分隔；但与罪人不同，流亡者觉得自己赤诚可鉴，是祖国无情无义。詹姆斯·乔伊斯到大陆不过几周，就跟弟弟宣布他是个自愿的流亡者。虽然回过三次爱尔兰，但他并没有费力想要重新住下来，比他那部剧作中的理查德·罗恩(Richard Rowan)更少流连，而且每次乔伊斯离开爱尔兰，曾经心里的那份憎恶都会再度鲜明起来。

所以，激励他创作《流亡者》的那种憎恶和乡愁的交织，跟理查德·罗恩的感受是一样的。乔伊斯喜欢把生命想成一系列的背叛——他父亲的人生观颇为相近——而乔伊斯也经历的背叛也确实不少，大概会让他觉得自己的期待很有道理。理查德说：“有一种信赖比学徒对师傅的信赖更古怪。”罗伯特·汉德（Robert Hand）问那是什么，理查德答道：“师傅对一个将要背叛他的学徒的信赖。”以乔伊斯的经历来说，未必就只能得出这样的结论；就像叶芝认为自己是个幸运的人，乔伊斯或许也可以觉得自己的运气不差。

乔伊斯 1904 年 10 月和诺拉·巴纳克尔（Nora Barnacle）私奔，的确，苏黎世的贝立兹学校[1]承诺给他的职位是假的——一个英国职业介绍所背叛了他。可是仅仅一周之内，他就在普拉[2]找到了另一家贝立兹学校的工作。六个月之后被转走，一时间可能觉得是不幸，但转到的里雅斯特[3]之后，不在贝立兹学校教书，转成了私人辅导，收入更丰厚，而且他的学生中有作家伊塔洛·斯韦沃（Italo Svevo），给乔伊斯提供了很多塑造利奥波德·布鲁姆的素材。这又是一份好运。一战爆发，乔伊斯的弟弟被拘禁在奥地利，但乔伊斯运气很好，被放行到苏黎世。虽然在苏黎世一开始有些漂泊，那还是一个赞助人短缺的年代，而他马上就找到了自己第一个有钱
34 的赞助人，然后是第二个。虽然有八年时间他要出版自己的作品极为艰难，但这段时间过去之后，他很快在英格兰和美国为人所知，

[1] Berlitz School，马克西米利安·贝立兹（Maximilian Berlitz，1852—1921）创办的语言学校。贝立兹出生于德国，移居美国后发明语言学习法，并于 1878 年在美国罗得岛创办第一所贝立兹学校。

[2] Pola，现多作 Pula，克罗地亚西北部港市，当时属于奥匈帝国。

[3] Trieste，意大利东北部港市。

到四十岁的时候已经在整个西方世界家喻户晓。真正的厄运是在那之后：他的眼疾加剧，女儿的病危及生命。但远在这些事之前，乔伊斯就已经把自己塑造成一个跟社会格格不入的人、一个被逐之人、一个“生不逢时的诗人”、一个流亡者。他也把自己看成一个穷光蛋，虽然每晚都在富格餐厅[1]吃饭。（餐厅一个包间命名为“詹姆斯·乔伊斯厅”，认可这位坚定的老主顾。）换句话说，除了那些让乔伊斯开始流亡的缘由，流亡这种生活状态对他来说出奇的妥帖。《尤利西斯》中史蒂芬·迪达勒斯说我们冲入世界，期待遇到的是外在现象，但却总是认识了自己。

所以，乔伊斯第一本自传体小说的结尾是迪达勒斯开始流亡，就让人毫不意外了。这部小说1904年开始创作，1914年写完，一旦这个结尾定下来之后——而且这个决定似乎是1905年乔伊斯自己离开爱尔兰之后做出的，因为《青年艺术家的画像》最早的版本，结尾不是流亡，而是类似某种社会主义革命的宣言——乔伊斯需要一个主题，能让他之后的作品到达高潮时同样有力。《乔克莫·乔伊斯》[2]是乔伊斯最终决定不出版的一个作品，结尾只是乔克莫因为和自己美貌的学生分离所感到的懊丧。那位女生希望乔克莫的追求不要认真起来，最后的话是“爱我，爱我的伞”。它缺乏的

[1] Fouquet’s，巴黎香榭丽舍街的著名餐厅，1899年由路易·富格（Louis Fouquet）创立。

[2] Giacomo Joyce，根据乔伊斯的十六页手稿在他死后出版的情诗。“Giacomo”相当于意大利语的“詹姆斯”。

是某种较量，某种冲突。乔伊斯没有给《流亡者》和《尤利西斯》找全新的主题，让它们超越流亡，他认定流亡不管是否出于自愿，都不只是肉体离开故土，却可以包含一个更大的想法。它可以包含对政治和对社会的不满，而乔伊斯也希望能把自己的写作放在一个政治和社会的语境中。换一种表述的角度，也就是他想整体去写“疏离”，一种因为背叛而产生的疏离。

在这一点上，乔伊斯有很多事例。九岁的时候他就写过一首诗，关于帕内尔在“第十五会议室”被他的追随者背叛，他们投票不让他继续领导那个爱尔兰政党。十四年之后，乔伊斯给同样的主题又写了一首诗，让《会议室里的常春藤日》[1]中的一个角色乔·海恩斯背了出来。虽然是打油诗，却很感人，他把帕内尔的遭遇跟耶稣的遭遇做比较。这种对比看似浮夸，但乔伊斯却不介意把自己的人生也置于这样的对比中。但为了其中的相似之处更鲜明，仅仅自愿流亡还不够激烈。

35 他需要的事件出现在 1909 年，乔伊斯二十七岁。那是他五年漂泊之后第一次回爱尔兰，也是颇让他心力交瘁的一段时光。那件事的大致情况有记载，但又如此有力地嵌在了《流亡者》的梗概中，我们或许可以再梳理一下。

[1] Ivy Day in the Committee Room，《都柏林人》中的一个短篇。常春藤日是爱尔兰纪念帕内尔的日子。这个故事是竞选活动之后，政客晚上坐在会议室喝酒聊天，乔·海恩斯（Joe Hynes）就是其中之一。

乔伊斯的船1909年7月靠在金斯顿（Kingstown）的码头边，几乎第一眼就看到了朋友奥利弗·戈加蒂（Oliver Gogarty），但戈加蒂正背对着他，乔伊斯没有跟他打招呼。乔伊斯在某封信里提到在码头见到戈加蒂的“胖背”。在《流亡者》中，伯莎·罗恩（Bertha Rowan）告诉罗伯特·汉德，她到的时候在码头上见到了汉德，注意到汉德变胖了。那至少在某些时刻，罗伯特·汉德就是戈加蒂。乔伊斯在后期作品只要构想敌手，就会榨取自己跟戈加蒂的往来经历。布莱克有他的海利[1]，乔伊斯有他的戈加蒂。他们之前最后一次见面就是在“圆形石堡[2]”，时间是1904年9月19日的早晨，乔伊斯正躺着，戈加蒂为了玩闹，朝一些锅碗瓢盆开枪，掉下来正好砸在乔伊斯头上。如果这本意真的是玩笑，至少乔伊斯没觉得好笑。他认为这是逐客令，而且当时他的心境总在小地方找大问题，所以决定离开爱尔兰。几个小时之后，他给诺拉·巴纳克尔写了一封信，要她跟自己一起离开；这封信留了下来。戈加蒂写过好几封信，试图弥合这条裂隙；他不喜欢无法和解的敌意，虽然他嘴上的恶毒和风趣往往是这种敌意的源头。现在说到1909年，戈加蒂知道乔伊斯回到了都柏林，开着新车，神采飞扬地载乔伊斯去他

---

[1] William Hayley（1745—1820），英国作家、学者，布莱克的赞助人。布莱克对他的不满主要是海利时常对自己朋友的艺术创作指手画脚。

[2] Martello tower，旧时用于海滩防御的圆堡；此处提到的圆形石堡位于都柏林郊区的桑迪科夫（Sandycove），乔伊斯1904年住过大约一星期，《尤利西斯》的开场也设在这里。

乡下的住处，浑身洋溢着富足和好意（乔伊斯都尖刻地留意到了）。戈加蒂那时已经是个有名的外科医生和诗人了——具体来说，对于他的读者，他是个有名的外科医生，对于他的病人，他是个诗人。戈加蒂利用这个机会，求乔伊斯不要把他写到书里去，但乔伊斯拒绝做出任何承诺，只说即使要用到戈加蒂，也会用得很艺术。戈加蒂也只能接受。

和戈加蒂见面已经有足够多的艰难交织其中了，但更叫人心烦意乱的是他见到了文森特·科斯格雷夫（Vincent Cosgrave）。科斯格雷夫多年来都是乔伊斯的密友，他是个犬儒又懒散的人；史蒂芬在《青年艺术家的画像》和《尤利西斯》中都有一个散步的同伴叫林奇（Lynch），这个角色大致就从科斯格雷夫身上取材。正是和科斯格雷夫走在莱恩斯特街（Leinster Street）上的时候，乔伊斯第一次见到了诺拉，第一次和诺拉说话。乔伊斯离开都柏林之后和科斯格雷夫往来过一两封信，而乔伊斯一直觉得戈加蒂不是忠诚的朋友，但科斯格雷夫不一样。于是，我们可以想象乔伊斯听到科斯格雷夫这一番话的时候是如何措手不及，他说：1904 年的时候，有几
36 个晚上诺拉告诉乔伊斯她要上班，没法见面，其实她都跟科斯格雷夫在一起。乔伊斯听了惊愕万分。

他写信质问诺拉，因为这件事一旦是真的，他和诺拉就只能永远分开了。科斯格雷夫这个故事的荒唐，他根本没有察觉。他又咨询了另一个老朋友 J.F. 伯恩（J.F. Byrne），这是乔伊斯另一个人物克兰利的主要原型。伯恩对阴谋兴趣浓厚，不亚于乔伊斯，立刻

就提出这是科斯格雷夫和戈加蒂联手捣鬼，只为让乔伊斯沉沦。同时乔伊斯还听自己的弟弟说，实情和科斯格雷夫所言恰好相反，他追求过诺拉，但是没有成功。乔伊斯终于看清科斯格雷夫捏造这样一个故事用心何其险恶，虽然妒忌和愤怒落了下去，但并未完全消失。这个局面在艺术上的影响是决定性的：之前他觉得自己主动流亡是背叛祖国，现在他把这种背叛跟朋友通过他的妻子背叛他联系起来。从流亡中回到故土，亲身体会自己主题的扩张，倒是恰如其分。

但《流亡者》这部剧作不只限于科斯格雷夫的谎言和他与戈加蒂的假友情。第三种元素更复杂，来自于乔伊斯的另一个朋友，甚至乔伊斯都承认这是个“相当正直的家伙”。他名叫托马斯·凯特尔（Thomas Kettle），曾是乔伊斯在都柏林大学学院的同班同学，跟乔伊斯一样，经常去下院议员大卫·希伊（David Sheehy）的家里，因为这里不但有对宾客十分慷慨周到的小聚会，还有议员几位好看的女儿。当乔伊斯 1904 年毅然决然离开都柏林的时候，他把《英雄史蒂芬》唯一的手稿留给了凯特尔，无疑是极大的信任。但乔伊斯很快又不放心，想起自己最喜欢的剧作家写的那部《海达·高布乐》（*Hedda Gabler*）中，海达就把别人留给她丈夫的手稿毁了。于是他写信给弟弟斯坦尼斯劳斯，让他去凯特尔那里把手稿取回；乔伊斯的理由倒不是凯特尔会干出海达那样卑劣的事情，而是怕凯特尔为人太君子，察觉不了“伪装者”（乔伊斯这样形容他的敌人）的险恶用心，让人把手稿骗走。

凯特尔自然交出了手稿，且没有生出任何怨怼。乔伊斯在国外很关注他的发展，凯特尔后来越来越多地参与到公共事务中，1906年主编了一份叫《为国者》（*Nationist*）的报纸，但时间很短。他对爱尔兰的诸多问题有独到的见解。他后来出版的一本书，《此刻的重负》（*The Day's Burden*，1910），乔伊斯也拿到了，自序中写："我对爱尔兰只有一个建议：只有变成一个欧洲国家，爱尔兰才能更深刻地成为爱尔兰自己。"在《流亡者》中，罗伯特·汉德问理
37 查德借了一支雪茄，说道："这些雪茄让我更欧化了。如果爱尔兰要成为一个新的爱尔兰，它必须先成为一个欧洲国家。"

斯坦尼斯劳斯提议把乔伊斯的一些诗作投给凯特尔的报纸，乔伊斯认为是个好想法；但什么都还没来得及做，凯特尔已经辞去了他干了三个月的编辑工作，投身政界，还在1906年选上了北蒂龙选区（North Tyrone）的下议院议员。再接下来的一年，他和乔伊斯的联系就不再这样若有若无了。1907年《室内乐》（*Chamber Music*）出版，爱尔兰有两篇书评，其中一篇的作者就是凯特尔。他赞扬这本书，但还是忍不住指出，乔伊斯的诗篇离爱尔兰以及现代世界面临的问题都太过遥远。《流亡者》中罗伯特·汉德给报纸写了一篇社评，评论理查德·罗恩的回归，他用的语言和凯特尔大致相仿。凯特尔的书评上来第一句是："那些记得五年前大学学院生活的人，会留下很多关于乔伊斯先生的记忆。"罗伯特·汉德重新组织了一下语言："那些能忆起十年前都柏林智识生活的人，会有很多关于罗恩先

生的记忆。”凯特尔指出《室内乐》与保尔·魏尔伦趣味相投；罗伯特·汉德把理查德·罗恩跟斯威夫特犀利的愤慨联系起来——相比于乔伊斯的诗歌，斯威夫特更适合与他的散文相比照。

显然凯特尔颇为欣赏乔伊斯，这也让斯坦尼斯劳斯·乔伊斯向他哥哥建议，应该好好维护和凯特尔的友谊。但哥哥回答：“我的男性朋友总觉得我带着某种挑衅的意味，他们觉得很难理解我，也很难跟我交往，虽然看上去他们明明有能力完成这两个任务。”他还遗憾凯特尔一心想通过议会谋求爱尔兰独立，这在乔伊斯看来是绝不可能成功的。但不管如何，那篇给《室内乐》的好评他一直记着。1909 年刚回都柏林不久，乔伊斯听说“中级考试”现代语言部分空着一个考试官的位置，他请凯特尔举荐。凯特尔热情地应允了，而他那时刚当上国立大学的教授，建议乔伊斯也去那里应聘一个教授的职位，教意大利语。乔伊斯很是积极，但发现凯特尔没有弄清这个职位是怎么回事，那并非教授，而是一个小讲师。乔伊斯在给弟弟的信里说，似乎因为凯特尔的支持，他可以拿到这个讲师的工作，但得不偿失。显然，《流亡者》中罗伯特·汉德替理查德·罗恩谋求一个现代语言的教职源于这段往事。

至此，乔伊斯和凯特尔之间的关系还太过单薄，除了给戏剧创作提供一些零星的提示，帮助不能算多大。但至少在乔伊斯的想象中，两人的关系更亲密了一些。凯特尔提出想看乔伊斯那部 38
小说的最新版本，乔伊斯因为心里确实感谢，安排斯坦尼斯劳斯从的里雅斯特把手稿用挂号信寄来。但快收到的时候，他听说凯特尔就要结婚，认定这部书戏谑味太重，会跟新婚之喜冲突。虽然他没有交出小说手稿，但对这段婚姻十分关心。凯特尔的未婚妻是希伊家几位女儿中最漂亮的一个——玛丽·希伊。乔伊斯之前来希伊家经常见到玛丽，有次在都柏林登山，同行的人当中也有她。那次山间漫步至少在乔伊斯的回想中是很浪漫的，他还因此为玛丽写了两首诗，就是《室内乐》中的《遮住的月亮劝你如何》（What counsel has the hooded moon, xii）和《轻轻地来，或轻轻地走》（Lightly come or lightly go，xxv）。但他从来没有让玛丽知道自己对她有多么倾心，我 1953 年见到玛丽·希伊·凯特尔，告诉她乔伊斯这份不为人知的深情，她说完全没有想到，当时半点迹象也没有。

就在凯特尔和玛丽·希伊婚礼三天前，乔伊斯去格雷欣酒店（Gresham Hotel）参加了一个宴会，在场一共二十个人左右，向宾客们介绍他的很可能就是凯特尔，说他“将会是这个国家最伟大的作家”。这份对他文才的赞誉却带着一点酸涩之感，因为他就要看着自己旧日迷恋的对象嫁给自己的朋友。婚礼是在九月八日，乔伊斯迷知道，这个日期是乔伊斯心目中带有魔力的日期之一，因为他把莫莉·布鲁姆的生日就放在这一天。乔伊斯笔下的日期很少是随机挑选的。他的这个选择怂恿我提出一个颇为大胆的想法，那就是《流亡者》中理查德·罗恩有另一个爱慕对象，比亚特丽丝·贾斯蒂丝（Beatrice Justice），而玛丽·希伊大致就是她的原型。读者会想起，伯莎妒忌贾斯蒂丝，就因为她知道贾斯蒂丝能理解那些她完全看不懂的书。有一点或多或少可以佐证，那就是理查德·罗恩给比亚特丽丝·贾斯蒂丝写过一些小短章（剧中没有说清是散文还是诗歌），但从来没有给她看过。乔伊斯给玛丽·希伊做了同样的事。

当乔伊斯看到凯特尔如此盛赞他的诗集，但又想到其中有两首是写给评论人未来妻子的，他心里一定觉得怪异极了。乔伊斯偏爱的就是这样的反讽。就像是这还不够复杂，他决定新婚礼物要送他们一本《室内乐》，而且是在的里雅斯特特别装帧的。作为一个手头拮据的人，乔伊斯也很少豪爽地送人结婚礼物，可给这对新婚夫妻的贺礼包含着一个情敌对新娘的关切，可谓别有一番象征义。这是不是也算一种指尖的偷情？乔伊斯心里所期待的， 39
难道不是玛丽·希伊终于能见到自己写给她的诗，希望自己很久之前感受到并塑造出来的情感能和她的目光相遇？正因为在乔伊斯的这份礼物中似乎听到了这样一些问题，我们才发现本来或许会忽略的一点，那就是乔伊斯不仅把凯特尔、科斯格雷夫和戈加蒂放进了罗伯特·汉德，他也把一部分自己放了进去。史蒂芬在《尤利西斯》里炮制出一套关于莎士比亚的理论，就证实了这一点：他同意莎士比亚不仅把自己视作剧中英雄，也视作那些反派。史蒂芬宣称：“他不遗余力的思考即是那个吃醋发狂的伊阿古，只想要让他心里那个摩尔人受苦。[1]”

---

[1] 莎剧《奥赛罗》中，反派伊阿古让“摩尔人”奥赛罗怀疑下属凯西奥跟妻子私通；此句中，提到“吃醋发狂（hornmad）的伊阿古”，因为伊阿古在剧中也无端怀疑奥赛罗和凯西奥给他戴了绿帽子。

凯特尔夫妇的计划是在奥地利度蜜月，乔伊斯说他和诺拉都在，请他们去做客。他们答应了，但后来还是没去。不管怎样，乔伊斯后来在书信里又一次提到凯特尔，透露的是这样一个意思：他还有一个兄弟叫查尔斯·乔伊斯，他本想请凯特尔再帮查尔斯一把，但觉得开不了口。之后要到 1912 年，也就是乔伊斯最后一次回都柏林，这才再次提到凯特尔。这一回他是想说服或逼迫一家爱尔兰出版社，履行合约，出版《都柏林人》。那家出版社畏畏缩缩，乔伊斯就去找凯特尔帮忙。但援手并未伸来。凯特尔不喜欢这些短篇，其中第二个故事《相遇》(An Encounter)写一个变态，凯特尔认为“比他读过的任何文字都更加无所顾忌”。乔伊斯为自己的小说辩护，说他真的见过这则短篇里描述的那个人，凯特尔回答：“这样的人我们都见过。”他又告诉乔伊斯：“我会严厉抨击这本书的。”乔伊斯在爱尔兰本就只有两个书评人，这是很严重的威胁。在凯特尔看来，很明显乔伊斯已经不再像《室内乐》那样，只是忽略爱尔兰的民族运动，现在他正有意嘲弄它。乔伊斯这时有了基本材料，可以用来塑造罗伯特·汉德含混的姿态了。汉德在那篇评论理查德的报纸文章里说：“我们这个国家面对的诸多问题中，其中或可致命的一个，就是她对于她某些孩子的态度。这些孩子在她危急时弃她不顾，现在长久期盼的胜利就在眼前，他们又被召唤了回来，这些人在寂寞和流亡中，终于学会了如何去爱这个国家。”说得直白些，也就是这个娶了乔伊斯曾经的心上人的托马斯·凯特尔，现在已经准备好要攻击他的文学了。《流亡者》的大部分情节，已经在乔伊斯的头脑中成形。

罗伯特和理查德之间的争斗，不仅因为伯莎·罗恩，也因为比亚特丽丝·贾斯蒂丝。罗伯特私下里已经跟比亚特丽丝订婚，而理查德则一直在用书信求爱。而说到他们因为伯莎而上演的对手戏，乔伊斯可以回想科斯格雷夫是如何伪造他与诺拉之间的交往 40
的。罗伯特那些出轨的心思，并不以凯特尔为原型，在的里雅斯特乔伊斯找到了另一个范例，离自己的剧作更接近。他跟自己学生罗贝托·普雷齐奥索（Roberto Prezioso）亲近了好几年，普雷齐奥索是的里雅斯特当地报纸《小字晚报》（*Il Picolo della Sera*）的编辑，约乔伊斯给报纸写过九篇关于爱尔兰的文章；1912 年至 1913 年间，报纸上发过几次评论，盛赞乔伊斯的《哈姆雷特》讲座，应该也是出自普雷齐奥索之手。普雷齐奥索经常去乔伊斯家拜访，因为是个很会和女性打交道的人，如果正好乔伊斯不在，他也会留下来跟诺拉聊天。乔伊斯似乎很鼓励普雷齐奥索多来。诺拉得意地告诉一个女性友人，普雷齐奥索跟她说："太阳为你升起。"这句话显然乔伊斯也知晓，《尤利西斯》中，布鲁姆就说过："太阳为你闪耀。"而在《流亡者》中，罗恩家的女仆与伯莎聊起男主人，说："他肯定觉得你满面阳光吧，夫人。"后来普雷齐奥索明确向诺拉表达爱意，乔伊斯知道了之后，倒不是预想中那种唯唯诺诺丈夫的样子，他妒意大炽，去找普雷齐奥索痛斥了一番，估计就是说普雷齐奥索辜负了友情和信任。普雷齐奥索失声大哭。一直到 1916 年，诺拉·乔伊斯依旧会梦见普雷齐奥索哭泣的样子，而她的丈夫依旧在解梦。难怪理查德的对手用的名字跟普雷齐奥索一样，叫罗伯特。

但乔伊斯一向热衷剖析自己的灵魂——他问自己的弟弟：“一个人除了穿过自己头脑的东西之外，还能知道什么？”——他不会只到这里就罢休的。他自己最明白，相对于跟普雷齐奥索说的那些，他的动机要复杂得多；1918 年到 1919 年，诺拉·乔伊斯跟他们共同的朋友弗兰克·巴钧（Frank Budgen）坦露：“吉姆要我跟其他男人来往，让他有东西可写。”虽然她没有完成这一项丈夫布置的任务，但她的确为了哄乔伊斯高兴，在一封信里称呼他为“亲爱的乌龟”。虽然诺拉那些所谓不忠都是子虚乌有，但这不仅仅是刺激婚姻的幻想，也是乔伊斯迷恋被出轨的苦涩滋味。我之前提过，不仅是理查德身上有他，罗伯特身上也有他，这个推断有证据支撑，那就是罗伯特·汉德称伯莎是“树篱上被风吹动的野花”，这其实是在引用乔伊斯 1909 年 12 月 2 日写给妻子的一封信：“你永远是我树篱上美丽的野花。”当汉德跟伯莎说：“有一个词我从来不敢告诉你”，他也是在仿效乔伊斯：还在追求诺拉的时候——让诺拉十分不快的是——乔伊斯从来没法说出他爱诺拉。理查德·罗恩跟罗伯特说的一段话其实就是承认了他是妻子出轨中的共谋者。
41 理查德说：“在我这颗卑劣的心的最深处，我渴望你和她会背叛我——在暗处，在夜里——秘密地、恶毒地、狡猾地。我渴望被你这个最好的朋友背叛，也被她背叛。我的这种渴望非常强烈，也非常卑劣，我想在爱和情欲中永远地蒙受耻辱，我想要……想要就此变成一个可耻的人，在这种羞耻的废墟里重建我的灵魂。”罗伯特有理由说伯莎和他只不过遵从了理查德的意愿，而他讲出让两颗灵魂为伯莎而对决[1]，这样的邀约也是理查德放进他脑海中的。

这种谋求自毁的想法深植于乔伊斯的意识之中。《尤利西斯》中史蒂芬给布鲁姆唱了一首民谣，叫做“犹太人的女儿”，其中会杀死一个基督教的孩子；史蒂芬又做了一番评论，宗旨就是这个孩子是“自愿”被献祭了。一个人可以设计自己的命运，然后再承受这个命运，在《青年艺术家的画像》里也有体现。书中史蒂芬发现克兰利似乎对他的女孩别有所图，评论道：“现在他光芒四射了？其实呢，是我发现他的。我要说清楚，确实是这样。在威克洛的一大堆麦麸下静静发光[2]。”虽然心里妒忌，但他安慰自己，是他发掘了克兰利，才会让自己的女友注意到这个人。史蒂芬和克兰利之间的关系，也是理查德和罗伯特之间关系的某种预言，因为克兰利问过史蒂芬，他是否能忍受孤独：“身边没有任何一个人……是大过普通朋友的，即使这个朋友可能是最高贵、最忠诚的朋友。”史蒂芬反问：“你说的是谁？”“克兰利没有回答。”我见过伯恩两次，他告诉我的第一件事，就是当年在都柏林，大家都没听说过同性恋这

---

[1] 艾尔曼此处原文为 duet（二重唱），似指乔伊斯原文中的 duel（对决）。当时是三人同时在场，对质，罗伯特激动中提出两个男人应该公开争夺伯莎的心。

[2] 克兰利来自威克洛（Wicklow），是都柏林以南一个较落后的乡村。此处原文是 Shining quietly behind a bushel of Wicklow bran，英文中有固定表达“把光芒藏在斗（bushel）下”，出自《圣经》，指一个人把才华或信仰隐藏起来。

回事。乔伊斯在《流亡者》的笔记里曾说过理查德和罗伯特之间是妒忌与爱交织："罗伯特在身体上占有伯莎，只要重复得够多，必定会让两个男人间也发生某种身体关系。他们希望如此吗？也就是通过伯莎这个人，通过她的身体，结合起来；因为相比于男女之间，男人与男人之间肉身的结合必然伴随某种无奈和堕落？"在那部戏里，理查德说他想搂罗伯特的脖子，而且曾在片刻之间感受到某种特别的"兄弟情谊"。乔伊斯不只想分解爱，他也要分解友谊，包括其中的同性恋元素。从这样的角度看，两个男人不只占有这个女人，女人也成了他们互相占有的载体。《乔克莫·乔伊斯》中最难解的一幕，虽然没有说明是梦境，但读起来却像一个梦：戈加蒂正要来结交诺拉，而乔克莫却在和一个理发师做爱。《流亡者》当中"爱"变成了 égoisme à quatre[1]，或多或少也隐含在这个场景中。

42 在偷情这件事上探讨背叛这个主题，乔伊斯把更为深入的考察留给了《尤利西斯》。布鲁姆跟乔伊斯一样，也跟理查德·罗恩一样，热爱钥匙孔；乔伊斯说得明白，偷窥毫无疑问是妒忌的一个元素，所以他让布鲁姆目睹莫莉的不忠，还要他被妻子激得注意到不忠的所有细节。说他鼓励妻子的婚外恋情没有根据，但他确实提议，让莫莉和史蒂芬·迪达勒斯互相教授意大利语和音乐。尽管这个提议只是试探性的，不大可能真的落实，但它似乎隐隐勾连着

---

[1] 法语：一分为四的自我。

普雷齐奥索那一次次去看望诺拉、罗伯特一次次去拜访伯莎。理查德的确有用，他让乔伊斯可以释放那些纠缠他的心思，但理查德又是饱受疑虑折磨的——他没法知道伯莎和罗伯特在一起究竟干了什么。乔伊斯曾说过，世界既悬于虚空，也建立在疑惑之上。而布鲁姆所要探究的问题虽然与此有关，但也不一样：他没有疑虑，他很清楚妻子已经出轨。而他的应对是与自己和解，因为我们从娘胎里开始就逃不开“性”这件事，置身忠诚与不忠之中；不管是否真有床笫之事，总有目光的穿透和应诺，总有幻想。即使身体是忠诚的，头脑也可能游离。所以在《乔克莫·乔伊斯》里，乔克莫有一次提到他的那位学生，吹嘘道：“她的双眼饱饮我的思想：在她作为女人的中心，是一片潮湿、温暖、顺从、欢迎的黑暗，我的灵魂自己也在溶解，是像水一般充裕的种子，如潮水般奔涌进那片黑暗。谁要是愿意，现在就可以将她据为己有。”虽然这一切都可以视为胡扯，但也不要忘记，这是带有基督教传统的胡扯：“只是我告诉你们，凡看见妇女就动淫念的，这人心里已经与她犯奸淫了。”[1] 如果我们都彼此动过淫念，尽管淫念激烈程度各有不同，那布鲁姆有理由认定，偷情比以下这些过错要轻微一些：

> 偷窃、拦路抢劫、对小孩和动物残忍、骗财、造假、贪污、盗用公共钱财、辜负公众的信任、装病怠工、暴力伤人、

[1] 出自《圣经·新约·马太福音》。

> 腐化未成年人[1]、诽谤、敲诈勒索、蔑视法庭、纵火、叛国、重罪[2]、海员造反、非法侵入、破门盗窃、越狱、行“非自然的恶事”[3]、在战场上脱逃、冒名顶替、刑事暴行、屠戮、蓄意谋杀。

不过《流亡者》之中的态度又有不同，显然乔伊斯希望让背
43 叛扮演些其他的角色，也衡量对它的不同反应。在这部剧中，把出轨看做是关于肉身的事，就落入到物质至上的想法中去了，布莱克会称之为“单一视野”[4]。乔伊斯在给这部剧作的笔记中写道:“灵魂和身体一样，或许是有处子之身的，女人交出它，男人取走它，都是爱的表示。”理查德追求的其实是伯莎的灵魂。可罗伯特的观点虽然截然不同，却也或多或少被认可了。他想要的是“那一刻让人盲目的激情”——这里指的是肉体上的激情；罗伯特是替肉身的爱代言的，他称之为永恒的自然律法。“不管你怎么称呼它，说它粗暴也好，兽性也罢，”他这样说的时候相信这样的说法自有它的立足之处。他说一个女人就是一块石头、一朵花、一只鸟。理查德怯生生地提出异议：“渴望占有一个女人并不是爱。”罗伯特的反驳是让他给爱下定义，他回答：“希望她过得好。”（意大利语中这个说法——“Ti voglio bene”——就用来表达“我爱你”。）罗伯特希望

---

[1] 一般指和未成年人发生性关系。

[2] 原文 felony，常指带有暴力的谋杀、抢劫、放火等。

[3] 一般指鸡奸，但也可指代男女之外的各种性行为。

[4] Single Vision，布莱克的理念中，“视野”大致就是理解世界的方式，最高的是“四层”视野，“单一视野”是最低的，就是只用肉眼看到表象。

他遇到的爱都是外在的，是对肉身的颂歌。理查德坚持，爱必须是形而上的，是一种结合。他问罗伯特："你心中是否有那种闪光的确信无疑：认定她只有和你的头脑联系起来才能思考和理解，认定她的身体只有跟你的身体联系起来才能感受？"（我们意识到他正在给爱下一个更准确的定义。）罗伯特小心地回复："你有吗？"理查德说："曾经有过。"

《流亡者》的结尾跟《尤利西斯》的结尾相似，就是物质的世界似乎马上就要变得形而上了。莫莉·布鲁姆夸自己的丈夫："我知道他懂女人，或者说他能感受到那是什么样的。"这时她是在赞扬布鲁姆有一种特质，而这种特质是全然没有精神世界的博伊朗所缺乏的：想象力。在《流亡者》的最后一幕，理查德提到自己灵魂的伤口——"一个疑惑的伤口，深到无法愈合"。这种疑惑很像斯特林堡《父亲》（*The Father*）中的疑惑，这部剧乔伊斯是知道的，剧中的上尉觉得儿子未必是自己的，不管妻子如何申辩（就跟伯莎一样），他还是没有信服。理查德想要和伯莎"以完全赤裸的身体和灵魂结合"，但他所谓的赤裸主要还是灵魂的赤裸。这场战斗比的更多的是头脑，而非身体，罗伯特输了，决定流亡，而理查德刚从流亡中归来，就像流亡不是一种地理上的移动，而是一种被抛弃的状态。

我们不知道第二幕结束之后，那天晚上发生了什么，乔伊斯煞费苦心地不让我们知道。理查德的确有权留下疑惑的伤口。通奸可不是什么随便的事。可话说回来，他应该知道伯莎对他很是

钟情，而且以后也会如此，这一点上，他很难有多少疑惑。他甚
至说出想要生活在一种“焦躁的、鲜活的、伤人的疑惑”中。而
44 在这样的疑惑中生活的人，一定是某种程度的流亡者，他们从彼
此身边走开了。

这样历数《流亡者》的背景材料，我是想提出，这部剧作比它给人的第一印象要出色。它当然有很多弱点：比亚特丽丝始终是个模糊的人物，而罗伯特也不够真实。但理查德和伯莎不管他们行径多么古怪，在人物塑造上是让人信服的。乔伊斯对这部剧作的期待跟其他作品一样，要它成为“在禁地一次张扬的游览”；这一回是特地要考察一下被女人出轨的男子。在给《流亡者》做的笔记中，乔伊斯曾提到《包法利夫人》新发现的手稿，关注点从情人身上移开了，转向那个当了龟公的丈夫。他也提出：“作为一份对妒忌的研究，莎士比亚的《奥赛罗》至少是不完整的。”这些笔记里——乔伊斯的遣词造句如此郑重，显然想到过它们日后会出版——他没有提到莎士比亚的另一部剧作《辛白林》。但《辛白林》要切题得多，跟《流亡者》一样，里面还有一个忠诚测试。阿埃基摩撒谎，说自己勾引了波塞莫斯的妻子伊摩琴，但到最后波塞莫斯醒悟过来了。乔伊斯在这部莎剧中发现的是莎翁自己的性情：就像史蒂芬·迪达勒斯在《尤利西斯》中说的：“在《辛白林》和《奥赛罗》中，他既是鸨母又是龟公。”乔伊斯的确想把妒忌分析完整，想更深入地分解它，他的描绘不可谓不繁复至极。爱人受到关注，妒忌

者既享受这份关注，又痛恨它。他渴望通过占有一件美好的东西，惹来妒忌，但享受占有其实也就是允许自己想象被剥夺，完全信赖某种忠贞是不可能的，因为忠贞和背叛永远是相辅相成的；那些不在的东西让人注意到那些在场的。他或许跟理查德的看法一样：忠诚这个概念本身就属于一个私有财产的年代，应该被取代。给出的东西就不能再偷了，一扇打开的门，你是不能破门而入的。理查德虽然对拥有一个妻子愤懑不已，却又渴望妻子把身心都托付给他。为了实现这种渴望，他却只能让它接受考验，而一旦如此，他自己就要承担一种不确定：她或许会在身体上不忠，或许会在精神上不忠。她反复说自己身体上没有不忠，并不能保证她精神上就一定忠诚。而精神上的忠诚，自己的证词不管如何真挚，都无法让人完全放心。

对于伯莎来说，问题的重点不是妒忌。虽然她也妒忌比亚特丽丝，知道比亚特丽丝的头脑和理查德的头脑彼此吸引。但对她来说，主要的问题在于自由。当她感觉被束缚，尤其是希望被束
缚的时候，她要如何成为一个自由的人？另一方面，她的丈夫 45
声称妻子是自由的，把自由当成他的馈赠，但又像老鹰一般盯着她，若把视线转开只为了更明白她在想些什么，这又谈何自由？理查德的理念，所谓两人以绝对的赤裸占有彼此，我们是不可能达到的。

在性背叛和性嫉妒扰起的情绪中，乔伊斯找到了一种寓言，可以用来比喻所有创造者的困境，不管他创造的是书还是世界。乔伊

斯的笔记里提到，这部戏剧“是用萨德侯爵[1]和冯·萨克·马索克男爵随意拼搭的”。但在艺术创造者中，这些情绪会聚合，就好像所有的创造都带着施虐和受虐倾向。莎士比亚说到底就在我们所有人之中，马夫和屠夫，老鸨和龟公[2]；上帝不由自主地与他相像。这是史蒂芬·迪达勒斯告诉我们的。但我想，乔伊斯会说，其实所有人都是如此，至少在某种程度上，我们都创造那些让自己受苦的处境，创造那些让我们更容易痛苦的头脑。我们都是离开了应许之地的流亡者，回去也是徒劳。

---

[1] Marquis de Sade（1740—1814），法国小说家、哲学家；因为性事过于放浪入狱和被送入精神病院；留下作品《所多玛的一百二十天》等。后文中的 Freiherr v. Sacher Masoch（1836—1895）是奥地利作家，他在一个中篇小说中描绘自己如何要求被情人虐待。后来两人就成了“施虐 / 受虐”（SM）的词源。

[2] 此处原文为 Shakespeare is all in all of us，似有误：此处借用的是《尤利西斯》中史蒂芬的一段议论，说我们在万物中看到自己，万物之主说到底也在我们之中，马夫和屠夫（the lord of things...is doubtless all in all in all of us, ostler and butcher...），接下去也提到，要不是天堂没有婚姻，也会同时成为“老鸨和龟公”。

艾子与比利翁

埃兹拉·庞德和 W.B. 叶芝第一回在伦敦见面是 1908 年，当时 46
庞德二十三岁，叶芝四十三岁。庞德不像六年前的乔伊斯那样，觉得叶芝已经老得无可救药了，反而宣称叶芝是唯一一个值得认真研习的诗人，这其中既是谦卑，也自然带着他的那份自傲；庞德后来还回想 1908 到 1914 年间“学习叶芝是怎么把诗写成这样的”，觉得没有白下苦功。他学到的是“包含某个意象的抒情诗或短诗有怎样的内在形式”，比如《鱼》，其中有：“虽然你藏在，月亮定格 / 苍白浪潮的起落中。”也学到“诗句的内在形式”（大概指“平淡、麻木的词”[1] 如何和意想不到的词按照韵律融合在一起）。叶芝还在“简洁的句式”上做了榜样，他大幅削减了倒装，比如在《老人临水自赏》（The Old Man Admiring Themselves in the Water）中写：

[1] 这是叶芝批评自己的合作者乔治·穆尔用了太多“平淡、麻木的词”。

"我听见很老、很老的人在说：/'一切都会改变。'"庞德直到1914年，还觉得这"直面而来如散文"。

庞德没有来伦敦之前就仔细研读过叶芝，从A Lume Spento[1]这部诗集就看得出来。他从瓦贝希学院[2]去英格兰之前曾在威尼斯停留，诗集就是在那里出版的。1965年重版时加了一个新的序言，里面庞德说那些诗是"馊了的奶油泡芙"。他的判断是对的，但不管如何，我们还是可以通过这些泡芙了解一下那个甜品师傅。里面的第二首诗叫做《梣树》（La Fraisne），这个词是旧普罗旺斯语；它还有一篇很长的诗前小序，里面有不少拉丁语和熟悉的埃兹拉式的表述。他解释道，诗中说话的人是嘉泽拉斯的米洛特[3]，因为太爱卡里多恩的丽尔斯而发了狂；但在这段解释之前，庞德还表达了他写这首诗的心境类似叶芝的《凯尔特的薄暮》，这个书名是用来暗示实体世界和形而上世界之间的朦胧界线；庞德觉得自己分成了"实在的自我和飘渺的自我"，他还继续给了一个定义，说是"像林中的水潭般超越感官"。像这样包含了时间又超越时间的状态，之后最明显的是在《诗章》中他描绘如天堂般的心境，不过《梣树》的心

---

[1] 意大利语，出自但丁《神曲》，形容罗马一位皇帝的儿子（Manfred）的葬礼被教堂阻挠，因为教堂怀疑他是异教徒。庞德本人的译法是"With Tapers Quenched"（被扑灭的烛火），应指Manfred被侮辱并隐入黑暗中的尸身。

[2] Wabash College，美国印第安纳州克劳斯维尔（Crawfordsville）的男子学校，庞德1907年曾在这里教书。

[3] 此处艾尔曼写作Miraut de Gazelas，似有误，应为Miraut de Garzelas，他和后面的"卡里多恩的丽尔斯"（Riels of Calidorn）都是庞德虚构的人物。

绪并没有达到那个高度。在他的自我剖析中，米洛特把自己视作那棵榜树；曾经他是个很有智慧的谋士，但现在放弃了“古老的人类做派”，在林间幻化成了新的样子。他似乎追随了叶芝早期诗作中 47
两个人物，一个是弗格斯，放弃王位在林中驾驶着他的黄铜马车[1]，另一个也是退位的君王，戈尔[2]，跟阿诺德的“孟卡拉[3]”属于同一朝代。庞德的诗句“在夜间颤动的除了风别无他物”，应和了《疯狂的国王戈尔》（The Madness Of King Goll），其中反复的句子是“它们不愿噤声，在我周围颤动的叶子——那些苍老的山毛榉叶”。米洛特感到他正融入榛树的树干，跟庞德另一首早期诗作《树》一样，都借鉴了叶芝的诗《他想起自己曾是天间的星辰何其伟大》（He Thinks Of His Past Greatness When A Part Of The Constellations Of Heaven），“我一直是棵榛树，叶间挂着 / 北极星和北斗七星 / 在无人记得的久远中……”

《榜树》还写到米洛特“抛下了这个错误 / 和老人穿作斗篷的冷淡”，宣布：“因为我知道呼号和苦涩是种错误”，这种诗句让人想起叶芝笔下“呼号”和“错误”这类词的用法，而且叶芝《七森林》（In the Seven Woods）的影响尤为明显，那首诗里的说话者

---

[1] 出自《谁与弗格斯同行》（Who Goes With Fergus?）。弗格斯是爱尔兰传说中为爱自我放逐的君王（参见《无可比拟的叶芝》一文），这首诗是劝年轻人去追随他。

[2] Goll，爱尔兰传说中的国王，也是一个歌者，在战斗中发了疯，逃到了森林中。

[3] Mycerinus，古埃及第四王朝的法老孟卡拉，大约在公元前26世纪在位约十八年。

“抛开了无益的呼喊，和那掏空心脏的旧苦涩。”米洛特的创伤是在普罗旺斯长起的，但他在叶芝那里包扎、上药，又剥落，这里指的不仅是《凯尔特的薄暮》，也包括叶芝的第一、第三、第四部诗集。

虽然和叶芝相近，但《楉树》的构造依然明确是庞德自己的。叶芝把国王戈尔的疯狂塑造成英雄式的心理状态，高过理智，而谋士米洛特的心态更模棱两可，甚至更可怜。而且在三个诗节之后，庞德在形式上也凌乱起来，表现主人公思维的涣散，而叶芝则一直坚持诗歌在形式上的齐整。庞德运用了一系列不完整的句子，这在1908年的时候是非常大胆的：

曾经我是年轻人中的一员……
他们还说我，在年轻人中，算得非常强壮，
曾经有个女子……
……但我忘了……她曾是……
……而且我希望她不会再来。

我记不起……

我想她曾伤害过我，可是……
那是很久之前了。

这些圆点可能是英国诗歌史上最重要的圆点，标记着庞德尝试这种新技巧的时间，后来他在《莫博利》(*Mauberley*)中称之为

“间断的意识”。在后面的这首诗中，停顿不再代表慌张的压抑，而是一种犹豫：

漂移……急剧地漂移， 48
让时间取走……
取走他的迷惘；指明
他新找到的兰花……

在《诗章》中他往往省掉了这些点，跟艾略特在《荒原》中的做法一样，就像没有人会再奢望这样体贴的指引，而这种体贴在更早期的诗作中是常见的。这种形式始于《椤树》。

如果说庞德是翻译了叶芝，就像那些吟游诗人，固然有时翻得忠实，有时更多发挥，而这些挪用的氛围确实变化了，叶芝对这些变化是有所触动的，他并没有只把庞德看做是一个模仿者。庞德一定是带着 A Lume Spento 去结识叶芝的，叶芝读了之后说：“很迷人。”而庞德明白，这个形容词并非全心的赞誉。但叶芝读到《柏罗丁》这首诗的时候，一定很难克制想要重写它的冲动，不管是在句法还是在别的层面上：

作为一个穿过事物节点的人
掠回锥形的涡旋……

这时因为完全的寂寥，我造出
新的想法，新月形的**我**。

其中的涡旋预示了庞德后来漩涡主义[1]的倾向，而它再加上锥形和新月，也提前展示了《灵视》中的意象。我们不能说是庞德把这些想法引入叶芝头脑的，因为叶芝之前就对柏罗丁很熟悉了，但庞德一定又给了那些想法新的一层含义。

叶芝更喜欢庞德的《人物》(*Personae*)，这是接下来一年，也就是 1909 年四月出版的。威廉・卡洛斯・威廉斯讨厌庞德之前第一部作品中扮演各种异域人物，但新书的书名却骄傲地强调了这一点。庞德是想通过容纳更多的情境和心境，试着听从沃尔特・佩特的建议，横向地延展自我。叶芝在写《演员皇后》(*The Player Queen*)最初几稿的时候，想要塑造一种关于面具的信条，似乎目的跟庞德很像，当时他也一定跟庞德讨论过。但叶芝的诉求是靠融合自我的反面，不断地纵向加深它。在叶芝看来，庞德的理论过于飘渺无根了，有种可疑的国际化；阿瑟・西蒙斯重新阐释过佩特的印象主义，叶芝也表达过类似的质疑。但理论之外，叶芝看出了这个年轻人的非凡才华；《人物》出版之后，庞德兴奋地写信给威廉斯，说“我被在世最伟大的诗人夸奖了”。被如此怠慢的威廉斯几乎不想接话。

这段友谊让庞德感到兴奋，其实叶芝也满是喜悦。1909 年十二月，在给格雷戈里夫人的信里他说：“这个怪人埃兹拉・庞德……
49 真的已经成为吟游诗人这个话题上的大权威了。”过多的学问自然

[1] Vorticist，本书《双面爱德华》一文中作者有大量解读。

也让叶芝觉得有点好笑，有时他会亲切地取笑庞德是想当一个移动版的大英博物馆。他喜欢庞德发明的那种背诵诗歌的方式，听上去像音乐，有严格细致的时间要求，但依然听得清楚，他说这种方法比弗洛伦斯·法尔[1]更好，而十年前他曾盛赞法尔对他诗作的演绎。不过叶芝也指出庞德的声音不佳，“像一台劣质留声机”。或许这只是美国口音在一双爱尔兰的耳朵里水土不服。庞德这边，则认为叶芝那种“哀号和吟咏[2]”很荒唐；虽然他给不出什么改进的意见，但经过半小时的争斗，终于让叶芝承认，像彭斯那样的诗作是没法带着哭腔用《芦苇间的风》的调子拉长的。两位诗人都很享受居高临下地向对方示好。

当伦敦开始被庞德那些满怀激情的选择和拒绝震撼时，他自己却发现那些他所尊崇的作家并不像他一样对叶芝心悦诚服。背离十九世纪诗歌的运动已经展开了。就像约翰·巴特勒·叶芝在给儿子的信里所说：“埃兹拉·庞德热爱的诗人都厌倦了美，因为美对他们来说太常见了……诗人说，我已厌倦了这个叫做‘美’的妻子，但还有这个迷人的叫做‘丑’的情妇。往后我要和‘丑’一起生活，会是多么欢天喜地的日子。每天都是新鲜的可怕。普罗米修斯抛开了他的大石块，去跟复仇女神[3]一起生活。”丑的风潮往往还

[1] Florence Farr（1860—1917），英国演员，跟叶芝和庞德都有过不少合作。

[2] 原文：keening and chaunting with a *u*。chaunt 是吟咏（chant）较古旧的拼法，应指叶芝的发音和吟诵方式在庞德听来颇为老派。

[3] Furies，即 The Erinyes，折磨普罗米修斯的精灵。

跟一种信念相伴相随，就是宣扬人的局限。1908 年 T.E. 休姆（T.E. Hulme）跟庞德相识的时候，他已经在批判浪漫主义的沼泽，领着大家朝古典的高地走去；照他的标准，叶芝本可以又干燥又清爽的，却又湿又暗。而在另外的立场上，艾略特则宣称叶芝在现代的世界中是无关紧要的，几年之后，他会和叶芝争夺庞德的灵魂。劳伦斯一开始很崇拜叶芝，到了 1912 年已经可以说出这样的话：“他的东西现在让我觉得很诡异——就好像他已经再触碰不得。”而且他也反对叶芝处理古老意象的方式，认为它“病态”。另一位庞德的朋友福特·马多克斯·福特，虽然对其他的大而无当的怪东西颇能接受，但告诉庞德，叶芝是个“滴水嘴兽，写的诗很伟大，但依然是个滴水嘴兽[1]”。

庞德决意创新，而周围的喧嚷也让他不得不收敛一些对叶芝的推崇，不能把叶芝全然当做楷模。《诗刊》（*Poetry*）是当时在芝加哥初创不久的评论刊物，庞德 1913 年 1 月在其中解释道，福特和叶芝是完全对立的，因为一个客观，一个主观。尽管他很气派地
50 宣布叶芝是“唯一一个值得认真研习的诗人”，但又觉得不能不再警告一句：叶芝的方法“据我的思考是很危险的”。执法官的判决很是严厉：“过去十年，他的艺术没有拓宽多少。他对英文艺术的馈赠大多是否定式的，也就是说，他替英文诗歌剔除了很多毛病。”

[1] Gargoyle，把水导离屋顶的石雕凶兽，这里大致指古旧或恢宏建筑所代表的贵族价值。

叶芝之后也一直达不到他的要求。1913 年庞德写信给哈丽特·蒙罗（Harriet Monroe），说伦敦城里最重要的就是福特和叶芝这两个人："而叶芝的形象虽高大，却已经有些黯淡了，因为他引发的联想往往都在过去。"在《比萨诗章》（第八十二章）[1]中，他又衡量了这两位作家：

即使如此，福特这家伙的言谈还是更好些，

里面行动多过言语[2]，

尽管威廉有那么多轶事，但小福特

从来没有为了一个词句损伤一个想法

而且他更有人之情味[3]。

尽管有这样的质疑，庞德依然可以把叶芝看成一座美妙的桥，水的一侧是马拉美和象征主义者，而庞德要去另一侧创立意象派和之后的漩涡主义，他知道走叶芝这座桥是不会出事的。这些运动满嘴不要这样不要那样，歌颂光亮、清晰，大致上把一句诗看成一张快照。但有一件事庞德明白，而休姆、劳伦斯和福特都不明白，那就是叶芝依然能改变，而且对于抛弃九十年代的渴望，他丝毫不比

[1] *Pisan Cantos*，1945 年，庞德因为战时的亲法西斯言行，被关在意大利比萨附近的美军拘留所，写了《诗章》中的十一章，称为"比萨诗章"。

[2] 原文 res non verba，拉丁语。

[3] 原文 humanitas，拉丁语。

这些人要弱。叶芝 1904 年和 1910 年出的诗集是对他早期风格的反动，但他还是不满意，还在寻找能怂恿他继续变化的刺激。对叶芝仰慕和抗议交织的庞德永远能刺激他。

另一个激励来自于拉宾德拉纳特·泰戈尔，换到现在似乎不大会发生了。两人是 1912 年 6 月见面的，叶芝认为泰戈尔的诗是把两种人的比喻和情感结合起来了，一种是没有受过教育、没文化的人，另一种是有学问的人，而且他还把考究和通俗结合起来了，这种结合方式十年之前他向乔伊斯推荐过。叶芝告诉庞德，泰戈尔“是比我们当中任何一个都要伟大的诗人——我读这些诗的时候，一直疑惑我们为何还要继续努力写诗”。其实庞德也一样兴奋得有些忘乎所以。泰戈尔的《榕树》（The Banyan Tree）里有段描绘：“两只鸭子在它们的影子之上，游过野草蔓生的岸边，而那个孩子……渴望……像那些鸭子一样漂流在影子和野草间。”叶芝指出这段描绘中的鸭子“是真正生活中的鸭子，而不是从文学中游出的鸭子”。叶芝的朋友司特吉·慕尔（Sturge Moore）正帮着泰戈尔翻译，叶芝也参加进来，常跟慕尔因为某个字词而争执。[他允许泰戈尔使用“maiden”（处子、少女）这个词，但之后他有一个词汇消毒的阶段，在跟另一个印度人翻译《奥义书》[1] 的时候，他坚持
51 一定要用“girl”（女孩、姑娘）。] 很快他意识到泰戈尔“不平衡”，

[1] *Upanishads*，印度思想中最经典的古书，阐释吠陀教义多种作品的统称，为后世各派印度哲学所依据。

有时候有些无趣，但读到的主要还是“伟大的美”。叶芝还给《吉檀迦利》写了一篇很有气势的推荐。

叶芝的现代化有庞德的参与，但就像大多数导师一样，一开始是他强行指导的。1912 年 10 月，庞德说服叶芝给《诗刊》发一些新作品，让这本刊物起步。叶芝把诗给庞德是让他代为转寄的，附了一张字条，说帮忙检查一下标点。日后庞德半开玩笑地懊悔道：这张字条肯定“制造了某种戏剧氛围”。他没有办法只顺从听命，忍不住在叶芝的词句上做了三处改动。《逝去的壮美》(Fallen Majesty ）的最后一句话，本来是“曾走过一物正可谓如云朵在燃烧”；庞德更大胆，但或许也很合理地删掉了“正可谓”。在《山墓》(The Mountain Tomb ）中，庞德发愁的是这几句：“让房间里不要再有无声的脚 / 也不要有因为缺少亲吻和红酒尚未湿润的嘴唇。”[1] 最后把其中的“or the”改成了“nor with”。接着是《致一个在岸上跳舞的孩子》(To a Child Dancing Upon the Shore)：

你如此年轻，尚不知
愚人的胜利，也未曾
见证赢得的爱转瞬即逝，

[1] 原句为 Let there be no foot silent in the room, / nor mouth with kissing or the wine unwet。之后在这一句上的来回调整，不再译出，大致可理解为，叶芝注重文句流畅自然，但有歧义，庞德的修订版更清晰。

不知道他，最好的劳作者，会死，

那么多麦梗无人扎起……

庞德苦苦思考，最终把“不知道他”的那个“he”改成了“him”[1]。

10 月 26 日，改完之后心平气和的庞德把诗发给了哈丽特·蒙罗，还附上了一条评论：“我认为这的确不能算是巅峰状态的 W.B.Y.……但多少展现了一点‘新叶芝’的样子——比如‘孩子跳舞’的那首。《逝去的壮美》还在他两年之前的地方。《现实主义者》也在朝着新的阶段努力。”庞德虽然喜欢《再无第二个特洛伊》中的硬度，但是二十年之后依旧在歌颂茅德·冈也让他觉得很倦怠。另一方面，叶芝现在时常追求让诗句更为直接，这是庞德欢迎的。他把这些感想稍稍透露了一些给叶芝，也很及时、仔细地汇报了他所作的小改动。

庞德没有想到叶芝对这种美国式的自说自话十分恼火，只能展开一系列安抚工作，并记录在他给蒙罗小姐的书信中。叶芝因为要照顾节奏，一定要把《逝去的壮美》中那个疲乏的“正可谓”放回去，虽然一年之后他重写了这句诗，去掉了“正可谓”。但庞德的另两处修订对他震动很大。一开始他把第二段改成了“Nor mouth with kissing nor the wine unwet”，但到了后来出了校样之后，他意识到这样变成了“不湿的酒”，是不行的，最后《诗刊》里出现的

---

[1] 作为前面“还不知道”的宾语，此处应该用宾格，但和前面的例子一样，句子初读时，似乎用“he”更舒服。

是庞德的版本“nor with wine unwet”。第三处修改是代词之争，叶芝坚持要用主格“he”，一经指出，知道这样在语法上是重罪，就把前面一行诗最后的逗号改成了句号。11 月 2 日，庞德把这些部分恢复旧貌的指示转给了哈丽特·蒙罗，加了一句评论：“Oh la la, ce que le roi désire![1]”同一天晚些时候，他又汇报了一项最后的改动： 52

哲学丛中的最后一次诊断。
　见证赢得的爱转瞬即逝。（句号）
　而他，最好的劳作者，会死，
平静笼罩帕纳塞斯[2]。

叶芝依旧震撼于泰戈尔的诗句，也依旧为庞德的指摘刺痛，他觉得像是有谁在挑战他的权威。可能就在这个时候他私下朝庞德吐露道：“我一生都用在去除修辞上。我去除某一种修辞，却只建起了另外一种。”他在 1913 年 1 月 1 日和 3 日给格雷戈里夫人写过两封信，信里很清楚，他在求助，这是很多年来没有过的。前一封信里，他写道：“之前因为写作，我有半个月一直在阴霾之中——总觉得哪里出了问题。不过周一晚上我找来了司特吉·慕尔，昨天晚上是埃兹拉·庞德，我们一句一句地辨析，现在我知道问题在哪，心情也好了起来。我又拾起了塔拉之王和他妻子的那首诗（《两个

---

[1] 法语：哎呀呀，国王陛下的旨意。

[2] Parnassus，帕纳塞斯山，位于希腊中部，古时被认作太阳神和文艺女神们的灵地，后来常用来指代“诗坛”“诗人”“诗歌”。

国王》[1]），就为了去除弥尔顿式的宽泛。”（庞德让“弥尔顿式的”成了一个贬义词。）叶芝后来提到那些他和庞德一同删掉的字词，重新定义为“传统比喻”，大概指它们因为用得太多而变抽象了。第二封信，他向格雷戈里夫人暗示，这些讨论让他拉肚子了：

> 我的消化系统又古怪起来——我想是因为跟埃兹拉和司特吉·慕尔坐得太晚了，畅谈的时候还喝了点低度的红酒。不过，他们的批评给了我新的活力，那首“塔拉”诗已经改头换面；自从甩掉弥尔顿之后，写作时有了一种新的自信。两人之中，埃兹拉是更好的批评家。他一脑袋的中世纪，帮我摆脱了当代的抽象，回到确定和具体。跟他聊一首诗，就像要你把一句话翻成方言。一切都变得清晰、自然了。只是他自己动起笔来，就很拿不定主意，经常写出很糟糕的东西，但有时也很有意思。他做了太多实验，只是放纵自己罢了；他的品位跟不上他那些好的信条。

53 庞德给哈丽特·蒙罗写的另一封信里面总结了那些“好信条”，叶芝听到的想必也就是这些，倒也未见得透漏出多少可疑的品位。他故意用了些不太漂亮的说法，呼吁“客观再客观，要表达；不要前后颠倒，不要腿叉开的形容词（比如‘addled mosses dank’[2]），

---

[1] The Two Kings，见《无可比拟的叶芝》注释。

[2] 直译作“腐坏的苔藓湿”，即在诗歌表达中把形容词放到被修饰词的两侧。

不要丁尼生式的语言：不是在特定情形之下、在情绪压迫之下能说出的话，都不要。文学性的表达，书里才用的字词，多一个，读者的耐心就少一分，对你是否真诚也多一分猜疑。”在这之前，叶芝就一直在重建自己的语汇，但要完成这个重建，需要一次震动。而庞德好就好在他的直率、他的善意、他无惧无畏的个性，而且自认为就是个惊世骇俗之人，让他来给叶芝服用这份震动再合适不过。他和之后的奥登一样，对于他们，一首诗是一个新鲜的装置，很多设计都效率太低，需要拆开重修。庞德的自我修炼，似乎正好满足叶芝需要他完成的任务，在这一点上，简直没有人能与他相提并论。而一方面庞德给得出那些建议，另一方面叶芝尽管年长，又有如此声名，却能接受那些建议，并且承认自己接受了那些建议，让他们的友谊和文人间很多交往大不相同，显得那么妥帖。

良药苦口，这段经历对叶芝来说，也是颇为难受的；既然向庞德求助过，只能偶尔继续接受他的申斥。《两个国王》写完之后，他给庞德看，庞德告知他（之后也写在了关于《责任》的书评里），这就跟《牧歌》[1]那种东西差不多，而且得是一个比弥尔顿还可怕得多的诗人才写得出来。叶芝给父亲写信，转述了这个严厉的判决，父亲要他不用多虑，丁尼生从没做到的事，这首诗做到了极致，那就是把力道汇集起来。叶芝大受鼓舞，认定这一回是庞德错了。可庞德的赞许还是会让他很得意，那是庞德读了《责任》中的最后一

[1] *Idylls*，指丁尼生的《国王牧歌》（*Idylls of the King*），十二首关于亚瑟王的叙事诗。

首无题诗，尤其是最后几句——“直到我所有无价之物 / 只成了路过狗儿玷污的柱子”——他评价叶芝终于成了一个现代诗人。一个撒尿的意象终于让庞德服气了。

叶芝虽然认可庞德评断诗句的犀利，也很喜欢这个人，但对庞德自己的诗却大为不解。自由诗的节奏就让叶芝难以接受，说这是“魔鬼的音步”。很多诗在叶芝读来似乎尚未完成。1913 年，哈丽特・蒙罗准备把一个奖颁给叶芝的《灰石》(The Grey Rock)，叶芝十二月恳请她把这个奖颁给庞德；他说得很坦诚：“我提这个建议，是我认为他那些写给你的音步实验展现了一种强劲的创造力，虽然我自己并不全心喜欢。他毫无疑问是个有创造力的人，只是要说清楚是怎样的创造力还为时尚早。他那些实验可能是错的，
54 我不确定；但与其奖赏按部就班的正统，我总是更乐见于把月桂冠冕留给勇猛有力的错误。”虽然庞德的写作不比乔伊斯更对叶芝的胃口，但不管怎样，叶芝都感觉到了庞德和乔伊斯一样，文字中藏着一种他不太了解的才华。下一年，《诗刊》在芝加哥办了一场宴会，叶芝发言时又提到庞德，说他“大部分作品带着实验性质；他的作品会慢慢积累起来；一次次的实验之后，他会找到自己的风格”。不过他读到了两首诗，在他看来具有“永恒的价值”，分别是《好伙伴之歌》(The Ballad of the Goodly Fere) 和《归来》(The Return)。他赞许其中第二首是“自由诗中迄今为止写得最美的一首，我能听到其中真正天然的节奏，这样的诗寥寥无几”。乔伊斯在《尤利西斯》中取笑过叶芝，模仿的正是这种说话略嫌过

头的腔调。叶芝后来还在《灵视》中引用了这首诗，正好和他螺旋重复的理论合拍。他刻意去体会庞德作品中的好，锲而不舍，只不过叶芝无意在自己前学生新开的学校中报名。在很多问题上，他们间的分歧从未消解，再往后一年，他们见面时还是争执不休，庞德几乎带着满足概括道："我们两人性格和信念的截然对立更有力地凸显了出来。"

1913 和 1914 年间，以及接下来的两个冬天，叶芝想离开伦敦，需要一个秘书帮他打字，还要能读道蒂[1]的诗和冰岛诗史（这一点上他比奥登更早）给他听。他的设想中，那位伙伴的第一人选就是庞德，庞德虽然疑虑重重，但为了英国文学，他不计个人得失地答应了下来。在他的预想中，叶芝自然有好玩的时候，但更多情况下会极其无聊，因为叶芝一定忍不住要聊起神秘学。但在那个四居室的苏塞克斯村舍里与叶芝共同生活，庞德却发现十分愉悦和宁静，这多少让他意外。他写信给威廉斯，说"相比于在旋风中零散接触的叶芝，intime[2]的他要好多了"。在《诗章·八十三》中，他怀念那段在"石屋"中的日子，写得自然更细致了：

有种疲乏，深如墓穴。

---

[1] Charles Doughty（1843—1926），他的《沙漠阿拉伯游记》（*Travels in Arabia Deserta*）对叶芝写作《灵视》很有帮助。

[2] 法语，即英文 intimate，亲密的、私下的。

平原的雾中长出画轴
太阳斜斜升过山头
于是想起烟囱里的声响
就好像是烟囱里的风声
可其实那是威廉叔叔
在楼下创作
造出一只了不起的孔雀
在他骄傲的眼眸里
在……造出一只了不起的孔雀[1]
造一只了不起的孔雀
在他骄傲的眼眸里
骄傲的眼眸
他确实有，而且不可磨灭
一只了不起的 aere perennius[2] 的孔雀

叶芝有他贵族式的骄傲，而且“几乎听遍了华兹华斯 / 为了滋养良知 / 更喜欢的其实是艾内莫瑟聊女巫[3]”，这两个小瑕疵依然让庞德不禁莞尔，但他也懂得了，它们一旦被写进了《孔雀》和《女

[1] 此处“骄傲”（proid）、“眼眸”（oiye 或 oy-ee）和“孔雀”（Peeeeacock）是庞德模仿叶芝爱尔兰口音吟诵的声音。
[2] 拉丁语，庞德借用了古罗马诗人贺拉斯的词，意为：比黄铜更长久。
[3] 指乔瑟夫·艾内莫瑟（Joseph Ennemoser，此处原文作 Ennemosor）的《魔法史》（*History of Magic*）。

巫》这样的诗中，也就获得了不朽的许可。

在“石屋”，庞德教了叶芝击剑，虽然叶芝难说真的学会了，却像庞德之前畏惧的那样，开讲玄秘学说和相关课程作为回馈。但这些讲授却比庞德料想得更有用。那时叶芝在给格雷戈里夫人写文章，大致是在“暗世界”[1]那套话语中写的，要放在《爱尔兰西部的幻象和信仰》（*Visions and Beliefs in the West of Ireland*）里面；而庞德正全力以赴编辑着芬诺罗沙（Ernest Fenollosa）翻译的日本能剧，这些剧本中的鬼魂和天外生物也一点不少。东西方不仅在康尼马拉[2]相遇，也在灵界聚首。庞德把那些剧本编写成了一本书，叫做《“能”》（*'Noh' or Accomplishment*，1916），里面他提到一些对应和参照，不少是叶芝给他的，而且说起某些事恭敬得一反常态，比如提到“鬼魂可受影响、可被施法是一种‘新’的信条”；不过他还是要为自己留一些面子，做了一份辩解，说他走上这条路只因为日本诗歌的高妙。能剧在庞德的版本中成了一个国际盛会，印度、日本、英格兰、美国和爱尔兰都出现其中，奇尔达旦和艾兰就像是为日本武士度身定制的场景：

---

[1] 原文 Tradition à rebours，字面可译作“暗面传统”“反向传统”，据艾尔曼在《叶芝：真人与假面》中表述，大致就是与玄秘学、通灵研究、魔法、巫术等有关的想法。

[2] Connemara，爱尔兰西部戈尔韦郡的一个地区，近海多山。后文中，奇尔达旦（Kiltartan）是爱尔兰戈尔韦郡的一个分区，格雷戈里夫人的庄园就在这里；艾兰群岛（Aran）是爱尔兰西海岸戈尔韦湾的三个小岛。

> 看你仰视佛祖，我心里忧伤，被你抛下的我，坠入地狱的黑河。我轻声的祈祷对你是否是种宽慰，你在静静的天堂里，知道我独身在那寂寥的荒野中。
>
> 忘却的时间里，我坐在这明亮的枝头，树皮如丝绸，画着符咒，精美得好像信夫山用忍草染的布[1]，这座山里你依旧买得到。
>
> 我的泪水也在下雨；刚刚过去的一定是暗夜吧。

56 相比于庞德，这些能剧其实更对叶芝的胃口；1918 年，庞德已经过早地宣称这些尝试是失败的。他把这份不光彩和叶芝的一篇长文联系起来，Per Amica Silentia Lunae[2] 中假设了好多“反自我”和“灵”，对于一个制币检测员的儿子来说，想必还是太诡异了。这部作品作为序言的诗名为 Ego Dominus Tuus[3]，不知庞德是否一样看轻，虽然他引过这首诗，且难以抵御多种语言间的笑话，称之为“西克”和“威利”（指“以勒”）的对话，但恐怕还是透露出一丝厌烦。他几乎又要相信，叶芝已经“衰朽”（faded）了，这句话他 1920 年就说过。

叶芝进入了一个新的阶段，心里笃定了不少。能剧塞进他手

---

[1]“信夫”与“忍草”谐音，当地产忍草，忍草染布这种工艺在日本文学中和“相思”联系在一起。

[2] 出自维吉尔的《埃涅阿斯纪》，可直译作“无声月光的友好寂静”。

[3] 拉丁语：我是你的主，或，我是你的主人；取自但丁的《新生》。后文所说的两个人名西克（Hic）和以勒（Ille），是拉丁语中的“这个人”“那个人”。（见本书《颓废之用：王尔德、叶芝、乔伊斯》注释。）“威利”（Willie）是威廉·叶芝的亲昵称法。

里纯属偶然，但他自己都不知道，这些剧本打赢了和自然主义戏剧间的这场大仗，之前他一直是在八面受敌式地顽抗。现在他终于拿到了把“像真的”抛在脑后的权力。废弃了舞台布景，也就撤掉了想象力的束缚。用面具把脸遮住，简笔刻画人物——抹光易卜生的那些让人信服的细节——一些不可挽回的行径不但让旁人远离一个人，也让这个人与他的那些私癖分隔，所谓“简笔”，就是抽取此类行动发生的时刻。叶芝还受到触发，开始用更新、更大胆的手法，比如用象征主义的舞蹈作为高潮，暗示永恒正冲击此刻，比如突然照亮废墟，制造一种原始的颤栗，比如让魂或者神附身。叶芝发现，他可以将整一部剧像一首诗一样，集中在某个比喻上；的确，能剧产生的效果往往是朦胧的，但叶芝并没有慌，他只觉得原本的形式值得改进。他保留了奇异之感，增添了戏剧张力，交融自然与超自然，为了更出其不意地突出人物的艰难抉择。叶芝式的似非而是，就是用不可思议炸毁表面的真实感，却求得一种更极致的现实主义。

结果他写出了第一部需要舞者的剧：《鹰之泉》（*At the Hawk's Well*），在某种程度上，他之后的所有剧作都是这一路新想法带来的。正好埃兹拉·庞德评论起戏剧来也很在行，他在布景和时机把控上提了很多建议，找来了不可或缺的日本舞蹈家伊藤道郎（Michio Itō），还帮叶芝把剧本改得更清晰。庞德的戏剧才华有一度似乎就要获得舞台的认可。他写了一个短剧，叶芝鼓励他扩充，觉得可能适合放到艾比剧院演出，但那时的剧场经理判决它有伤风

化之处太多。之后叶芝向格里戈里夫人举荐，让庞德暂代经理职位
四个月，但这个计划也被否决了。这些冷遇并未打倒庞德，他的作
57 用依旧不可或缺；叶芝有一部苦磨多时的剧作，始终无法完成，它
本是一部悲剧，但庞德很放肆地提出可以改写成喜剧。烟花被点
燃，叶芝欣喜若狂地把剧本写成了，它就是《演员皇后》。庞德追
求“体验”时的无所顾忌，以及叶芝在这部剧作中的主题——谎言
的必要，王尔德看了会很开心的。

在旋涡主义和各种魂灵[1]的纷扰之下，两个诗人的心思都被婚姻牵扯过去了。叶芝依旧忠于茅德·冈，很难脱身，但他自己都反复宣称，其实他效忠的更多是个符号，而不是一个女人。他写过一首诗，名为《他的凤凰》(庞德不喜欢，说这是“一点糟糕的叶芝”)，把茅德·冈和眼下的一众女子比较，比往日谈起她兴致高了不少，“这里有玛格丽特、玛乔丽、多萝西、娜恩 / 还有一个不露面的达芙妮、不露面的玛丽”，最后的结论气焰嚣张：“年轻时我认识了一只凤凰，现在就让她们风光罢。”叶芝这里是放任自己加了一个外人很难懂的笑话，那一串女子都是庞德的历任女友。其中多萝西是最重要的，她就是多萝西·莎士比亚（Dorothy Shakespear），九十年代，叶芝曾爱上过她的母亲奥利维亚。庞德 1914 年四月和

[1] Daimon，见本书《无可比拟的叶芝》，在叶芝的理解中 daimon 和“魂”(spirit)没有明显的区分；可理解为“自我”之中可以游走、可以给他指引的那个声音。

多萝西结了婚。至于叶芝，复活节起义让茅德·冈成了寡妇，叶芝觉得求婚是自己的责任，但茅德·冈已经是一种纠缠心神的执念，要与之同床共枕还是让他犹豫起来。（庞德也是这么看她的：当他想要形容叶芝对神秘学的兴趣，就像叶芝形容庞德的政治想法时一样，两人都把对方的那种特质形容为茅德·冈。）求婚被拒绝让叶芝舒了一口气。接下来那一年，叶芝娶了乔琪·海德-利斯（Georgie Hyde-Lees），是庞德夫人的表亲和密友，庞德还当了伴郎。双双娶妻之后，两位诗人经常见面。庞德 1920 年去了欧洲大陆，两人 1922 年在巴黎见过，1925 年在西西里见过，1928 年、1929 至 1930 年、1934 年在拉帕洛[1]见过，之后 1938 年在伦敦见过。但和很多时候一样，有了自己的家庭之后，好朋友之间总会微妙地疏远一些。

庞德的写作变得更有野心。《赎罪礼》（*Lustra*）之后，他写了《普罗佩提乌斯》（*Propertius*）、《莫博利》和《诗章》的第一章。叶芝 1916 年的一句话让他心神不宁。叶芝告诉庞德，他的新作品"让自己对他的情谊找不到庇护所"。庞德把这句批评写在给凯特·布斯[2]的一封信中，还提醒她不要跟别人提起。在《赎罪礼》中有很多纯粹的讽刺诗，后来庞德便极少写这样的诗了，或许是因

---

[1] Rapallo，海滨小城，位于意大利热那亚。

[2] Kate Buss，出生于美国马萨诸塞州的记者，喜欢古奥的学术研究，对中国感兴趣，与庞德趣味相投；1922 年出版《中国戏剧研究》（*Studies in the Chinese Drama*）。

为他也多少认同叶芝的批评，而在《诗章·八十一》中，他完全赞同起了叶芝的信念：

你所深爱的会留存，
其余的皆是糟粕
你所深爱的不会被剥夺
你所深爱的才是你真正的遗产

58 要弄清叶芝如何评价庞德的新作品并不容易。1920 年他告诉庞德，他喜欢《莫博利》，而对于《诗章》，他想先不作判断。

不过，在 1915 到 1925 这十年间，他对庞德的态度可以从《灵视》中做些推断，这本书是叶芝 1917 年 10 月婚后不久开始的。这本书很大一部分是“性格学”，他把同代人和过去的人按照月相归类。庞德慢慢变成了一个抽象的人物类型，可以远远地分析。写于 1918 年和 1922 年间的那些早期的手稿，庞德和包括尼采在内的其他住户都被安排在第十二阶月相，叶芝将这里的人命名为“先驱”。后来者中包括叶芝在内，有更饱满的意识，但庞德依然走在前面，这跟人物降生于世的先后无关。但《灵视》1926 年出版的时候，庞德的名字被去掉了；恐怕叶芝是不想让庞德难受。虽然第十二阶并不是个坏地方，但庞德居住于此的方式并不和谐。第十二阶的人要想“协调”，就要遵从查拉图斯特拉的教诲，英勇地全然战胜自我。（叶芝在其他地方也提到过庞德努力地想要完全掌控自我，但似乎并不认为庞德成功了。）于是，他就可以戴上自己真正的面具，一张孤独、冷漠、骄傲的面具，再形成一套主观的哲学，在渴望的对象面前颂扬自我。或许叶芝考虑过意象派提出的就是这一类美学，但他心里最主要还是想到了尼采，和尼采构想的更好的世界。在“协调”的时候，第十二阶的头脑源源不断地喷薄着个人体验，高贵而放浪。它厌恶抽象，就跟庞德一样，它想到的任何事物都包裹着声响和比喻。

但如果这一阶的人“不协调”，结果就很不如意了。他找不到自己真正的面具，只能慌乱中刻意摆出一系列姿态。叶芝一定想到了庞德的《人物》，或许还想到庞德自己在《戈迪埃-布尔泽斯卡》[1]里的表述，很像伯格森的哲学：“一个人说‘我是’这个、那个，或别的什么，话未及出口，他就已经不再是了。我从一本叫作《人物》的书开始寻求真实，可以说在每一首诗中将一张张面具完全抛下。我之后完成了很多转化，那不过是另外一些精巧的面具。”这些“不协调”的人永远积极回应，但在叶芝看来，也永远踌躇不决，他们会成为事实本身的猎物，沉醉、麻痹于事实中。他会转去选择一些伪面具，它们给的不是壮美的孤寂，而是隔绝在某个小小的抗议派别中，而与其说是选择，其实更多是偶然；而他会为自己的角色辩护，用的是“某种肤浅的智识动作、宣传册、粗暴的发言、暴徒的剑”。他总是在两种状态间摇摆，要么强

[1] 戈迪埃-布尔泽斯卡（Henri Gaudier-Brzeska, 1891—1915）是一位法国雕塑家，与庞德有一段很密切的交往。他死于一战战场，庞德次年出版了这本回忆录。

59 行摆出某种姿态，要么是过于注重外在事物，主张的那些教条太过倚赖于造就那些事件的一时境况，很难有长久的价值。叶芝在这里想到的是道格拉斯少校的社会信用理论[1]，庞德一直是它的拥护者。

尽管在草稿上，叶芝把庞德放在第十二阶，他一定也在考虑第二十三阶，这个阶段的月相属于我们这个时代，也属于这个时代最重要的艺术。最终，他还是决定完全把庞德移到后面这一阶，那就是一个更糟糕的去处了。庞德已不再是高度的个人主义者，也不再是先驱，而是一个分崩离析的头脑，时常失去自我控制。引发这次贬黜最直接的原因，是叶芝 1928 年在拉帕洛见到庞德给所有流浪猫喂食。这种不加甄别的同情，“就像一个醉汉”的同情心，让叶芝很快把它跟浪漫主义的遗毒联系起来，那是一种对全人类的歇斯底里的同情。他在其他作家身上也发现并且批判过，最值得注意的恐怕就是肖恩·奥凯西（Sean O’Casey）和威尔弗雷德·欧文（Wilfred Owen）了。现在这三人似乎都属于第二十三阶，这一阶的主题是“通过同情创造”。

第二十三阶的人研究外部世界只为了研究它本身，任何从中发现规律和秩序的念头都被排除了。第十二阶的人会让思想之源

[1] 道格拉斯少校（Major C. H. Douglas，1879—1952）是一位英国工程师，参加过一战，“社会信用运动”的发起人，这套理论的主要观点是要解决社会经济危机，得靠发行“社会红利券”，刺激消费。

泉喷涌，但第二十三阶的人不会，他们只让世界之熔炉煮沸到漕出来。不但因果关系是要不得的，这一点庞德亲口跟叶芝说过，可知的只是先后关系，可甚至连先后关系他们也要摧毁。《灵视》中的这一想法，叶芝在其他文章中也表述过；《牛津现代诗歌选》中，他的这段怨言就是针对《诗章》而发的："时代与时代间没有传递，从古希腊到现代英格兰，从现代英格兰到'中世纪'中国，却不加任何评论；这种交响曲，这种交织成的样式，撤销了时间，其中没有真正的运动，只是永恒的起伏。"在之后的艺术发展中，类似庞德这样的违规似乎不再那么反常，但叶芝还不适应。他给庞德找到了一个可相比拟的东方例子，结果并不是庞德最倾心的东方人孔子（在叶芝眼里，孔子就好像是个十八世纪的道德家，身前有个讲坛，头上还戴着假发），而是商羯罗[1]：他是九世纪某一派吠檀多的创始人，认为心中之物和实在之物"材质相同，都是经验的洪流从我们之中溢出，线条和色彩的限制都消散了；人不是一块结实的镜子，亮闪闪从篱笆干燥的木棍子前晃过[2]；他是一个游泳的人，甚至更是波浪本身"。新的文学是庞德的《诗章》，也是伍尔夫的小说，情节的限制、逻辑的限制、人物的限制、国籍的限制、作者性的限制，都消散了。叶芝在一封信里抱怨，庞德

[1] Sankara（788—820），印度中世纪经院哲学家，吠檀多不二论理论家，认为最高真实的梵是宇宙万有的根基。

[2] 应指司汤达的小说理论：小说是一面在大路上搬着走的镜子。

和他那一派诗人，引以为傲的常常是他们诗里留白的部分，所有那些可以拦挡洪流的东西和头脑中主动让事物更加清晰、更具备形式的能力，他们全都不要。

60 叶芝又想起他曾经认为庞德太过沉迷于实验，于是在《灵视》中断言，第二十三阶的人看待一切都是从技术的角度，而且也是用技术去探究，而不是想象力。为了逃避不受掌控的混乱，这一阶的人唯一的避难所就是纯熟地掌握技术。因为头脑被迫要事事客观，它唯一的快乐只来自于窗外景色的变换，而它想要构筑的整体中全是事件、全是画面。就因为像这样臣服于外在，二十三阶的人只希望活在此刻，这对他来说是种道义上的责任，叶芝说，他们为“此刻”辩护时简直像神学家。叶芝想到的是自然是庞德的“意象派”趣味，还有他矢志不渝的“使其新[1]”。

叶芝还注意到，不只是庞德，还有乔伊斯和艾略特，第二十三阶的人总愿意把眼下的场面和神话中的场面相比照。本该结合的，他们非要拆开，于是他们就预见到人的个性必将遭受更多的耗损，直至泯灭，而新的世界里，权利都被义务吞没，力量被如此推崇，以至于社会成了机器。这一月相和往后那些月相往往与管制严密的政府结盟，叶芝在此处明确表达愤慨，这和他之后一些文章里的观点是有冲突的。

---

[1] 庞德《诗章》中有一句：“day by day make it new”，旁边写有汉字：“新日日新”，出自《大学》：“汤之《盘铭》曰：苟日新，日日新，又日新。”

第一版的《灵视》1926年初出版，叶芝慢慢对其中某些部分感到不满，包括[1]他假称这是从一份阿拉伯手稿翻译而来。1928年他到了拉帕洛，打算继续在《灵视》上下些工夫。他给庞德看了他译的歌队唱诗《自〈安提戈涅〉》（From the *Antigone*）（“征服——啊，苦涩的甜蜜……”），再一次服膺于这位邻居的评鉴眼光。检视了“那位叶芝”[2]（庞德常这样戏称）的诗稿，他看出第八句必须要放到第二句的地方；另外也改动了第九句和第十句。叶芝接受了这些改动。他的那个想法可能就是这时产生的，那就是在《灵视》序言的地方用统一的标题写一串书信夸赞庞德，叫做《庞德文录》（A Packet for Ezra Pound）。但《灵视》对生命和死后的生活有那样详尽的规划，在叶芝所有的作品之中，这本书和庞德对艺术的体认最为难容；在庞德看来，艺术不受任何刻意规则和抽象理论的束缚。这不能说不是一种讽刺。所以《文录》其实是让叶芝和最可能批判《灵视》的对手正面交战。

正是将这种冲动付诸实施，叶芝在《文录》开头先是描绘了拉帕洛，又讨论了一位诗人，“他的艺术和我截然对立”。他概括了一场他与庞德之间关于《诗章》的讨论，又尽可能细致地解读了《诗章》本身，（正如他在一封给朋友的信中所言）就为了让庞德显得

---

[1] 此处原文为included，照字面理解似乎这个故事是此时叶芝才加上的，与事实不符；或为“including”，即叶芝后悔他在初版《灵视》中虚构了文本的来源（其实主要是他妻子在“自动书写”中创造的，参见《在叶芝家》）。

[2] The Yeats，大致有独一无二、不可亵渎之意。

亲和一些。实际上，庞德调遣主题时，那一阵阵的喷涌只显得越发
牵强，叶芝在呈现中已经尽可能地带着好意了，但还是承认，他依
61 旧觉得《诗章》太过碎片化，智识的惯例都被废弃了，只为了维系
一种幻觉，那就是原始的东西都不具备形式，而“不连贯”几乎成
了一个确认身份的暗号。

叶芝还在《文录》中放了一封劝诫庞德的信，提醒这位远离故土的人不要接受政府职位：“不要被选进你们国家的议会；我们的议会里我待了六年，已经完全不参与其中了。写诗的人容易激动，不管是你还是我，或是其他同行，都不是那些人的对手，那些老律师、老银行家、老商人，因为所有那些习惯和记忆，开始掌控世界了。他们倚着身前的椅子，就好像正在某个董事会中，面对着六七个他们的同类，不管说的话有没有道理，他们总是占据着道德的制高点。”庞德那时候跟几位议员通信颇为深入，对叶芝的话并不信服。《诗章·八十》中他回应道：“一个人若不偶尔在议会里坐一坐 / 他如何穿透一个议员头脑中的 / 黑暗[1]？”至于银行家，这是庞德最深恶痛绝的一群人，他在《新英周刊》(*New English Weekly*, 1934）中专门写了一首讽刺诗,《阿尔夫的第八段》(Alf’s Eighth Bit），想让叶芝对银行家有所改观：

不要用道理去烦扰

[1] 此处“黑暗”拼写为 darrk，或许是庞德模仿叶芝的口音。

银行家的头脑（他有这玩意儿？）
不要烦扰，威利，他的头脑，
不要去戳破那层伪装，
以为那还能是别的什么
东西，不要以为这个开心的给予者
真会拿出些什么，除了给那些被蒙蔽的人。

庞德像这样直接点评《灵视》，还有一处，评的并不是《文录》，而是《灵视》的末尾。叶芝写道：“我一日日坐在我的椅子里，将某个符号在头脑中翻来覆去，探索它的所有细节，明确它的元素，推翻，重又确定一遍，用它的完整考验我的信条和其他人的信条，用具体去替换抽象，就像在代数中一样……然后我将自己融入符号，我似乎只要驱逐所有那些记忆，就能懂得一切，在符号中发现一切。”从庞德的角度看，符号不会让体验凝结成它本来的形式，反而只会干扰体验。《诗章・八十三》中，他提到了叶芝这几句结语，跟《驶向拜占庭》联系起来（这首诗 1928 年庞德曾在《流亡者》刊出），叶芝那首诗中要求被收进“人工的永恒”。但跟叶芝想法大不同，庞德坚持道：

Le Paradis n’est pas artificiel[1] 62
而威廉叔叔流连巴黎圣母院

[1] 法语：天堂不是人工的。

在找寻着什么

停下来欣赏那符号

圣母便立在那符号中

而在圣埃蒂安

不妨再提一提奇迹圣母：

美人鱼，和那些雕刻，

庞德与叶芝不仅在何为天堂上意见相左，也在建筑上；那几句话字里行间的意思，是圣母身处于大教堂的逼人气势之中，那种符号化的气势对圣母不是增益，反是损耗。这里还有个微妙的类比，叶芝要把自己消融在《灵视》大教堂一般的结构中，庞德在这里把他比作了圣母。说到教堂，庞德更喜欢那些不怎么强调自身的建筑风格，比如佩里格（Périgueux）的圣埃蒂安教堂和彼得罗·隆巴多（Pietro Lombardo）设计的威尼斯奇迹圣母教堂；他之前夸赞过后面那个教堂里图里奥·隆巴多（Tullio Lombardo）雕刻的海妖和美人鱼，这里又重申了一下。说到文学，比起《灵视》，庞德更喜欢叶芝另外一些诗，诗人被裹在茧里的感觉没有像《灵视》那么明显。他举的一个轻巧的例子是《柳园畔》（Down by the Sally Gardens），几行之后他稍稍引用了那首诗，虽然引得并不完全准确：

智者

爱水

仁者乐山

河堰边青草在长高

威廉叔叔这样想道……

《比萨诗章》里面对叶芝有褒有贬，但叶芝已经不在人世，没有读到，不过，之前还有另一个机会，让他品尝了一番庞德对他的评价。叶芝六十九岁的时候，怀疑自己已经老得写不了诗了。他担心自己才华已经耗尽，还在勉强写作，1934 年 6 月去了一次拉帕洛，主要是给庞德看一看自己的新剧本《大钟楼之王》(*The King of the Great Clock Tower*)。庞德此时关注政事，很难让他分心，但他还是接过了剧本，第二天做出了判决："糟透了！"叶芝复述这段往事的时候，读者会以为庞德就说了这一个字[1]，于是就觉得这跟庞德那些激进的政治 parti pris[2] 一样，都是一种表征，说明他当时的头脑已经太过躁动，不能取信了。但那年六月，叶芝还在拉帕洛开始了一本札记，这里面对庞德就更公允一些了。庞德当时跟他说，这个剧的台词是用"谁都不是的语言"写的，放到舞台上肯定不行。叶芝竟完全没有抗拒，反而很谦卑地信任庞德对他用词的批评，叶芝为了作品，从来不畏避任何难堪。在笔记本里叶芝写道："我一开始认为他的批驳证实了我的担忧，那就是 63

[1] "糟透了"的原文为 putrid。

[2] 法语：偏见，先入之见（字面义：已经选择的立场）。

我已经太老了。过去三年我没有写什么诗。但‘谁都不是的语言’我可以修正。形式上，我只能用韵文写作，但一开始可以用散文体去找到结构。”他显然还是挺喜欢这些新版的诗歌，发表了这个剧本，而且加了一篇序言，虽然没有提庞德的名字，但还是干巴巴地复述了他的意见。与此同时，就好像是修订之后让庞德没有机会批评他还是老样子，叶芝马上又写了一部新的剧，还是一样的主题，叫做《三月月圆》（*A Full Moon in March*），里面那颗头颅（两部剧里都被砍了下来）念出的诗歌更实在和具体了。他还通过奥利维亚·莎士比亚让庞德知晓，《大钟楼之王》是他在艾比剧院最受欢迎的剧。

庞德并没有觉得不好意思，他又回到了对叶芝的负面评价，就像他过去时不时就表达过的那样，说叶芝的作品“晦暗”“衰朽”，1936 年，在给巴兹尔·邦廷（Basil Bunting）的一封信里，他说叶芝已经“死了”，“只保持着作为一个作家的旧习惯”，最近写的诗是“瞎扯”。另一封给邦廷的信里，他发觉“读那只大雕”“越来越难”。在庞德看来，尽管百般悉心照料，叶芝只难得活过来一下。但 1938 年在伦敦，两位诗人最后一次见面的时候，庞德说他很喜欢叶芝最近的诗，而叶芝习惯的是庞德不恭不敬的驳斥，听到这份夸赞多少也心生欢喜。庞德对叶芝的推崇带着几分揶揄调笑的成分，后来又有证明，是他用瓦贝希版的爱尔兰方言，戏仿了叶芝的《布尔本山下》，这首诗发表在 1958 年：

布尔本的屁股下面躺着
比尔·叶芝，一个比莎士比亚
强两倍的诗人，
八里七里五七岭[1]那边
都这么说。
让撒克逊的猎狐人
穿过这些墓地时
　　　　　摔断他们的脖子。

叶芝在他最后几年，重又认真思考了一回他对庞德的评价，这次不再借助《灵视》中的符号体系。他正在编纂《牛津现代诗歌选》，序言给了他一块好场地，正好和旧日的击剑师傅再斗一斗剑。他一边琢磨着庞德，一边选了他的三首诗（《长干行》（The River-Merchant's Wife: A Letter）、《普罗佩提乌斯》中的一段、《诗章·十七》），跟多萝西·韦尔斯利（Dorothy Wellesley）评论道，庞德的写作传递着“单一的勉强的姿态”，庞德“尽管那么喊打喊杀，却像那种不男不女的美国教授”。在序言中他的话就说得含蓄 64
多了：“当我把他的写作当成一个整体去考虑，我发现其中风格大于形式；他展现的风格、用心的高贵和传达这种高贵的技艺，在某些时刻强过任何一个我知道的当代诗人，但躁狂不安的纠结、噩

[1] 原文 Ballykillywuchlin，很可能是庞德根据常见的爱尔兰地名和发音创造的词，或为“小男孩的教堂镇”（Baile Cill an Bhuachaillín）。

梦、口齿不清的混沌，这些反面却把原先的好处不停地打断、击碎、扭曲，将它归于虚无。”“高贵”这个特质，庞德 1916 年在评论《责任》时用过，叶芝还礼，但在前面加个“用心的”这几个字，暗示这类刻意扮演的角色在某些时刻或许就会颓萎，坠入彻底的无序。在叶芝看来，庞德尚未能在自己身上塑造出完整的个性，所以也就没能把红酒全倒进大酒杯之中。庞德没有直接回应，但他在《诗章》中有一句简单的评语出现了两次，说叶芝跟“老负鼠”（艾略特）、刘易斯[1]一样，都“没有立足的地方”，不像阿尔弗雷德·欧拉奇[2]。而欧拉奇脚底的坚实土地就是道格拉斯少校的经济理论。

虽然从不认为自己的发明创造方向上有错，庞德经常承认他在《诗章》中采用的方法多少带着些探索和尝试。1917 年他在《诗刊》上发表了第一版的《诗章・一》《诗章・二》《诗章・三》，他把自己这种破碎的形式跟布朗宁比较，语气几乎是在致歉：“你是一个完整的人？ / 而我有很多碎片。”但同时他又说：“现代世界 / 需要这样一个大麻袋，好把所有的想法塞进去。”这种谦卑让他 1937 年之前一直把已经发表的《诗章》看作草稿，它们成为终稿只凭着时

---

[1] Wyndham Lewis（1882—1957），英国艺术家和作家，漩涡主义的创始人和主要倡导者。

[2] Alfred Orage（1873—1934），教师、编辑，他主编的《新时代》（*New Age*）在二十世纪初期极有影响力，1932 年创办《新英周刊》，是庞德发表作品和想法的重要出版物。

光推移，而不是他心意突然有了什么转变。庞德在后期的写作中，就像在《诗章·六十六》里面一样，回到了他曾经那种感觉，好像自己的努力的确勇猛，但未必达成了预想：

但美并不在疯狂之中
虽然我的错误与残骸散落在我周围
我无法让它们联成一体

其实庞德一直都明白，叶芝那些批评中的力道是忽略不了的。

而说到叶芝自己的想法，他并不认为庞德正在尝试的文学不值一顾。1938 年夏天有一位名叫尾岛庄太郎（Shotaro Oshima）的日本教授去拜访他，提到庞德《活跃集》（*Active Anthology*）里面收的诗作让他失望。叶芝回道：“即使那些用省略写就的诗也融合了视觉和想象，他的这种融合是很辉煌的成就。”他慢慢将庞德和省略等同起来。在后来的诗作中，叶芝努力也给那样的躁动留一些空间，虽然这些躁动和庞德不完全一样，至少是可供比照的；叶芝试图让自己的诗句径直破坏宇宙的对称。他在用叠句制造某种阻挠，包含了犹豫、否认和隐而不言的想法，这些感受庞德基本是靠省略或间断来表达的。在《然后呢？》（What Then?）这首诗中，叶芝找 65
来柏拉图，每一诗节主体中坚称的所有意思，都被叠句中的柏拉图质疑了：

“工作已经完成，”老了的他想道，

“和我少年时的计划一样；
让那些傻子发狂，我毫不让步，
把一些事做到了尽善尽美；”
可那鬼魂唱得更响了：“然后呢？”

叶芝以前一般都用球形去想象现实，但现在有了这样的手法，他点出了另外一股能量，可以称之为“反球形”——一股带着鄙夷的能量，它不可吸收和同化，带着鄙夷嘲笑着我们的事业。柏拉图名声太响了，庞德恐怕不会用他的鬼魂去象征无序，可既然有了高高在上的意味，也就排除了任何容纳他的希望，对已经确立的形态也难有任何满足。如果庞德喜欢叶芝最后的那些作品，或许就在于他读出了诗人也有所退让，那些诗也承认了有些无法连贯成整体的地方。

两人之间早已不是师徒关系。虽然庞德称呼叶芝为“威廉舅舅”和“比利翁”，1912 年之后，庞德反倒像叔叔。说到底，两人是互相把对方当叔叔。庞德感觉到叶芝能从他的修改意见中获益，也一定对自己的才华更有信心了。让叶芝战战兢兢、不敢松懈，这样的成就很难不让人兴奋、忘我。但庞德的写作走的是自己的路，虽然《诗章》中他喜欢引用叶芝、教育叶芝，两人后期的作品还是很不一样的。主要的分野也是决定性的，就在于他们对于形式的想象，叶芝经常把它想成一个沙漏，不断榨取，直至翻转，而对于后期的庞德，很难概括他心目中的理想形式（他和他的评论者也都没有说清楚），若非要形容，那就是一种即兴的突破，事先无法准备，回顾时也无法恭敬地将它珍藏起来。叶芝很喜欢把庞德的世界跟他自己的世界并置，就像他向史蒂芬·斯彭德（Stephen Spender）强调的那样，庞德的世界看似流淌，但其实是静态的，像一块织毯，而他叶芝的世界，是要让坚固的东西都到达熔点。

庞德有个说法，叫“思想的最高升腾”，两位诗人对这件事都同等着迷，这样的时刻出现在庞德的想象中，讯号往往是一个水塘，而叶芝往往会感受到被赐福，觉得自己像鸟，或者浑身颤抖。但两人对万事万物的原理认知不同，庞德至少在某些时候强调过客
观和外在形象的力量，要逼迫或引诱头脑去认出它们，就好像是在 66
抱怨叶芝构建事物的时候太自说自话了，可另外一些时候，他又宣称“UBI AMOR IBI OCULUS EST[1]”，或者在另外一处他写道：

一切都无关紧要，除了
到最后——
爱慕的质量——它在头脑中刻出了痕迹
dove sta memoria[2]

庞德坚信写作者最需要的是“持续的好奇”，这可以和上面所说的两种立场严丝合缝地搭配起来；“持续的好奇”可以确保他

---

[1] 拉丁语：爱在哪里，眼睛就在哪里。出自圣维克托的理查德（Richard of St. Victor，1123—1173），一位但丁推崇的英国神学家。

[2] 拉丁语：记忆留存、生长的地方。

“获准拥有”足够的生活去创作。可就像《诗章》中反复强调的，好奇和观察只是起点，至关重要的那个元素是“爱”。叶芝也强调“爱”的重要，但他用这个概念的时候，含义更炙热、更个人化，也跟性爱关系更大，而博爱和文化的意味更少一些。不过叶芝觉得“好奇”这个特质过于淡漠，而“爱慕”，如果它太不讲究品位和国族间的差别，也只会损害想象的强度。

两位作家都同意他们生活在一个衰落的时代，庞德认为“人伦败坏、争执不休”，叶芝说是“顶上已经半死”。(《比萨诗章》又指点道：“我亲爱的威廉·B.Y.，你那‘二分之一’说得太轻。”)在叶芝看来，补救的办法是整理和凝聚体验。庞德觉得这样做只会让它们在尚未成熟时已经融为一体，这种融合来自他所谓的“一方阵的具体”，是不够的。对于庞德来说，解药就在探查、试验、积累，直到事物（至少是某些事物）闪耀出它们内在的光彩：叶芝觉得这样的试验恐怕没有尽头。庞德眼中的体验是“即兴的”，没有形式，而体验在叶芝眼中自然是有形式的。叶芝心中想象的城邦是拜占庭，要靠武力夺取；而对于庞德是法沙，一个李奥·弗罗贝纽斯[1]笔下的非洲城市，建成之后又耐心重建三次，直到“在头脑中不可摧毁”，这种完美的意象正因为它如此遥远，所以带

---

[1] Leo Frobenius（1873—1938），德国探险家、人类学家、史前艺术专家；在庞德看来，他是真正接触真实、具体对象的人类学家，但被奇怪地忽略了。在弗罗贝纽斯收集的西非史诗《行吟诗人的鲁特琴》（*Gassire's Lute*）中，法沙（Fasa）是北非的一个英雄部落。

着某种特别的晦奥难解的意味，这是庞德特有的。虽然法沙跟伊萨卡（Ithaca）一样，是不可或缺的终点，但通向它的道路上布满了相关和不相关的事件，难解的相关和待解的无关，这些“乱糟糟”也充斥了庞德的思考，它们或许会引发顿悟，或许不会，但它们之所以存在，是因为法沙必须要面对它的反面，而各种各样的“乱糟糟”都是有用的。正因为它不是非如此不可，就确保了它的真实，这种诚恳不会受审美的蛊惑。庞德在《诗章》中的艺术是凝结起来的，而叶芝的诗意是榨取出来的；两位诗人面对彼此，会永无止境地争辩下去。

1966

“他学警察会用不同的声音”

67 半个世纪之前，劳埃德银行最有名的员工重设了诗歌的汇率。就像乔伊斯所说，《荒原》之后，就再没有诗歌是为贵妇人而作这回事了。不管你倾慕还是厌恶《荒原》，它都像 1798 年的《抒情歌谣集》[1]，成了一个交通讯号。比如说，哈特·克莱恩就在信里写道，他一读《荒原》，就知道往后自己写诗只能从侧翼包抄艾略特了。今日成群的脚注最恶劣之处，就是把创新化作了理所当然。千万条解释之后，《荒原》不再是首谜题诗了，或许只剩一道题目，就是在众多答案之中挑选你心仪的那一个。可“并非无解”绝不等同于“意料之中”。艾略特勾勒绝望时手笔之宏大与奇诡，让人很难生出轻慢之意，把“老负鼠”当作过时货。断续作为一种形式，现在已经和它正派的对立面一样寻常了，艾略特从来没有信奉它，后来也被他舍

[1] *Lyrical Ballads*，威廉·华兹华斯与塞缪尔·柯尔律治合著的诗集，被认为是英国浪漫主义的开端。

弃，但《荒原》中某几处断裂还是让人措手不及。它糅合了正规的诗句和自由诗，在 1922 年把这两派都挑翻了，那种放肆之感今日犹在。这首诗依然让人觉得是光芒四射的创举。

对于这首诗的伟大，艾略特本人是不耐烦的。F.O. 马蒂森（F.O. Matthiessen）在《T.S. 艾略特的成就》（*The Achievement of T.S. Eliot*）中，引过他一句话，言之凿凿地说他根本未曾想表达"一代人的幻灭"，说他不喜欢"一代人"这样的词，也不想认证他人"对于幻灭的幻觉"。他给西奥多·斯宾塞（Theodore Spencer）留的一句评论，显然当时心境更谦逊些："很多评论家解读这首诗，说它是对今日世界的批判，甚至认为它是很重要的一份社会评论，这是对我的恭维，但在我自己看来，它只是释放了我对生活的一声埋怨，全然是私人的、无关紧要的；它只是一段带着节奏的闷声牢骚。"

瓦莱丽·艾略特夫人 1971 年出版《荒原》原稿，做了一番很是精湛的破解和阐释，上面的这句话就被摆在了很显眼的位置。如果这不只是她丈夫自谦的话，显然就藏着这样一层用意：艾略特看待《荒原》的态度近似于他对《哈姆雷特》的态度，都是作者试图抒发自己缠绕不清的情绪，但总有些文不逮意罢了，它称不上是真
正的客观对应物[1]，更像是个"波将金"村落。但艾略特写给颓丧的 68

[1] 客观对应物（objective correlative）是艾略特文学批评理论中的重要概念，在《哈姆雷特》一文中，他将"客观对应物"描述为诗歌中唤起特定感情的一组特定意象。后文"波将金村"（Potemkin）是叶卡捷琳娜二世 1787 年视察克里米亚时，臣属为她建造的假村庄；后泛指用来宣传或虚张声势的伪造之物。

这首颂歌中，完整的文明、完整的城市、战争、部族、东西方的宗教、各种语言和各种文学中搬来的藏品，林立于泰晤士两岸，没有人会盼着它们消逝。就算伦敦只是他那时的心境，他所绘制的画面依旧很逼真。多年之后他又给了斯宾塞一句评论，或许是袭来的另一层遗憾，艾略特说这首诗过于强调了他的 Groll[1]，掩盖了他性情中的其他特质。这首诗让艾略特与一种持之以恒的严厉口吻分不开了，那些如在布道台上发出的引文（虽然简短），充满了《圣经》中或索福克勒斯笔下才有的困苦，于是他成了以西结[2]，或至少是一个提瑞西阿斯[3]。（最初的版本中，圣约翰作为基督教代表成了第三位先知。）虽然艾略特在自己早期的诗作中不想仅仅被当成一个写讽刺诗的诗人，但若是大众以为他那套诗人的衣钵成了刚毛衬衣[4]，他也不会高兴。

《荒原》早期的版本所动用的材料品种更多，也因此少了几分肃穆，没有那么工整。第一、第二部分有一个总的标题（每个部分也分别有自己的标题），叫做“他学警察会用不同的声音”，出自《我们共同的朋友》，小说中狄更斯让寡妇希格登评论自己领养

---

[1] 德语：生气，埋怨。

[2] Ezekiel，公元前 6 世纪的以色列祭司、先知，相传《以西结书》（《圣经 · 旧约》中的一卷）为其所作。

[3] Tiresias，希腊神话中底比斯的一位盲人先知，他的预言导致了俄狄浦斯悲剧。因杀死两条交配的蛇中的雌蛇而被变成女人；其后他又将公蛇杀死，从而变回男人。

[4] Hair shirt，苦行者或忏悔者贴身所穿。

的孩子[1]："斯洛皮读起报纸来妙极了，学警察他会用不同的声音。"《荒原》最初众多声音之一，是艾略特一上来放了一段长长的对话，描述了晚上如何在城里寻欢作乐，先是在"汤姆的店"（很调皮地用了自己的名字），接着去了一家妓院，最后是一幕气氛滑稽的日出：

> 最初是在汤姆的店里喝了两杯，
> 老汤姆也在，醉到眼瞎
> ——（"一个小时之后去了茉特尔那儿。
> 怎么回事啊你，她说，凌晨两点了，
> 我这儿可不欢迎你这样的人；
> 上周刚被突击检查，我已经被警告过两回……
> 于是我上街看了日出，走回了家。

这段无味的序曲艾略特似乎是自己拿主意删掉的，决定直接从我们熟悉的那第一句开始。

还有一些声音是埃兹拉·庞德清除的，他把自己称为这首诗的"sage homme"（男产婆）。庞德自己也给一个遭遇海难的人写过挽歌，就是《休·塞尔温·莫博利》（*Hugh Selwyn Mauberley*），除了题目，主角的名字并没有在诗中出现，和艾略特的主人公一样，他

---

[1] 此处原文 Dickens has the widow Higden say to her adopted child，似与小说内容不符，"say to her"或应为"say of her"。

不算是个明晰的个体，而是一个观察者的意识，在沙龙间、美学运动之间，以及在关于战死军士的黑暗思考间穿梭。但莫博利的求索
69 是一场美学的求索，但艾略特有意在他的诗中略去了美学，集中笔力写性灵。（之后他会在《四个四重奏》里将这两方面结合起来。）艾略特拿到“莫博利”的手稿之后，向朋友反馈道，第二部分有一段可以再明白一些，庞德照他的建议修改了。现在是他还礼。

庞德对《荒原》的批评不在它的意思上；他喜欢其中的绝望，对那些新基督教的憧憬也无心苛责。他处理的主要是文辞上是否充分和新鲜。比如，“火的说教”（ The Fire Sermon ）开始本有一大段对弗莱丝卡夫人［她是从《枯叟》（Gerontion）搬来的，往后还要送去美国参与软饮料的买卖[1]］的描写，模仿的是《夺发记》，但并不成功。他没有像亚历山大·蒲柏[2]那样侧重在贝林达小姐的梳妆上，而是像乔伊斯写布鲁姆，跟着贵妇进了洗手间。庞德提醒艾略特，用对句他不及蒲柏，写排泄他又写不过乔伊斯，何必再要比试这一场。还好有这一番高明的指点，否则我们就要面对这样的诗句：

> 白臂弗莱丝卡眨眼，打哈欠，怔怔的眼神，
> 方才是爱恋和享受凌虐的梦。

---

[1] Fresca是可口可乐公司在二十世纪六十年代开始销售的苏打水，正式的说法是取自西班牙语，有“清新”之意。

[2] Alexander Pope（1688—1744），十八世纪英国重要诗人。《夺发记》（*The Rape of the Lock*）是他戏仿英雄叙事体，写伦敦上流社会一位男爵仰慕贵族小姐贝林达（Belinda），趁其不备剪下她一缕头发，引起轩然大波。

忙乱的铃，阿曼达干练如常
被电流召来，撞碎痴想……
凉着的饮料还冒着泡沫，
弗莱丝卡步子轻柔地移向必要的厕所
理查逊[1]的故事何其蠢笨，
倒是一路帮她缓解辛劳，直至大功告成……
了结此事，她走向浴缸的热气，
长发被扑腾的“亲爱的”[2]扇起；
香味出自那些聪明的法国朋友，
藏起女人那一份实打实的恶臭。

打字员的那一段，本来也更长、更笨拙：

明亮的和服裹着她，百无聊赖
麻木地摊在飘窗的窗台。
牛津街买来的假日本纹饰，
添了几分艺术气质。

庞德觉得这样的布景太不可思议：“在一个寄宿舍里，怎么可能？”这个诗节就被丢掉了。然后他又读到另一节：

---

[1] 指塞缪尔·理查逊（Samuel Richardson，1689—1761）的某部作品。

[2] 被略去的诗句中，弗莱丝卡收信、写信，“亲爱的”（Loves）应和信中的寒暄有关。

最后一个吻是最后的赏赐，
摸索着往前，找到阒暗的楼梯，
有个马厩在街的拐角
他停下脚步，只为吐痰和撒尿

他提醒艾略特最后两行“恐怕过头了”，艾略特默默赞同，把它们省去了。

之前长诗的几个部分之间，以及诗的末尾，都放了几首短诗，庞德也成功说服艾略特将它们删掉了。其中一段又在攻击可怜的布莱斯坦（Bleistein），现在他已经淹死，可依然是个倒霉的犹太人，而且在水底不减浮夸。

比目鱼和乌贼往下足足五英寻的地方。
躺着你们的布莱斯坦。

死犹太人 / 男人眼里的甲亢！
螃蟹吃掉了眼睑……

那些蕾丝曾是他的鼻子……

将他温柔地左右摇摆
看嘴唇一张、一张

牙齿之上，金光套着金光

庞德反应激烈，说包括这一段在内的几首殡葬诗，对《荒原》也好，对艾略特之前的创作也好，都没有增添什么新意，强烈要求删去。艾略特“已经写了英文里最长的一首诗。别再拖上三页，这是打算要破多少纪录？”，经过了 Il miglior fabbro[1] 一番锤炼，大大凝集了这首诗的气势，但艾略特觉得这样一改未免太严肃了，想过在开头铺垫一首庞德的打油诗，打趣一下成诗过程。后来，艾略特写了《冲突断章》[2]，这是更坚定地想要冲破《荒原》给自己设下的限制，再后来，“到了绝望的另一侧”，他转而写起了正经的戏剧。

艾略特给斯宾塞的那句评论中称《荒原》是私人的诗。在他的批评理论中，艺术家应该寻求“去个人化”，但他的用意或许只是把这一条当成解毒剂，而非万灵药，只是把它当成一种手段去疏导情绪，不让情绪满溢。从艾略特的书信中，我们知道他的诗作在他看来是由经历引发的。一位都柏林的女士向他评论道，叶芝真的从来没有什么真情实感，艾略特大为震惊，问她：“你怎么能这么说呢？”《荒原》采集了 1914 到 1921 那七年间很多噩梦般的情绪，这七年也就是从他刚到英格兰算起，直到那场暂时的崩溃。 71

幸好艾略特夫人在她的介绍中引用了一些书信，还有各种方式透漏出的生平讯息，那些年发生的事渐渐有了模样。1914 年艾

[1]《荒原》的题献中，艾略特称庞德为 Il miglior fabbro（那位更好的匠人）。

[2] *Fragment of an Agon*，诗剧《斗士斯威尼》（*Sweeney Agonistes*）的一部分。

略特拿到了哈佛的游学奖学金，夏天去了马尔堡大学研习。战争爆发，他只得匆匆赶往牛津，比他之前打算的要仓促不少。牛津的时光他主要用来打磨自己的博士论文，写的是 F.H. 布拉德利（F.H. Bradley）的《表象与现实》（*Appearance and Reality*）。从后事回看，1914 到 1915 之间的那一年是至关重要的。他做出了三个彼此相关的决定。第一个是放弃哲学家的表象，接受诗人的现实；不过这一点上他还没有那么决绝，继续给哲学期刊写了一段时间的文章。第二个决定是结婚，第三个是留在英格兰。他 1914 年 9 月认识了埃兹拉·庞德，而这三个决定里庞德都起了作用。庞德是 1908 年到英格兰的，认定这是最适宜文人生活的国家（虽然后来他又改了主意）。他鼓励艾略特结婚，稳定下来，还读了艾略特那些没有人愿意发表的诗歌，给出了自己的判断："[艾略特] 真的是全凭一己之力，就靠自我训练成了现代诗人。"他让《诗刊》的编辑哈丽特·蒙罗务必发表艾略特，首先就可以从《J. 阿尔弗雷德·普罗弗洛克的情歌》开始。他花了不少工夫才让蒙罗也认同了他的判断，直到 1915 年 6 月，艾略特的诗才第一次变成铅字。他第一次结婚也在这个月，日期是 6 月 26 日。他的新娘名叫薇薇安·海伍德（Vivien Haigh-Wood），就像墨林[1]被另一个薇薇安迷倒一样，艾略特也像中了法术般被他妻子的纷繁难解所裹挟和占据，一晃十五

[1] Merlin，亚瑟王传奇中的巫师与贤人，在某些传说中，是他帮亚瑟王登上了王位；后来迷上了薇薇安女巫而身败名裂。

年都不止。

刚成婚时这对夫妻是什么样的，被伯特兰·罗素记录了下来。罗素是艾略特在哈佛结识的。1915 年 7 月罗素的一封信被他收录在《自传》中，写到跟艾略特夫妇一起用餐：

> 因为他故作神秘，我还以为她会非常糟糕；但她还算不错。很轻巧，有点粗俗，非常大胆，满是活力——好像听他说还是个艺术家，要我猜的话更像是个演员。他很精致、倦怠：她说她嫁给他就是为了刺激他，但发现刺激不了。显然他娶妻也是为了被刺激。我想她很快会厌倦他的。他以自己的婚姻为耻，要是谁对他妻子表露出善意，他会很感激。

薇薇安之后在绘画、小说和诗歌上都试了试手，飘忽的追求也是她越发反复无常的一个方面。十年之后，艾略特在向罗素描述妻子的时候，说她“依旧时时刻刻都是假象，叫人困惑。在我看来，她好像一个六岁的孩子，头脑是无比聪明且早熟的。她的文字极好 72
（那些小故事什么的），也很有创意。而且她有辩才，非常有说服力（简直不可违抗），一旦施展起来我都束手无策”。

艾略特的这番行事他的父母并不认可，但之前大家也知道，他们并没有就此切断对儿子的经济支持。艾略特的父亲是圣路易斯一家液压造砖厂的厂长，原指望儿子能继续当个哲学家，母亲虽然自己是位诗人，但不喜欢“普罗弗洛克”那路自由诗，就像她讨厌儿子这段轻率随便的婚姻一样。父亲和母亲有一种感觉是一致的：儿子把光明的前程撇在一边，由一个朦胧女子陪伴着选择了一个朦胧的行当，而他所在那个国家的战事却一点也不朦胧。他们提出要见一见这对年轻的新婚夫妇，但薇薇安·艾略特怕穿越大西洋有危险，或许也预料到上岸之后更不安全，于是艾略特八月独自登船，驶向那场事关重大的会面；如果说普罗弗洛克是个欲成为哈姆雷特却未成的人物，艾略特此时已觉得自己是个“破碎的科利奥兰纳斯[1]”。

父母敦促他携妻子回美国，在大学里谋一份教职。艾略特拒绝了——他要当个诗人，英格兰写诗的环境更好。他们恳求艾略特不要放弃自己已经快要完成的论文，这一点艾略特答应了。离别时显然气氛不错，艾略特到了伦敦就请求父母经济援助，而他们寄来的钱数目相当可观，这一点也是艾略特自己都承认的——可要是能再可观一些，他们的儿子就能从那些艰辛的工作中解放出来了。他在海威科姆文法学校教了一个学期，往返于牛津和伦敦，然后又在海格特中学教了两个学期。他完成了论文，订了 1916 年 4 月 1 日回美国的船票，要去哈佛参加答辩；航程被取消之后，他象征性的学术生涯也结束了。1917 年 3 月，他在伦敦的劳埃德银行找了一份工作，从此在“殖民地与海外”部门干了八年。

刚刚结婚的那几个月，艾略特夫妇还受了罗素的帮助。他把自己公寓中的一个房间借给他们，这一义举却对其中的三个人都成了

[1] 引自《荒原》。科利奥兰纳斯（Coriolanus），罗马英雄人物，莎士比亚同名悲剧的主角，军功卓著，后参与政治，因性情过于刚硬而失败。

纠葛。艾略特担心妻子的身体，怕——未必没有道理——他们房中事的困顿（或许跟他精神上的性障碍有关）也是病因，于是让罗素陪着她去过了两周的假期。但这位哲学家还是觉得他们夫妻很关心彼此，只是发现艾略特夫人隔三岔五会忍不住折磨丈夫，那种残忍并不单纯，而是陀思妥耶夫斯基式的残忍。“我每一天都让他们更和睦了一些，”罗素吹嘘道，“但目前我没法让他们单独相处，当然我也有我自己想要的东西。”其中陀思妥耶夫斯基的意味也影响了
他的形容方式：“她是那种活在刀锋上的人，要么变成罪犯，要么 73
成为圣人——我还看不出会成哪个。但这两个角色她都不在话下。”

艾略特私人化的诗来自他的私人生活，而现在他实打实地体验起了这种生活。薇薇安·艾略特的神经不明所以地折磨着她，她的健康也频繁地崩溃，她抱怨自己的神经痛和失眠。1919 年 1 月 1 日她在日记里说自己醒来就偏头痛，“从未有过的糟糕”，一整天躺在床里没有动；1919 年 9 月 7 日，她记下“身体右侧疼极了，心里非常非常慌”。埃兹拉·庞德很熟悉薇薇安，当他读到《荒原》中以下这段：

> “今晚我太心神不宁了。真的，太糟了。陪陪我。
>
> “跟我说话。你为什么从来不说话呢？说话。
>
> “你在想什么？想什么？什么？
>
> “我从来都不知道你在想什么。你想啊。”

庞德觉得未免有些太写实。但薇薇安·艾略特时常评论丈夫的

诗句［还主动给《对弈》（A Game of Chess）中的底层对话贡献了非常精彩的两句："你要是不喜欢可以硬来 / 不想生孩子你结什么婚"］，在这一段边上写了一个"妙"字。她享受诗句用错乱的音步呈现她的症状。但这一段还有另外一句"象牙白的男人们在我们之间做伴"，她就没这么喜欢了，还说服了丈夫将它删去。想必是其中的含义触到了他们夫妻不谐的痛处。它指的可能就是罗素，虽然罗素对薇薇安的体贴本意是想维护这段婚姻。多年之后，艾略特手抄了一版修订后的《荒原》，凭记忆又把这句话重新填了回去。（现在这首诗的最终版本应该有这句话。）但结婚半年之后，他当时的感受可以在一封写给康拉德·艾肯（Conrad Aiken）读到："过去六个月，我经历的材料足够写一打的长诗。"

罗素后来再谈起艾略特夫妇就少了几分好意："那时候他们两个我都喜欢，尽力帮他们解决困难，直到我发现他们享受的就是那些困难。"艾略特自己有足够的眼力估量当时的情形。他有一首名为《圣那喀索斯之死》（The Death of Saint Narcissus）的诗，1917年《诗刊》原打算发表（但艾略特自己撤回了，可能觉得太直白），他有一度还想用在《荒原》里，诗中艾略特写那位自省的圣人："他的皮肉爱上了燃烧的箭矢……当他拥抱箭矢，白色的皮肤把自己交给血的红色，他感到满足。"只不过对艾略特来说，寻求折磨
74 并不可耻。对于他自己那些真实或假想的情绪，他感到懊悔，对于妻子那些真实或假想的情绪，他抱着自我牺牲的态度，他认为懊悔、牺牲，更不用提情爱，都是有价值的。《荒原》之下，本就潜

藏着圣杯的故事，在那些传说里，渔王遭受“苦痛一击”（Dolorous Stroke），丧失了性能力。在艾略特的身上，“苦痛一击”就是婚姻。有了这份助力，他写下那首诗最初冲突的意象：“四月是最残忍的月份”,也因此把他引向了斯宾塞[1]《结婚曲》（Prothalamion）（“可爱的泰晤士河，轻柔地奔涌吧，直到我一曲唱罢”）的空洞回响。本是学术耕耘的荒芜寒冬，艾略特被一场摧人心神的婚姻惊扰起来，来到了荒芜的春日。他的人生展开在了一片矛盾中。

这些年间的其他事似乎也都在诗中。战争虽然没有占到几笔，但它的压迫却感受得到。诗中某几处或是在默默缅怀亨利·韦尔·艾略特（Henry Ware Eliot），一个没有原谅儿子走上歧路的父亲。薇薇安·艾略特 1919 年 1 月 8 日的日记写道：“收到电报说汤姆的父亲去世了。等了一整天，直到汤姆回家才告诉了他。**太可怕了**。”艾略特最早在书信中明确表达要写一首长诗，就在那一年晚些时候。诗中提到“父王的死”，与其说指的是现实中亲身父亲的亡故，恐怕更多也是从《暴风雨》中生发的，这一点可以从艾略特的笔记中隐约读到。至于那位年轻水手的溺亡，不管是斐迪南或腓尼基人[2]，战争给艾略特提供了很多原型，比如，他有一位共度索邦时光的好友让-于勒·韦尔德纳（Jean-Jules Verdenal），就战死在了

---

[1] Edmund Spenser（1552—1599），英国诗人，以长篇寓言诗《仙后》闻名。

[2] 在《荒原》中，“淹死的腓尼基水手”与莎剧《暴风雨》中的那不勒斯王子斐迪南有重合之处。

达达尼尔（Dardanelles）。（韦尔德纳死后多了一个名声，就是被指认为艾略特的情人，但断袖情谊都是传言，并没有人见证过。）不过，溺亡或许也是从诗人的另一重感受中抽取的，那就是他不仅没了父亲，也没了航向[1]。既然最主要的叙述者在最后一个部分以新的面貌重新出现，带着可能重生的意象，意味着溺亡并非是字面义，而是象征着青春的终结。艾略特沉迷于刻画某一类人物，他们错失了自己的机会，还没有真正年轻就老了。于是，淹死的水手，就像埋下的尸体，都可解读为年轻的艾略特——他自己也是个经验丰富的水手，大约在 l'an trentièsme de son eage[2] 遭遇海难，就像《休·塞尔温·莫博利》第一部分里的年轻庞德，或者那首诗后面的莫博利，只剩一支桨作为祭奠。

艾略特崩溃之后在瑞士恢复，大家一直以为他是在那时写成了《荒原》，其实这首诗很大一部分更早就完成了，有些是 1914 年写的，如果康拉德·艾肯所说的可信，有些甚至写得更早。在一封写给约翰·奎因（John Quinn）的信中，可以推断出大部分诗句 1921 年 5 月已经在纸上写下了。那一次崩溃，或者更确切地说是那一
75 次休养，给了艾略特足够的时间将各个片段组合起来，在必要处做些补充。1921 年 10 月初，他去咨询了一位很有声望的神经疾病的

---

[1] 原文 fatherless（无父）和 rudderless（也可译作“没有船舵”）读音相近。

[2] 法语：在他人生的第三十年。庞德在《休·塞尔温·莫博利》的开头写“E.P（埃兹拉·庞德）在他人生的第三十年从人们的记忆中逝去了”，借用了维庸（François Villon）的诗句。

专家，建议他得有三个月的时间忘记劳埃德银行的“盈利与亏损”。银行批准之后，艾略特先是去了马尔门（Margate），从 10 月 11 日起在那里待了一个月。他带着释然向理查德·阿尔丁顿（Richard Aldington）报告道，他的“心神不宁”不是因为工作过于劳累，而是因为“意志缺失”（哈姆雷特和普罗弗洛克的病），也来自“情绪上的紊乱，这一苦处已经困扰了他一辈子”。不管此次诊断给了怎样的宽慰，艾略特还是决定向洛桑的一位心理学家罗杰·维托茨医生（Dr. Roger Vittoz）求教。之后他与薇薇安相聚，11 月 18 日一起去了巴黎。我们大致可以断定，那时候他应该和庞德讨论了这首诗。艾略特去洛桑是孤身一人，在那里推敲诗句，再把修改结果发给庞德和薇薇安。那时他与庞德之间的一些书信留存了下来。1922 年 1 月初，他回到伦敦，做了最后的修改。这首诗发表在十月。

《荒原》的手稿也有它自己的故事。纽约律师约翰·奎因是文艺界的赞助人，艾略特为了表示感激，将《荒原》手稿交给了他。奎因 1924 年去世，大部分收藏都被拍卖了，不过他妹妹继承了一些，就包括这份手稿。奎因的妹妹去世之后，她的女儿把奎因的很多资料都收在了仓库里。五十年代初期，她从中找出《荒原》手稿，卖给了纽约公共图书馆的“伯格资料室”（Berg Collection）。那时的馆长很享受对那些藏品的掌控权[1]，竟将手稿的踪迹保密。他

---

[1] 此处原文 seignorial rights，应指涉法语 droit de seigneur，指封建领主对臣仆新娘的初夜权；后引申为蛮横的要求。

离世之后，《荒原》的手稿才为世人所知，瓦莱丽·艾略特也被说动，编写了她那一个引证详赡的版本。

或许她本来就很情愿这样做，因为她丈夫一直都希望手稿能现身于世，证明庞德作为批评家的天才。这是一份已成经典的材料。谁都不会否认，手稿上的诗从头至尾都弱于最终的版本。修改中展现出的庞德确实值得夸耀，他的重要性不亚于《包法利夫人》创作过程中的路易·布耶[1]。庞德不会被浮华吓倒，即使是波德莱尔式的浮华：

> 伦敦，那些你孕育和杀害的熙攘生命，
> 蜷缩在水泥与天空之间；
> 对一时间需求的回应，
> 向注定的形态无意识地震荡。

在这四句旁边他写了“B-ll-S[2]”。对于另一段艾略特颇为珍视的诗
76 句，庞德也一样霸道。或许是因为艾略特孩童时的航海经历，他很看重《水里的死亡》(Death by Water) 中描写的一段漫长的航程，那是但丁笔下尤利西斯最后一段旅程的现代版和美国版，但也同时

---

[1] Louis Bouilhet (1821—1869)，法国诗人、戏剧家，福楼拜的同学，也是福楼拜在文学上最为尊重的导师，《包法利夫人》就是在布耶密切的关心和建议下完成的。

[2] 即 Bullshit，狗屎、扯淡。

加入了艾略特年轻时自己的海上经历：

翠鸟般碧蓝的天气，轻柔的风，
八面鼓起的帆，全速向前，
我们抢风转过海角，将航线铺在
干燥的塞尔维吉斯[1]与东岸之间。
一只海豚在闪着磷光的波涛上打鼾，
法螺在船尾发出最后的
警示，海水起伏、酣眠。

这些句子里庞德只肯留下：

伴着轻柔的风
我们从干燥的塞尔维吉斯抢风转过海角。
波涛上一只海豚在打鼾。

剩下的那些——不过是航海和文学罢了。情况慢慢明朗起来——那就是还不如把整段话都舍弃；艾略特又很谦恭地问，他是不是应该把扶里巴斯（Phlebas）也删掉。但庞德保存好东西的时候，跟清除坏东西一样急切，他坚持扶里巴斯必须留下，因为之前

[1] “四重奏”之三《干燥的塞尔维吉斯》（The Dry Salvages）题注为：“干燥的塞尔维吉斯……是一堆礁石，上面设有一座灯塔，位于接近马萨诸塞州安角东北岸的海中。”

提到了溺亡的腓尼基人。诗的最后一部分，他几乎什么都没有动，眼光同样高妙，艾略特也一直认识到这一部分是最好的，或许是因为它引向了艾略特之后的创作。在形式上它是一个标志，似乎诗句又连贯起来了。

艾略特也没有听命于好友的所有修改意见。庞德担心关于伦敦的那几句读起来太像布莱克，尤其反对以下两句：

> 圣玛丽·伍尔诺[1]记录时间的地方，
> 九点最后一下麻木的钟声。

艾略特高明地保留了这两句，只是把“时间”（time）换成了“钟点”（hours）。以下这段：

> “你第一次给我风信子是一年之前；
> “他们喊我风信子女孩”

庞德在边上写了“玛丽安”这几个字，显然是担心——虽然根据艾略特夫人的注解，庞德在晚年被问到时，否认了这个解释——用了引号会像是在模仿玛丽安·摩尔。（庞德 1918 年 12 月 16 日在给摩尔小姐的信中提醒了她也有对等的危险，那就是诗句读起来太
77 像艾略特。）但对艾略特来说，在风信子花园中的那一刻有让他无

[1] Saint Mary Woolnoth，指圣玛丽·伍尔诺教堂，艾略特在银行上下班时会经过并听到九点的钟声。

法忘怀的魔力——那是从情绪和感受中来的，倒未必是人生中某个具体的事件——他没有改动。

说到底，庞德为艾略特做的事，艾略特自己是做不了的。反过来也一样，艾略特的报答不只在《莫博利》中，也体现在《诗章》。最初的三章 1917 年出现在《诗刊》，艾略特指出了问题，庞德显然听从了建议，因为那些诗后来就变得完全不一样了。从修改后的版本判断，艾略特反对的是那些繁复和迂回，要庞德让读者更直接经受材料的冲击。庞德对《荒原》的修改也遵循了类似的原则。主要凭借削剪，他让艾略特能收紧诗的形态，获得某种“轮廓”。这是他 1922 年 1 月 24 日称许艾略特的一封信中提到的。同一封信里，他还痛斥自己“一直在我写的东西里流出畸形的分泌物”，还常沉迷于“珠母贝和小工艺品”。如果说庞德本是不得不如此，他很快就让自己甘愿为之，或许也多少想要对抗艾略特的艺术形式，他在《诗章》中钻研如何让他自己的形式变得松弛。要的就是没有轮廓。那些艾略特希望能重塑或彼此支撑的碎片，庞德可以原样保留，他也不修补意识，而是让它始终是“间断的”，让意识中的体验也始终是“断续的”。庞德曾帮助朋友获得轮廓，但他又发现，时作时辍，“星星点点”，似乎更接近真实。之后他感觉自己走错了，造出的不是艺术，而只是一团糟。但即使他自己存疑，《诗章》凭着对次序和位置的狂烈颠覆，在现代诗歌中它的尊崇地位与《荒原》相比，也可说是分庭抗礼。

1972

赏景亭与煤气厂

78 诗人在公开场合往往彼此恭谨，有时甚至过于拘礼。等见到那些自然是身后才出版的书信，我们才知道他们对诺贝尔奖的评委会是多么气愤，宁愿选择某个不够格的人而忽略了他们。作诗的领域最好互不相关，一旦被侵犯，这些诗人也会躁动不安，像是怕向心力不足以把自己拴在原来的运行轨道中。但时日一旦长久，渐渐地对手也就习惯了彼此，直到其中一人去世。这时他们又出乎意料地觉得遗憾，因为这一死的必然结果是某个陌生的竞争者会带着一些陌生的敌意取代那位故世之人；所以在表达哀悼时，诗人们经常是文采飞扬的。而活的诗人让人烦心还有一个别的缘由，就是彼此间说不清谁能给谁写悼亡诗。诗人来往时总有一团阴云笼罩着，就是总有一天其中一位会成为另一位哀痛韵脚的肥料。

这些阴郁的想法对了解 W.B. 叶芝和 W.H. 奥登之间的关系是有帮助的。他们虽只寥寥见过几面，但足以让彼此意识到，不管是在诗艺还是在思想上，对方都是不可小觑的劲敌。不过奥登出生晚了叶芝四十二年，两人差了不止一代人，奥登的想法还在成型时，叶芝已经年过半百了。在他们回望的目光中，“现代”的起始点是不同的：对叶芝来说，维多利亚女王离世是转变的标志，而对于奥登，“现代”始于一战。

二十世纪二三十年代的“文人相轻”中，叶芝是特别让年轻诗
人烦恼的一位。对于那些二十年代末来到牛津的人——奥登、麦克
尼斯、斯彭德——来说，有一道难题就是该把叶芝当做仰之弥高的
丰碑，还是一座大而无当的花哨建筑。叶芝的那些光怪陆离的思想
太原始了，让他们觉得尴尬，但自从有了达达主义，“原始”已经不
算是多大的污名，只是叶芝“原始”错了方向。可叶芝的诗作又高
雅精微，没法鄙弃，也不容易匹敌。即使上了年纪，叶芝还很热衷
于探索个人情爱和世道沦落，而年轻诗人觉得这些主题应该留给他
们才对。而且在他们眼里，T.S. 艾略特的恣态比叶芝让人舒服多了。 79
艾略特一直是带着威严的悲痛步入中年、探索性灵，而叶芝则没有
美国人的那种得体和稳重，朝着年迈和肉身体验猛冲过去。

艾略特作为他们的领袖和出版人，自有他存在的权利，至少可以共存。罗伯特·布里奇斯和哈代这两个老头一些技术上的高明和笨拙都很值得借鉴，不足为虑。霍普金斯虽然影响深远，但让人安心的是他已经死了；发现他时，你甚至可能还觉得自己品位不俗。可叶芝始终像件忽略不得的烦心事。二十年代大家都玩的是不把话说满的游戏，三十年代则是“关心民间疾苦”，奥登可以说

是这些游戏规则的制定者之一，他自己也不乏恭敬地评论过，叶芝不屑玩这些游戏。别的诗人已经视作惯例的当代意象，叶芝放肆地视若无睹。我们可以隐约辨出诗歌的三个时代：艾略特看到了煤气厂——于是心如死灰；奥登非要挤进车间大门，欣赏起其中的机械装置，问起“那个大涡轮机有多少马力”，与之相仿的是哈特·克莱恩，在差不多相同的时候，他因为看到了父亲的食品罐头厂欣喜若狂；而叶芝早就走远了，心里想着的应该是特洛伊的巨塔和利萨代尔的赏景亭[1]。或许我们可以看看这几位诗人在屋子里的表现会如何不同：艾略特对人类住所和那些只租不买自己住宅的人有种深深的恐惧，会像墙上剥落的涂料一样崩溃；叶芝会找一座足够恢弘和高贵的庄园表达敬意，而奥登则会颂扬自己奥地利家中[2]那个美式厨房和高级厕所好在哪里，探究我们每天要做的日常行为有什么近切和长远的含义。尽管奥登不认可，但叶芝自己一直号称拥有现代思维。就像在奥登尚未出生的1900年，叶芝就曾批判萧伯纳保守，因为后者沉迷于那个已经过时了的科学年代，而现在叶芝也能指出当代诗人不像他们自以为的那么革新，对环境的掌控让位于对环境毫无建树的归顺，这其实又回了人类进步迟滞不前的阶段。

不能说奥登对叶芝的态度是一种认可——“认可”既显得无礼，又自作多情——但他确实努力在某种乖张的角度做到公允。因

[1] 见本书《无可比拟的叶芝》一文注释。

[2] 从1958年开始直到去世，奥登一直安家在奥地利。

为奥登比大多数诗人都要坦率，他的态度让现代诗歌的两个阶段能直面相对。他在叶芝去世之前就开始直言不讳自己对他的想法。对于叶芝强取豪夺统治英语诗歌，奥登流露过一些厌烦；他的那些评论打击点很分散，就像他发现了很多软肋，却拿不准在哪个弱点上
最该集中火力。他第一次公开提到叶芝似乎是在《致拜伦勋爵的 80
信》，这是他 1936 年在冰岛写的诗，当时他二十九岁，而叶芝已经七十一了。奥登知会拜伦，诗歌还活着：

开心点吧！有几只动听的鸟儿还在歌唱，
　不说别的，首先就有六尺六寸的斯彭德，
艾略特确实伸展着鹰的翅膀，
　而叶芝则放开了享用着帕内尔的心脏。

“鹰的翅膀”用到的典故，是很恭敬地朝艾略特的一个比喻躬身致敬，但提到叶芝的饮食习惯，却不怀好意把后者的一个比喻颠倒了一番。在前一年出版的一首小诗中，叶芝说如果德·维列拉（de Valera）吃了帕内尔的心，爱尔兰人的想象就能实现了[1]。奥登虽然把叶芝列在真诗人的名单之中，却觉得这个意象过于凶恶。他和

[1] 此处或为艾尔曼误记。叶芝原诗《帕内尔的葬礼》（Parnell’s Funeral）中，说德·维列拉如果吃了帕内尔的心（即继承了他的英雄气概），国家就不会被自己人民间的仇恨撕裂，而如果考斯格瑞夫（Consgrave，爱尔兰自由邦执行委员会第一任主席，德·维列拉的前任）吃了帕内尔的心，才是“爱尔兰人的想象就能实现”；当然，两句诗要表达的遗憾是相通的。

麦克尼斯合写的那首《遗嘱》(Last Will and Testament)中，关于叶芝的那一段大概也是奥登的手笔：他们两人都决定“把各个阶段的月相都留给/叶芝先生，摇着自己好好做那些大诗人的梦”。我们能想象他俩私下里常嘲笑那些把自己当成“大诗人”(bard)——而且会像叶芝那样在幻象中见到未来的——的诗人。不肯严肃地对待叶芝是他们反抗叶芝的方式之一。

但这种讥讽和褒奖有时候只是一样东西的两面。麦克尼斯在《冰岛来信》(*Letters from Icenland*，1937)中还写过一首诗，以下几句诗行中记录了叶芝的影响，语气就恭敬得多了：

有一位麦肯纳
花了二十年翻译希腊哲学，
身心俱损，却不愿终止合约，
一个聊天才华横溢的人，却远离
沙龙，让头脑独自飞行。

这几行诗让人想起叶芝《万灵节之夜》(All Souls' Night)里那些不安的魂魄。而说到奥登，如果我们把他的第一本书《诗集》(*Poems*，1928)和叶芝的任何一部早期作品放到一起看，它们的主题都出乎意料地相似。两位诗人都把注意力放在情事受阻与世道沦落之间的唱和上。对叶芝来说，那些回荡能在天体之间感知（“凌乱的游走的星光”），而在奥登这里，这种对照更可能表达在“被掩埋的发动机房”这样的梦幻中。叶芝把爱而不得看做一种符号，指代人类的渴望和局限，而奥登鄙夷叶芝早期运用的语汇，反复琢磨情绪的易逝（爱人和被爱之人都是如此），厌弃爱情，说它是“伪饰之国”“鲜美的谎言”“短暂的坚持”“已被废弃或极度稀罕”。在一首之后改名为《信》的诗作中，那封叫人失望的来函只是诸事皆不顺遂这幅大画布的一小部分： 81

没有近处的言语，没有麻木的手指
如果爱并非难得接到
不公正的回答，它已被蒙蔽；
我，顺应季节变换，游走
于他处，或携着别样的爱，
也没有过于质疑点头，
乡野之神微笑如冷石，
缄默最深之处，
总怕言语大过本意。

这是一个亨弗莱·鲍嘉（Humphrey Bogart）的世界。就跟鲍嘉一样，他们勇敢地聊着对季候的钟情，实际上掩饰着心里难遣的伤痛，而且内心中本可以有真实和激荡的，但诗人却假意当这样的内心世界不存在。这种看似对爱的贬损必然会有翻转，奥登很快在自己之后的诗作中又让爱成了赋予宇宙生机的原则，“只是向往那个无需思想的天堂”。把爱从叶芝、从彼特拉克那里夺走之后，奥登可以肆无忌惮地重新将“爱”大写，为它谱写各种神话，就像叶芝和彼特拉克会做的一样。那个缄默的乡野之神又开口了。

对于自己早期作品中的一些倾向，后来的奥登颇感遗憾："我放任自己被叶芝和里尔克诱惑，写的诗不符合我的性情，也辜负了我的诗才，但这并不是他们的错。"他认为是自己人到中年，才越发反感"'做戏'的成分，反感虚张声势、小题大做，反感对赤裸真相的忽视"。可即使在叶芝的影响最为显著的时候，那种反感也在。奥登大概二十、二十一岁的时候，就希望能在相近的主题上发出跟叶芝一样有力的声音，他感觉自己的风格足够强大，可以过滤叶芝的诗句，让它们成为自己的诗。比如他写如何在爱人的陪伴下看鸶鸟从空中俯冲而下：

> 我虽也一样成了观鸟者，
> 却几乎没有注意到它们飞向何处，
> 做梦也不曾想到，
> 你也会为谁而转过头来。

这一诗节很可能是仿效叶芝早期诗作的一个对句：

> 啊，心啊！心啊！但凡她一回头，
> 你便知晓宽慰的虚妄。[1]

---

[1] 出自一首最初发表于1902年的诗作，题为《宽慰的虚妄》(The Folly of Being Comforted)，大意为朋友好心宽慰：女子随年岁增长，容颜老去，你就不会如此心痛了；但诗中被劝慰者表示成熟的美更迷人，并以文中所引的两句诗结尾。

奥登紧盯着那个眼前的实际动作，但又不把它说透，让那个转 82
头既可能是旧爱复炽，也可能是爱早已腐坏。对叶芝来说，转头这个动作全然是种比喻，就像用“心”这个字，但奥登常允许那些象征性的动作保留一点不可捉摸的意味，好像这样一来，它们就必定真实了。

就像史蒂芬·斯彭德之前就发现的，从奥登另外一首诗看得出来，他创作的时候一定在读叶芝的《塔堡》，那是1928年刚出版的，但这种影响还是一种过滤。叶芝是这样写的：

> 我选择挺立的人
> 他们逆水而上，直到
> 泉流飞湍，在黎明时
> 下钓钩于
> 滴水的石边，

这个场景立时就有了永恒之感。奥登起笔时就更不动声色一些：

> 我选择这个贫瘠的荒野，
> 一连七天心满意足，
> 眼睛和耳朵的
> 需求得以纾解，看到
> 管束山形的线条
> 挑剔而缓慢……

永恒在这里被直截了当地拒绝了，因为这里有一连七天的心满意足，这是个短假，不是“大年”[1]。而奥登提到“眼睛和耳朵”，他是在应和《塔堡》中的另外两句——“眼睛和耳朵 / 未曾如此期待不可能”，但奥登周围似乎围绕的都是“可能”。“管束山形的线条 / 挑剔而缓慢”很富才情地化用了《纪念罗伯特 · 格雷戈里少校[2]》（In Memory of Major Robert Gregory）中的三句：

……克莱尔和戈尔韦[3]冷冽的岩石和荆棘，
那样严峻的色彩和精致线条，
是我们私密的戒律。

“精致”成了“挑剔”，又用“缓慢”去限制它，这时我们明显感到了奥登的不同，像这样的形容词组合，叶芝可能要一直到诗歌生涯的最末才会考虑。在叶芝笔下，“discipline”永远是个名词（“戒律”），但用作动词（“管束”）似乎就更像出自散文的笔意，而不是诗歌。奥登的一大成就就是让这两个文体间生出一种新的张力。而且他们两人在诗句的分量上也有差别：艺术和自然之间的联系在奥登这里更偶然一些，对他的风格而言，也没有那样不可或缺；一片

---

[1] Great Year，春分点沿黄道运动一整周的周期，约为 25 800 年。其中又可分成十二个月，相当于每 2 160 年又是文明盛衰和神灵统辖的周期。（这是叶芝热衷的神秘理论。）

[2] 格雷戈里夫人的独子，1918 年战死于意大利。格雷戈里夫人是叶芝一生的好友，为爱尔兰的戏剧和民间故事做出不小的贡献。

[3] 克莱尔（Clare）和戈尔韦（Galway）是爱尔兰西部相邻的两个郡。

适用的风景能讲出好几条有力的道理，跟艺术相关联只是其中的一 83
种。奥登不太愿意假定眼前的事物天生就那么神圣，或者赋予它们某种神圣的一心一意。叶芝总在把具体的事例引向普遍；就像《塔堡》之中有这样几句：

> 我在城垛上疾行，凝视
> 屋舍的根基，或是那边的
> 树，像乌黑的手指，从地下伸出……

这里的“树”是笼统的，叶芝既没有给它一个种属，甚至连冠词都不给它。奥登诗中的象征符号往往没有这么确定，而且也不会宣称哪个象征就非它不可。

1939 年叶芝去世之后，想到叶芝与那个时代神秘的彼此交融，奥登感情复杂，好几次努力尝试厘清自己的想法。他给《最后的诗》（*Last Poems*）发了一篇书评，带着反感（这种反感艾略特也很认同）认定这些诗作中表现出一种为老不尊。他还写了一篇《人民控诉晚年威廉·巴特勒·叶芝》（The Public v. the Late William Butler Yeats，1939），仿造法庭论辩的形式，把他自己的矛盾分别通过控方和辩护方表达出来。《榜样叶芝》（Yeats as an Example，1948）从技术角度表扬叶芝把抒情诗从“一成不变的抑扬格”中解放了出来，从内容角度表扬叶芝把严肃的思考引入了应景诗中，虽然这些严肃思考本身奥登哪条都没认可。1955 年评论叶芝《书信集》的时候，他以为要应付不少自吹自擂，却发现叶芝很会自嘲，所以这回格外地宽厚。1959 年评论《神话集》(*Mythologies*) 的时候，奥登言辞犀利，批判叶芝执意不肯区分信仰和传说，不肯区分事实和一些仅仅是长久以来被接受的东西。

他还写过两首纪念叶芝的诗，一首是挽诗，一首是打油诗，就好像叶芝在他的头脑中只能以两种彼此抵触的方式出现一样。那首打油诗是给学生的建议：

要弄懂叶芝“最后的诗”
不用费心去记什么日子；
读者只需了解一点
什么叫做“螺旋”[1]；
以及他跟哪些家伙势不两立。

那首《怀念 W.B. 叶芝》在英文的挽诗中一定算是绝无仅有的，因为他即使是在向逝者的榜样力量致敬的时候，还是没有放他一马的意思。这里面几乎读不出什么遗憾；说不定读者还能从里面觉察出一丝释然？不过也很难下定论，因为奥登挽歌的写法和他的抒情诗是一样的，就是强调所有那些我们不能说出口的话。但奥登在叶
84 芝故世的时候，的确把这位大诗人放到了很好把控的尺度上，既要

[1] Gyre，叶芝宇宙观的重要形象，世界以螺旋形象胡乱扩散，但到某一个点又会聚合成重生的希望。

我们记得他的伟大，也提醒我们他的缺憾。

诗分为三个部分，第一个部分开头："他消逝在冬季至寒之时"，空气中的冷冽很符合诗的主题，因为它形容的是奥登听到死讯时的天气，叶芝去世的地方罗科布吕讷[1]当时自是另一番光景。奥登接下来就宣称："啊！所有的仪器都同意 / 他死的那天是阴暗凄冷的一天。"没有什么英雄人物出现，诗句只是请来了气压计当做资深的见证者。奥登让这些科学仪器表达自我，或许是下意识地强调自己摆脱了一种叶芝的不足；这种不足他在其他地方提到过，就是叶芝没有办法把自己的观念与科学相结合。但主要的还是奥登本就如此，他一向更愿意让别人觉得他是一台悲伤的计算机，好像不这样就不诚实了。可一开始奥登还是赋予了他那些仪器不少的感情，在他们众口一词的天气报告之前，他加了一声哀伤的"啊"（"O"），而这两句突然而来的强劲节奏也暗含了那个没有道明的意思：叶芝的死是一个阴暗、凄冷的噩耗。在这首诗之后的版本中，奥登（他跟叶芝一样，对修改自己的诗作有执念）把这句话改成了："我们都认可的那些仪器"，就好像这些仪器给出的证词并非绝对可信，就好像之前那个版本太容易被读成反讽，或者把机器太过于拟人化了。新的版本甚至可以说在压制这些机器，但又朝奥登写诗的另一种危险倾斜，就是他容易太过克制，有时显得成了一种教条。

我们从奥登的其他作品——比如《美术馆》——也可以看到，

---

[1] Roquebrune，法国南部地中海沿岸的一个市镇。

他总要指出那一代人太容易“同感谬误”（pathetic fallacy）了，表现周遭万物对人类活动是无动于衷的。描述一种情绪的时候，观察生物、非生物如何忽略它，往往能让这种情绪更为哀伤。奥登这种刻意深究的无关紧要跟罗伯-格里耶的策略很像：营造并丢弃一种并不真正有意义的情景，借此描绘真相。但在这首悼诗中，奥登的写法还有一个特殊的考虑。狼群继续——它们不管诗人已死——穿过长青的森林；失落的天堂依然失落着，而那条农夫之河也没有理会时髦码头的引诱，奥登的言下之意似乎是，叶芝以为自己拥抱农民和“拼命骑马的乡绅”[1],就可以跨越社会阶层之间的壁垒,但壁垒依然还是那么坚固。只读到这里，好像就在说叶芝失败了，而（奥登认为）诗人总归是要失败的，但下面这个意象不仅精准，而且满是恭维之意：“在悼亡的唇舌上 / 诗人的死触碰不到他的诗歌”，自然依旧是自然，人的等级分化依旧存在，但那些诗会活得比它们的创造者更久，会在风景中像书和江河一般顺理成章地留存下去。奥登一心要避免谄媚，但他同样要避免另一种言不由衷，他于是发现
85 关于叶芝的死可以真诚说出的一句话是：地球的轴并没有断，但几千人想起这一天会记得他们当时做了某件略微有些不寻常的事。哀悼的全面展示被收了起来，但在一个质疑诗才有多大影响的时代，他用这代人也能接受的说法，全面地展现了一位诗人的伟大。

---

[1] 出自叶芝的《布尔本山下》。布尔本山位于爱尔兰西部，这是叶芝带有总结性的诗篇，后人甚至按照诗中的暗示，将他的遗体葬于此处。

那首诗的第二部分记录了一些对于叶芝的不满，但这些不满都是志同道合的抱怨。在散文中，奥登对叶芝的评价是“看不出他的聪明”，在这里显然他的批判要温柔得多了，说“你跟我们一样愚笨”。这首悼诗最初发表时，这句话是用第三人称写的：“他跟我们一样愚笨；但没有磨去他的才情”；但奥登后来决定直接告诉叶芝，并且罗列了一些愚笨的例子。他认为叶芝写诗的冲动来自一种爱尔兰人国民性：“爱尔兰的疯狂让你痛而作诗”，紧接着又指出，尽管叶芝如此努力，爱尔兰还跟原来一样疯。于是奥登得出了一条他曾经在散文中表述过的结论：“因为诗歌不能让任何事发生；反而，/ 它是一种发生的方式，是一张嘴。”这一个警句实在是对逝去诗人的反驳，因为奥登一定知道叶芝从来不能容忍诗歌无用的论调，即使那种无用是很辉煌的。这句话本身也大可商榷，因为事件和事件所引发的情感是不可分割的，而人类的心绪一旦被扰动起来，也就和接下来要发生的事很有关系。

进入悼亡诗的第三也是最后一个部分，奥登还在跟这具不可小觑的尸体辩论，一开始，奥登说叶芝跟克洛岱尔和吉卜林——他就非要选吉卜林作比较——一样，因为他们语言用得好，所以值得原谅。在一篇散文中奥登还提过，叶芝的遣词造句是一个正直的人的遣词造句，尽管他的一些观点并不正直——指责叶芝是个法西斯的声音越来越多，奥登的这种辩护方式很可能到最后是最有力的；但在这首诗中，奥登在意的是认证诗作的伟大，就好像这种伟大完全可以跟诗人的品格分开来谈。把一个爱尔兰民族主义者跟一个英国的帝国主义者并列是极为随意的，也显露出这种警句式文风的危险所在。奥登自己也很快注意到了这种危险，在之后的版本中丢弃了这三个诗节，虽然很多选集当中还是会把它们印回去。叶芝其实并不太需要这样的辩护，也不需要任何形式的原谅，即使这种原谅来自大写的“时间”。

只有在悼诗的最后几行中，奥登才对叶芝的一项特质毫无保留地赞扬起来，就是叶芝不管面对着国事或内心的一片狼藉，还是歌颂着生活，于是，虽人世沦丧，但大家却想起了伊甸园的样子。如果诗歌真能如此影响人的想法，那奥登之前显然低估了它的功用。
86 奥登自己的诗虽然1930年代充斥着末日恐惧与革命的威胁，此时寻求的也渐渐不再是可为之一死的理念，而是愿意为它活下去的理由。他推举叶芝赞美的天赋，或许也点出了自己诗歌中的一种转向。

这首悼诗中的复杂感情并非偶然，它只是再次显现了这两位诗人之间的众多差异有规律可循，而他们的生平也可找出这样那样的对立。叶芝和奥登的祖父都是圣公会的牧师，但叶芝的祖父属于低教会派[1]，而奥登的祖父是高教会派。奥登的父亲一辈依然虔诚，而叶芝的父亲是怀疑论者。在衣修伍德的描述中，奥登孩童时对高教会派的信念极为热忱，简直到了让人侧目的程度，青少年时期抛弃

---

[1] 英国基督教圣公会中的一派，主张简化仪式，反对过分强调教会的权威地位，较倾向于清教徒，与后文“高教会派”相对。

了宗教，到三十多岁又重拾信仰；他后来还在威斯敏斯特教堂讲过一次道。叶芝则是稍懂事之后便对基督教没有多少兴趣，但他也无意打破宗教，而是发展出了自己一套离经叛道的想法，让基督教的作用对他来说微乎其微。

对于一个大部分时间在斯莱戈（Sligo）长大的叶芝来说，最好的风光永远是田园风光；有一回在意大利的乡村跟埃兹拉·庞德看到一片动人的景致，叶芝说这是“天堂的斯莱戈”。但奥登一直更喜欢另一种场景：工业化的英国中部；他最喜欢的一条路线就是从伯明翰到伍尔弗汉普顿。如果叶芝喜欢的是湖泊，奥登偏爱的则是“电车线、矿渣堆、大小机械”[1]。叶芝喜欢高塔而奥登喜欢矿洞这件事我还吃不准该如何解读——暂且不搬来弗洛伊德，但也不能就这样随便放弃——这些倾向暗示叶芝总在努力超越寻常的自我，于是他的意象经常是高处和传奇人物，而奥登把自己设在更低的位置，想要理解深埋在自我中的种种机制，或者是像他说的那样：“溺水久了可以长出鱼鳃。”他们两人，一个有多喜欢面具，另一个就有多喜欢摘面具。叶芝学习神秘理论，想要扩展意识、控制思想，奥登则在研究父亲的解剖学和病理学的专著。

作为诗人，成长路径不同，也注定了他们会有分歧。叶芝最早推崇的罗塞蒂和莫里斯是前拉斐尔派，诗歌华美悦耳。而奥登最早

---

[1] 在《致拜伦勋爵的信》里，奥登说：“电车线、矿渣堆、大小机械 / 曾经是，至今还是，我最爱的风景。”

尊奉的是十九世纪晚期诗人中的“痛拇指”[1]——托马斯·哈代。奥登受英格兰古诗影响，叶芝受爱尔兰古代传说影响，都是他们的主动选择，一开始叶芝会美化那些古老的素材，但逐渐变得没那么温厚了，而奥登是从一开始就不温厚。叶芝出道时极为优雅，晚年变得凌厉，而奥登最初刻意显得局促，但后来越写越文雅（甚至在翻
87 译“埃达”[2]的时候也是这样）。叶芝早期诗作有一个弊病，就是像“和”（and）这样的连词太多，而奥登的早期诗作有一个特点，就是连词太少；但两个人都慢慢厌倦了这些刻意经营的特色。有一个诗人被叶芝和奥登都引为自己的前辈，他就是威廉·布莱克，但他们喜欢的是布莱克不同的东西：把自己称作“疯癫神职人员”的奥登，尤其欣赏布莱克在道德上的革命，而叶芝还学布莱克用一些苦心打造的象征手法，自创古怪的哲学体系，奥登则不愿继续跟随了，他跟艾略特一样，觉得在那些方面布莱克跟叶芝一样讨厌。

若说奥登讨厌这位略年长的同代诗人，那这种讨厌的核心是什么呢？首先，就像奥登在《作为榜样的叶芝》一文中提到的，他不喜欢叶芝对凯尔特神话和神秘象征主义的兴趣。这种兴趣的症状之一就是会把它们联系起来，但其中并没有什么真正的联系；奥登觉

---

[1] 英文中有一个表达叫做“像个痛拇指一般与众不同”，往往指因为耿直坚持自己想法而格格不入的人。

[2] 古冰岛文学作品，日耳曼神话最重要的材料来源，分为“新埃达”和“旧埃达”，奥登翻译的是“旧埃达”，又称诗体埃达，是一部神话诗和英雄诗的集子，作者不详，创作时间约为 800 年至 1200 年间。

得它们都太具地方性，粗野得叫人疲倦。他故作势利地指责这些兴趣“不像是一个绅士会相信的东西”。他称叶芝对神秘学的迷恋有一股“南加州”[1]的意味，还在其他地方把它和“食利阶层”[2]的心理联系起来，而叶芝在艺术上的成形期也正好是英国“食利阶层”最盛行的阶段。这种经济决定论没有太大的说服力，因为神秘学在其他一些经济状况大不相同的国家里也一样大行其道，最明显的就是法国。这场流行病奥登自己可能也没完全躲过，斯特拉文斯基在跟奥登合作《浪子的历程》（The Rake's Progress）的时候，震惊于他的这位歌词作者相信笔迹学、占星术、猫有心灵感应、查尔斯·威廉姆斯（Charles Williams）小说中的黑暗法术、性情能被分类（比如斯特拉文斯基喜欢在晚上工作，所以他是“酒神型”人格），还相信命数天定，相信命运之神。斯特拉文斯基的这个单子里有些奥登并不承认：比如他 1967 年给我写的信中说他的确相信笔迹学，但并不相信占星术。他相信猫可以“理解人类的对话和姿势”，但那并不算心灵感应。他觉得黑暗法术是可能的，但我们不应接触，因为它们“要么幼稚荒唐，要么危害人的理智和救赎”。可能我们或多或少都是神秘主义者。但奥登在自己的作品中涉及神秘主义都只是为了战胜它。在这一点上，他和叶芝正相反。在叶芝的剧本

---

[1] 衣修伍德和奥尔德斯·赫胥黎等一些英国人住在南加州，奥登对这些朋友所热衷的神秘教派颇有了解。

[2] Rentier class，指一些继承了财产，靠租金、利息为生，但又丢失了过去贵族阶级道德标准的人。

《窗上文字》（*The Words upon the Window-Pane*）中有个灵媒，被人怀疑是个骗子，到最后证明他通神的能力是不容置辩的；而歌剧《年轻恋人的挽歌》（*Elegy for Young Lovers*）是奥登和卡尔曼合写的歌词，其中一个女子常能见到幻象，奥登自己也承认，这个角色的原型是叶芝的夫人，但到最后她被治愈，幻象也再没有出现。《攀登 F6 峰》（*The Ascent of F6*）里那块像镜子一样的水晶，揭露的也不是超自然的奥秘，而是童年的创伤。鬼魂是有的，但奥登的
88 意思是，鬼魂在我们心里，要把他们驱走；但叶芝说，鬼魂在我们之外，我们要把他们收进来。

类似奥登的这些指摘，叶芝早预备好了回应。奥登如此厌恶的“地方性”正是叶芝所追求的；他希望情感是和某一块地域交缠的，这种地域既是指风景，也指代代相传的意象。此外，叶芝想把自己的地域写成世界，而奥登是个更坚持四处游走的诗人，他想把世界写成属于自己的地域。至于神秘主义，叶芝也并非要人相信所有的闪动和颤栗都在真诚地表达一些永恒的东西，他相信人类的想象力，认为个人的想象力能接通某个群体的意念和想法，这不能用心理科学的概念去解释。奥登用“想象力”这个词一般都很谨慎，更愿意这样说：每个人“都会在情感和智性上，时不时被他的社会和物质环境所刺激”，这种刺激“在某些个体中会引发某种语言结构，我们称之为诗歌”。叶芝的语言中不会出现这样的句子，一些富于想象力的胡扯，只要对他有吸引力，他就宁可被这些想法蒙蔽，也不会因为大多数人不接受而抗拒它们。可能他还会说自己相信那些

超自然的理念是松弛的，反而是奥登后期重燃自己对基督教的信仰，倒极为教条和刻板。我想奥登会板起脸回复这种说法，宣称对一些错误的教条半信半疑也并不值得褒奖。

奥登认为叶芝的文学理论也有问题。叶芝宣扬诗歌重要性的那些说法，奥登极力反对，认为它们浮夸又陈旧。叶芝宣称“思考的人不得不在完美的生活 / 和完美的作品间，做出选择”，奥登评论：“这句话说得不对；生活和作品都不可能完美。”但这样的反对并没有妨碍他（和卡尔曼一起）写了《年轻恋人的挽歌》，他也承认正是叶芝无意间提供了这样的主题，或者更含糊一点说，是把叶芝用作了主人公的原型。叶芝在《驶向拜占庭》里请求死后被变作一只奥登称为“机械鸟”的东西，奥登虽然认可这一诗节“壮美到无以复加”，还是觉得叶芝所描绘的“像是我老保姆嘴里的那些‘故事’”。叶芝在《布尔本山下》中写道：

抛去冷眼
朝着生命，朝着死亡。
骑马之人，在此经过。[1]

奥登说那“骑马之人”只是个舞台道具，在此经过的还是摩托车可能性更大些。叶芝评论那些“学究”：

---

[1] 这是《布尔本山下》的最后几行，是濒死的叶芝假想自己被葬在布尔本山下的墓志铭。

89 秃了头发的脑袋容易忘却自己往日的罪过
又老、又博学、又尊贵的秃头们
编辑、笺注的那些诗句
是年轻人辗转难眠时
在情爱的绝望中做成的……

奥登急忙赶来为那些秃顶学究辩护：“有这些学究真是万幸。要不是他们呕心沥血抄录、校勘手稿，会有多少诗歌就此湮灭……又有多少诗歌里会充斥着根本读不懂的句子？”很显然，在奥登心目中，叶芝是个爱驾驶热气球升空的人，而他手里握着一把细针；他是国王库丘林[1]宫廷里的那个牛津美国佬。他也会戳破自己的气球，证明对叶芝的批评并不只是由着自己释放恶意，比如他把《1939 年 9 月 1 日》某个诗节的最后一句去掉了，那句诗是“我们必须彼此相爱，否则只能死去”，他自己给出了删改的理由：“我们终归要死的。”奥登一直忠于生命中那些寻常的元素，发现自己摆出一副“大预言家”的模样时，也总预备着被腹中不适打断[2]。

奥登时常拆叶芝的台，关键就在于他们源头上的分歧：奥登觉

---

[1] King Cuchulain，古爱尔兰盖尔语文学中阿尔斯特故事的中心人物。

[2] “大预言家”和“突然想上厕所”句意出自奥登《屋中地理》（The Geography of the House），大意即每个人都要上厕所，当我们忘乎所以的时候，会收到一些戳破幻想的画面，比如一个“大预言家”突然想要上厕所的难受表情。

得叶芝在应该讲道德的时候讲的却是“美”，反对把美的人生理解为沉浸于种种细节，认为这种只见字词（words）不见“道”（the Word）是种失败，归根结底，也就是沉溺在一厢情愿之中。他觉得叶芝为了诗句的音节可以牺牲其中的思考，奥登知道他自己早期诗作里也常犯这样的毛病；他也认为叶芝对真相太不在意，因为太投入于自己诗人的身份，忘记了自己是个公民。这一点区别在两人写散文评论莎士比亚时最为显著，尤其是对理查二世的看法。对奥登来说，理查是典型的昏君。奥登喜欢列单子（但他又很注意不要像叶芝列举月相那样，把清单神圣化了），他曾经给明君开出五种特质，可怜的理查在其中四点上都不合格。而反观哈尔王子[1]却占全了那五点，所以是莎翁眼中理想的君王。叶芝读过前人对莎士比亚的论述，知道奥登的这种观点或一些类似的看法，但他完全不同意。叶芝认定莎士比亚明白理查不适合当国王，但还是喜欢他甚于喜欢亨利五世，就像大家往往更喜欢一个性情柔美但身体孱弱的小男孩，而不是那种四肢发达的愣头青。所以莎士比亚把诗意奖赏给理查，而留给亨利的只有报刊主打文章中的振振有辞。叶芝认为亨利这个角色说到底并不成功，指出在那一系列的历史剧中，那些貌似成功争来的东西都被亨利的儿子丢败殆尽。在他那篇《埃文河畔斯特拉特福小镇上》（At Stratford-on-Avon，1901）的文章里，叶芝说：“若有一群幻想中列队而行的伟大灵魂，莎士比亚在看亨利

---

[1] Prince Hal，即亨利五世。

90 五世的时候，并不觉得他也在队伍之中；他更像一匹血气方刚的骏马，虽然看着高兴，但说起他的故事，就像莎士比亚讲任何故事那样，却满是悲情的言外之意。”莎士比亚在叶芝的理解中从来都青睐一种毫不麻木的无法无天，但奥登的莎士比亚是个热闹欢腾的守法者。

奥登对诗歌的理解跟艾略特相仿，后者反对华兹华斯的说法，将诗歌定义为“上乘的娱乐”。艾略特还说：“要是你给它别的定义，那只会离真相更远。”在他一篇名为《正方形和长方形》（Squares and Oblongs，1948）的文章里，奥登把诗歌称作一种非个人化的游戏，不过他也很快补充道，这种游戏是一种关于知识的游戏，游戏的乐趣来自于指出隐藏着的关系。在奥登《新年的信》（New Year Letter）一诗中，他把游戏定义为“任何可以做到完美的动作或一系列动作”。游戏听上去无足轻重，但坏就坏在它需要技术，需要参与者追求完美，于是游戏就变成了致命的游戏。诗歌中的这种完美到底能不能达到，奥登始终没有定论，但有一点他足够坚定，就是不给诗歌更冠冕堂皇的指称。而且这个游戏的要求是如此苛刻，让它成了一种超级游戏，成了一个“纯粹游戏的永恒宇宙”，同时也让你不被“自我催眠和欺骗”所束缚。

《怒涛》[1]一书写到最后，他又在小瞧自己操持的这门艺术了，

[1] *The Enchafèd Flood*，副标题“海的浪漫主义意象”。“enchafèd flood”这个词应取自莎剧《奥赛罗》：“我从未见怒涛如此惊扰。”

就好像他一直被诗歌的赞颂者包围着。艺术家既不可能像浪漫派以为的那样，如同英雄人物那般不可或缺，也无法真的渴望一个“艺术之神”出现，因为在艺术家心底，它永远不够真实。他在那段话里想说的就是他之前表达过的意思：我们不要太高看艺术，然后又补充道，我们不要把艺术跟宗教混淆起来。但奥登对艺术的这一套想法比他宗教上的皈依更早，很可能在他的童年就形成了；据他自己声称，他在童年的游戏中就把魔法之类的东西排除出去了。现在他摇着手指说，我们一定要认识到教条不是理智和情感的反面，而是它们的根基。这种虔诚跟叶芝完全不同。

《海与镜》(*The Sea and the Mirror*)是奥登评论莎剧《暴风雨》的一系列诗作，有时候他会像年轻时一样应和叶芝的诗意，却是为了反驳叶芝。叶芝在《塔堡》里面提出这样的要求：“啊，让那月光和日光 / 如一道解不开的光柱，/ 因为我若要胜利，必先让众人疯狂。”奥登则果不其然是从普洛斯彼洛放弃自己的魔法开始写他：“我很快便能知晓 / 月华与日光的不同。”奥登写出安东尼奥如何的不可动摇和不受侵扰，也因此抵抗住了普洛斯彼洛这个艺术之神，这多少有点像在叶芝的《骷髅地》(*Calvary*)里面，犹大背叛上帝不是因为不相信他，而是为了表达自己的个性和自由意志。奥登希望展示艺术不是万能的，而叶芝则暗示上帝不是万能的，而人类的不服从是怎样的光芒四射。

在别的一些地方两人的分歧并没有这么明显：在艺术之外，卡

91 利班说有“不受管教的混乱”[1]，似乎跟叶芝在他最后几首诗中营造的黑暗很合拍，还有，奥登说艺术只是指向“全然另一种生命”的“不太形象的符号”，叶芝也能听得进去，只是叶芝不会接受“不太形象”，会直白地告诉你艺术作品是“所有天国荣光的象征”。对于奥登来说，艺术家的创作只是应付自然和人生体验，虽然聪明巧妙，但也相对是无助的。对于叶芝来说，艺术和自然都有很多真相可供揭示，而艺术是一种辩证关系，联系着自然（不管它是否揭示了什么）和康德所谓的“第二自然”，也就是艺术家用自然提供的素材所创造的东西。这种关系关照了很多种可能，包括：艺术建立在自然的基础之上，艺术和自然互相贯穿，艺术在自然中是无力的，艺术塑造自然（这是王尔德常说的），艺术超越自然，艺术既把自然视作各种象征建造的殿堂，也把它视作史蒂文斯所谓没有预设意义的“一块不可溶解的物质”。

奥登了解叶芝思想中的这些辩证关系，自己也偶尔会运用，但因为奥登在艺术和宗教之间立起了一堵墙，所以用得颇为拘束。他摒弃了其中的很多可能性，但还是让艺术除了在审美上诱人之外，大度地给了它一些教化的色彩，主要靠剥除幻觉、展现善意。奥登如此小心地降低诗歌的地位，或许只是任性地自我贬损，是奥登性格里的谦卑随意地延伸到了他的创作中。在奥登看来，他的形象是那个穿透花

[1] 奥登在《海与镜》中有一部分是借卡利班之口，用散文诗探讨艺术和人生的关系，“不受管教的混乱”“全然另一种生命”“不太形象的符号”都出自这一章节。

里胡哨的废话的人。早期诗歌中，他靠突兀来达成这个效果，鄙视悦耳，追求一种声音上的冲突，跟叶芝早期推崇神秘的美不同，早期奥登认定通向诗歌奥秘的新密码是一种神秘的生硬。年轻诗人不惧叶芝让人欣喜，好斗的姿态有时候是必需的，但奥登似乎很难将抗争中表述的想法延续下去。说到底，他想同时展现两派诗歌的特质。

我们也可以试着来展现一下。叶芝的确要被划到跟奥登不同的诗歌信仰中，奥登的更随性，叶芝的更强势。把诗歌说成一种游戏，即使是假装低调，暗示它其实隐隐地——或至少偶尔地——比游戏更重大，对叶芝来说也不可想象。我们可以想象他会这样回复奥登：“我们爱尔兰人没办法这样。”柏克莱曾经就这样回复休谟，叶芝很喜欢提起。他不承认诗歌和宗教分别占据了一块创造活动，也不承认诗歌从属于教义；他要挑明，牧师是诗人的影子，意思是世界上的宗教和诗人其实说了同样的事，宗教用“喉音”，诗人用的是“至美的唇音”。如果说奥登并不完全认同叶芝，叶芝对奥登也是一样。实际上，叶芝在书信中透露，他给《牛津现代诗歌选》写的序是在回答这样一个问题：“我喜欢埃兹拉、艾略特、奥登那一派的诗歌到什么程度？如果不喜欢，原因是什么？”显然他对自己的答案心知肚 92
明，于是又添了新的问题：“为什么年轻一代这么喜欢那样的诗？他们从中看到了什么，又希望得到什么？”奥登一时间忘了写诗不过是游戏，反过来又评价叶芝这本诗选是克拉伦登（Clarendon）这个高雅的出版品牌“发行过的最不堪的一本书”。（多年之后，奥登读了一些叶芝的书信，发现叶芝还颇为喜欢自己的诗，多少平息了些怒气，不过叶芝含糊地把奥登归为“剑桥那一派”，这确实粗疏得可怕了。）在叶芝晚期的剧作《猎人赫恩的蛋》（*The Herne's Egg*）和《炼狱》（*Purgatory*）中，作者似乎在次要人物的对话中尝试了一种奥登式的突兀（叶芝很高级地称之为“跳跃诗”[1]）；在叶芝的最后一本散文作品《大锅炉顶》（*On the Boiler*），他找了个时机表达对《攀登 F6 峰》的认可，承认我们只剩下两种选择，要么遁世克己，要么就选择西方式的奋进（基督和恺撒）。

叶芝还在一篇散文《总体谈一谈我的写作》（A General Introduction to My Work）中抱怨过一批年轻诗人，其实心里想的主要就是奥登：

> 他们拒绝戏剧变化和个人情感；他们已经想好了一些观点，让自己成为这个或那个政治团体的一员；他们给自己的人物细致入微的心理，而不是像叙事歌谣那样，人物一直在行动，这些诗人觉得大家应该全神贯注研读他们的诗句，就像数学家和玄学家受到的待遇一样。不久前，他们之中最有成就的一位告诉我们，人类之前都在睡觉，现在必须醒来了。他们一心一意要表达工厂，表达大都市，要做现代人。

想起奥登已经当了五年老师，叶芝继续说道：“有些年轻人虽

[1] 跳韵（Sprung Rhythm）的说法由英国诗人霍普金斯提出，即一个重音接两个或更多的非重音，据说模仿英国早期诗歌和童谣的节奏。

然在风景秀美的天主教小镇教书，……替他们那类比喻辩护的时候却说，对于一个上班坐地铁的人来说，这些联想都是很自然的。”叶芝又说，因为这些诗人表达的不是“《奥义书》中那个‘古老的自我’，而是个人化的思考，所以他们有权选择坐在地铁中的那个人，因为从客观上来说，那个人很重要。他们试图杀死鲸鱼，把文艺复兴推得更高，比达·芬奇想得更深远；他们的诗句消灭了民谣的魂灵，但依然把自己当成诗句。我有爱尔兰人的国民性，期待一个‘反文艺复兴’。”叶芝这些表述就跟他其他很多话一样，太过形象，于是就可以做多种解读。他似乎在说这些新诗人引入了一种乏味的理性，如果他真是这个意思，那就对奥登笔下的那种神秘感很不公允了；虽然奥登经常用一种假模假式的弗洛伊德理论加以阐释，但在他早期的诗作中，这种神秘感还是极为强烈的。

要是换过来，是叶芝怀念奥登，他会说些什么呢？几乎肯定 93
奥登的形象会崇高得像某种人物原型，几乎要认不出悼念的是谁了。但如果叶芝是用散文悼念，他可能会希望奥登再笨一些，荒唐一些，他晚年常把自己说成是一个“又野又坏的老头”，可能他会希望奥登也多一点这样的气质。号称自己有多理智和诚实在叶芝看来没什么了不起，他觉得“诗人都是骗子，他们从来没有忘记灵感之神都是女人，她们喜欢被长满瘊子[1]的欢快少年抱在怀中”。他也

[1] 瘊子（wart），或称“疣”，皮肤上的小瘤子，叶芝根据爱尔兰民俗认为瘊子跟性能力有关。

不会支持奥登对中庸风格的青睐，这种风格玛丽安·摩尔形容得很好，叫做“左顾右盼的大胆”。如果说奥登质疑叶芝在后期与贵族阶级甚至法西斯主义眉来眼去，叶芝也质疑奥登很早就跟共产主义联系在一起。他说，对于奥登那一派来说，共产主义就是一个 deus ex machina[1]，一个圣诞老人，给出一个皆大欢喜的结局。他说自己更偏爱悲剧，而不是悲喜剧。对于社会变革过于热衷就稀释了个性（这个词叶芝在二战之前一直颇为喜爱），诗人不再彰显自我，不再寻求对自我反面的深刻同情，反而视自己为大众运动的一员。当奥登用“我们”这个词的时候，他指的是全人类；当叶芝用同样的人称代词，他指的是一个颇为狭小的精英团体。

奥登批评叶芝的神秘主义有“食利阶层”的意味，而叶芝也可以反过来说，奥登的神学非常中产阶级，而且还有一个污点，就是很有英国人的做派。我不知道叶芝会怎么看待奥登改了自己的国籍，从英国人变成了美国人，他一定会觉得很好玩，但要是还有超出“好玩”的感想，或许他会觉得这再次体现了奥登的头脑对自己的传统和过往时常是这样的简慢无礼。奥登不认同他的一些理论，叶芝想必也不会高兴，比如，想象力能影响历史进程，再比如，把历史事件看作一系列意象是理解它们的最佳方式，而很多时候这些意象最初都是由诗人制造出来的，或者是那

[1] 拉丁语，英文中较为常见的文艺评论术语，原指（古希腊、罗马戏剧中由舞台机关送出来的）解围之神。

些活得有诗意的人。叶芝早期写过一部剧作《国王的门槛》(*A King's Threshold*)，读起来像是把他自己的散文《诗歌中的象征》(Symbolism of Poetry)和《魔法》戏剧化了；剧中一位诗人夏纳翰(Seanchan)宣称，正是因为诗人命名了黄金，国王才戴起王冠。在他晚期的一首名为《人与回声》(The Man and the Echo)的诗中，叶芝悔恨自问《胡里痕的凯瑟琳》这部剧作造成了怎样的后果："一些人是否被我那部戏送去 / 给英国人击毙？"答案显然是肯定的，复活节叛乱源于人们心中的意象，而叶芝的爱国剧作自然对这些意象的孕育不无功劳。奥登会说："艺术不是生活，也当不了 / 社会的产婆。"但看戏的爱尔兰人可以作证，叶芝的戏剧 94
的确有那样的效果，让他们心里的家国情感像是突然被征召和动员了。

虽然叶芝认为诗歌会像一种潜伏的力量改变人的生活，但这并不意味着他就必定会一厢情愿地宣称那种影响力是良善的、人道的。《国王的门槛》里的那个诗人问道："诗人什么时候承诺过安全，国王？"叶芝会同意史蒂文斯的说法："诗歌是一种毁灭性的力量。"叶芝曾经在那本《牛津现代诗歌选》里放弃了威尔弗雷德·欧文(在一封信里他说过欧文全是"鲜血、尘土和吮糖棍")，还没让肖恩·奥凯西的《银杯》(*The Silver Tassie*)进入艾比剧院的剧目(他觉得这个剧像"反战宣传")，通过这些颇显轻率的决定叶芝表明了一点，就是他不认为引发同情是诗歌乃至所有艺术的目的。诗歌抒发的是一种如火山爆发一般的能量，因为它意识到自己有这种布莱克式的能量，就可以在周遭的一切都颓圮的时候，依然欢呼。

在鼓吹艺术有用的时候，叶芝始终都意识到它可能造成的后果。当他想陈述其力量之时，很习惯用一个带着痛悔的问句，而不是直截了当的宣言。但在这样的陈述中，艺术能做的事情一点也没少——叶芝在这里对诗歌的认知跟雪莱一样激进，虽然在叶芝的辩证关系里还包含了一层很酸涩的意味，（就像他在《拜占庭》里写的）承认诗歌的火焰连袖子都烫不焦，这一点很不雪莱；但叶芝的主张更有变化和层次，就好像诗人已经对其他的劝说方式不抱希望，要把我们拉进他自己的惶惑中，尽管我们或多或少会有些惊慌失措，而且不会全然认可他的想法。这里叶芝暗示诗歌有一种邪恶的魔力，至少全然否决它是无效的。奥登驳斥雪莱，说这个世界未经公认的立法者不是诗人，而是秘密警察。叶芝的立场更像是在说，诗人是这个世界未经公认的煽动者，一直在用渴望骚扰现状。奥登更喜欢把诗人看做是疏导慌乱的人，好比他们都加入了消防队（他在艾略特六十岁生日的时候写了一首诗，就奉上了这样的赞誉，而艾略特也恰好当过消防官员）。但对于叶芝来说，诗人不是来灭火的，他们纵火。他是个“燎原主义者”（conflagrationist）。奥登想要把握事物的本来面目，而叶芝希望重塑它们，让它们拥有新的特质。叶芝感兴趣的是冒犯，而奥登感兴趣的是体悟。

他们处理爱的方式就显出两位诗人姿态上的差异。叶芝看待任何事情的方式似乎在根本上都跟茅德·冈有关，要把思想用

到极致，必须有一种排山倒海却又落空的激情去刺激它。但要这
样鼓吹失落感对奥登来说就过头了；他觉得叶芝的这一点有些太
“文艺”；我们之前也提过，奥登自己的情诗强调爱意“半真话半
鬼话”，他为爱鼓掌，但反复提醒我们一件很痛苦的事实，就是时
间会把感情绞干或转移。他谈的更多的是友谊，或许也真的认为 95
它比爱情更要紧。奥登离“爆发”越躲越远，广岛之后所有人都
是这样，但叶芝向来是朝“爆发”逼近的。奥登就像是把叶芝的
一切都翻了个面，只要一样东西不属于这种让人忘乎所以的激情，
奥登就想为它代言。

奥登和叶芝的想法一直在对话，内容大致是这样的：

叶芝：我相信诗人可以唤起一些无形的力量，它们在头脑中成形，可以让世界发生变化。给诗歌一个得当的比喻，那就是魔法。

奥登：诗歌不是魔法。如果它真隐含了一种目的，那也只是通过说出真相，破除幻觉，让人不再迷醉。

叶芝：真理是最高人类的一种戏剧化表达，是诗人作为英雄的一种戏剧化表达。

奥登：诗人已经不再幻想自己是英雄了；他是一个探索者，探索各种可能性。

叶芝：应该是“不可能性”吧。

奥登：这都是浪漫主义那一派已经过时的东西了，谢天谢地。哭哭啼啼已经过时，我们现在要的是冷水浴。

叶芝：鲸鱼已经灭绝，小鱼在海滩上奄奄一息。

奥登：艺术家已经不再像过去那样，在流亡中游荡了。他会像晚年的浮士德那样建造灌溉渠，他会在选举中投票。

叶芝：艺术家不太像灌溉，他更像洪流。他冲破一切社会堤坝和政治围篱。

奥登：你属于马拉美那一派；你把自己想象成了上帝，从虚无中造出一个主观的宇宙来。

叶芝：你属于洛克那一派；你把世界掰成碎片，然后崇拜那些锋利的边缘。

奥登：你的世界是一个假想的鬼怪。

叶芝：你的世界是一个旧城改造工程。

趁两位诗人还没有争辩得太激烈，或许我们可以稍加劝抚。叶芝永远会把自己的意思说过头，而奥登永远会有所保留。叶芝把自己看做一个浪漫主义者——奥登跟艾略特一样，号称很讨厌这一派别；叶芝虽然有很多大胆的立场的确跟浪漫派诗人一致，但这些立场表现在他的诗歌中，却常常带着前提和一种当代的疲惫感。他们就像远离大部队的侦查岗哨，其实心里时刻感到危机四伏。奥登把自己看做一个古典主义者，但他的作品所展现出的风格和内容，又
96 远比这种自我认知要不安宁得多。要形容奥登，更具实效的说法应该是“在浪漫主义传统中的一个反浪漫主义者”。他曾宣称自己歌唱的时候，想用“古老的庄严的唱法 / 唱的是激荡的心事”，但迫于世

风沦丧、语言颓败，他只能用“低沉的嗓音，带着讥讽 / 色调单一，又别有用心”。奥登是很少把自己的风格怪在时代头上的，他更愿意拒绝将艺术理想化，从出道时就很显见，也一并抗拒将艺术理想化的文艺风格。但有的时候他似乎又没那么坚定。《海与镜》里面普洛斯彼洛要爱丽儿（Ariel）在镜子里映出自然永恒的样子，看到了之后，他说：“瞥一眼……就完全够了。”可要是艺术的镜子真的让人看见自然永恒的样子，就算只有一瞥，那奥登惯常的描绘中显然把它的能量给说小了。《染匠之手》中，奥登反复强调艺术是一种仪式，带着宗教感，被敬畏簇拥。他本来说它不过是一种吸引人但又徒劳的游戏，现在又让它微妙地重塑神圣与鄙俗间的关系，或许也重塑了真与非真之间的关系、一与众之间的关系。叶芝号称艺术能做的也不过如此。换一种视角，奥登的反神秘姿态可能本身也像一种神话，它对传统荣光的贬低只是为了提出一种类似主张，这种主张固然是缩减了的，但格外坚实；就像把俗艳的装饰从一幢维多利亚风格的屋子里都敲去了，只为了展露出它本来的坚实。

两人在各自的晚期诗作中，至少有一次聚到了同一个主题之下，都写了在餐厅的某一瞬间感受到了俗世的神圣。奥登的诗句中还是充满了信手拈来的细节，表面上看似乎并没有什么必然的内在逻辑。

在施拉福特餐厅

吃完了“蓝盘特色餐”，

到了喝咖啡的阶段，

摇着杯勺她坐着，
似乎是无形的体态，
又辨不出岁数，
帽子也毫无特色。

叶芝的那一首出自名为《摇摆》的一组诗：

我的第五十个年头来了又走了，
我坐着，一个孤独的人，
在伦敦一家热闹的店，
大理石桌面上，
书打开着，杯子空了。

对于餐厅的庸常，奥登会写得更庸常一些，而且他也控制着
这层体验的激烈程度。还有一点很像他的写法，就是这段体验不属
97 于他自己，而是属于一个他不认识的“无形”的人，年龄不详，还
戴着一顶毫无特色的帽子，就好像这位女士只能用否定的说法去描
绘。两首诗对于宗教意象的运用也不尽相同：叶芝描写人事侵蚀神
性，这种亵渎感对他来说得心应手；而奥登笔下的神更亲近人间，
他侵入俗世是积极的，而且没有那么沉重，没有那么多暗指，更乐
观一些。奥登的比喻中有很真挚的宗教感，但那种宗教感又缩减到
仿佛戏谑：在肚皮这个圣殿里的食物构成某种善。

我们所说的诗歌的发展是从坦诚的饱满到饱满的坦诚。奥登

随性的、谦逊的口吻，他那种干净的词汇，其中强大的说服力有一部分就借助于对叶芝某些特质的扬弃，因为叶芝有些地方的确自负、浑浊。普鲁斯特说过：“一个有力的想法可以把它的力量传递给那个挑战它的人。”要是叶芝和跟他相似的诗人没有歌颂诗歌是地上的极乐之地，伊甸园的碎片，天堂的象征，奥登可能也不会这么想把诗歌贬低成“语言的小装置”。这些说法不是非此即彼的：它们代表了不同时刻不同种类的主张和违抗。叶芝把话说过头，奥登不把话说满，他们就这样被困在同样的星系中，迂回地悄悄逼近彼此。

1967

野苹果果酱

98　弗兰克·奥康纳的故事，第一次读到之后，过了很久还会让你觉得新鲜，给你愉悦。它们会钻进你的过往，就像一件我们亲身经历或几乎经历过的事件。奥康纳写作用意慷慨，观察敏锐，概括出属于一乡一地的文化；他用的一套语言并不束囿于某个地域，但又绝不是通用于全世界的。脱离自己的故土从来不是弗兰克·奥康纳的目标。没有人比他更能感知身边的乌鸦、狐狸和驴子，在他岛上的家园中，众多的狗、马和瞪羚成了那里的居民，也没有作家比他更珍视家乡的植物。爱尔兰的习俗、迷信、敬畏与爱恨是这块织布的质地，奥康纳的观察深切、顽皮又时而满是温情，他的故事会像琥珀一样把这些观察用纸墨一直留存下去。他写作的时期，这块织布正被现代生活缓缓地扯散。“野苹果果酱”是他自己的说法，形容的正是那种混合出的又甜又酸涩的滋味。脸上有些肌肉据说是既管哭又管笑的，奥康纳最好的故事牵动的正是那些肌肉。

弗兰克·奥康纳本人情感非常充沛，而且就在表层之下不远处流动，随时通过某些行动或者文学见地奔涌出来。但他那些故事并不是意到笔随，喷薄而出的，除了像《我的俄狄浦斯情结》（My Oedipus Complex）或《新婚之夜》（Bridal Night）这样少数几个故事，的确像是不假人力，但绝大多数作品奥康纳都会筛检、塑造，再一遍又一遍地修改。一个故事可能要换五十种形态，他才满意，然后等到再版的时候，又换成了第五十一种。形式的问题永远是重中之重，因为他所谓的“闪光的行为核心”要仰赖细密、精准又充满诗意的呈现方式。他经常说，故事不能照自然主义的方法去描绘，“不能就把它当成一条羊腿”。

先锋的叙事策略他一样不感兴趣。奥康纳明白他讲故事的才华跟叶芝写诗一样，需要让读者真的感觉到有一个人在说话。不管借用什么身份，那个说话的人终究是他自己，是一个生气勃勃的闪耀的奥康纳，既充沛丰富，又时时耗力费心。不管角色干了怎样诡异的事，他都必须真实得叫人无法质疑。故事的内核或许是在酒吧里、大街上听来的，但收集、发明必要的细节，让一种有力却又简洁到
可以在一张明信片上写完的主题贯穿其中，在一切流淌的东西变得 99
坚固之时让读者不得不认可，这不仅需要热情，更需要体能。这其中必然有一套严苛的自我要求——这是爱尔兰沼泽间的福楼拜。

不少作家出身微贫，但恐怕没有几个是像弗兰克·奥康纳这样穷苦的。他 1903 年出生在科克，当地人向来自豪这个城市跟都柏林

有多么不一样。叶芝后来赞赏过奥康纳有科克人犀利的目光。奥康纳后来会带着好感提起那个城市的“南方气质，温暖、昏暗、浓郁、慵懒、闪避”，但再年轻些，在他早期的一封书信中，他说家乡让他感受更强烈的是一种“野蛮的平庸”。但童年时这两种看法他都形成不了，因为这座城市当时给他的只有饥饿和污秽。奥康纳本名叫迈克尔·奥多诺万（Michael O’Donovan），父亲跟他同名，是个军人，在乐队里敲那面巨大的军鼓，从英国军队退下来之后有时候会去当挖土工。父亲又高又俊朗，在爱读书的儿子眼里，很像年轻的马克西姆·高尔基。不幸的是父亲对酒精的热爱更像个当地人。

奥康纳是家中独子，坦然接受母亲宠爱，后来他完全逃离了自己的成长环境，只保留了记忆，如果没有米妮·奥多诺万，这种逃离是难以想象的。母亲除了好看之外，还异乎寻常的文雅，这种气度当然讨人喜欢，但实在叫人意外。奥康纳后来写道，或许正是母亲的这种性格让她对情感外露一直保持警惕，也可能让奥康纳见到任何喷涌的情绪之时，都更愿意探究它们的实质。奥多诺万太太每天都要出去替人做家务，带回些微薄的酬劳，要是运气好的话，还能藏下一些，不让所有钱都被换成丈夫的健力士黑啤酒。但这样的理财手段换来的奖励是丈夫的怒火。他还会朝妻子挥舞刀片，而年幼的儿子不怕受伤，试图保护母亲。怪不得这个孩子有时会有精神性的癫痫发作。

后来他成了郡图书馆的工作人员，发表作品要用笔名，同样顺理成章的是他找回了母亲娘家的姓氏奥康纳。有很长一段时间他毫不介意放弃自己奥多诺万这一宗家族关系，但岁数大了之后，他又发现自己没那么想要放弃那个粗鲁、愚笨但终究生养了他的人。奥康纳自传第一卷《一个独子》（*An Only Child*，1961）以母亲的“高贵品性”为荣，第二本自传虽然不能给另一位家长如此抒情的写照，还是让他心里那种浓稠的复杂情绪释放了出来，书名叫做《我父亲的儿子》（*My Father's Son*，1969）。

贫穷和才华相伴而行。弗兰克·奥康纳日后会赞赏叶芝、格雷 100
戈里夫人和约翰·辛格都写过“奇迹剧”，里面的人变成了想象中自己的样子。奥康纳也是如此。这样的奇迹会发生在他身上六岁时就有征兆。当时他就已经开始拼命读书，虽然读的都是英国公学的主角如何平步青云的故事。这和他自己的求学经历真是天差地远，他十四岁之前读的都是当地的小学和专科学校。但糟糕的文学也可以孕育理想。奥康纳后来不认为包法利夫人的自毁是“读了些斯科特[1]小说的结果”；而廉价书让他约略感知到了另一种人生，奥康纳始终微笑着心存感激。在学校里也有一些昭示命运的时刻，比如有位老师某天在黑板上写了一些看不懂的文字。后来知道那都是爱尔兰语。那位老师是个有一条坏腿的小个子男人，叫丹尼尔·柯克瑞（Daniel Corkery），后来发现他也是个作家，而当年他给奥康纳的那一下触动激励这位学生日后成了爱尔兰诗歌一位了不起的翻译者。

---

[1] Scott，指英国小说家沃尔特·斯科特。

但还是英文阅读给了奥康纳最直接的影响。这一点上母亲很有功劳。结婚前他母亲当过住在雇主家的女仆，在其中一家，她从那些无人问津的书里发现了一本莎士比亚集。米妮·奥康纳一下都读完了。她儿子继承了这个兴趣，最后还写出了一本学识渊博、论断精审的《去斯特拉福德的路》[*The Road to Stratford*，1948，重版时的书名改成了《莎翁的历程》(*Shakespeare's Progress*)]。母亲还教会了他热爱诗歌，一开始是托马斯·穆尔的抒情歌谣，之后他就慢慢摄入了几乎所有该读的英文诗歌。1920年代，他不仅读多恩，也读了霍普金斯（Gerard Manley Hopkins）。而且他还极度渴望阅读其他语言的诗歌，学了法语和德语之后，他就可以把龙萨、魏尔伦、海涅和歌德的诗句留在头脑中了。

不过，小说的艺术甚至比诗歌更让他心驰神往。“二十世纪前二十五年，要是你在爱尔兰一个小镇长大，”他之后会说，“就可以把十九世纪的小说当成一种当代的艺术形式去读了。”在身边的真实生活中，他开始见到屠格涅夫、托尔斯泰、契诃夫、果戈里、巴别尔、巴尔扎克、莫泊桑书里的人物。他日后会说自己的青春不算真的活过，更像是一场幻觉。他“半梦半醒”，一切都只“透过文学的面纱”看见。他喜欢的作家都是现实主义作家，也一直把自己看作一个十九世纪的现实主义者。不过和那些现实主义者的角色共度人生倒很是浪漫传奇。

101 他的白日梦多少是被爱尔兰的民族主义浪潮打断了，他也参与其中。1916 年复活节起义，他才十二岁；1918、1919 年的黑棕战争[1]，他也只能在场边观战。但内战爆发的时候，十八岁的奥康纳无视父亲的反对，加入了共和军和自由邦作战。他从托尔斯泰和司汤达的文字中了解战争是何等的混乱，而爱尔兰的动荡中那些难以分辨的战线、混乱的战术、彼此冲突的忠心，验证了那些作品说的都是真的。不经审视的效忠不是奥康纳的作风。他收到命令，要射杀一些自由邦的士兵，但他们正和女朋友散步，并没有装备武器，他向更高级别的长官申诉，结果那条命令被撤销了。参加了几次小规模对抗之后，他被俘虏，关进了战俘营。在战俘营里他依然不肯把自己划入任何老套的模式中。当全国的共和军战俘都收到领袖号令要绝食抗议的时候，几乎只有奥康纳一人勇敢地拒绝了。至此他告别了狂热的政治。随时待命当烈士不符合他的人生规划。

绝食抗议后来就瓦解了。奥康纳的遵循常理被证明是对的，但他发现自己却因为没有和头脑发热的大部分人站在一起，已经声名狼藉。这段经历对他影响不小。不过他没有因此变得更会变通，恰恰相反，他之后还投身到了许多不受欢迎的事业中去。出狱时母亲见到他，一下就看得出自己的儿子已经长成了一个男人。果戈里的短篇《大衣》里有一句话，可以概括他此刻的心态；这句话他之后

---

[1] 黑棕部队（The blacks and tans）是皇家爱尔兰警队从 1920 年开始主要在英国本土招募的退役警察和军官，用于镇压爱尔兰起义，又被称为“皇家警队后备队”。因为这支准军事队伍行事暴虐，还有一小部分是爱尔兰人，引发强烈反抗情绪，所以爱尔兰独立战争有时也被称为“黑棕战争”。

还借来形容自己写的囚犯："之后发生任何事，我对它们的感受再不可能相同了。"他现在有了自己的视角，可以写他的第一本书了。《国家的客人》（*Guests of the Nation*，1931）第一篇同名故事里，两个英国士兵与俘虏他们的人成了好朋友。但军令传来，他们要被处死了，就因为对面也处死了两个人。奥康纳在此展现了战争的残酷和它的荒唐；一个文学家登场了。

故事中暗指的主题是一个灵活的人可以突然变得固执，真正的敌人可能不是站在对面的那一方，而是你自己的那层硬壳，这是奥康纳很多故事想要表达的。你或许正期待人心和处境会变得柔软时，它们却坚硬起来。《路西一家》（The Luceys）中一个父亲拒绝和兄弟和好，因为他把自己儿子的死错怪到了兄弟头上。在《疯癫的洛马斯尼一家》（The Mad Lomasneys）中，一个唐突的女子行事总是随心所欲，就因为某一次冲动出了差错，她突然要直面无法更
102 改的惨淡局面。但弗兰克·奥康纳自己就是个固执的人，他理解非要撞倒南墙是怎样的心境，所以，也不是所有的执迷都没有意义。在《男性原则》（The Masculine Principle）里，一个人追求女孩，但坚持不存到两百英镑就不结婚。好多年过去了，他差点完全失去这个姑娘；到最后，他的固执还是获得了尊重和奖赏。在《通往乌梅拉的长路》（The Long Road to Ummera）中，一个老妇人的遗愿是非要葬在某个特定的地点不可，活着的人只得排除万难满足她的愿望。他后来还写过一个故事，叫《马斯岛》（The Mass Island），其中的一个牧师希望自己能被葬在一个很遥远的地方，直到大量哀

悼者聚集在他的葬礼上，这个看似诡异的想法才显出它的意义来。

如果说奥康纳的故事里有一个极点是“固执”，那么它们还有另一头是“通融”。爱尔兰是一片讲究共谋、串通的土地，大家有很多不为人知的默契，到需要的时候就会动用起来。要是一个助理牧师自杀了，牧师作为一个“江湖老手”，会要求村里的医生开一张死亡证明，说他是自然死亡的；要是医生推脱，就威胁要吊销他的行医执照，他就一定会听命的。但在《农民》(Peasants)这个故事里，有一个年轻人偷了酒吧的钱，一群农民恳求牧师不要知会警方，还试图贿赂他，但牧师拒绝通融。而从那些农民的角度，他们认为牧师的顽固都因为他出生长大都在“十五英里之外一个遥远的村庄”里，所以跟他们不是“一个地方”的人。牧师没有动摇，年轻人被审判，但刑期很短。出狱之后，他的朋友出钱让他开了一爿小店。

奥康纳感兴趣的问题不是作奸犯科或道德败坏，而是人与人之间的温情，让勾结和串通变得顺理成章，他也暗示大多数罪行说到底都很轻微，把它们和人群中的纽带相比，简直微不足道。他写过一个非常精湛的故事，《火车上》(In the Train)，里面有个女人毒杀了自己的丈夫，有一些包庇这个女子的证人（“我们家里从来没有出过告密者”），还有未能说服陪审团判她有罪的警方。不管怎样，大家都知道她丈夫是个小气鬼，为人很可怕。只是当他们说那个女人杀夫是因为爱上了一个年轻男子，而且提了他的名字，她脱口而出：“他现在对我就像海水一样无足轻重了。”突然我们意识到这些看似不足道的生命其实是多么激荡，可以随时上升到诗歌或暴力的高度。

在这些固执和通融之外，还有奥康纳对爱尔兰的呈现，里面有爱尔兰各式各样的古怪和特质。对于占统治地位的新教阶层，奥康纳不像他的朋友叶芝，他没有什么话要说；而叶芝对他们虽然有
103 些委婉地斥责，但也颇多赞赏。而说到社会的中下阶层，奥康纳懂得他们所有的微妙之处，比如一个农民的儿子和一个劳工的女儿之间存在怎样的壁垒。他自己不信教多年，却很明白宗教在爱尔兰人生活中的地位。在他早期的一个故事里，他很遗憾一个姑娘当了修女，虽然他也了解让人生完全安定下来，没有念想也无所畏惧，自有它的愉悦。但后来写到同样的主题，像在《星光指引牧羊人返去》（The Star that Bids The Shepherd Fold）中，他又很喜欢那个年迈的牧师，让他拯救一个他们教区的女子，不让她被一个法国船长“腐坏”。那个船长不明白两个人睡一觉有什么大不了的。

说到女人，她们在爱尔兰的经济中占次要地位，但奥康纳支持她们看破男人假模假式的空谈，而且她们在奥康纳的故事里似乎并没有被掩盖和轻视。当女人像他那样不被恐吓要挟时，他满是欣赏之意。《新婚之夜》里的女教师为了安抚自己的疯情人，把他哄睡，就清清白白地躺在他身边，知道上了这张床会招致怎样的污言秽语，但她丝毫不为所动。在爱尔兰这个国家里，对男人来说“女人的过去是要命的事”，奥康纳同情那些因为肉欲而挣扎的女人，隐藏或辨认非婚生子女这样的问题时常被写到。不管是不是结婚生

下的，孩童一直让奥康纳很感兴趣，当大人的行径还没有孩童理智的时候，他们会抬头盯着大人看，奥康纳就喜欢写这种神情。弥漫在爱尔兰生活方方面面的是那种不寻常的语言，奥康纳的文本中处处点缀着像“世道渐弛”“活气尚在”和“多加苛责”[1]这样的表达，叙述时常因为这些土音而灵动起来。

弗兰克·奥康纳在他写作的六十年中试过了几乎所有可能的体裁：两本小说、改编剧本、迈克尔·科林斯（Michael Collins）的传记、除了翻译的爱尔兰语诗歌还有他自己的一本诗集、几本生动的游记，还有文学评论。有些人觉得他在文学上的某些观点太浮夸；他不这么认为。他觉得自己陈述的一些结论只要是头脑健全的人一定早就发现了。

《路上的镜子》（*The Mirror in the Roadway*，1957）和《孤独的声音》（*The Lonely Voice*，1963），讨论的分别是长篇和短篇小说，它们好就好在这种自觉理所当然的论调上。他总是从细读文本开始，但就像是出现了什么异象一般，他讨论的作家、物件和主题会变幻起来，任他摆弄。不管他研读的是什么样的作家，在放过他之

[1] 分别出自奥康纳的短篇小说《在火车上》、短篇小说《法律庄严》（The Majesty of the Law）和发表在《假日》（*Holiday*）杂志上的杂文《爱尔兰》。原文分别为“in the ease of the world”“while the life was in her”“give us the hard word”（此处艾尔曼引用为“giving him the hard word”），都不是常见的英语表达，直译可作：“在世界的松弛之中”“当生命还在她之中”“给我们严厉的话”。

前，奥康纳都要先逼问出那一条条通道构成的网络，这些通道连接着文本和文本之外的男男女女。他的确大胆，但也同样细腻，比如他写到《红与黑》里面市长的花园：“任何一个够格的房产中介描
104 述德·瑞那先生的家业都会比司汤达更形象。”

奥康纳给自己的文学评论压了一个重担，就是要让大家知道小说后来没有忠于司汤达对小说的定义；司汤达认为小说应该是一面沿着街慢吞吞往前逛的镜子。相反，小说现在非要绕到镜子后面去，开始沉溺于自我，本来可以照出人群那么多细节，现在也漠不关心了。这种转变在奥康纳看来，是在亨利·詹姆斯身上发生的，然后他做了一个比喻，让人很想占为己有：

> 在他作品的某处，这种诉求上的转换发生了；不知何时海盗上了船，等终于驶入海港，大家看着它粗野的轮廓，已经完全认不出从彼岸启航的那艘体面的客船。船上的乘客大概一路开来的时候都被杀光了，从船沿朝我们打量的那些深色的面孔都是外国人，找不出一点我们熟悉的模样。

大体上，小说的这一步进展让他觉得遗憾。他企慕的是坦陈，不是绕着圈子说话，是把牌都摊开到桌上，而不是按在胸口。出于这个原因，大概也有别的缘由，他并不全心认同乔伊斯的写作，觉得一旦艺术手段居于统治地位，生命就丢失了。他喜欢的是一种更正面的对抗，写作中也遵循这一点。

叶芝的太太以前称呼他为迈克尔·弗兰克，这是把他私下里

和文学上的自我合并成了一个亲切的称谓。这两者之间不用横线连接，他既没有扮演艺术家的内在冲动，做那个不在写作的自己也无丝毫勉强。不管是写作和聊天，表达的不易对奥康纳来说永远带着一丝兴奋。他的朋友都能认出这种兴奋，不仅在他如弦上之箭般的头脑，也在他如弓般的生命中——不管这副弓箭是绷紧还是松弛的。而对于奥康纳的读者来说，他捕捉到的变化中的爱尔兰可以提供不少乐趣，也让人珍惜，当然值得珍惜的也包括蝇粪留下的斑点和其他种种。美国其实也没有那么不同；所谓大陆，说到底，也不过是大一点的岛屿。

1981

二

这种对艺术的体认是比较当代的，不同于之前纯粹主义者认为作品是一个在空无中兀自燃烧发光的审美对象。……那个空无现在很热闹，都是作品、生平、际遇和压力。纯粹主义的批评家总想给作品一种以自身为目的的私密性，现在没有了，它融入艺术和生活的交缠中。

——《爱在卡茨基尔》

爱在卡茨基尔[1]

奥登生命的最后一年，我有幸在牛津见过他几次。他慢慢就能 107
认出我来，想起我好像是个跟文学传记打交道的人，然后很和善但也很肯定地告诉我文学传记是没用的。因为文学传记唯一的目的就是展示人生和艺术之间的关系，但这种关系——奥登说道——要么隐晦得发现不了，要么（这时候他的语调像是赢得了什么胜利）就明显得没必要提起。这个判决让人很想痛改前非。但我还是找到了一些慰藉——奥登自己就违背了这些规则。对于支撑艺术生涯的底层结构，没有人比奥登更好奇的。他写豪斯曼偷偷摸摸的性爱和梅尔维尔跟“无人之父”[2]的抗争，都是传记式的诗篇，还有他写过一

[1] Catskills，卡茨基尔山脉，位于纽约州东南，哈得逊河流域上游，阿巴拉契亚山脉的一部分。

[2] Nobodaddy，布莱克给上帝的贬称，奥登在关于布莱克的诗句中引用过，但并没有在《赫尔曼·梅尔维尔》一诗中出现。

些散文，比如有一篇长文讨论了奥斯卡·王尔德和阿尔弗雷德·道格拉斯，高高兴兴地示范着如何忽略自己反传记的箴言。

不过在自己的遗愿里，奥登还是告诫朋友们销毁他的书信，考虑的正是让他的传记没法写成，而这也几乎成了作家遗嘱里的标准条款。三缄其口最多也只能坚持到死，这不免让人难以接受。作家很容易会有这样的印象：给自己写传记的人如果不只是在干些无聊的笨活，那就一定是在检举告密了。活着的时候算是躲过了责罚，没有几个人盼着百年之后再挨那几通鞭子；想到自己的尸体横在心理分析师的沙发上，终于有一回所有的话都让分析师说去了，而病人"死后僵直"，没法自辩，对于他们来说的确没什么吸引力。

这种对传记的反感又和结构主义者和新批评家的批判不同了。这两类人出于不同的假定，但同样乐于帮助作品摆脱它的创造者。他们都持这样的观点："构成作品的客观元素有排他性的彼此作用关系。"作者的意图，如果他真有，也不能算进去，而且要算也只会误算，更何况本来就和理解作品无关。传记作家尤其容易犯"意图谬误"（intentional fallacy），而这种谬误由来已久，是"起源谬误"（genetic fallacy）中的一种，哲学家中只有尼采为它费心辩护。

108 但另一头也有"孤雌生殖[1]谬误"的风险，就是我们会以为文

[1] 作者此处带着一点文字游戏：孤雌生殖是由"partheno-"（处女）和"-genesis"（发源）两个词根构成；和之前的"起源谬误"中的"genetic"属于同源词。

本可以不借人力，纯净地降生在这世间。“看，妈妈，没用手！[1]”的确，将肇始者从一部作品中清除出去有时候是有用的，有时候甚至很高尚，但这种沐浴仪式也不是非进行不可。我们最熟悉的、离我们这个时代最近的那些作家，往往都不愿被这样洗去；亨利·米勒听说有人提出他小说里的那个亨利·米勒只是一个虚构的人物，甚至怒不可遏。而大多数批评家，比如威廉·燕卜荪，会很乐意擅自穿越人生和作品之间的分界，他们为了寻找能阐发作者意图的细节，会毫无顾忌地翻找作者的书信、日记、初稿、访谈，甚至“随口一言”[2]。

批评家中的纯粹主义者喜欢搬出艾略特，因为他反对过上一段中的那些做法，但后来艾略特又背弃了他们。尽管他早先宣称：“一个艺术家越完美，那他身上那个承受痛苦的人和创造艺术的人就分离得越彻底。”但这句箴言存活的时间并不久，一旦他摆脱了从哈佛的欧文·白璧德那里学来的反浪漫派姿态，也就放弃了这种想法。后来的艾略特谈起文学，在某种意义上，其实跟二十世纪后半段最为抢眼的“自白派”诗人要贴合得多。因为有一种解读说《荒原》是客观的社会批判，他那时就说了那句有名的话，对这种结论嗤之以鼻，宣称这首诗“不过是一段带着节奏的闷声牢骚”。

---

[1] 英文俗语，据说源于孩童骑车喜欢双手离把，指一个人展示某种技能时的得意，但那种技能很可能毫无必要。

[2] Obiter dicta，拉丁语，本指法庭上法官的附带意见，无判决力，这里是用庄严的词，特指无关轻重的话。

即使我们把这算作是艾略特自谦，但这位诗人对诗歌的认知显然已经朝叶芝所谓的“个人化的倾吐”转去。这种变化的回响我们可以在《四个四重奏》中听到，他把自己艺术中的心灵挣扎和自己生活中的心灵挣扎等同了起来，而对于正确字词的追求已经被等同于追求正确的感受。如果说他早期对艺术作品的期许是为个人情感找到“客观对应”，让它们不再只是个人情感，那后期对艾略特来说，最好的艺术就是寓言——作为一个活在世界中的人，把他人生体验的含义尽可能直接地展现出来。

歌德说他所有的作品不过是“一份大告白书的片段”，应该是类似的心境。“寓言”这个词指的是“举例说明某事”，它就同时是私人的，又具有代表性。它很适用于某种或许隐秘的目的，但对于这个目标的追求又一定是自觉的。它跟在艺术中辨析那种无意识的企图又不一样了。传记作家还会继续辨析这后一类企图，但在这个领域的成绩，到目前为止远没有大家期待的那么喜人。精神分析文学批评散布开之后，它的信条就被扯得有些单薄了；弗洛伊德的分析确实有些不可思议的气息，但他的追随者要跳出那些固有模型也并不容易。

因为揭示一个艺术家作品中的“寓言”并不需要仰赖预先构
建的理论，而要看你对艺术家的经历了解是否细致，如果找得到的
109 话，最好还要知道他们对这些经历的想法；很多传记作家在往这个
方向努力。比较宏大的作品，比如像叶芝的《灵视》和拉斯金的
《威尼斯之石》，都可以演示出它们在某种程度上是作者个人经历的

寓言，叶芝和拉斯金自己也都认可。不过我觉得一些更轻巧的作品也是一样。

一个很容易举出的例子就是华盛顿·欧文的《瑞普·凡·温克尔》。这是美国最早的短篇之一，1819年问世以来，不仅成了英文世界里的必读篇目，在英文世界以外也是如此。它简单得很迷人，似乎直截了当得让人叹服，是一个讲故事的人抽离了自己，只在享受讲一个好故事，但它创作时的种种状况和故事中的某些因素汇聚起来，让人不得不相信这就是一则关于欧文生活的寓言，而且是作者有意为之的。故事中有一段本就颇为费解：就像大家都知道的，瑞普进了卡茨基尔山，遇到一个沉默的人，穿着荷兰风格的衣服，带着瑞普到了山里的一个圆形露天剧场，里面有些人也穿着那样的衣服，在玩九柱戏；其中有一个人像是他们的头领。虽然他们长得都很好玩，其中一个望过去只见他的大鼻子，另一个长着一对猪眼睛，但整个场面却突然瘆人起来。欧文写道：

> 让瑞普尤为奇怪的是，虽然这些人很明显都乐在其中，但脸上都极为肃穆，且一言不发，静默得极为诡秘，他从未见过一群取乐之人竟能阴郁至此。整个场面阒寂无声，只有每次球滚出之时发出声响，群山回荡，如同滚滚雷鸣。
>
> 当瑞普和同伴朝他们走近，这些人突然停止游戏，都满脸惊诧地瞪着他，瑞普的心在胸中翻腾，腿都抖了起来。

故事后面一段话，部分解释了这个可怕的场景，这是最早来到这片土地的探险者亨利·哈德逊（Henry Hudson），每隔二十年都要跟自己“半月号”的船员回来巡查，顺便玩一玩九柱戏。但他们看上去既不像鬼，也不像人，最让瑞普吓得腿软的，是一种难以言说的结合：一方面游戏本身很欢快，但那一张张怪异的脸上却“死气沉沉”。瑞普喝了一种带着法力的酒，只为了让自己别那么害怕，醒来已经是二十年后了，身边躺着自己那杆已经生了锈的枪。他回到村子，发现自己离开的这二十年里，发生了美国独立战争；走的时
110 候还是个意气风发的英国公民，回来已经成了一个美国老头。

关于这个故事，欧文的传记作者都觉得没有什么好多说的，多少因为这个短篇的核心细节都是欧文借来的，它原本是个主角名为“皮特·克劳斯”（Peter Klaus）的德国故事。但借鉴是一种交易，一个人选择去借哪些东西，或者说感觉哪些东西非借不可，是主动做出的决定。不管如何，皮特·克劳斯的故事里没有荷兰人，而是出现了一些骑士，他们不属于故事发生的年代，都留了壮观的大胡子，但除此之外，并不可怕。问题依然还在，就是欧文为何对这个故事情有独钟，而且在呈现它最戏剧化的场面——九柱戏——的时候，故意把它写得又好玩，又叫人看着心惊。尽管故事表面上事不关己，而且欧文始终精妙地把控着自己文雅、诙谐的笔调（有的时候甚至可以说是顽皮），但上面的这个问题还是可以提出来。很多细节都没有什么深意。“凡·温克尔”是纽约一个印刷商的名字，欧文之前雇佣过他，而且就像故事里也提到的，这是很早在纽约定

居的一个荷兰家庭的姓氏。瑞普和欧文的人生也一下找不出什么准确的对应，瑞普有个霸道的妻子，深受其责怨之苦，而欧文自己则从来没有结婚。似乎是作者要把自己隔得更开些，把故事的背景时代提前了一点，瑞普醒来的时候，欧文差不多刚刚出生。

但在它们背后潜伏着一些联系。欧文似乎一辈子都是一个歌颂过往的人，瑞普长眠醒来之后，也同样如此。欧文清楚自己有这个倾向，有时还会略加自嘲：他最早的作品是十几岁的时候就写成的，怀念过往，批判当下的婚姻习俗和穿衣风尚，用的笔名叫“乔纳森·老调”（Jonathan Oldstyle）。接下来他用的笔名是拉丁文的“老者”（Senex）。欧文之后的文学生涯一直致力于创作亡者的叙事。那部诙谐讽刺的《纽约大历史》（*History of New York*）写的是荷兰人统治下的纽约，出版时欧文才二十六岁，告诉读者这本书的作者叫德里克·尼克博克（Diedrich Knickerbocker），在书的末尾尼克博克宣布自己风烛残年，没有多久能活了。这个凄凉的自我诊断被“瑞普·凡·温克尔”的故事证实了：它的副标题是“德里克·尼克博克遗作”，假装是尼克博克死后在他的文稿中找出来的。欧文从少年时就一直觉得自己是个守旧的老人。

欧文把《纽约大历史》和“瑞普·凡·温克尔小史”的作者都说成是尼克博克，就意味着他希望能把这两个作品联系起来。在“纽约史”那本书里也有亨利·哈德逊和“半月号”的船员，但欧文把他们都描述成正经的历史人物，而不是长相古怪、“一脸死气 111
沉沉”在玩九柱戏的妖怪。既然有了这些联系，或许还能找到别的。欧文早年的生活值得考察。之前提过，我们在他很年轻的时候就知道他是个作家了。他企慕的就是能当一个文人，但为了有个没那么前路叵测的营生，他去学了法律。学法律没那么愉悦；他偷懒起来颇像瑞普·凡·温克尔逃避责任时的样子。律师考试欧文错漏频出，但好心的法官们假装他合格了。但他真正的心思都在写作《纽约大历史》；一开始他是和一个兄弟合作的，后来那个兄弟去挣钱了，欧文就一个人继续把书往下写。

表面上，他替一个叫霍夫曼的人打工，做一些跟自己法律专业相关的事情，盘算的是在公司地位稳固之后与霍夫曼的女儿结婚。但私下里欧文一直在写他的“纽约史”。这时一件不幸至极的事情打断了他的所有计划。玛蒂尔达·霍夫曼，这个过去三年在自己家里抬头低头见到欧文的姑娘，病倒了；一开始以为只是感冒，很快重新确诊为肺结核。1809 年 4 月，罹病不足两个月，玛蒂尔达去世了。在那个以爱情故事动人而著称的世纪，这是其中最动人的爱情故事之一。玛蒂尔达死的时候才十七岁，欧文那时二十六岁。

玛蒂尔达的死，尤其是她死去的场面，对欧文来说一直是鲜明的。“有三天三夜，”他之后在一小段自述中写道，“我没有离开她家，也几乎没有合眼。她去世的时候我就在她身边……我是她见到的最后一个人。”他记得“她最后眼神蒙眬时流露的柔情，就在她要踏过生死门槛时还在看着我！”十几年后，他感受的痛几乎不亚于当时那一刻。

> 在这之后的很长一段时间里，我无法形容我的心境有多可怕——我似乎什么都不在意了——世界对我来说就是一片空白……几个月之后我的头脑里总算有了点活气，但在这段感情中我长久的沮丧，以及最后的巨大不幸给我的痛苦，都似乎转变了我整个性情，在我的气质中聚起了几片乌云，至今仍未散去。

年轻时认识欧文的人都知道他一直是兴高采烈的样子；后来他的兴致就没那么高了。

事已至此，再操持法律似乎也没有什么意义了，之前他只是假装接受这份事业，只为了巩固即将到来的婚事。于是他回到了自己的《纽约大历史》中，考虑到他新近的哀痛心情，那本书颇不高雅的戏谑方式可谓不合时宜到了极点，但这里至少有个念想，有份未 112
来的职业，所以他没有让自己放弃。大概在玛蒂尔达去世之后第八个月，也就是 1809 年 12 月，书出版了，也给了欧文一些名声，但正如他自己所说，“写出这本书的时间和境遇都让我永远也无法对它感到满意”。就像是为了确认他心里的消沉，之后除了编辑了一本杂志之外，欧文一次次尝试继续写作都半途夭折；事实上，有近十年时间，欧文就是沉默的。在这十年之中，他给自己的兄弟们打过工，但他们也没有指望欧文出多少力，他的心思也始终在别的地方。但因为公司的总部在英格兰，他 1815 年到那边去了，上岸的时候跟拿破仑的战争才结束一两天，还听得到胜利的钟声。

欧文明白这段海上的旅程是非同小可的，在《见闻札记》里专门写了一章叫《航程》，跟《瑞普·凡·温克尔》那一篇靠得很近。欧文一辈子都感觉自己的人生似乎清楚地分成好些段落，就像瑞普也会感觉到的那样，而《航程》正印证了这一点。在去英格兰的路上，欧文觉得“我像是合上了书一样，把一个世界和它的内容都关了起来，又在我打开另一本书之前，给了我一段沉思的时间”。“我踏上了祖辈的土地，却觉得自己是个陌生人。”这跟瑞普醒来之后的体验是相通的。

欧文在英格兰的暂居并未激发他的才力。几个兄弟都病了，他要照顾他们，然后他的生活里出现了第二次危机。如果说前一次主要是精神摧残，这一次主要是物质上的。他兄弟的公司破产了，欧文虽然是个不参与公司运作的合伙人，但破产的耻辱确实要一起承担。“在陌生土地的陌生人之间，”他写道，“我体验了破产的所有苦涩和羞耻。我把自己封闭起来，不和外人接触，谁也不见。有好几个月我都夜以继日地学德语，就靠它来推开可怕的念头。（这个想法可能是去拜访沃尔特·斯科特爵士时受的启发。）我突然有了一个想法，就是重新捡起我写作的那支笔……”

于是，在 1817 年，也就是玛蒂尔达·霍夫曼去世八年之后，欧文开始为《见闻札记》写下一些想法，这本书是 1819 年至 1820 年间分卷出版的，而《瑞普·凡·温克尔》正是第一卷的压顶石[1]。

[1] 一般也指一系列成绩中最后也是最好的一项（《瑞普·凡·温克尔》是《见闻札记》第一卷的最后一章）。

他的笔记后来也出版了，其中有一条是中心，表明经济状况的崩塌给他造成的新创伤让他之前的情感创伤更为痛彻了。里面有一段对着玛蒂尔达的呼喊读来十分感人：“我那时的人生多么可爱——和那时相比，一切都不同了——自从你离开我之后，我经历了怎样的场面……生命中的浪漫都已远去。”那种对漫长、空虚、平淡岁月 113
的体会，以及一种猝然惊醒之感，是可以和瑞普的经历相比照的。

我觉得现在我们可以大胆地试着去解释《瑞普·凡·温克尔》里的荷兰人了，看他们那场让人胆战心惊的游戏是怎么回事。因为破产，欧文生活崩塌，这让他重新经历了一回八年前的那次崩塌。他当时的生活有个深刻的矛盾，对于这个矛盾他自己心里也明白，就是他在心如死灰的时候必须写一本好笑的书，他要强颜欢笑，让一些死去的荷兰人在纸上复生为滑稽的人物，而作者心头挥之不去的是玛蒂尔达·霍夫曼最后“蒙眬的眼神”，“在那生与死的门槛上”。这些元素融合在一起，成了那种“死气沉沉”的欢快，让瑞普·凡·温克尔在撞见那些死去却又活泼的荷兰人，和在观看那堆古怪的人凑在一起玩九柱戏时感到恐惧。玛蒂尔达死后，欧文回想自己那些年无疑就如梦游一般，在自己的祖国因为哀痛被隔绝了，然后到了战后英国，他又因为国籍被孤立，这就跟英国公民瑞普在战后美国的处境一样。

当他如自己所言，重拾起作家那支笔，它已经跟瑞普的枪一样满是锈迹了。把《见闻札记》的手稿寄给兄弟时，他在信里写道：“我所承受的，是好几年宝贵的青春和活跃的想象力就这样过去了，自己却毫无长进。”两位欧文的朋友都描述过他是如何在一阵狂热之中写作《瑞普·凡·温克尔》的，1818年6月的某一晚，欧文整夜不睡，将一页又一页的白纸填满、丢开。这种被故事攫住的感觉就在于它是一个寓言，昭显了他自己那个荒谬可怖的叠影：一层是纽约的历史浮现成一个荒诞剧，一层是他个人的历史浮现成一场悲剧，之后是多年的消沉，醒来时他还是艺术家，但青春已经不在。

这样去表述欧文自己如何参与到瑞普·凡·温克尔的经历中，要是我们能接受的话，那这个故事当中让人摸不着头脑的段落就不再难解了。这或许也能帮我们理解这个故事底下潜伏着的力量，提示我们为何十九世纪留给我们的虚构人物中，后来被记住的是瑞普·凡·温克尔，而不是皮特·克劳斯。这个故事能让欧文借来用作寓言，就因为创作者可以在它的轻快中筛选出自我的情绪。说到底，这个故事是很嘈杂的，有他那个蛮横妻子的叫嚷，有瑞普自己的回忆，有各种闲扯，还有并不出乎意料的模式化的情绪；但这些元素都构成背景，凸显出那些九柱戏玩家的不寻常，营造出一个与故事周遭截然不同的情绪层面，在这里喧闹哑然失声，俗套的体验消失了，没有表情的脸孔、不说话的嘴，都冲击着原有的喜剧感，就像在喜庆的写作过程中，欧文想到的只是玛蒂尔
114 达蒙胧的眼神、冷却的身体。而他只有把这段经验化解到新的语境中，才能重新唤起自己的写作生涯。也正是这一段奇想，不仅不好玩，而且是突然的骇人，一下让故事提升起来，出乎意料刻进人们的记忆中。

制造寓言的动机有很多种，不一定只是要赋予自己的生活某种秩序，这其中也有另一种渴望，是把个人经历和情绪带到它们现实中并未到达的极致，或是像驱魔般地消解它们，因为缺席的东西也可能是寓言的组成部分，或者是为了其他的目的。最后说明的道理不一定极其关乎道德，但它至少经过了反思的筛拣。寓言未必不能独立存在，但自给自足的程度各不相同，而它的含义很多时候是个内部机密，要靠漫长、细致的文学思考去联系。这种对艺术的体认是比较当代的，不同于之前纯粹主义者认为作品是一个在空无中兀自燃烧发光的审美对象。照当下的眼光，一个作品更像是能量的汇聚，它们可能来自社会、个人，也可能来自文学传统，在某个时刻作瞬间的驻留。那个空无现在很热闹，都是作品、生平、际遇和压力。纯粹主义的批评家总想给作品一种以自身为目的的私密性，现在没有了，它融入了艺术和生活的交缠中。或者如叶芝所说，虽然他谈的并不是完全相同的话题，就像种马“永恒”趴上了母马“时光”。

1976

多萝西娅的丈夫们

115 一个对自己的艺术尽心竭力的小说家，不仅让他的艺术吞没自己，也吞没别人。小说人物的原型很难确指，因为他们被作者逼迫所要达成的目的并不是他们自己的。就好像他们从一个有自由意志的宇宙被赶到了一个决定论的宇宙。混淆这两个宇宙是有危险的，讲究的文学评论人和结构主义者都这样提醒过我们，但小说家自己有时候也会犯这样的糊涂，天真地认为他们创造的角色是从自己认识的人身上得来的。稍稍追随这些人物的原型，最不济也是致敬，走运的话，或许还会颇有收获，因为在两个宇宙之间转化人物一定很接近于我们头脑中最基本的运作，所以对评论和传记来说，都不会是无关的。

或许我们借道另一位作家接近乔治·艾略特会更容易一些，那位作家看上去更多执念。在《黑暗之心》中，康拉德坦然承认他用了十几年前去刚果的经历。小说的故事线其实跟他的真实经历非常贴近：康拉德的确是去布鲁塞尔面谈的，他也确实在刚果河上坐过轮船，也确实救过一个生病的特工，这个叫克莱因（Klein）的特工也确实在回程中死去了。但是跟康拉德《刚果日记》和当时信件中所描述的旅程相比，小说的氛围就大不相同了。而且两者之间有个重大的差别：克莱因和库尔兹（Kurtz）是全然不同的两个人，克莱因并不象征着精神的堕落，要说的话，克莱因是个平凡到无法形容的人。似乎推动故事的力量并不在刚果，而是在别的什么地方。

或许借助一件事情我们可以猜出那个地方，而这段往事是乔思林·贝恩斯（Jocelyn Baines）给康拉德作传时最早指出的。康拉德的舅舅塔代乌什·鲍勃若夫斯基（Tadeusz Bobrowski）在书信中透露，康拉德十九岁的时候，并没有像他日后反复提及的，跟人决斗并且留下一处枪伤。实际上是他去蒙特卡洛赌博，把舅舅寄给他的一小笔钱都输光了，在自我厌弃中开了自己一枪。这起自杀未遂或许就是康拉德人生的中心事件。参照这一件事，再看《黑暗之心》中马洛自豪的那些特质——铆钉一般的坚韧、耐心、在压力下的冷静，都是康拉德年轻时恰恰欠缺的。从他给自己添了那个伤口 116
开始，康拉德一定把它——当然也包括之后留下的伤疤——视作一种想要妥协、想要放弃自我的倾向。把这个反派叫做库尔兹（德语里是“短”的意思）就是为了祭奠自己的那段人生：那时他还不是约瑟夫·康拉德，而是康拉德·科热日尼奥夫斯基（Konrad Korzeniowski）——这个名字很容易被缩写成考尔兹（Korz）。

受伤还没完全复原的时候，康拉德就去了英格兰，而且在英国一艘沿岸航行的船上当了海员。即使不是在那条船上，那也晚不了多久，康拉德就下定决心要蜕下过去的自我，抛弃过去的生活、语言和弱点。他决定不再以欧洲人的身份示人，而是要他们觉得自己就是个英国人。1880 年代，他通过了三次考试，证明了自己的航海技巧和统领船员的能力。如果说 1875 年可以算他已经死了，那 1886 年就是他的重生，因为这一年他取得了担任“二副”的资格，成了英国公民，而且开始写作。写作似乎是他在报复自己的那次自杀。马洛曾宣称：“我说出的话不可被压制。”就像马洛的人生格言是“克制”一样，康拉德肯定也一直有意地要战胜自我。

年轻的科热日尼奥夫斯基那次自杀，这其中的自我放弃和道义上的怯懦，看上去是被移用在了那个欧洲人库尔兹身上，而马洛则是英国船只的领导者，英语的文字大师，连姓名都这样无可挑剔地英国化，当两人相遇时，它象征着一场治疗和改造。杀人是向头脑中的原始森林认输，而写作是高效地把它开拓为殖民地；而对马洛来说效率是极为重要的事情。库尔兹和马洛在“黑暗之心”相逢，他们也相逢在康拉德思想的某个隐秘的角落，其中一个死了，另一个成功复生。康拉德一直没有抛开这个主题，在《吉姆爷》和其他作品中反复出现，一定就像反复剥开旧伤口又为它止血。

用这个例子做铺垫，让我们斗胆考察一下《米德尔马契》中的两个角色和他们可能的原型。乔治·艾略特跟 T.S. 艾略特不同，她从未声称艺术家脱离自我。她承认自己的第一部小说，《教区生活图景》（*Scenes of Clerical Life*），就取材于她对家庭生活的记忆，而她其他作品中的很多人物都可以追溯到作家生活中的原型，很多时候靠的还是艾略特自己的指点。或许这是她的一种习惯，就是借助一些模型再创造。

和乔治・艾略特本人一样，多萝西娅有两个丈夫。在这两个丈夫之中，卡苏朋（Casaubon）先生受到的关注更多些，这也是他应得的。这位书呆子的了无生趣堪比撒哈拉沙漠，很少有人能忍得住不去探究他的原型是谁。在候选人之中，马克・帕蒂森（Mark 117
Pattison）被提得最多，他是牛津大学林肯学院的院长。他有三点“契合”之处：一，妻子比自己小很多，婚姻不幸福；二，跟乔治・艾略特的友谊；三，他写过一本书，写的是某位瑞士学者（十六世纪的），名叫伊萨克・卡苏朋（Isaac Casaubon）。乔治・艾略特很显然借了他研究对象的名字，但其他的相似点都颇为牵强，就好像艾略特明目张胆拿了帕蒂森这一样东西，代价就是不能再拿其他的。支持帕蒂森就是卡苏朋原型的人当中，约翰・斯帕罗（John Sparrow）是最坚定的一个。他的论证主要依靠查尔斯・迪尔克爵士（Sir Charles Dilke）自传中的一段话，迪尔克后来娶了帕蒂森的夫人，这本并未出版的自传里说，卡苏朋的求婚信和多萝西娅的回复都跟帕蒂森的相关信件高度吻合。那些信件并未保存下来。暂且不论帕蒂森有一个很显著的特质就是文风与头脑都很灵活，而这一点正是卡苏朋最欠缺的；1971 年的《泰晤士报文学增刊》里，戈登・海特教授（Gordon Haight）拿出了乔治・艾略特的一封信，我们可以确认艾略特至少从1846年开始，就仿写一个书呆子的求婚信来逗朋友开心。卡苏朋的信里始终有个悬念，就是说不清他是在找妻子还是一个能念书给他听的人，说不清促使他写信的是爱还是近视。乔治·艾略特在那封给查尔斯·布雷（Charles Bray）的信中，假装自己抄送的是“不瞎沃姆”[1]教授的求爱信，同样也含糊在他要找的既是妻子，又得是一个能翻译他德语作品的人。1846年的时候，艾略特还不认识帕蒂森，显然她并不需要帕蒂森就可以演绎出卡苏朋的书信。

考虑卡苏朋的其他原型就相当于搬出不少乔治·艾略特的熟人。她的朋友中不缺的就是学究气。最理想的就是其中有谁能同时具备学问的荒瘠和性事的不足，但出乎意料的是，这个巧妙的组合居然很难找到。毫无疑问，米德尔马契的运转机制要求卡苏朋的头脑象征着他的身体，他的身体象征着他的头脑，但真实生活未必如此。如果乔治·艾略特真的取材于现实人物，她应该用了不止一个。如果只看卧房门后的松懈，赫伯特·斯彭瑟（Herbert Spencer）可能是最合适的人选，比阿特丽丝·韦伯（Beatrice Webb）就称呼他为“卡苏朋”，显然是看出了足够多的相似之处。乔治·艾略特与斯彭瑟相熟，可能也曾困惑他为什么谁都娶不到，这些对象中也包括她本人。但如果说斯彭瑟可不可嫁在艾略特眼中存疑，他的学问并非如此，要等他们那个时代过去，大家才希

[1] Bücherwurm，德语，即英文中的bookworm，书虫。

望他能更像卡苏朋一些，少写出几本书。另外，斯彭瑟后来把艾略特视作有史以来最伟大的女性，收到这样的赞誉，艾略特不会给他如此简慢的回赠。

对于《神话之匙》（Key to All Mythologies）的作者来说，更接近他的原型应该是 R.H. 布拉班特（R. H. Brabant）博士。伊莱 118
莎·林恩·林顿夫人（Eliza Lynn Linton）跟他和乔治·艾略特都很熟，明确地说布拉班特就是卡苏朋。布拉班特也遇到了同样的麻烦，就是写书不见成果。根据林顿夫人的《我的文学生活》（*My Literary Life*，1899），他“想写出一本划时代的书，能最终摧毁迷信和神学教条，但始终只写到第一章导论”。就像德国理性主义者把超自然的因素从基督教中摒除一样，布拉班特很受启发，大致是想把超自然的因素从所有宗教中摒除。书名中“之匙”这样的词他恐怕不会用的，因为和他整个的学术诉求不符。给乔治·艾略特作传的戈登·海特是位敏锐、细致的学者，他认可了布拉班特是卡苏朋的原型，但和帕蒂森一样，要将两人完全对应起来还是有好几处障碍。布拉班特的下半身要有活力得多，完全没有表现出在男女之事上的冷淡。他结了婚，育有一儿一女；六十二的时候，他还四处伴随乔治·艾略特，百般殷勤，其中的别有用意他的盲人妻子非常憎恶，艾略特自己倒很觉得有趣。

另外，他还是个医生，而且看得出医术颇为高明；他写书不过是个副业，显示他也属于那个知识分子团体。他有与人相处的天分，跟柯尔律治、穆尔、兰多和其他一些人都是朋友。他在德国也有朋友，值得留意的是施特劳斯和保鲁斯（Paulus），多年之后，《耶稣传》（*Das Leben Jesu*）一书的译者乔治·艾略特和作者施特劳斯相识，也正是靠他引见。似乎他用德语对话比艾略特更轻松，这一点也跟卡苏朋不同，后者对德语的无知被看做是一个重大污点。林顿夫人还形容布拉班特“会穿衣服，保养得很好”，而卡苏朋则未老先衰。布拉班特有很多爱好，包括戏剧、艺术和科学，这一点乔治·艾略特的书信以及约翰·查普曼（John Chapman）的日记都可佐证。最关键的一点，布拉班特是个很热情的人，对他人的工作常会慷慨相助，甚至比对自己的事都更上心。

乔治·艾略特的确有一段时间对布拉班特满心敬慕，就像多萝西娅对卡苏朋一样，但似乎多了几分敬慕的道理。不管布拉班特作为偶像有多少缺陷，他至少跟艾略特身处同一个文化思潮中。如果他有些踌躇不前，那也是因为一些艾略特认同的那个时代最迫切的精神困境，而不像卡苏朋——拖住他的是“古实和麦西”[1]。她跟着布拉班特研习施特劳斯，借他的斯宾诺莎，如果说布拉班特无趣，那他也是随大流的无趣。如此高超的一个小说家肯定没有忘记他——或许，从他身上艾略特不仅找到了一些关于卡苏朋
119 的提示，写布鲁克先生（Brooke）的时候也一样，后者跟华兹华斯还有很多人都是朋友。虽然布拉班特把她当第二个女儿，喊她

[1]《圣经》人物，古实（Cush）和麦西（Mizraim）是兄弟，在小说中是卡苏朋的研究对象。

Deutera[1]——至少比玛丽·安要好听些，但艾略特要捕获的可不是一个慈祥的波洛尼厄斯[2]。

帕蒂森、斯彭瑟、布拉班特，三人都在卡苏朋身后若隐若现，但他们智识上关注的领域却相去甚远。卡苏朋的那种比较神话学在十八世纪起步时就很让人兴奋，那时雅各布·布莱恩特出版了他的《新系统：古神话分析》（*A New System: or, An Analysis of Ancient Mythology*，1774—1776）。戈登·海特已经指出，乔治·艾略特用了布莱恩特关于"古实和麦西"的理论，后者说古实（布莱恩特也把他拼写成 Chus）是所有西徐亚人（Scythians）的祖先，而麦西是所有埃及人的祖先。还有其他联系：布莱恩特关于腓尼基人的理论（说他们是以扫的后代），关于原古祭司"卡比里"[3]的理论；关于龙作为鱼神的理论——布莱恩特认为它就是诺亚和印度的主神之一毗湿奴，这些理论都支撑着卡苏朋先生的研究。就好像乔治·艾略特存心要把布莱恩特作挡箭牌，别人就不会疑心她嘲笑的是哪个还在世的比较神话学家，而且她安排布莱恩特听候调用似乎也更方便，因为她和她的朋友莎拉·亨内尔（Sara Hennell）通信之中本就时常拿布莱恩特的研究开玩笑。她编造的"不瞎沃姆"教授提出

---

[1] 希腊语，指"第二"，艾略特给朋友的信中还说听上去有点像"女儿"（daughter）。

[2] Polonius，莎剧《哈姆雷特》中的人物，这里应指布拉班特会像那个老臣一样讲些空洞、啰嗦的大道理。

[3] Cabiri，源为希腊和小亚细亚的丰饶之神；后文在引用《米德尔马契》时，用的是另一种拼法：Cabeiri。

基督教不过是佛教后期的衍生，就类似于把毗湿奴说成是早先版本的诺亚；收到艾略特戏仿“不瞎沃姆”的求婚信之后[1]，莎拉·亨内尔的回信里还引用了布莱恩特在埃及问题上最爱引用的贝洛修斯（Berosus）。但乔治·艾略特确实很熟悉一个同时代的比较神话学家，可以用来和布莱恩特融合在一起。这个人叫罗伯特·威廉·马凯，他是《希腊与希伯来宗教发展中的智识进步》（*The Progress of the Intellect as Exemplified in the Religious Development of the Greeks and Hebrews*）一书的作者，1850 年出版这本书的人正是乔治·艾略特的朋友约翰·查普曼，而且艾略特还接受了查普曼和马凯的邀请给这部作品写了书评，是她给《威斯敏斯特评论》发表的第一篇文章。

马凯和卡苏朋之间的联系是弗朗西斯·宝沃·科博（Frances Power Cobbe）提出的，海特也提到了；科博在 1894 年的自传《人生》（*Life*）里提到：“马凯先生差不多算是个长年病号，容易紧张，全心投入在自己的研究中。我听说他是乔治·艾略特那位卡苏朋先生的原型。不管如何，刘易斯太太是见过他的，而且对他颇为反感。”科博小姐误会了乔治·艾略特对马凯的态度，她对马凯一直是很友善的。或者正是因为这点误会，海特把科博的这个指认视作道听途说，不足采纳。但要论证马凯为《米德尔马契》做出了一些

[1] 如前文所述，艾略特那封信是写给查尔斯·布雷夫妇的，而布雷夫人是莎拉·亨内尔的妹妹；此处应指莎拉也读到了那封信。

贡献是很容易的。他的那部学术书不像布拉班特没有完成的计划，
的确是比较神话学的复兴。他比布莱恩特更有学问，布莱恩特做了
一条脚注的地方，他可以给出一打；乔治·艾略特特别提到了他
“在材料中下的苦功”，这也一直是卡苏朋的优点。如果说他对植物
神灵的搜寻难以概括，就像艾略特在书评里抱怨的，那是因为这部 120
作品很多地方读起来都好像“是从他的摘抄本里挪过来的”，而不
是“消化了的学问”。如果多萝西娅在卡苏朋死后替他编纂出一本
书，或许就是这样。马凯有些观点显然是荒唐的，但对于马凯的追
求，艾略特的总结很友善：

> 马凯先生的信念是这样的：对神性的揭示不只包含在某一个时代或民族的事实或发明中，或者说，单个时代或民族的启示并非关键，神性是随着整个人类的发展共同延伸的……要揭示这一切，钥匙就在于认清物质和精神世界的因果关系有始终如一的规律，这种规律已经被认可是物理科学的基础，但在我们的社会架构、我们的伦理和宗教中，依然难以理喻地被忽略了。

终于我们看到了那个词——“钥匙”，而马凯自己在书里并没有用它。艾略特在虚构卡苏朋那本《神话之匙》的时候，想到的应该就是这样的锁匠。

联系不止于此。“可怜的卡苏朋先生自己迷失在关于卡比里的焦躁的晦暗中”（第二十章），而可怜的马凯先生沿袭布莱恩特的

看法，甚至把神话的最原始阶段命名为“奥菲士阶段或卡比里阶段”。（艾略特在文章中提到这个观点并非初创，但忍住没有将它追溯到布莱恩特。）卡苏朋先生在给多萝西娅口述的时候，宣称“我要拿掉关于克里特的第二条附注”（第四十八章），或许因为马凯先生在克里特和它的主神“弥诺斯-宙斯”上已经花了整整一章，卡苏朋觉得一条附注已经足够也很正常。拉迪斯拉夫（Ladislaw）说卡苏朋先生“不能算是个从事东方研究的学者，他从没有宣称自己关于东方的知识不是二手读来的”。（第二十二章）他能这样说，或许是因为马凯先生也在自己的序言里承认：“引用东方材料的时候，作者对那些语言的无知的确是个缺憾；但他已经尽心竭力寻求他能找到最好的支持。”

马凯可能对乔治·艾略特曾有婚姻方面的企图，但他很快转移了情爱的对象。之后他的婚姻显然艾略特是感兴趣的。她曾指出，马凯婚后现身“反倒状态更差了”。他们蜜月去了韦茅斯（Weymouth），回来之后艾略特问马凯，他和他的妻子玩得开心吗？马凯回答：“一点也不开心，很糟，但不是那个地方的错。”卡苏朋夫妻去度蜜月时罗马的沉闷至少在这里可见一斑。

让布莱恩特更符合卡苏朋的时代，为卡苏朋提供一些其他朋友无法提供的细节，这就是马凯起的作用。但要说他就是卡苏朋，
121 那和布拉班特一样，他不够格也是因为他的优点。我们尚未找到的就是那股能量的源头，因为没有这股能量，卡苏朋的性情不会这么激烈，而《米德尔马契》的作者和其中人物对他的感受也就

不会那么激烈，这种感受是深刻的鄙夷和零星的可怜。戈登·海特也体会到了乔治·艾略特在卡苏朋身上非比寻常的狠毒，他解释为艾略特曾一时迷恋布拉班特，后来又幻想破灭，但塑造卡苏朋已经是二十五年之后的事情了，而且塑造卡苏朋是在二十五年的友谊以及布拉班特去世三年之后，如此强烈的情绪似乎很不成比例。关于布拉班特的往事，要说有多糟糕，那也是艾略特自己的一时糊涂。

说到艾略特的糊涂——先把这些无法真正成为卡苏朋的人物放一边，我们看看乔治·艾略特自己。F.W.H. 迈尔斯（F.W.H. Myers）在 1881 年 11 月的《世纪杂志》（*Century Magazine*）里陈述道，当艾略特被问及她是从哪里找到卡苏朋的，“她带着一种幽默的郑重，但又很是真诚地指了指自己的心”。她的这个表达值得玩味。福楼拜曾说：“包法利夫人，c’est moi[1]。”艾略特的意思跟福楼拜的这句话如出一辙。福楼拜也有他自己的布拉班特们和马凯们，也从真实的事件和人物上取了一些有用的细节，但在写作的时候，他的心思还在别的地方。我们要找的不是一个卡苏朋，而是“卡苏朋特性”，而就跟福楼拜找到“包法利特性”一样，艾略特是在自己心里找到的。“卡苏朋特性”指的是把感官体验埋葬在头脑的地窖中。年轻时乔治·艾略特时常犯下此类恶行，而用迈尔斯的说法，艾略特

[1] 法语：就是我。

“自责爆发时简直病态”，一辈子都是如此。

艾略特写出卡苏朋，这是她笔下第一次出现在性方面出了问题的角色；这个问题指的是“与常人不同”，但具体是什么却也难以说得确凿。他和妻子是否真的有了夫妻之实，小说里语焉不详。身处在她的时代，在这个问题上谨慎处理、出言克制自然有足够的理由，但艾略特此处的含混不仅因为维多利亚时代的风气，也有她文学上的考虑。性障碍是灾难，不是作恶；如果卡苏朋无法行房完婚，那在这一点上他和拉斯金一样可怜。引发太多同情心在这里是碍事的。乔治·艾略特的小说宇宙中，她从来不让她笔下的众生逃避自己的道德责任，卡苏朋也不例外。她说从她开始写小说起，卡苏朋和多萝西娅这两个人物就一直在她脑海中，但久久未能直面这个主题，恐怕就是卡苏朋性爱方面的缺憾不好处理。最终艾略特解决这个难题，就是把性无能或近似性无能与一种主动的选择掺杂在一起，卡苏朋选择冰冷而不是温暖，这一点上他就难辞其咎了。

122 这一点可以在一个反复出现的意象中读解出来，乔治·艾略特在运用这个意象时看得出极为细致。卡苏朋这个人物在小说中的处境，核心是“种子”。作为意象它出现了三次。第一次是多萝西娅订婚之前，在布鲁克先生的家里。替未婚妻不出门骑马辩护，卡苏朋先生突然激动起来，说：“正在发芽的谷粒一定不能见光的”（第二章）。黑暗和种子之间的关系就此坐实，或许还带着几丝余音，是说卡苏朋先生的谷粒恐怕是不会发芽的那种。然后在四十八章，他的那把“神话之匙”出人意料地被说成了“所有传统的种子”。他打不出那把钥匙，造不出那颗种子，在这里听上去似乎并不在他自己的掌控之中。但四十二章有一段话，就把问题明确地归咎于卡苏朋自己；芭芭拉·哈代在《正确的形式》（*The Appropriate Form*，1964）中就让我们要注意这一段。这里作者直言卡苏朋的问题并非不由自主。多萝西娅正要牵他的手臂，但卡苏朋故意把手臂绷紧了；

> 这种无动于衷的僵硬给多萝西娅一种很可怕的感受。这种说法语气很重，但并不过重。都说这样的动作是细枝末节，但正是在这些地方快乐的种子被永久地浪费了，直到男男女女神色枯槁地看到周围的荒芜，说土地孕育不出甜蜜的果实——这都是他们的浪费酿成，却把自己的拒绝说成世事本来如此。

卡苏朋先生选择将自我封闭，就像选择手淫。这里有一个自渎的意象，象征着他的精神诉求，同时又回过头来反映在他身体的抗拒中。

这一段虽然大胆突兀，但在乔治·艾略特的文字中并不算绝无仅有；她在快要结束青春期的时候（1939年3月16日），给自己年迈的老师刘易斯小姐写过一封信，信里有一段关于自我的表述可以和上面这段引文参照。这封信之所以让人讶异，就因为这个未来的小说家批驳了这种文艺形式，理由是它们给她的白日梦造成了坏影响。在一阵难以抑制的坦诚中，她写道：

> ……是我心里的一些东西让小说和传奇变得邪恶，我大胆揣测，每个人心里也都有类似的东西。
>
> 我承认自己不是一个公正的陪审员，我对这些被告的恨意
> 来自于对我自己造成的伤害。那些被它们毒害出的心灵疾病，我
> 会一直带到坟墓里去。在我还是个小女孩的时候，就对周遭的事
> 物感到失望，永远活在自己创造的世界里，我不介意没有同伴，
> 123 只跟自己的念头相处，幻想出一些场景，我会是里面的女主角。
> 幻想在这样的乌托邦里，小说家会造出什么样的角色来。

乔治·艾略特扣给自己的罪名似乎并非缺少情感，而是情感的转移。戈登·海特在他的传记里告诫读者不要把这些话当真，但在他编辑的 1954—1956 年版的《书信集》中，他提到 J.W. 克罗斯写《乔治·艾略特的人生》（*George Eliot's Life*，1885）的时候，把“毒害”“疾病”和“带到坟墓里去”那句话删了。显然克罗斯是把这句话当真的。照艾略特的性情来说，她下很重的词一定不是随意为之，如果这句话有任何真诚的含义，那么她就是在坦陈自己被小说毒害了，而且在心里扰动起的已经不是孩童时自大狂式的幻象，而是一些情色的念头。《费利克斯·霍尔特》（*Felix Holt*）里特兰桑姆夫人（Mrs. Transome）读了些法国小说，然后就找了个情夫；但青少年时期的艾略特并没有此类情感上的回应。如果我们暂且认为卡苏朋是她一种“病态的爆发的自责”——尤其是艾略特早年信仰福音教派，这种自责的表达就更为鲜明了——那么卡苏朋在性事上

的缺陷似乎也是艾略特青少年在这方面的挣扎，而这些挣扎即使只是回忆也让她深感痛苦。卡苏朋心中那些黑暗的风景也就是艾略特忆起所谓“心灵疾病”时的畏缩和刺痛，她说过这些“疾病”会伴随她到坟墓。卡苏朋的障碍也象征着没有结果的幻想，艾略特自己也是这种幻想的受害者。大概在这层意思上，我们可以说卡苏朋这个人物的鲜明和强烈来自作者的性情。

除了偶尔的网开一面，小说对待卡苏朋一直极为严苛，这也是艾略特想洗去自己过往中的这一部分体验。她是一个自豪于心灵富足与饱满的女子，回想早年在情欲上的一时失灵对她来说是痛苦的。也难怪她给卡苏朋的死因是“心脏脂肪变性”。卡苏朋身上存放着艾略特更低劣的特质，而多萝西娅存着的是她的优点。艾略特把自己青涩的“想象失当”，很得体地转换了音部灌输进了年迈的卡苏朋，又把自己成熟的信念给了年轻的多萝西娅。

乔治·艾略特头脑里上演的这场大戏，里面还有多萝西娅的第二任丈夫威尔·拉迪斯拉夫，可他究竟处在什么样的位置，一下子还看不清。塑造威尔的时候，在很大程度上是要让他跟多萝西娅相和谐的，甚至跟她拥有某些相同或平行的特质。跟多萝西娅一样，威尔想做些造福他人的事情，但不太知道该往何处用力，而他微微带些恶意，和她温和的虚荣相平衡。在某些方面，威尔也是一个从乔治·艾略特自己投射出来的人物，甚至他的形象也

124 是。他鼻子中有一处隆起，强硬的两腮，都是把它们创造者的特色理想化了，艾略特觉得这是她丑的地方，但这些特点却让威尔看上去英俊。之前大家就注意到，威尔对卡苏朋神话研究的指摘，其实紧紧依据着艾略特给马凯写的书评，尤其是对马凯所继承的那些学者的批判：

> 将一种真正的哲学精神引入神话研究——这一点我们最主要得感谢德国人——是一个巨大的进步，之前十八世纪的很多作家都带着一种肤浅的、琉善[1]式的嘲讽语气，或者像布莱恩特这样的学者，带着一种固有的偏见，觉得《创世记》里都是真实的历史，而希腊的神话传说只不过将它们扭曲了而已。

拉迪斯拉夫跟多萝西娅说：“跟着上世纪的人——比如布莱恩特——爬那么一小段，修正一点他们的错误，你看不出来这是没有意义的吗？这就像住在一个废弃物品的储藏室，像擦亮一张三个脚的椅子一样，整天打磨关于古实和麦西的那点理论。”如果艾略特塑造拉迪斯拉夫确实用了一部分自己，那她一定还需要另一个原型，而应当如何选择困扰着她。她曾说过小说的结尾可能会让人失望，除了让拉迪斯拉夫和多萝西娅结婚之外（就像布莱克让洛斯和

[1] Lucian（120—180），一译卢齐安，古罗马作家、无神论者，多用对话体，讽刺各派哲学和宗教迷信等。

埃妮萨蒙结合[1]），或许主要就在于她没法让拉迪斯拉夫这个人物在米德尔马契这个地方显得理所应当。

搜捕原型的猎手都放过了拉迪斯拉夫，觉得乔治·艾略特跟刘易斯（Lewes）生活幸福、心无旁骛，脑子里不会有这样一个人。她对刘易斯的忠贞感情除了超越法律，也一样容不得质疑。如果在法律管辖之内她用不了刘易斯的姓氏，那她就在法律之外不仅用他的姓，还用他的名[2]。当哈丽特·比彻·斯托（Harriet Beecher Stowe）问乔治·艾略特，卡苏朋的婚姻和她自己的婚姻是否有任何相似之处，艾略特回答："想到我那个温暖、热情的丈夫，对我的事业比他自己的任何事都关心，完全没有作家的嫉妒和猜疑，这一点简直是个奇迹，卡苏朋跟他天差地远，你简直想不出两个更不一样的人。恐怕卡苏朋的那些污点跟我自己的心性倒更为接近。不管怎样，我挺同情他的。"［她在《米德尔马契》中（第二十九章），作为叙述者也发过近似的感慨："对我来说，我非常同情他。"］事实上，刘易斯的头脑在那个时代都算得上是格外吸引人的，他很愿意研讨科学、哲学和文学话题，而且善解人意，这方面的天赋在艾略特看来，不但对她的生活至关重要，对她的创作也是如此。即使托马斯·卡莱尔和简·卡莱尔夫妇忍不住喊他"猿人"，而道格拉

---

[1] 在布莱克独创的神话体系里，洛斯（Los）是创世四位天神之一堕落成的人形，跟创造人类意识、想象力和艺术有关；埃妮萨蒙（Enitharmon）是从洛斯之中分割出的一位女性角色，象征精神之美和诗歌灵感，她和洛斯育有众多子女。

[2] 刘易斯全名为乔治·亨利·刘易斯（George Henry Lewes）。

斯·杰罗尔德（Douglas Jerrold）忍不住说他是“伦敦最丑的人”，
125 刘易斯受欢迎的程度却未受到一丝影响；艾略特对他的丑也比对自己的丑更宽容。他有时候开玩笑，说这个家里他就是卡苏朋，而妻子是多萝西娅，但其实他跟拉迪斯拉夫更像。他在年轻时也在德国待了很久，德语用得颇为熟练。小说里有传言说拉迪斯拉夫的祖父是犹太当铺老板，用来污蔑他的性格，刘易斯的祖父不是犹太当铺老板，但他有不少犹太朋友，而且在舞台上演过好几回夏洛克。他兴趣广泛到让人感觉是三心二意，比如前一秒还在解剖蜻蜓，一转眼他又在分析孔德的哲学了。但跟拉迪斯拉夫一样，他的多才多艺并不影响他的投入。乔治·艾略特在第四十六章写道：“我们的责任感往往要等待某些工作出现，取代我们那些浅尝辄止的爱好。”

对于自己的丈夫，乔治·艾略特既妒忌，又明显十分钟情。林顿夫人转述过艾略特自己的话：“乔治离家一晚我也接受不了。”但婚姻的美满和警惕与情欲偶尔的游走并不矛盾。单说艾略特的话，在她写给女性好友的大量书信中，虽然找不到明确的目标，但读得出无比丰沛的爱意，不过，她确实曾对伊迪斯·西姆考克丝（Edith Simcox）言明，她感兴趣的是男人。寻找卡苏朋，从其他人开始，止于艾略特；寻找拉迪斯拉夫，我们从她自己和她丈夫发散开去。艾略特善于发现人的弱点和局限，这一点不仅在多萝西娅上适用，也适用于小说之外的杰出人物，像路德和班扬，但在拉迪斯拉夫身上，艾略特的这种能力几乎失效了，他在艾略特所有作品中地位独特，因为不论男女，这是第一个外在魅力难挡同时又内心良善的角色。早期的评论都说拉迪斯拉夫是艾略特小说一个新的动向。《亚当·比德》中赫蒂（Hetty）很美，但因为美而受到了惩罚；她内心没有外表那么好看。《罗慕拉》中的提托（Tito）也是一样。只有对拉迪斯拉夫，小说家是完全纵容的，甚至好几次非要让他甩自己的鬈发，好像怕他还不够迷人。那么这个推测不得不说是可能的：艾略特自己突然被某个年轻男子的英俊形象给迷住了。

多萝西娅和拉迪斯拉夫第一次重要的相遇是在罗马，因为开始写作《米德尔马契》之前仅仅三个半月艾略特正好去过罗马，她在那里的逗留似乎可以研究一番。这是她和刘易斯第二次去那个地方，但没有上次那么尽兴了。去罗马的路途中刘易斯坐骨神经痛发作，到了之后没有心情享受这个城市。他在日记中写道："我已经游览够了，想回家，想工作。"卡苏朋先生也曾有过类似的想法。
但乔治·艾略特并不像丈夫一样对罗马感到厌烦。她对这次旅行的 126
总结是："在这里好多天明媚的阳光不曾中断……"正是在那样的阳光里，她见到一个人，后来被证明对她的人生造成了重大的影响，那个人叫约翰·沃尔特·克罗斯，那年他二十九岁。

这次会面他们很早就知道会发生。艾略特两年之前就见过克罗斯的母亲，这是赫伯特·斯彭瑟的功劳，后来斯彭瑟自夸艾略特的两任丈夫都是他介绍认识的。那时候克罗斯太太的其他孩子都在英格兰，只有约翰在美国，处理他们家族银行在美国的业务。克罗斯家和刘易斯家聊天时经常会提到他。

1869 年 4 月的一天，艾略特和刘易斯一起在她钟爱的庞菲利·多里亚（Pamfili Doria）花园散步，偶然遇到克罗斯太太最年长的女儿和她的丈夫。这对夫妇也跟卡苏朋夫妇一样在罗马度蜜月。他们于是约好了之后再见面，几天之后，克罗斯太太、她的儿子约翰和另一个女儿也到了，刘易斯夫妇就邀请他们 4 月 18 日来自己住的酒店房间做客。艾略特和丈夫住的地方叫密涅瓦酒店（Minerva Hotel）——他们 1860 年第一次来的时候住的也是这里。约翰·沃尔特·克罗斯跟他所有家人一样，非常崇敬艾略特的文学，而他一定也表达了那份崇敬。也多亏了他，当时的对话留存下了这么一点："我记得，很多年以前，因为被问得太直接，我只得承认虽然我非常欣赏她的作品，但总体而言依然觉得其中的哀伤太过深沉，那时我们才刚刚认识，我清楚地记得这句话让她多么痛苦。"这种痛苦延续到了《米德尔马契》之中。这个对话和书中第二十二章拉迪斯拉夫给多萝西娅的建议极为相似："你要把这世间的所有青春都变成悲剧中的合唱，为不幸而哀号和说教吗？"多萝西娅的回答跟当年艾略特给克罗斯的回答想必非常接近："我不是一个哀伤、忧郁的人。"但拉迪斯拉夫没这么容易打发，八个章节之后，他给多萝西娅写了一封信，"依旧在满怀热情地抗议她的同情心太过狂热，说她对事物的本来面貌缺乏一种天然而坚实的喜悦——他的青春活力跃然纸上……"

克罗斯最显著的特质就是青春有活力，他刚从美国回来，一定被问到他在大洋彼岸的游历。他在纽约的铁路业投了大笔资金，工作是在纽约，但后来他给杂志写过一篇文章，证实了他也去过加利福尼亚。当时克罗斯一定说了什么，触动了艾略特，于是她给拉迪斯拉夫安排的倒数第二项事业（最后一项是娶多萝西娅），就是筹划要开拓“大西部”。事实上，让克罗斯感到兴奋并 127
反复在已发表的文字中提及的，就是“新世界”；他颂扬“新世界”，因为“它建立在工业化的基础上，而不是军事化”。他觉得自己的同胞批评它是没有道理的，之后他写过一本书，书名是个大杂烩——《但丁心得、新世界印象，以及关于复本位制的几句话》（*Impressions of Dante and of the New World with a Few Words on Bimetallism*，1893），里面有这样一段：“既然美国积累起的任何‘真正’的财富对英格兰都是有利的，那起码有一点毋庸置疑，这个国家的任何商人，只要他们没有俯身去扛动车轮，让战车翻越所有障碍，反而自得于憎恶对手，那一定是人心颓丧的第一个标志了。”这种比喻在克罗斯是自然流露，但小说里换给拉迪斯拉夫用就略带嘲弄了。拉迪斯拉夫想画一幅画，叫“帖木儿在战车中驱驰被降服的国王”（Tamburlain Driving the Conquered Kings in His Chariot）[1]，他说这幅画寓意“物质世界的历史将历朝历代套上马具，鞭策它们向前”，还要在画里包含“种族的迁移和对森林的开拓——以及美国和蒸汽机”。克罗斯一次次向西的旅程，所乘坐火车的蒸汽发动机，一直延伸到“新世界”边缘的铁道（他专门

[1] 这幅画取自克里斯托弗·马洛《帖木儿大帝》（*Tamburlaine*）中的一幕，是他让战败方的众多领袖替他拉战车。

为此写过文章），还有对美国那种生机勃勃的好感，都以某种方式进到了乔治·艾略特的作品中。

他一定让艾略特非常开心。拉迪斯拉夫年轻，卡苏朋年迈，前者不会像学者似的求知、思辨，但满怀激情，而后者，只见他艰难地东翻西找，这样的对比，正是把乔治·艾略特认识克罗斯时的那种感受理想化了。在小说中，这是在向多萝西娅暗示，卡苏朋死后，有比寡妇的丧服和行善更好的事情。但向克罗斯致意也只能是隐秘的，拉迪斯拉夫成长的细节都雾霭重重，但一个事实格外清晰，被提到过两次——他上的是拉格比公学，克罗斯也是，这份致意他一定感受到了。

跟这个更高、更英俊、眼神更犀利、更年轻的银行家站在一起，即使是艾略特深爱的刘易斯，一定也在某些时刻会落了下风。克罗斯此后对艾略特的关怀始终如一，他的奖赏是获得了“侄子”的头衔。《米德尔马契》之中，拉迪斯拉夫虽然是卡苏朋的表亲[1]，但一直被误认为是他的侄子。克罗斯则一直被亲切地喊成“侄子约翰尼”，而且在刘易斯死后，她给约翰写信，请他来做客，称呼他为“最亲爱的N[2]”。这不是说艾略特曾有过哪怕片刻不忠于丈夫的想法，有许许多多的原因让她把一生都跟刘易斯绑在了一起。但她并不介意再多放弃一件自己珍爱的东西，作为和刘易斯之间纽带的

---

[1] 拉迪斯拉夫的祖母与卡苏朋的母亲是姐妹。

[2] 即侄子（nephew）首字母。

一部分。就像在《米德尔马契》里她评价玛丽·佳斯（Mary Garth）对弗雷德（Fred）的忠贞：“我们可以像守护财宝一样守护我们的爱意和忠贞。”在苦苦思考《米德尔马契》该如何结尾时，艾略特一定发现了约翰·沃尔特·克罗斯的巨大价值。她把这个银行家存进了她的小说账户里。 128

刘易斯夫妇跟克罗斯的友情是多年来逐渐加深的。刘易斯去世之后，乔治·艾略特一度不愿接待克罗斯，不过也暗示这个时期终将过去，或许在重新见其他朋友之前，会先邀请克罗斯。后来果然是这样。请克罗斯去做客那天，她的老朋友赫伯特·斯彭瑟吃了闭门羹。因为克罗斯的母亲和他其中一位姐姐在刘易斯去世后不久也离开了，他和乔治·艾略特可以分担彼此的哀痛。接下来的一个月，他们一起读但丁的《地狱》和《炼狱》聊作慰藉。《天堂》就不用读了，和比亚特丽丝的对应太过明显，不需要再用阅读巩固。克罗斯对乔治·艾略特感到一种但丁般的情怀；她是“我心中的完美”，是“至善”，娶艾略特是他“崇高的感召”。这种神圣的感情艾略特并没有指责；1880 年 5 月 5 日写给伯恩-琼斯（Burne-Jones）太太的一封信里，她说：“在他看来，把人生献给我是他唯一渴求的幸福。”

拉迪斯拉夫批评卡苏朋不懂那些研究比较神话学的德语人，但乔治·艾略特费尽心思地暗示我们，拉迪斯拉夫自己对这些古奥的书也不过只知道个仿佛。小说完全没有把拉迪斯拉夫写成一个博学的人，只有对艺术、诗歌和政治一些笼统的兴趣。他改革派的政治立场跟克罗斯很接近，后者在“但丁心得……”那本书里把非革命式地逐步消除不公正作为一种自由派的政治目标。乔治·艾略特在1879年10月16日给克罗斯写过一封信（既居高临下，但又是一种关照、慈爱的居高临下），其中可以明显体会出她的确把对方当成一个拉迪斯拉夫一样的人物：“最可爱也最懂如何爱人的你……完全不懂什么‘西菲尔霍法尔’的动词变位[1]，不知道形而上学的历史和开普勒在科学进程中的地位，但在一颗男人的心里——你懂得别的最好的东西：爱的秘密和为人的正直。啊，我怕是夸过头了，只是想到不久之前，你还穿马裤，头发往后梳。”（头发往后梳也是拉迪斯拉夫一个特点。）这时克罗斯已经三十九岁了，在伦敦的银行业也有了自己的一席之地，但对艾略特来说，他依然是青春的化身，甚至依然是个少年，他的无知胜过了学问。这样的感受无疑是他们相识这十年来逐渐形成的，但那朗朗上口的希伯来语“西菲尔霍法尔”让我们意识到，艾略特从一开始就把他当成了“古实和麦西”的对立面。而且在无知这一点上——艾略特还直白地强调了他
129 不懂古代语言、形而上学和科学，她也把克罗斯看做自己丈夫和大多数朋友的对立面。让多萝西娅嫁给拉迪斯拉夫是乔治·艾略特唯一的出轨。艺术上，这却是她犯下的罪。作为刘易斯的遗孀，她嫁给克罗斯让这场幻想获得了法律的认可。在《弗洛斯河上的磨坊》

[1] Hiphil 和 Hophal 是希伯来语中两种动词词干。

里面，她用小说想象了一场兄妹和解，现实中她也同样和哥哥伊萨克让虚构变成了事实。

不过，在婚姻中的这种角色对调却也诡异，变成了一个六十岁的多萝西娅嫁给了一个四十岁的拉迪斯拉夫，两人的差异不亚于卡苏朋和他的妻子。克罗斯自己的感触一定也交缠不清，因为他既是艾略特的侄子、儿子、学生和读者，又是她的丈夫。之前只是在轨道上自主环绕母体的一个碎片，现在被拽了回去，一定伴随着巨大的不安和恐慌。当他们在威尼斯度蜜月的时候，克罗斯从窗户跳进大运河，或许不只是因为年龄和健康上的差距和卧房中的局促。艾略特从来没有让多萝西娅考虑过这条出路。克罗斯被捞上来，安置回原来的卧房，之后他没有再闹过。

最后要请出的见证者是伊莱莎·林恩·林顿。艾略特还是个没有见过世面的小镇姑娘时，两人就相识了，艾略特会像袋鼠一样握她的手，搂她的手臂。艾略特刚决定跟刘易斯同居的时候，林顿就接受邀请前去做客，之后也见过她。林顿夫人对艾略特的文学地位是心存嫉妒的，但也认可她的成就。她还给乔治·艾略特的作品写过一篇长文，其中这样评价多萝西娅的第二段婚姻：

> 错了一次之后，第二段婚姻居然是嫁给了威尔·拉迪斯拉夫——这不是个纯粹势利眼吗？——简直让人无话可说！乔治·艾略特的深刻洞察力哪去了？写拉迪斯拉夫的时候，是不是因为原型就在手边，她戴着有色眼镜看原型，连复制出来的

> 人物也带上了玫瑰色，和原型一样被美化了？那些视线清晰的旁观者对此的感受，她真的全然无知？

在《我的文学人生》里，林顿夫人说得很清楚，她完全不赞同艾略特跟克罗斯结合，让艾略特的第一段婚姻成了垮塌的纸牌屋，显然上面引文中她指的也就是克罗斯。林顿夫人太苛刻了，但克罗斯除了拥有年轻人的激情和一种尚未定型的灵活之外，并无长处，林顿夫人的确指出了艾略特照着他塑造拉迪斯拉夫时，给小说创作带来了麻烦。（克罗斯在投资上的才华很难做艺术加工。）但乔治·艾略特选择嫁给他是很明智的，不管是在自传里写到艾略特，还是在妻子死后的四十年的人生中，克罗斯提到她都得体得无可挑剔。

130 克罗斯没有让人给他拍过照片，而且平时都很自谦。但他出版了两本书，也并非全无抱负。相比于美国铁路报告中所展现的对真实世界的了解，克罗斯 1893 年那本“心得……”里关于但丁的文章是个鲜明的对比，展现的是跟拉迪斯拉夫一样对诗歌的热爱。这本书的“作者序”让我们能约略感受到他那种纯真、谦逊但又爱闲扯的性格：

> “不要朝风琴手开枪，他已经尽力了。”美国“狂野大西部”有这么一个古老的传言，说某个教堂在醒目的位置贴着这样一句话。我也希望在读者眼里（如果真有人读我的文字），我的姿态带着这样一种轻柔的自辩——或者说，我其实希望这

是他们对我的态度。“不要朝这位散文家开枪，他的确已经竭尽全力。”我坦言，重新出版这些杂志里发表过的文章很难找到一个直白的借口，尤其对我来说，并没有一大群朋友整日在敦促我把文章整理、出版。在我看来，真正的缘由总是一样的——写作者想要在时间的沙地上留下自己的足迹，不管那些脚印有多浅。

相较于“卡苏朋特性”，这就是“约翰尼克罗斯特性”了，那是一种羞怯却坦率的气质，和卡苏朋那间锁了门、没有钥匙能打开的房间截然不同。一辈子跟知识分子打交道，乔治·艾略特选择了一份很简单的爱，就跟多萝西娅在卡苏朋去世之后的选择一样。解开神话的钥匙并不难找到。艾略特的决定或许有些感情用事，但也给了多萝西娅的行为一种现实感。

多萝西娅的两任丈夫在《米德尔马契》里的功用是不同的。一个全是迷宫和暗影，另一个全是率直与光明。乔治·艾略特对小说结尾不满，但她对拉迪斯拉夫的投入和支持是大多数读者不能完全体会的。其中一部分原因是那两个角色形成的过程很不一样，他们是艾略特内心两种力量冲撞的结果。谴责卡苏朋，之后再埋葬他，是克服自己少女时那种自恋的性冲动。虽然这种情绪转换了形态，但过去那种自责是可以重温的，一旦这种动机被激发出来，角色形成，她就可以很巧妙地用自己相识的人为他添加细节，不管这些原

型是从生活中还是从阅读中认识的。结果，她塑造出了一个全新的
人物，是了不起的小说成就。而拉迪斯拉夫是一个中年的幻象，这
个角色没了艾略特平时的掌控力，这种放纵是因为它并无害处，她
放任自己去美化他，拉迪斯拉夫只有一点缺憾却又同时是他完美的
标志——年轻。他始终是太阳的替代品，虽然能量和热度不足，但
也不是假的，是用蜡笔画出的色彩。艾略特有很长的时间去琢磨卡
131 苏朋意味着什么；但如果这些揣测站得住脚，那么艾略特在罗马遇
到自己年轻的仰慕者和未来的丈夫时，这场被赋予了很多华丽幻想
的相遇给了她拉迪斯拉夫这个形象，而这个形象的出现是让小说家
有些猝不及防的。

1973

亨利·詹姆斯在审美家中间

在慎言这件事情上，很少有小说家能与亨利·詹姆斯相提并 132 论。虽然他给一位年轻雕塑家的信里透露出对男性的偏好，但我们无法确定他是否有我们寻常所谓的性生活。大多数作家塑造角色的时候，很大程度上都要借助这些角色的不慎；但亨利·詹姆斯用的似乎是他们的谨慎。回顾十九世纪下半叶的作家，像前拉斐尔派和他们在英格兰的继承者，或者是法国的现实主义小说家和颓废派诗人，詹姆斯几乎是唯一一个没有丑闻的人。他不仅私生活小心谨慎，在私底下谈论文学时也是如此。好几本自传，再加上书信和自序，他对自己创作的源泉从来都只点到为止，不会全盘托出。这里我想追索他的一个想法，在我看来可能是他创作的推动力之一。

1873 年，亨利·詹姆斯到了三十岁这个满是诗意的年纪，决定做一件之前没有尝试过的事。借用詹姆斯自己的航海比喻，他三十岁以前“只在‘短篇小说’的浅滩和多沙的海湾里，为了获得技能，来回颠簸”，现在他准备写自己的第一本小说了。所以，《罗德里克·赫德森》(*Roderick Hudson*) 在他脑中酝酿的几个月很值得探究。詹姆斯并不介意透露这个故事的“萌芽”是在宴会上一个叫安斯特拉瑟-汤普森 (Anstruther-Thompson) 的夫人告诉他的，但它如何转换成书斋里的写作冲动詹姆斯不够坦白。要探查这一点，再细小的提示也是有用的。这样的提示出现在 1873 年 5 月 31 日亨利·詹姆斯写给威廉·詹姆斯的一封信中。当时亨利住在佛罗伦萨，那天正好在书商的橱窗里看到沃尔特·佩特的新书，《文艺复兴研究》。他告诉兄长，自己有一瞬间“被点燃”，想要把书买下来，写一则短评。但他说自己很快发现书里有些话题是他完全不了解的，就放弃了这个念头。不管怎样，亨利·詹姆斯明确道，他打算写一些和短评完全不一样的东西。

这其实是他在回复当天收到的威廉·詹姆斯的一封信，其中兄长略带责备说正因为亨利住在佛罗伦萨，就错过了给某些书写书评的机会，举了佩特那本关于文艺复兴的新书作为例子，还说他们的
133 妹妹艾丽斯已经读过，觉得“精妙丰美”。亨利·詹姆斯的回信让人感觉，他只在橱窗里看到了那本书，并没有真的去读。但他肯定进书店翻阅过，否则无法知道里面有些话题是他不熟悉的。因为有线索可知他当场或是之后不久就买下了那本书，甚至写过书评（虽然那篇文章没有发表，也已佚失），那他的沉默就暗示这里有一个

作家的“重大机密”[1],是他小心地不愿袒露这本书给他的巨大震动。这个震动对他写作《罗德里克·赫德森》起了很大作用，也开启了一个贯穿詹姆斯写作的深刻主题。

我们怎么知道詹姆斯读了这本书呢？他1874年正给纽约的《独立周刊》(*Independent*)写“佛城散记”(Florentine Notes)——那几个月也正好是他创作《罗德里克·赫德森》的时候——具体说到了佩特书里的一个章节，那一章分析的是波提切利。詹姆斯提起“一位心思巧妙的批评家(写《文艺复兴研究》的佩特先生)”，但这个夸奖是有所保留的，说佩特写波提切利的时候“虽然才情洋溢但不算文理紧凑”。这其中有多少挖苦之意我们可以从他的修改中看出来：他最初的修改就把“不算文理紧凑”去掉了，改成“虽只是一家之言，但才情洋溢”。最初的版本中，詹姆斯评价佩特的解读“异想天开”，但在第三版也是最后一版中，他大方地说这个“讲究”的评论家“不久前向他[波提切利]致敬，这份敬意就是一种精微、卓越的好奇心”，而且“佩特先生已把话说尽”。1894年佩特去世，詹姆斯给埃德蒙·戈斯写信，其中的意思和前面第一版最为接近；信里把佩特描述为“柔弱、苍白、局促、细腻的佩特”，说他只是“磷光，而非火焰”。“细腻”跟“讲究”一样，可以从两个方向解读。詹姆斯当初给哥哥写信，说他有一时半刻间“被点燃”，想读佩特，就跟他说佩特只是“磷光，而非火焰”一样，其

[1] serect d'etat，法语，本意为“国家机密”。

实是在拿佩特书里最有名的一句话开玩笑："以这样坚硬的、如宝石般的火焰燃烧，是生命的成功。"

詹姆斯不愿这样燃烧。没有哪个教条比这一句更让他厌恶。就像我之前提到的，不知出于什么原因，他似乎把本该在生活中表达的激情都移到了角色的生命里。或许，借用《大师的教训》（The Lesson of the Master）里保罗·奥福特（Paul Overt）的那句话，詹姆斯"被天性献给了智力而非生活中的激情"；但话说回来，在那个故事中，保罗·奥福特或许觉得他上当了，其实他更愿意沉浸，却被诱向疏离。但不管原因是什么，照佩特的标准，詹姆斯没有取
134 得生命的成功。他内心的火焰被引向了他虚构的角色中。佩特流连于达·芬奇、米开朗基罗、温克尔曼这样的人物，詹姆斯自己也有同性恋倾向，他不可能没有注意到佩特在为类似的倾向暗暗欢呼。我想詹姆斯一定有所警觉，一定听到了要将他绳之以法的脚步声，一定想把自己从审美和同性恋的圈子中划出去。但与此同时，他了解同性恋，也想写这样的人，有一个办法就是将他们负面描绘成审美家。普鲁斯特做了一样的事。佩特未加掩饰他欣赏那些喜欢男人的男人，这让詹姆斯在那个时期的艺术评论里反过来特意强调"阳刚之气"，在一些语境里跟同性之爱是相对的。

但他对佩特回应并未止于警觉。我们必须试着去了解他读《文艺复兴研究》那篇著名的《结语》时，目光中流露的是什么。书出第二版的时候，佩特很怯生生地把这一章撤掉了，但第三版的时候又带上一些谨慎的限定语把它放了回去。佩特 1868 年给《威斯敏

斯特评论》写过一篇关于“唯美派诗歌”的文章，最后几页后来就成了那篇《结语》。它文字中似乎藏着一本操作手册，指点你如何勾引年轻男子，但又伪装成“唯美派批评家”的指南。要指点或勾引詹姆斯没有这么容易。说佩特写波提切利的时候才华横溢却文理不够紧凑，实际就是说这其中姿态大过实质——他在《一位女士的画像》中整体批判审美家和唯美主义“基本就是一种形式上的东西”。而他在《佛城散记》里写道：“在这个上演着饥荒和罪孽的世界里，总有些心境会让人感到某种冲动，想默默抗议对纯粹美学太过慷慨的支持。”（詹姆斯自己对罪孽比对饥荒兴趣更大些。）虽然他承认“涉猎也有它的无畏”，但“无畏”（heroics）跟“英勇”（heroism）[1]是两码事。

不管是在人生或艺术中，佩特敦促我们在品尝和回味的时候都要有一种躁动的密度。他很博学地引用赫拉克利特（虽然引赫里克[2]也是一样的），反复强调一切都稍纵即逝，尤其要注意它们的漂移（drift）——对于“漂移”佩特是庆幸大于惋叹的。一切都如水般流过——他最喜欢的意象——或者（把比喻内化）就像人心里的脉搏。在这样的流淌中，我们只能寄希望于搜寻激情、印象、感触、心跳和时刻——所有这些词对佩特来说都有强烈的双重含义。

---

[1] 大致来说，“heroics”指勇猛的行径，甚至可能带有哗众取宠的意味；而“heroism”带有忘我、献身之感。（正文中勉强译出，并不确切。）

[2] Robert Herrick（1591—1674），英国诗人、牧师，诗句清新，流传最广的是一句“采撷玫瑰花苞当及时”。

“命运跌宕，世事多歧，我们所拥有的心跳是有限的。”我们寻找的不是“体验的结果，而是体验本身”。佩特的句子常带着节奏感不停延伸，这是他文风中的一个特色；他写道：“当一切都在我们脚
135 底融化，我们不妨去捕获一切精微的冲动，一切学识的增进——在拓宽视野的瞬间，似乎让心灵也自由片刻，一切感官的骚动，像奇异的色彩、罕见的花、有趣的气味、友人的面孔……”“纯粹的激情让人更敏锐地感受人生、爱的狂喜与忧伤、政治与宗教的热情，或者说，就是‘人道的热情’……但你首先要确认那的确是激情。”他会像这样补上一句忠告。这些著名的宣言不仅给了唯美主义运动一个目的——它也提供了一套语汇。

佩特的字词都像爱抚，而詹姆斯躲开了。詹姆斯最中意的人物和佩特所热爱的水流中漂移不定的磷火天差地远。一旦要扎扎实实地考虑到激情的前因后果，就意味着求爱几乎没有尽头，订婚一拖就是好多年，任何发现都被无限耽搁。就像即刻满足对佩特一样，詹姆斯热爱的是延宕。詹姆斯对《结语》最直接的看法发表在他的艺术评论中，对“印象派”提出反对意见时（见《格罗夫纳画廊》），他说“一幅画不是一个印象，而是一种表达”。这几乎像是他抢先说了叶芝的一句话，后者在他的《剧中人物》（*Dramatis Personae*）里写：“佩特所描绘的文化理想只能制造阴柔的灵魂——灵魂只能作为镜子，而成不了火盆。”詹姆斯还在很多篇文章中批评过那些自恋的一时冲动，而它们却被佩特很光荣地说成是“激情”。

给“纽约版”《罗德里克·赫德森》写序的时候，詹姆斯完全没有提到佩特；聊的却是小说开头发生在马萨诸塞州北安普顿的那几场戏，说要是换了巴尔扎克，会怎么来写。但就像他自己暗示的，这些都是旁枝末节。虽然他自己没有挑明，但我们只需深入到这些枝节背后，就能明白这本小说的中心主题是对佩特的反驳。小说的发展几乎像是个劝谕故事：罗德里克·赫德森是个年轻的美国雕塑家，很有前途，一位名叫罗兰·马利特（Rowland Mallet）的艺术资助人提供机会，让赫德森去欧洲待三年。詹姆斯很用心地去除了这个馈赠中的暧昧含义，因为这两个男人还爱上了同一个女子。马利特只是希望让赫德森的艺术能更开阔和精湛。罗德里克·赫德森一脚才刚踏进罗马，说话倒没像罗马人[1]，而是立刻像起了佩特。他和马利特有一场读来颇为震撼的对话，中间很有戏剧张力地停顿良久之后——一串佩特暗号[2]来了——赫德森问道：“我们的情感、印象，后来成了什么？……每个星期有那么二十个时刻……让人觉得不同寻常，有二十个印象似乎无比重大……但其他的那些时刻和印象都踩在他们脚跟上，把他们淹没，让他们融化成水中之水……”佩特所谓的时刻、印象、流淌、融化，还有那个水的意象，都有了。马利特满目狐疑地盯着自己这位朋友看，想道： 136

[1] 英谚，“在罗马做罗马人做的事”，即“入乡随俗”。

[2] 此处原文为Pater patter，语音上的文字游戏，意思上，“patter”既是同伙间的切口、黑话，这个词也指没有意义的闲扯、套话。

“他对新奇事物的胃口真是不知餍足，对每一样把陌生当做自身特质的东西，他都有浮夸的感受；但不足半小时，那种新奇之感就冷却了，他已经猜出了其中奥妙，掏空了其中不可思议的内核，于是又叫嚷着寻求更强烈的体验……”“陌生”（foreign）在这里很像佩特最喜欢的一个词：“奇异”（strange）。罗德里克·赫德森宣称，“我们必须遵循心跳的节拍活着”，应和的也是佩特的说法——“命运跌宕，世事多歧，我们所拥有的心跳是有限的”。难怪罗德里克的朋友说他在罗马的最初两周是“一场极致的唯美主义狂欢”。他沉迷的是并不无畏的涉猎。

遗憾的是，这场狂欢最终证明是场漂移。“漂移”这个词对佩特来说自有它赏心悦目之处，是值得肯定的，但对詹姆斯来说绝非如此。“你已经动摇、漂移，意外事故不断，我很确信此时此刻你根本就不知道自己渴望的是什么！”虽然詹姆斯那时候肯定没有读过克尔恺郭尔，但是他对唯美主义者的批判跟克尔恺郭尔在1830年代那本《非此即彼》中是一致的。佩特赞颂米开朗基罗的亚当，说他好就好在他的不完整；罗兰说“[罗德里克]那个可怜的家伙是不完整的”，却更多带着对不幸之人的同情。罗德里克沉溺于“无穷尽的实验”，可那只是一种“有害的幻象”，“说到底他对什么都不在意”。漂移已经不只是漂移了，而成了一种坠落。罗德里克的坠落既是象征意义上的，而他实际上也从瑞士的阿尔卑斯山上摔了下去。罗德里克追逐的一种新刺激加速了这个人物的崩溃，她是一位叫做克里斯蒂娜·莱特（Christina Light）的女子。

克里斯蒂娜是注定要成为卡萨玛西玛公主[1]的人，因为她有一种道德上的模棱两可，所以很适合成为罗德里克爱慕的对象，佩特在蒙娜丽莎脸上找到的也就是这种模棱两可。似乎也是回应佩特暗暗欣赏那些“希罗底的女儿[2]”，克里斯蒂娜·莱特据说“若能扮演希罗底必然光芒万丈”。詹姆斯后来觉得他给这个年轻人设下的考验太过苛刻，罗德里克才崩溃得这样干脆；或许这也是因为詹姆斯太过厌恶佩特的配方了。在罗德里克身上，詹姆斯创造了一种新的人物，可以称之为“了不起的审美家”，之后会一直成为他嘲讽、戏仿和道德谴责的对象。但也不是说在刻画这个角色时找不出作者一丝一毫的同情，至少他在阿尔卑斯山险峰间的遇难，暗含着作者的万语千言。

詹姆斯这场战争打了三十年，规模宏大、战略精细，堪比拿破仑，而《罗德里克·赫德森》只是第一阶段。四年之后，也就是1878年，他写了一则短篇小说《一沓书信》(A Bundle of Letters)，其中一个审美家式的人物说道：“生活不是件艺术品又是什么呢？这个意思佩特说得极好，我忘了在哪里读到过。”我认为佩特在那之前还没有说过很相似的话，不过那也的确是他暗示过的意思。在《一位女士的画像》中，詹姆斯塑造了一个角色真的把这句话说了 137

[1] 指亨利·詹姆斯之后一部小说《卡萨玛西玛公主》(*The Princess Casamassima*) 用的也是克里斯蒂娜·莱特这个人物。

[2] 佩特在《文艺复兴研究》中将达·芬奇的几幅女性速写形容为“希罗底的女儿们”，所用的典故应是希罗底指使女儿呈上施洗者约翰的头颅。

出来。吉尔伯特·奥斯蒙德（Gilbert Osmond）提醒伊莎贝尔·阿彻（Isabel Archer）：“你不记得了吗，我跟你说过一个人要把他的生命变成一件艺术品？你刚听到的时候很是震惊……”小说中我们之前并没有读到他说过这样的话，但他提醒伊莎贝尔自己是老调重弹，说明这是他一直以来的想法。作为回应，“正在看书的伊莎贝尔抬起头来。‘这个世界上你最鄙视的就是糟糕的、愚蠢的艺术。’”奥斯蒙德这个人物充满了佩特式的离经叛道。他曾说：“我恐怕是所有年轻男人当中最讲究的一个了。”他当然足够讲究——他有品位、有感触，但他缺的是同情心，缺少对女性的关爱。他全是姿态，只有形式，缺乏实质，就像拉尔夫·塔切特（Ralph Touchett）说的，他是“一朵凋谢的玫瑰花蕾”，于是也可称为“一个浅尝辄止、一事无成之人”。佩特在《结语》里说每个人都是孤立的，“每个头脑把它对世界的梦幻困作孤独的囚徒”。奥斯蒙德让自己的家成了妻子的监狱，又把女儿关进了修道院，似乎与那个比喻颇为契合。赫德森是艺术家，奥斯蒙德是生活的艺术家，他们都被困在自我之中。奥斯蒙德的情妇莫尔夫人（Mme Merle）跟他们是一路人，在她看来，“生活的艺术”是某种“已经被她猜透了奥妙的戏法”。和他们相对立的詹姆斯呼吁要少一点艺术，多一点感情。

詹姆斯一见到佩特的书就心生厌怖，但另一些人对佩特就没那么反感了。奥斯卡·王尔德读《文艺复兴研究》比詹姆斯稍晚一些；他那时只有二十一岁，很急切地想依附于某些激动人心的教义。对他来说，《文艺复兴研究》永远是“黄金之书”，“始终对我的人生施加着如此奇异的影响”。在都柏林的三一大学，唯美主义运动已经有它不可动摇的地位。三一大学的哲学学会辩论过一个题目：“唯美主义道德观和它对我们这个时代的影响”，奥斯卡·王尔德的哥哥威利在那场辩论里有大段的发言。当时那里有关于拉斯金的讲座，有一个“美学奖章课程”[1]，而私下里王尔德还和约翰·阿丁顿·西蒙兹（John Addington Symonds）保持通信。西蒙兹会在亨利·詹姆斯的短篇《〈贝尔塔拉菲奥〉的作者》（The Author of 'Beltraffio'）[2]中出演一个唯美主义者。在牛津读了佩特之后，王尔德成了佩特主义的布道人。比如，1877 年，他给一个同学写信，就劝导他要“让你天性的每一部分都有嬉戏的空间”。当时他还不确定自己的人生该往哪个方向去，因为佩特，他觉得就应该听从自己那个飞速旋转的罗盘仪。

就跟《罗德里克·赫德森》里的克里斯蒂娜·莱特一样，王尔德也由着性子尝试过一段天主教——他俩一样，都觉得这是“新的感触”；而吉尔伯特·奥斯蒙德在《一位女士的画像》里曾寄给伊莎贝尔一首十四行诗，题目为《重访罗马》（Rome Revisited），而 138

---

[1] Aesthetic Medal Course，即最后有考试，根据成绩颁发金、银奖章。

[2] 这个短篇的故事是叙述者去拜访他仰慕的作家，即小说《贝尔塔拉菲奥》的作者，这个人物是以西蒙兹作为原型的，粗略归纳，则可以说是他的艺术追求酿成了家庭悲剧。短篇中并未明确这部小说的内容和这个标题的含义，但可推断是由意大利语的“美”和“交易、欺诈”构成，和故事中所提及的小说内容相符，也大致影射西蒙兹的同性生活有黑暗的一面。

詹姆斯之所以造出这样一首诗，很可能因为王尔德在 1881 年发表过一首诗，题为《罗马未至》(Rome Unvisited)。但吸引王尔德的不只有罗马的天主教，共济会也同时给他新的感触。说他迷恋佩特的空中楼阁不假，但同时他也在约翰·拉斯金的讲座和言谈中很受道德的鞭策。有时候他也为自己的善变而神伤，他曾经写信给一个朋友："可不用说了，我真的是每次心念一起都在转变，也比以往任何时候都要更软弱、更自欺了。"就在那样的心境里他写了一首诗《唉！》(Hélas！)，在诗中他就像佩特和罗德里克·赫德森一样把自己表现为一个漂移的人：

> 随着每一种激情漂移，直到我的灵魂
> 如鲁特琴一般，所有的风都能拨响……

但心境一变，他也会为自己辩护，比如，1886 年，他就说："我愿意为了一种感触走向火刑柱，做一个怀疑论者，直到最后一刻！只有一样东西让我无限着迷，那就是心绪的奥秘。掌握自己的心绪是美妙的，被它们掌控就更为美妙了。有时候我觉得艺术的人生就是一场漫长而迷人的自杀，也毫不遗憾它真的就是如此。"在某种程度上，王尔德想把自己打造成一个多才多艺的人——不仅是艺术上的鉴赏家，也是真实人生的鉴赏家——而佩特《文艺复兴研究》把这样的人该有哪些特质一个一个全描绘出来了。

王尔德早年忠于佩特那篇《结语》，自然就不会和詹姆斯站到一起。1877 年 4 月 30 日，新邦德街的格罗夫纳画廊开幕，两人都去了，很可能见过面。我们不知道当时詹姆斯是如何着装的，但我们很清楚王尔德那次的外套形状和色泽都像一把大提琴，因为他梦里出现了这么一件衣服。这家新开的画廊尤为青睐前拉斐尔派的画家，而两位作家给不同刊物各写了一条简讯，赞扬了伯恩-琼斯，虽然亨利·詹姆斯说他还是有点担心这位艺术家缺少一点阳刚之气。凑巧两个人都描绘了这次展览中最早惹人关注的一幅作品，是 G.F. 瓦茨（G.F. Watts）的《爱与死》（Love and Death）。詹姆斯文句优雅，也很扼要：

> 在巨大的画布上，一个身披白色长袍的人背对着观众，正要踏过门槛，他那一下手势与衣服的摆动满是邪气，门口是花朵开始凋落的玫瑰丛，一个代表着爱的男孩犹疑着站出来，头和身躯都侧转着像在恳求，要阻挡那个人进屋却显然力不能及。

但画布上同样的元素却让王尔德情难自已，他观察道：

> 大理石的入口，长满星星点点的白茉莉和香叶蔷薇。“死 139
> 亡”的形象格外庞大，披着灰色的长袍，带着一股神秘、不可阻挡的力量冲破花的阻隔，想要进门。他一脚已经踏在门槛上，一只无情的手向前伸出，而“爱”是一个美丽的孩童，棕色的四肢是柔软的，彩虹色的翅膀萎靡如皱起的树叶，他正用自己的手徒劳地阻挡着入口。

明智、审慎的詹姆斯认为这幅画“有某种优雅的动人之处”；

唯美、轻率的王尔德把它和米开朗基罗的《神分光暗》(God Dividing the Light from the Darkness)相提并论。提到那个小男孩，王尔德全身颤抖，詹姆斯满脸猜忌。在 1888 年亨利·詹姆斯写乔治·杜穆里埃的文章里，他将唯美主义者“过度的狂热”归咎于他们“在审美上缺乏真正的甄别能力”。而詹姆斯那个时期的甄别都更倾向于道德考量，跟拉斯金一样；詹姆斯也跟拉斯金一样极力反对惠斯勒，他觉得在惠斯勒的艺术中可以觉察到佩特那一派印象主义在起指导作用。而王尔德虽然也取笑过惠斯勒画作中那些爆炸的烟火，但还是看得出这是位了不起的艺术家。二十年后，亨利·詹姆斯也会回心转意，认同这种判断。

詹姆斯和王尔德应该都没有读到对方评论格罗夫纳画廊开幕的文章，毕竟詹姆斯的文章发表在美国，王尔德的发表在爱尔兰。但两人会在詹姆斯的主场正面接触，那就是 1882 年，王尔德在美国巡回讲学了一整年。1882 年的王尔德和佩特一样，观念上已经不再单纯地推崇新鲜感触了。他的唯美主义已经在承受攻击中变得更为深刻，攻击者包括《新共和》的 W.H. 马洛克(W.H. Mallock)、好几部戏仿他的话剧、杜穆里埃给《笨拙》(*Punch*)画的漫画，还有吉尔伯特和萨利文的歌剧《裴申思》(*Patience*)。但王尔德针对的正是那些大喊他荒谬之人的荒谬，他在建构一种可以称为“后唯美主义”的思想，或者说是一种“唯美主义再思考”。他在一篇评论里坚决否认“为艺术而艺术”是在宣告艺术的最终目的；它“只是一种创造的格式”，在真正产生艺术的时候头脑的一种状态。而说到美，他会继续歌颂它，但那不是只有艺术家、美学家才追求的东西，而是要整个社会去渴望。最终他的想法很接近某种类型的社会主义，这对佩特是毫无吸引力的，但却让王尔德可以比道德家更道德。佩特憧憬的是一个个的时刻，而王尔德在美国的演讲题目是“英国文艺复兴”，在赞美这场运动的时候，他已经基本逃脱了只能品味孤立时刻的监牢。这场复兴和佩特的复兴不同，它不属于鉴赏家，而属于每一个人，它宣扬服饰、建筑和家居装潢的变革。 140

1882 年 1 月，王尔德巡回讲学到了华盛顿，詹姆斯在这里已经待了一个月；就是在华盛顿，王尔德和詹姆斯第一次被扔到一起。他们第一次相遇是在爱德华 · G. 洛林（Edward G. Loring）法官的家里，王尔德穿着在膝盖处扎紧的短裤，插着一块巨大的丝绸黄手绢。詹姆斯避开了他。但王尔德有一个报纸采访让詹姆斯意外和高兴，他在采访中说没有一个当代的英国小说家比得上豪威尔斯和詹姆斯。对于詹姆斯来说，这样的赞誉还没有频繁到可以听而不闻的地步，于是他去了王尔德住的酒店表达谢意。那次会面很不成功。詹姆斯表示：“我非常想念伦敦。”王尔德忍不住要奚落詹姆斯，问：“真的吗？”而且用的一定是他最高雅的牛津口音。“你那么在意‘地点’吗？我走遍‘世界’都是回家。”他觉得自己是个世界公民。詹姆斯把在国与国之间迁移作为自己的一大主题，对于这样一个小说家，听到上面这句话一定觉得是种冒犯。王尔德还跟詹姆斯说：“我接下来要去波士顿，要替我最亲爱的一位朋友递一封信给另一位我最亲密的朋友——信是伯恩-琼斯写给查尔斯 · 诺顿（Charles Norton）

的。”詹姆斯跟那两人都相当熟悉，熟悉到听他们的名字被搬出来炫耀一定不太舒服。我们只能推断亨利·詹姆斯觉得王尔德的紧身及膝裤莫名其妙，鄙夷他的自我宣传和那种随口的四海为家主义。亨利·亚当斯的夫人当时不愿见王尔德，理由是她拒绝“蠢蛋”，詹姆斯告诉她，她的想法是对的：“嚎嘶卡·王尔德是个讨厌的笨蛋[1]，第十流的无赖、肮脏的禽兽。”这些意象都太热腾腾了，表明詹姆斯在王尔德身上感受到一种威胁，而他在佩特那里并没有发现这一点。佩特的同性恋倾向是隐藏的，而王尔德的同性恋倾向是张扬的。佩特可以总结为“柔弱、苍白、局促、细腻”，但对于王尔德，詹姆斯找的这些表述要囊括他的思想、性格——很有可能还包括他的性向（“肮脏的禽兽”）。就好像亨利·詹姆斯预测到王尔德的名声会败裂，早早就放出话去：自己很看不起这个人。亚当斯夫人若有所知地提到过王尔德的性向“摇摆不定”，而詹姆斯言语如此激烈，也似乎表明当时跟王尔德的会面之所以让他难受，是因为他自己在性那方面的模棱两可也被惊扰起来了。

他 1884 年重拾起唯美主义这个主题，写了他最好的短篇之一：《〈贝尔塔拉菲奥〉的作者》。在他的“序言”中，詹姆斯宣称这个故事的灵感来自他听到的一则传言，某英国审美家的妻子反对他的文学作品。据考证，这个美学家就是约翰·阿丁顿·西蒙兹。已经

---

[1] 这里将“奥斯卡”（Oscar）说成“Hosscar”。（英文中常把分不清发音是否有“h”作为文化程度不高的标志；此处应只是詹姆斯随口的调笑。）

有人指出詹姆斯创作短篇时并不知道西蒙兹是同性恋。但这个故事 141
本就有足够的理由不牵扯这个话题，因为詹姆斯想剖析和取笑的是唯美主义本身，不希望别的问题掺杂其中。

相比于詹姆斯之前的作品，《〈贝尔塔拉菲奥〉的作者》将他的批判又推进了一些。其中马克·安比恩特（Mark Ambient）写的那本《贝尔塔拉菲奥》，据说“迄今为止最完整地呈现了何为艺术至上；它是唯美主义冲上战场的一声呐喊”。而就在詹姆斯创作这个短篇之前，正好就有这样一本书出版了，大大超越了柔弱、苍白、局促、细腻的佩特。那本书就是于斯曼的《逆流》。不管作者本意中含有多少戏谑的成分——其中一部分显然是带着嘲讽的——但那本书1884年5月问世之后立马成了唯美主义的《圣经》。詹姆斯的朋友保罗·布尔热（Paul Bourget）觉得它妙不可言，惠斯勒在书籍出版的第二天就去恭喜作者，王尔德说他很多年都没有见过这么出色的作品。詹姆斯有初版的《逆流》，但觉得这本书不堪卒读。但他应该是问世不久就读了，因为《〈贝尔塔拉菲奥〉的作者》营造的就是那样一种充满伪造和病态的氛围。我们记得于斯曼的主角德赛森特试过逼真的假花，后来决定还是看上去像假花的真花更好；在马克·安比恩特的花园里，詹姆斯描述道，“几面古旧的棕色围墙盖满了匍匐植物，像是从前拉斐尔派的某幅杰作中复制出来的”（于斯曼的书里也提到了前拉斐尔派）。而安比恩特的房子像是他某部散文作品里描述的一幢房子，他的姐妹看上去像某幅象征主义画作里的人物，而他的儿子像“一件小小的完美的艺术品”。只有安比恩特夫人拒绝被美化："我完全不觉得自己活在他哪本书里。"安比恩特被美化的儿子生了病，将死亡带进故事中，但这个场景里本来就没有人带着多少活气。在于斯曼的笔下，一个壳上镶满宝石的乌龟最后死于这种伪造，而且最后德赛森特为了活下去必须抛弃伪装。詹姆斯构造的故事很不一样，但他从《逆流》中获得启发似乎是显而易见的，就像他写《罗德里克·赫德森》有佩特《文艺复兴研究》的功劳一样。

接下去的四年里，也就是1884年到1888年，詹姆斯、王尔德和佩特一定时不时会碰到彼此，因为伦敦的社交圈实在不大。这段时间里发生了一些事情，可能让詹姆斯改变了对王尔德的看法。首先是王尔德收起了自己的紧身及膝裤，有了家室。本来像是会有什么丑闻的，现在被避开了。另外一件就是他开始发表唯美派诗歌之外的作品——一开始是书评，后来又出版了一本童话集。很可能詹
142 姆斯也被王尔德迷倒了，当时很多批评过王尔德的人都是如此。证据就是1888年萨维尔俱乐部（Savile Club）考虑是否接纳王尔德的时候，亨利·詹姆斯是署名的支持者之一。

而在王尔德这方面，他在发表的文字中批评过詹姆斯的小说，但态度一直是恭敬的。有些文章中他并未直接提到詹姆斯，但比如他八十年代后期评论新的小说流派时，他说这种小说"并不诞生于英国，也不试图复制任何一位英国的名家。它可以说是巴黎的现实主义经过一番波士顿的过滤变得更为高雅了。它的目标不是行动，而是分析；故事里更多的是心理学，而不是激情，而且它很巧妙地

只用一根琴弦便可演奏音乐，那根弦叫做日常”。这段话出自1888年的《女性世界》(*Woman's World*)，当时王尔德是这本杂志的编辑。1889年1月，他又提到了詹姆斯；在《谎言的衰落》里，他说詹姆斯“写小说仿佛这是痛苦的职责，他本有精致的文风、美妙的词句、灵动而尖刻的讽刺，却浪费在低劣的动机和难以觉察的‘视角’上”。这段话听起来似乎多有保留，但王尔德评论当代小说家，这已经是最客气的了，至少詹姆斯没有表现出任何不满。但也有人指出过，正是这段话让他有了写审美家的心思，就在同一年，他创作了《悲情的缪斯》(*The Tragic Muse*)。

小说里加布里埃尔·纳什（Gabriel Nash）鄙夷审美家这个头衔，但他的确就是一个审美家。他所展现的审美家的魅力，大大胜过其他几位：罗德里克·赫德森、吉尔伯特·奥斯蒙德和马克·安比恩特。纳什无需从悬崖上失足，而且作为一个单身汉，也不用让他对妻子残忍。但他还是有自己那套术语：对他来说，生命的唯一“职责”就是“认出我们生命的独有的形态，那是一个乐器”，我们要“完美地”演奏它。(佩特和王尔德谈到灵魂也都用过音乐的比喻。)而纳什身上有种漂泊的气质，相比于居家的佩特，他跟王尔德更接近。所以，被尼克·多莫（Nick Dormer）问及：“说到底，我们不都住在伦敦，都生活在十九世纪吗？”纳什回答：“啊，我亲爱的多莫，请见谅，我可没有生活在十九世纪。Jamais de la vie[1]！”“也不住在

[1] 法语。可译作：“绝无可能！”或“这辈子都不可能！”

伦敦吗？”“也住的——我不在撒马尔罕[1]的时候，就住伦敦。”加布里埃尔在小说中出现时似乎一直要去“别的什么地方”。

或许詹姆斯想到了那时候在华盛顿跟王尔德的对话，想到了后者非要说自己是个世界公民，但詹姆斯没有把加布里埃尔贬斥为一个无赖、笨蛋和禽兽，而是让他在多莫成为画家的道路上作了有用的催化剂，而且承认他颇有品位。加布里埃尔的职业难以捉摸，王尔德当时在世人眼中一定也是如此。他写了一本小说据说有可圈可点之处，但
143 基本上还是被看作一个闲人。他的思考据说“确实聪明，也并不全然是投机取巧”。虽然也有人提出过加布里埃尔·纳什的其他原型，而且闲人自然不只有王尔德一个，但在 1889 年写唯美主义，头脑中不出现那个头号闲人王尔德是很难的。而且，詹姆斯点明了纳什“不是英格兰人”，因为他也显然不是美国人，那就很有可能是爱尔兰人。詹姆斯还指出，纳什说话的方式“凸显出一种逼人的完美”，叶芝和不少其他人也这样评价过王尔德。纳什也跟王尔德一样，离场之后还会是对话的中心。王尔德经常受到两种批评，詹姆斯准许纳什听到类似的指摘之后饶有兴致地替自我辩护。第一种说他不过是个 farceur[2]，加布里埃尔·纳什回应：“一个人的姿态不过是他尽力而为罢了；除

---

[1] Samarcand，今天乌兹别克斯坦中东部，中亚最古老的城市之一，公元四世纪被亚历山大大帝征服，自六世纪起，相继为土耳其人、阿拉伯人以及伊朗萨曼王朝统治，丝绸之路上的重要据点，1370 年左右成为帖木儿帝国的首都，1887 年成为俄罗斯帝国的一个省会。

[2] 法语：闹剧的创作者或表演者。

此之外，我有自己一个小小的体系，我的姿态算是其中的一部分。”另一种批评说王尔德固然散播了唯美主义，但展示不出它在日常生活中能有怎样的建树（当然这样的建树他后来是提供了的）。对此加布里埃尔的回应是：“展示成果真的太可怜了，这在某种意义上是承认失败。”王尔德差不多在那个时候跟纪德说过：“我把我的天才都放到了人生中；写作时我不过放了自己的才能。”

加布里埃尔搬出的唯美主义体系是佩特式的，至少看不出他跟上了王尔德的“后唯美主义”。他的一些陈词滥调我们都听罗德里克·赫德森和《贝尔塔拉菲奥》的作者谈过了：“我们一定要感受一切，感受一切我们可以感受的东西。这是生活的目的。”加布里埃尔也会经历“不同阶段”，“印象的不同层次”。“像我这样的人生，要说有方向的话——指引我的是感受。如果什么地方可以提供新的感受，我就努力赶到那里去！”结果，他就成了一个没有镇重物的热气球，他效法佩特、王尔德，以及詹姆斯早期小说中的那些漂移者，宣称自己“偏离、游移、漂浮”，但没有悔恨，小说的作者也没有惩罚他。

詹姆斯跟加布里埃尔的分歧直到小说末尾才显现出来。加布里埃尔被说服，给尼克·多莫当模特，但坐了第一回之后第二次却没有来。没人知道他去了哪里。然后，奇诡的事情来了：他完全从小说中退了出去，甚至他的肖像也是如此，画布上他的形象开始魔幻地渐渐消失。詹姆斯在这里的含义就是：既然纳什不过都是些变动不居的感触，那他就根本没有真正存在过。一个观察光影变幻但不在意实质的人，最终消散入无物，一个世界公民没有地方落足。

要说王尔德没有读过《悲情的缪斯》似乎不大可能，该读该看的东西他几乎什么都不会落下，而且他一生都在读亨利·詹姆斯，
144 最后一份书商的账单里还有《专使》。实际上，王尔德在接下来几个月创作的小说中看得出受了詹姆斯的启发。就像《悲情的缪斯》，《道连·格雷的画像》有三个主要人物分别是画家、审美家、悲情的女演员。道连·格雷的画像跟加布里埃尔·纳什的画像一样，可以带着深意发生变化。詹姆斯那部小说题目里的“悲情缪斯”本名叫米里亚姆·劳思，她有一个艺名叫格拉迪斯·维恩（Gladys Vane），王尔德小说里的女演员叫西比尔·维恩（Sibyl Vane），若说是无心之举，那也太过巧合了。米里亚姆·劳思是犹太人，而西比尔·维恩不是，但就像这个元素非要囊括不可，管着西比尔的那个剧场经理是犹太人。

《道连·格雷》是经常被误读的一本书，它对唯美主义的批判几乎跟《悲情的缪斯》一样强烈。佩特那些古旧的格言又被掸了灰尘摆出来，但只是为了证明它们并不可信。亨利·沃顿爵士满嘴都是这样的话——他在书里最大的过错不是行为不端（其实他没干什么坏事），而是抄袭早期佩特（这一点罪证确凿）。他没有意识到，只由感触构成的生命是骚乱和自毁——这一点也是佩特在给这部小说的书评里指出的（这是清醒佩特不服迷醉佩特的判决）。道连·格雷是沃顿的一次实验；实验失败了。王尔德这部小说的用意常被忽略，因为书里的坏角色说话像他，而好角色说话像你我。但这本书是他

的一个寓言，表现只靠唯美主义的信条生活是不可能的。道连还是无法始终活在俗世之外。自我放纵到最后，他只能毁坏自己的画像，但这样做的结果却与他的期待正相反。不管他如何不情愿，还是暴露了自己更为良善的一面，虽然是凭借着死亡。他奋力向前，到了各种极端交汇的地方；自杀的道连成为唯美主义的第一位烈士。说的是这样一条道理：表面上优美地漂移，在深处痛苦地死去。

詹姆斯没有公开评论过《道连·格雷》，但这本书在他看来，一定又是一部他周围的人特别爱写的松松垮垮的小说。王尔德让这部作品看起来随意得十分优雅，就好像写小说对他不是件“痛苦的职责”，而是消遣。没有人会觉得这其中有多少娴熟精巧的工艺——那都是可以雇佣二流写手去干的事情。其中潜藏着那个传说，就是浮士德想要诱出生命无力给予的东西，扰动深层的罪恶渴望，可又要让它与英国社会言语艺术登峰造极的精巧形成反差，这本书的情节架构似乎撑不起这样的张力。

让詹姆斯着恼的是，十九世纪九十年代初期居然成了属于道连的时代。他对王尔德久远的鄙夷又明晰起来了。可他突然发现自己又成了王尔德的对手，尤其是因为两位作家同时都写起了戏
剧。王尔德并没有写唯美主义的戏剧，但詹姆斯并未因此少讨厌 145
它们一些。他号称《温夫人的扇子》“幼稚如婴孩……不管是主题还是形式”。但他也承认，这部戏“如此戏谑——角色总在‘不知羞地’说些似是而非的俏皮话”，倒可能会受欢迎。有些警句他觉

得有趣到会在信里引用。（他很久之前就借用过王尔德在华盛顿说的，那个城市里铜将军太多了。）他跟王尔德有一个共同的朋友在巴黎，叫亨丽埃塔·卢蓓尔（Henrietta Reubell），詹姆斯写信给她说，“那位难以启齿之人”（他非常讨厌直接点明王尔德的名字）落幕接受欢呼时，居然在纽孔里别着“一朵散发着蓝色［其实是绿色］金属光泽的康乃馨，指间还夹着烟”。王尔德跟观众说：“今晚这场戏他自己看得很享受。”詹姆斯觉得颇为平常，但观众被逗得开心极了。詹姆斯还透露：“Ce monsieur[1] 终于有些惹人烦躁了。”他不肯说出那个人的名字，就像他之后跟埃德蒙·戈斯的信里一样，可能就是以前那种担忧又回来了，觉得跟王尔德联系在一起是件危险的事。

王尔德接下来的一部戏《无足轻重的女人》没有让詹姆斯改变看法。他觉得这是“un enfantillage[2]”，“幼稚荒谬到无可救药”。但他并没有完全躲开王尔德的影响。詹姆斯现在自己写出了一部戏《盖伊·多姆威尔》（*Guy Domville*），对话有时微微带着一丝王尔德的意味。有人指责盖伊·多姆威尔把教堂放在第一位，让他的准岳母[3]觉得受了冷落，他回答：“能做的我都做了，我想不出还有什么办法平复她的这种妒忌心。几乎所有规矩我都忽略了——几乎所有

---

[1] 法语：这位先生。

[2] 法语：一个孩子气的东西。

[3] 原文 aunt，根据詹姆斯原作，指的是盖伊·多姆威尔一个远亲的遗孀，多姆威尔马上要娶她前一段婚姻带来的一个女儿。

信任我都硬生生地背叛了——几乎所有的誓言我都彻底地违反了！一个人为了自己的良心还能怎么样？”《盖伊·多姆威尔》在舞台上的命运已经被讲述过很多次了，但把它放在王尔德的故事边上参看或许是有益的。这是詹姆斯作为剧作家最主要的作品，亚历山大把它搬上舞台的时候，詹姆斯不敢坐在首演的观众席里，反而去邻近的剧场看了王尔德的《理想丈夫》。他并不期待《理想丈夫》会让他满意，结果不出所料，这部戏“如此茫然，如此粗糙，如此糟糕，如此笨拙、无力、鄙俗”，但观众喜欢。那就只能说是这些观众咎由自取了。但想到这里他也不免有些心虚。因为他和王尔德的两部剧里都有“放弃”这个主题。盖伊·多姆威尔的放弃是更为根本性的：他正准备放弃俗世成为罗马天主教的神父。只是到了关键时刻，家里有亲戚去世，他成了唯一还活着的多姆威尔，他被说服，决定娶妻生子、绵延血脉。但世事难料，他先是拒绝了一位可能的新娘，然后又拒绝了另一位，最后又回归初心，放弃俗世。所谓高尚情操也很难比这更高尚了。

《理想丈夫》中的罗伯特·切尔顿爵士（Sir Robert Chiltern）—— 146
他就是剧名里的“理想丈夫”——也面对着类似的抉择，这可能让亨利·詹姆斯尤为恼怒。切尔顿的确在年轻时出卖了内阁的一个秘密，虽然今后也不会有人知道，但他的妻子说服他为了良心清白一定要退出政坛。但到最后，不仅是他，连他妻子也认同放弃是没有必要的。王尔德给的是喜剧的纵容，而詹姆斯自己本是个很会放弃的人，但在戏里给出的却是坚定不移。王尔德随手写出的戏比他苦心打磨的更好。最糟糕的是亚历山大决定撤下詹姆斯的《盖伊·多姆威尔》，改上《不可儿戏》。《盖伊·多姆威尔》演了一个月，并不算太丢人，但眼见自己的剧作被头号唯美主义者挤掉，自然是种屈辱。

无疑这一切对他而言都是苦涩的。詹姆斯的传记作者告诉我们，见证了《理想丈夫》的观众欢呼雀跃之后，他朝自己的剧院走去。他自己的戏正好结束，乔治·亚历山大居心叵测地从舞台侧方请詹姆斯上台谢幕，有一时半刻剧作家还以为观众在欢呼，但其实是嬉笑，于是詹姆斯只能极度尴尬地退场。据说这一事件将詹姆斯抛入了“黑暗的深渊”。但我们千万不要低看了詹姆斯的自我认知。说到底，他五十二岁了，文名卓著，有几乎不可估量的聪明才智，他片刻之前才见到 ignobile vulgus[1] 赞扬一部他知道拙劣的戏，而自己的戏他确信是部好戏，又何必认可他们的恶评呢？演出之后詹姆斯表现得很是坚忍：他原先承诺要请全体演员吃饭，果然就请了。他还给自己的兄弟写了剧场里的耻辱场面，但补充道：“不用担心我。我是块石头。”第二天他请了一些朋友午餐，还出席了《盖伊·多姆威尔》第二场演出，看到自己的戏获得了观众的尊重。剧评有好有坏，但威廉·阿彻（William Archer）、杰弗里·斯科特（Geoffrey Scott）、H.G. 威尔斯、萧伯纳都给了赞誉，这多少是有些宽慰在其中的。朋友们也说了很多让人开心的话，其中一位就是艾

[1] 拉丁语：乌合之众。

伦·特里[1]，她请詹姆斯为她再写一部剧，这离詹姆斯所谓跌入了沮丧的泥沼不过三天，他就答应了。

实际上，詹姆斯是如此自负，又如此鄙夷伦敦的观众，鄙夷他们喜欢的剧目，根本不会因此掉入什么深渊。他几个月之后就写出了答应艾伦·特里的那部戏，可见他的心气。剧名叫做《柔夏》（*Summersoft*），是谈情说爱的一部戏。其中一小段对话显示詹姆斯看过了王尔德的《不可儿戏》：科拉跟格雷斯度夫人说起她的情人："他很聪明，很善良，我也知道他爱我。""那他还有什么不好的？""他的名字。""叫什么？""巴德尔[2]。"格雷斯度夫人思忖 147
片刻，说道："既然如此，也只能是巴德尔了。"这段并非对话主线的闲扯有一丝"班步里"的意味，还让人想起王尔德那部戏里关于"欧内斯特"[3]的斗嘴；但詹姆斯的用意或许略微有些不同，"巴德尔"除了听上去颇不悦耳之外，主要是因为这是无所遁形的中产阶级的名字。但不管如何，尽管有这样轻盈的笔触，艾伦·特里还是觉得科拉这个角色不适合自己。亨利·詹姆斯去见埃德蒙·戈斯

---

[1] Ellen Terry（1847—1928），当时在英国和北美最受欢迎的女演员之一，最大牌的莎剧演员之一，和萧伯纳的往来书信是著名的情书集。

[2] Buddle：用于筛洗矿料的浅盘或浅槽。

[3] Ernest，剧名"不可儿戏"（Importance of Being Earnest）中的"诚恳"（earnest）和剧中一个人物的名字"欧内斯特"（Ernest）双关，一方面他是一个叫做杰克（Jack）的人物在城中娱乐时很不诚恳地给自己伪造的身份；另一方面，剧中一位女性角色告诉欧内斯特，她早就想好了要爱上一个叫"欧内斯特"的人，而这个其实名叫"杰克"的角色真的很有"欧内斯特"的气质。而"班步里"（Bunbury）是剧中另一个人物虚构的一个卧病的朋友，可以用探望他作为出门游玩的借口。

和他的太太，抱怨《柔夏》本是艾伦·特里约他写的戏，但拒绝出演。戈斯太太为了宽慰他，勇敢地接了一句："或许她的想法是这个角色不太适合她？"詹姆斯突然迁怒于这对夫妻，而且（据戈斯说）声如惊雷地喝道："想法？'想法'？这个可怜的、牙都掉了的、喋喋不休的老巫婆知道什么是'想法'吗？"我难以想象一个在"黑暗深渊"里的人能说出这样傲慢的话。

但不管詹姆斯对王尔德写剧更为成功抱有怎样的怨愤——不可否认确实有些怨愤——因为王尔德被审判，那一切都成了过眼云烟。那些"所谓证人的小畜生"让他觉得可怕极了，评论道："这么一窝简直还是孩童的勒索犯！"但他写给埃德蒙·戈斯的信里并未流露出多少同情：

> 的确，这件事一直让人觉得——现在依旧如此——其中的跌宕起伏很有意思，但又是丑恶的、凶残的有意思——但也必须加上限定语，它的吸引力也只在于它的可怕叫人作呕。关键就在于这一切都是毫无必要的——这样将一个人揭露出来——其中的污浊让整个事件变得模糊了。可这样的坠落——从将近二十年的引人注目，而且是如此与众不同的"耀眼"（急智、"艺术"、谈话——"这个时代最好的两三位戏剧家，等等"），跌入到肮脏的牢房里，在污秽的深渊中抬头看公众如鬼魂般流连、得意——任何讥讽的表述或同情的痛楚都难以匹配这样的事！我从来就没有觉得他有什么意思——但这段可怕的人类历

史让他有意思了——在一种别样的意义上有意思。

这封信是詹姆斯在表述事不关己的时候透露了他如何身在其中。另一封他写给保罗·布尔热的信评论那个判决太残忍；法官给的惩罚是两年劳役，詹姆斯提出，单独监禁是更人道的做法。事实上，这两种苦王尔德都承受了。詹姆斯只大胆猜测过一次，要是王尔德能从囚刑中恢复过来，“他或许会写出多么了不起的作品！”但这听上去是 pro forma[1] 同情，好像是在公开场合有必要留下这么一句话。詹姆斯后来也没有心软：1905 年在美国巡回讲学的时候他说王尔德是“那种有罗马人特质的爱尔兰探险者——有才干，但为人虚假”。王尔德的人生在入狱前后都是“令人厌恶的”，他离世的方式詹姆斯判定是“凄惨的”。 148

佩特 1894 年去世，王尔德的审判是在 1895 年，也相当于就此消逝，詹姆斯又重拾起唯美主义这个主题。1897 年他写《波英顿的珍藏品》（*The Spoils of Poynton*）的时候，心里恐怕想到过王尔德 1883 年在英格兰各地演讲过的题目：“美丽居所”。一开始詹姆斯就想把自己的新小说叫这个名字，佩特的《欣赏》（*Appreciations*）中也有这个糟糕的说法[2]。在詹姆斯的小说中代表唯美主义的是盖雷斯

---

[1] 拉丁语：形式上的。

[2] The House Beautiful 在佩特的书中指各种艺术流派消弭分歧，以唯美的宗旨齐聚一堂。或许，在作者看来，除了这种意象并无可取之处，语法上也没有必要地颠倒了词序，故作郑重。

夫人（Mrs. Gereth），她在沃特巴斯[1]因为“恶劣的审美”痛苦不堪。小说也在意一些别的主题，比如占有与收集、牺牲与利用，但至少它有一部分是在批判某种取舍，也就是将好品位给的愉悦置于更基本的情感之上。与其说他在攻击鉴赏家，倒不如说詹姆斯表达对美的鉴赏有它自己的位置，这符合詹姆斯一直以来的立场：呈现唯美主义与人生其他部分割裂后会有哪些不足。

而在 1903 年的《专使》中，史莱瑟（Strether）戴着他那副清教徒的眼镜，从马萨诸塞州的乌勒特（Woollett）到了欧洲，但被巴黎的活色生香打动，换上了一副唯美主义的眼镜。但唯美主义还是辜负了他。在一派优美如画的乡村景致前，史莱瑟突然发现了一对秘密到此的情侣，画作被破坏。他的道德感猛烈地回归了。之前史莱瑟敦促过“小比尔汉姆”（Little Bilham）：“尽你全力去生活；否则便是错的。”但到了书的末尾，他只得承认这条唯美主义的劝诫有偏颇之处，承认美如果建立在欺骗上就不再有吸引力，道德不能只因为它阴沉沉、不够唯美就被丢弃。对他自己来说，审美或道德感都让他无法继续留在那里，他已经在那两方面都不再感到愉悦。这些小说之中没有反派，审美家和非审美家都被分配到了某种普遍的同情。詹姆斯不再那么激烈了。

---

[1] 盖雷斯夫人把自己的家（波英顿）装潢得极有品位，藏有无数珍贵的艺术品，丈夫死后，儿子作为继承者将要娶一位毫无品位的女子，“沃特巴斯”就是这位女子和她母亲的住处。

他最后一次重回唯美主义是1904年一篇写邓南遮的文章里。他语气友善地回顾到，好多年前，社会像是从“迷药导致的沉睡中”被喊醒，接受起“生命的‘唯美’法则……”但直到邓南遮，这些法则的鼓吹者都有缺憾。唯美主义给出的是“不计一切代价的美”，但詹姆斯提出，这样的诉求其实就是鼓吹不计代价地追求品位，追求性爱。他发现邓南遮的写作有一种特质是“被侵扰的敏锐”。最终它们的缺陷就是把性爱从其余的生活中隔离了，但其实性爱只在性爱之外才获得“完成和延伸”。否则的话，它不过属于“动物学”的范畴。詹姆斯依然保有希望，认为唯美主义会找到一 149
个更有说服力的倡导者，就好像佩特、王尔德、于斯曼和邓南遮全都白写了。那段时间詹姆斯还有一段恋情，或者说，有一段接近恋情的关系，对方是一位叫做亨里克·安德森（Henrik Anderson）的年轻雕塑家，詹姆斯给他的信里全是甜蜜的话，时不时就提到触碰和爱抚。

要说詹姆斯可能认为自己才是那个更有说服力的倡导者，也并非胡思乱想。写邓南遮文章的那年，他还写了《金碗》，詹姆斯很可能觉得在这本小说里，过去唯美主义使用过的元素，被他重新调和之后，收获更佳。小说中的四个主要人物都各有各的精致，他们的味蕾和其他触角都生长得充分、敏锐，一定不会让佩特他们失望。他们的性关系也像邓南遮笔下那样是重中之重，但往往是头脑中的重新安排、组织让这些关系变得有趣。简单地说，女主角的目标是赢回丈夫，而他出轨的对象是岳父的妻子。要完成这件事，只能依靠把想象施加于生活之上，将丑陋转化成美，虽然初衷未必是追求美德，但并不与道德感相冲突。书名中的“金碗”是她这种追求的象征，但书里面说这个碗有一条裂隙，只有摔碎了，心灵的金碗才能重新做成。自我修养的终极目标不是累积外在的精美物件，而是为了爱，调动起自己潜藏的品质。最后的结果是美的，但他们寻求的不仅仅是美。

唯美主义也并未在那时终止，它一直拥有着一批追随者，还有一系列企图重新定义它的写作者。在它较为原始的时期，亨利·詹姆斯被它惊醒，写了自己的第一本小说作为对它的批判。虽然他还有其他一些主题，但唯美主义从来没有被长久地冷落过。在写作生涯的末尾，他看清了自己以前是把那场运动当成了障眼法，让他能以揭露缺陷为名，在小说中引入像他自己那样的人物。写《金碗》的时候詹姆斯已经是个炉火纯青的小说家了，而且也更为大胆，于是他让唯美主义的“考究”和对美的执着成为了生活的中心诉求，而不再可有可无，更不会让人背弃人生。换句话说，不管是创造艺术还是人类的体系中，审美家就跟同性恋一样，自有他们的位置。

1983

双面爱德华

维多利亚待得太久，爱德华来得太晚。等到老态龙钟的威尔 150
士亲王继承国家的时候，大家都看得出来文学会发生一些变化；变化的确发生了，但不知为何似乎没有人认为这里有爱德华的什么功劳，“爱德华文学”这样的词组很少能听到。但我们暂且只能这样指代，因为不像“九十年代”，英文里形容一个世纪的第一个十年，说法都有些古怪。而关于“爱德华时期”的联想更多来自社会现象，而非文学历史。但它具体含义是什么又不好确指，只知道他们领子很高、裤子很紧，为的是藐视维多利亚时期的过时衣着，后来一度又被古板人士看做是青少年误入歧途的标识。要概括在文学领域之外“爱德华风格”的含义，最接近的一个词是“战前的典雅”（pre-war courtliness），是一种衣服更好看的平和的维多利亚风格。这层含义想必当时就足够明确，否则弗吉尼亚·伍尔夫不会宣布“人类大约在 1910 年 12 月改变了性格”，那正是爱德华去世的年份。世界要等“和平缔造者”爱德华入土，才能变成一个现代的世界，然后它把那些爱德华时期的死人都推开了，好给活泼的乔治时期的人腾出地方。但这种区分对我们描绘乔治的掌权倒没有什么大关系，它更适用于解读伍尔夫新添的那份企图心。

维多利亚后期的人似乎很得意他们将终结一个时代，但爱德华时期的人毫不犹豫地就拒绝了遗老的身份，纵然前辈将帝国的疆域延伸得如此遥远，他们也不愿做那些英国人的鬼影。事实上，爱德华时期的人对之前的王朝颇多鄙夷，反而很古怪地觉得自己那一代勇武过人。在一片悼念维多利亚女王的惨雾愁云中，她儿子刚毅地说：“国王还活着。”在伍尔夫眼里，讨厌的爱德华时期的作家是本涅特、高尔斯华绥和威尔斯，但即使是这些作家，他们也觉得自己在尝试一些新东西，不管这样的认知是不是误会。专门讨论爱德华时期文学的散文不多，其中有一篇作者叫拉塞勒斯·艾伯克龙比（Lascelles Abercrombie），他写道，那个时期的作家只是在恭敬地延续传统；那篇文章和那些歌颂爱德
151 华七世也是个伟人的传记一样，你能从中读到一种居高临下的同情意味。对艾伯克龙比来说，那时候的作家都谨慎得可爱；就像爱德华七世在生活中一样，作家们在文学中也仰赖着一个储备丰富的衣橱，或许还会大胆到故意解开文学西装背心最下面的那颗纽扣。

或许爱德华时代的作者被忽略是可以理解的，这出于一条流布甚广的社会学假设。那就是我们深信一战改变了文学，要是现代文

学可以追溯到二十世纪的最初十年，那个信念岂不是误会？我们不顾一切地要将世纪开端的作家限定在他们的童稚、少年期，等炮声隆隆之时他们就到了可以发现世界真相的岁数。但让我们不得不警醒的是，在爱德华国王去世的时候，很多我们习惯称之为现代作家的那些人都已经不止二十多岁了。1910 年艾略特二十二岁，劳伦斯和庞德二十五，乔伊斯和伍尔夫二十八，福斯特三十一，福特·马多克斯·福特三十七。康拉德五十三，萧伯纳五十四，亨利·詹姆斯六十七。本涅特、高尔斯华绥、威尔斯都四十多岁。非要说这些作家在爱德华时期要么岁数太大，要么岁数太小，基本都算不上“爱德华时期作家”，就好像在描绘文学风潮的时候只能考虑中年作家一样，又是一种历史思考中的偷懒，就像说“二十年代”是个伪概念，因为那么多身处其中的人不知道这个时代会被称作“二十年代”。一个时期的内在性格不是由作家的年龄决定的，也不在于他们对自身或时代的认知，如果说有什么决定性因素的话，是看不同年纪的实验型作家之间是否存在沟通的网络。爱德华时期，这样的网络是存在的。这样的沟通不仅往来于爱尔兰海，也至少时不时地穿越英吉利海峡和大西洋；如果我偶尔把“爱德华时期”的疆域伸展到了爱德华不曾统治的国家，那只是为了让这个很有帝国主义意味的词能摆脱一些强加的限制。

如果说真有一个时刻人类性格发生了转变，相比于弗吉尼亚·伍尔夫的“1910 年”，我想试着论述把它定在 1900 年更方便，也更正确。叶芝在给 1936 年的《牛津现代诗歌选》作序的时候，带着玩笑和夸张写到 1900 年，说“所有人都从高跷上下来了[1]；于是也没有人再往黑咖啡里加苦艾酒；没有人发疯；没有人自杀；没有人加入天主教；就算有人加入过，我也忘了”。那个时代的所有作家都明显感觉到有压力要他们做出改变；不是只有叶芝的态度转入一个新的方向，很多没有那么伟大的作家也是如此。甚至约
152 翰 · 迈斯菲尔（John Masefield）都被问到，他早期诗作里有种怀旧的韵律，怎么在《永恒的仁慈》（The Everlasting Mercy）中变得强健了，他只回答：“那个时候所有人都在转变风格。”作家在爱德华时期登场时，就像托马斯 · 布朗爵士之后的德莱顿，很迫切地想创造出一套更精悍扎实的语言，他们的句子变得更有力，更集中。并不是说爱德华时期的文学完全是崭新的——没有任何一个时期的文学能做到这一点——很多他们最独创的特点都可以在九十年代甚至更早找到源头，但他们不管做什么都有一种新鲜的自我要求。有一点是可以提的，就是那个时代的确有许多才华各异的人聚集起来，想要发展新的技法、主题和姿态，而爱德华七世至少没有对这些尝试加以阻拦。

我们读到爱德华时期的文学，最先就能强烈感觉到它完全没有“宗教感”，但它们诚恳至此，“非宗教文学”或“俗世文学”这样的名称全然不能概括它。那个时期的人普遍认同，宗教是用

[1] 英文表达，指不再装腔作势。

来忽略而不是遵从的；爱德华时期的作家实际上都不信教，但也不会把不信教刻意表现出来。维多利亚时代，很多人怒气冲冲地走出教堂；到了爱德华时期，大家平静下来，开始出版回忆录和小说，描述“当年”他们在这个话题上情绪多么激烈。像埃德蒙·戈斯的《父与子》（*Father and Son*, 1907）和塞缪尔·巴特勒的《众生之路》（*The Way of All Flesh*，写作时间更早，但出版于1903年），主旨都是如此。而乔伊斯大部分写于1907—1908年的《青年艺术家的画像》，和叶芝的第一部自传体写作《关于少年与青年时期的回想》（*Reveries over Childhood and Youth*，写于一战不久之前），主题之中有一部分也是一样。在这些书里，激烈的反抗已经成为过去，是不幸童年中的一个事件（童年不幸福这个风潮很可能就是从爱德华时期开始的），已经被成年的自信所取代。

因为那种满怀激情的抗争已经成为他们人生的过往，所以，像叶芝和乔伊斯这样如此不同的作家，都被人猜测重新拥抱了基督教，或至少成了半个基督教徒。他们后来不再叫嚷自己是不信教的邪魔外道，这是肯定的。而他们被怀疑信教还有另一个原因。爱德华时期几乎没有一个作家不是拒绝基督教的，但既然拒绝了，他们又觉得可以随心所欲地“使用”它，因为他们虽然已经不再需要宗教，但他们需要宗教的比喻。天主教的现代派主张教义的真理并不在字面上，而在一种比喻，这一派别到了二十世纪最初几年太得人心，让权威在1907年觉得有必要把他们逐出教会。这绝不是孤立的事件。对宗教的态度已经不一样了，迹象

还有不少：春日草木复苏，诞生了万千种仪式，比较神话学很大度地说“复活节”是其中一种；威廉·詹姆斯 1902 年出版《宗
153 教经验种种》，让种种的宗教经验都不分高下地正当起来。

而这种新的情绪在创造型作家的文字中，没有表现为对宗教的探讨，他们对此不感兴趣，他们感兴趣的是宗教词汇。在这些不信教的人笔下，宗教术语突然大行其道。叶芝经常把上帝喊出来作为最完整思想的象征。乔伊斯的《画像》里，无信仰的史蒂芬看到一个女子涉水而过，感到“一阵喷薄而出的‘渎神’的快乐”，作者让他喊道：“美好的上帝啊！”再比如《尤利西斯》中，他问，上帝的名字叫基督[1]还是布鲁姆有什么区别，耶稣还去《芬尼根守灵夜》里成了芬尼根众多化身中的一个。埃兹拉·庞德 1908 年刚到伦敦，马上写了一首坎佐尼《一年一逝》歌颂异教之神[2]；又写了首赞美“好哥们儿”（Goodly Fere）的歌谣，后来大家发现“好哥们儿”就是一个成了苏格兰小伙儿的耶稣。一切神灵以任何方式死去都能让庞德热血沸腾。在那样的氛围中，已经没有必要像斯温伯恩一样攻击那个“苍白的加利利人”（pale Galilean），或者跟尼采一起喊“上帝已死”；作为一种比喻，上帝不仅没有死，还生命力十足，

---

[1] 原文 Christus，拉丁文的“基督”。

[2] 坎佐尼（Canzone）是古时法国普罗旺斯或意大利的一种抒情诗形式，类似十四行诗，但行数和押韵形式都比较灵活。《一年一逝》（The Yearly Slain）写的是珀耳塞福涅（Persephone），她每年要去阴间陪伴劫持自己的丈夫，庞德也用她来代表寒冬和爱的消逝。

以至于葛兰维尔-巴克（Granville-Barker）在戏剧《荒废》（*Waste*，1906—1907）里语带讥讽地问道："上帝用日常话语怎么说？"[1]如果我们能暂且把艾略特算作"爱德华人"而不是"罗斯福人"，他的"普罗弗洛克"（写于1910年）提到施洗者约翰、拉撒路的时候，就把他们当成是跟哈姆雷特一样的虚构角色，甚至到了他的晚年，十分在意自己的基督徒身份，在意到有些刻意的时候，他运用"上帝"和"基督"这样的词依然谨小慎微。而没有信仰的人就随意多了，他们的个人才华在艾略特的传统里反而比他更自在[2]。和庞德同岁的D.H.劳伦斯，1912年写了《赞美普里阿普斯》（*Hymn to Priapus*）[3]，尽管他更偏爱那些更古老、更暗黑的神灵，但始终被基督的各种形象吸引，很乐意改动基督教的教谕，用作自己的比喻。同一年开始创作的《虹》里，汤姆·布兰温（Tom Brangwen）和妻子的性生活改善时，他们有一种体验劳伦斯在不同时候分别形容为"通往另一个生命的洗礼"、"变形"[4]和"升天"[5]。劳伦斯后

[1] 这部剧讲的是一个年轻政治家想把资助教堂的钱用来发展教育，在一段言语交锋中，他跟对方说，"我们接下去用日常话语（prose）聊吧。"对方问道："上帝用日常话语怎么说？"这位政治家回答："这正是我们这些不信教的人要用生命去解答的。"

[2]《传统与个人才华》是艾略特的散文名篇，文章主旨简单地说就是在评价文学作品时，要把它放在它的传统之中。

[3] 普里阿普斯是希腊神话中的生殖之神，拥有一个永久勃起的巨大阳具。

[4] Transfiguration，《圣经》中指耶稣在三位门徒前"变容"。

[5] Glorification，在基督教教义中一般译为"得荣耀"，上帝去除你心灵上的所有缺陷，是获得救赎的最后一步。

来还会再让基督复活一下，让他有机会向潘神[1]学习，而在一些诗作中，比如《给米里亚姆最后的话》（Last Words to Miriam），十字架成了无法共同生活的象征，而这样的阐释角度在我看来是属于“爱德华时期”或至少是“后爱德华时期”的。甚至 H.G. 威尔斯也一度喜欢把玩“有限的上帝”“管辖凡人在时空中冒险的帝王”之类的概念，不过到 1934 年，在《自传实验》（*Experiment in Autobiography*）中他也过于朴实地承认，自己的宗教转向是一种“借术语故弄玄虚”。

戈特弗里德·贝恩（Gottfried Benn）有一个说法叫做“地方性情绪”，要么把基督教视作一组这样的情绪，要么抱着新的、非
154 基督教的目的将它重写，对爱德华时代的人来说，这两种做法都很有道理。作家可以假定他们的很大一部分读者没有宗教信仰，这在历史上是首次，但似乎又有一条悖论：正因为如此，他们运用宗教意象时却更为自信。他们不以惊吓读者为目的，但也不怕读者受到惊吓。乔伊斯借宗教语汇用到俗世中，读来更让人觉得精确，而非不敬。大概 1900 年左右，乔伊斯十八岁，他不照当时流行的说法把自己一些短章称为散文诗，而把它们叫做“顿悟”[2]，把显现内核

---

[1] Pan，希腊神话中外形一半像人、一半像兽的丰产之神，通常被描述成一个精力旺盛的好色之徒。

[2] Epiphany，《圣经》中用来指基督复活和基督复临，后来特指“主显节”，纪念耶稣第一次显现给东方三博士为代表的非犹太人，以及耶稣在约旦河受洗并在加利利的迦拿施行第一个神技。

比作耶稣显圣。1904 年，他最早构思《都柏林人》是想写一组十个“求降圣灵文”（epicleseis），这是乞求“圣灵”将面包和红酒变作基督的肉身和血，乔伊斯用了一套神圣的话语，目的是想在身边的日常小事中确立永恒的意义。他还把一些饱满的时刻称为“如圣餐般的”[1]。当史蒂芬·迪达勒斯决定不当天主教牧师的时候，他要成为的是一个“为永恒的想象力布道的人，把日常体验的面包变换成不灭生命的光辉肉身”。也不是只有背弃爱尔兰天主教的人才会这样运用宗教。葛兰维尔-巴克的《荒废》里，男主角想用钱来重造基督教传统。普鲁斯特为了表达一些最根本的体验，找到的形容词是“如天国般美妙”（celestial）。叶芝，作为一个背叛了新教的人，在 1903 年写道，他早期的作品是为了“在山上变幻形象”[2]而写，而新作的追求则是“道成肉身”[3]。他认为艺术家一定要写出一本“圣书”，这本书不属于基督教，也不反基督教，但要重新唤起古老的虔诚和仪规，用的是世间万事万物的艺术色彩，而不是用某种单一信条的单一色调。

重新确立基督教地位的作家不在少数，这一回不是作为内在的信条而是一整套外在的装备。亨利·詹姆斯在爱德华时期写的小

---

[1] Eucharistic，基督教纪念耶稣同门徒共进最后晚餐的圣礼。

[2] 指《圣经》中描述耶稣在大博尔山显现圣容，容貌如太阳，衣服洁白发光。

[3] Incarnation，基督教认为基督是三位一体中的第二位，即圣子，他在世界尚未造出前便与上帝圣父同在；因世人犯罪无法自拔，上帝差遣他来到人间，通过童贞女马利亚而取肉身成人。

说里最喜欢用的词是“拯救”和“牺牲”，但他对这些宗教概念本身并不感兴趣，用的只是它们在俗世的对应。E.M. 福斯特的小说大多完成于爱德华七世还在位的时候，也展现出同样的倾向。福斯特往往把宗教意象留到小说最后。在他第一本小说《天使不敢涉足的地方》（1905）最后几页，福斯特写菲利普，“安静地，没有歇斯底里的祈祷，没有响亮的鼓声，他皈依了。他得救了”。《最漫长的旅程》（1907）结尾，是史蒂芬·万纳姆（Stephen Wanham）“灵魂得救”。在《看得见风景的房间》（1908）里，有一片“圣湖”，书里说沉浸其中“能唤起血液，松弛意念，一种片刻间的赐福，但福祉长久留存，是一种神圣，一种法术，一个稍纵即逝的青春圣杯”。小说最后，艾默生先生的脸上是“一个善解人意的圣人的神色”，
155 女主角从他身上感受到“众神都已和解，就好像因为她获得了自己心爱的男子，她也替全世界争取到了什么”。

写作者的确都喜欢在收尾时用些文采胜过实质的语言，纵然考虑到这一点，方才列举的福斯特的那些话也显然用意强烈，甚至是一种对未来的昭示。他并不是要在基督和潘神之间站边，而是带着一种爱德华时代特有的热忱，想要众神和平相处。他同时代的许多作者也用过类似的意象，有相近的用意。葛兰维尔-巴克写过一个人物，说他们需要的是一个“俗世的教堂”。《芭芭拉少校》（*Major Barbara*，1905）运用“救赎”这个概念是同样的意思，还好好开了一番救世军的玩笑。让我们得拯救吧，萧伯纳写道，但救我们的不是基督教的喧闹，而是罗马人的高效。乔伊斯《阿拉比》

（Araby，写于 1905）里的“圣餐杯”就跟之前福斯特的“圣餐杯”相仿，象征着一个男孩对他心上人的爱。而那片颠覆了基督教含义的“圣湖”也跟乔治·穆尔的《湖》很像，这本 1905 年的小说里，主角是个牧师，把自己浸入水中不是为了成为基督徒，而是脱离基督教。福斯特让他的女主角感到获得了心爱的男子也就替全世界争取到了一些东西，是将熟悉的基督教话语用出了新的意思，这和乔伊斯《死者》（写于 1907）的女主角类似，后者提到自己不信教的情人，说“我觉得他是为我而死的”，这句话也让小说结尾那种俗世的牺牲更有说服力，而且在结尾处“光秃秃的荆棘丛”和“尖刺”依然是基督教的意象，但被俗世化了。这些例子中对基督教的态度自然都不尽相同，但我不认为精细地区分它们有什么大的助益：他们俗世化的情绪是一致的。

但用宗教意象表达现世主义终究会给它们一种音调上的变化。爱德华时期的人有一个信念，就是我们可以信仰生活本身，他们一直在寻找表达它的方式，自然在打比方的时候找了他们最熟悉的宗教，借用其中的意象。在“爱德华人”的笔下，首字母大写的词不再是“上帝”，而是“生活”。威尔斯四十三岁的时候让乔治·庞德雷沃说：“我真正要做的是把‘生活’呈现出来，不增一分，不减一毫。”[1] 亨利·詹姆斯六十岁的时候，让史莱瑟对“小比尔汉姆”

[1]《托诺－邦盖》（*Tono-Bungay*）开头（“托诺－邦盖”是小说里一种卖得火热的假药），叙述者庞德雷沃说自己的叙述方式就是要忠实地展现自己的人生。

说“去生活”[1]；乔伊斯大概四十三岁的时候，史蒂芬·迪达勒斯对着虚空大喊：“啊，生活！”[2] 劳伦斯三十岁的时候，说：“我要开始写一本关于‘生活’的书了。”[3] 生活本身是无趣还是刺激并不是重点，虽然康拉德的确有些与众不同，他选了一些非比寻常的情节。阿诺德·本涅特的笃定在当时更为普通，他觉得给两个老妇人写一本《老妇谭》（1908）是值得的。爱德华时期的作者互相较量，比的就是谁能找到更寻常的生活，然后讲述这种生活的时候，看谁能让它读起来更像是日常的语言。在爱尔兰有个极为明显的趋势，就
156 是回到纯朴的人那里去寻求神示；当时兴起关于农人的戏剧，还有格雷戈里夫人收集的民间传说、穆尔和乔伊斯的短篇；英格兰也有不少，比如阿瑟·莫里森（Arthur Morrison）就是这样。文学中越来越多写到身体也和这个趋势相关，比如劳伦斯和乔伊斯，就好像因为日常生活可以随便写之后，他们非得再找一些禁忌。在劳伦斯和叶芝的创作中，还可以看到一种对本真和无知的推崇，前者有那个猎场管理人，后者有他的渔夫，都可看做是某种范式，写给那些认为智慧跟高等教育有关的人。1911 年，福特·马多克斯·福特号召诗人少写鸟鸣和月光，多写写黎明的灰桶[4]。虽然亨利·詹姆斯

---

[1]《专使》中感受到欧洲魅力的史莱瑟告诫“小比尔汉姆”：“尽你全力去生活；否则便是错的。”

[2]《青年艺术家的画像》结尾，在自传体主人公史蒂芬·迪达勒斯离开家园的时候，他欢迎生活让他千百万次经历人生，并在灵魂铁匠铺里锻造出民族的良心。

[3] 1915 年，劳伦斯刚刚完成了《虹》，在一封书信中说了这句话。

[4] 用来倾倒壁炉中积累的炭灰。

没办法为灰桶感到由衷喜悦，他也相信艺术家只要不受约束审视生活，或许就能诱出其中的奥秘。

爱德华时期的作家承认世上没有神明，但也觉得没有必要再指出它是非理性、无意义的。他们的写作中弥漫着一种类似信念的东西，就是相信超然玄妙就蕴藏在尘土中，往下走得够远就是飞升。他们会肆无忌惮地制造惊人的巧合，就像《看得见风景的房间》和《专使》里那样，为的就是暗示生活远不止你看到的那样，尽管他们谁也不会公开承认这个想法。虽然他们对《圣经》里的神迹满心猜疑，但却特别愿意相信自己制造的奇迹。就像康拉德在他《阴影线》（*The Shadow-Line*）的序言里写的：“我们活着的世界如我们所见所知已经足够神奇和神秘了；而这些神奇和神秘的东西对情感和智力所产生的作用又是那么不可捉摸，我们几乎有理由认为我们就活在一种被施了法术的状态里。”对于爱德华时期的人，最核心的奇迹就是“自我”的突然转变，他们很大一部分文学就围绕着这个主题。1907 年，叶芝开始写《演员皇后》，用戏剧表达一种信念：如果我们扮演另一个人的时候足够努力，就可以成为那张面具，那另一个自我。也是在这一年，乔伊斯想好了要在《青年艺术家的画像》的结尾让他的主角奇迹般地获得成熟的灵魂。同一年，J.M. 辛格在《西方世界的花花公子》里戏剧化地展现了获得自我需要怎样的拼斗，戏到尾声，克里斯蒂·马洪（Chrsity Mahon）终于成了他之前一直假装的花花公子，之前的故作潇洒成了内心的自信。在

《沃伊西的家业》（*The Voysey Inheritance*，1905）中，葛兰维尔–巴克写爱德华·沃伊西发现世界是个不干净的地方，但一个人还是可以在其中有所作为，就突然成熟了，这跟詹姆斯·古尔德·科曾斯（James Gould Cozzens）那本新爱德华主义的小说[1]《为爱而狂》（*By Love Possessed*）里的主角是一样的。劳伦斯的主角每次都要蜕掉旧的皮肤，长出新的来。康拉德《吉姆爷》（1900）里，主角的任务
157 就是艰难寻找自我，他是靠一死才达成了目标。亨利·詹姆斯 1903 年写的《专使》，一开始史莱瑟周遭目睹的奇迹都是幻影，可最后出现的那个奇迹就一点都不是幻影了，也把史莱瑟从无知释放到了彻悟之中。同一个时期（1902），虽然詹姆斯另一本小说里的鸽子死了，但她的翅膀却神秘地伸到了活着的人的意识里，神奇地改变他们的行为。金碗（1904）的确有裂痕而且最后碎了，但它却奇迹般地重现在头脑中。

像这样的奇迹会在出乎意料的地方出现，甚至威尔斯也写过类似的情节。《齐普思》（*Kipps*）的主角从一个名叫齐普思的无足轻重的人物，变成一个名叫凯普斯（Cuyps）的妄自尊大的人物，最后又变回一个颇有分量的齐普思。他又变回了自己。这样的变化也出现在《托诺–邦盖》的乔治·庞德雷沃身上，只不过没有这么明

[1] Neo-Edwardian novel，一般指背景设置在爱德华七世时期或模仿那个时期风格的小说，《为爱而狂》出版于 1957 年，以同时代美国为背景。艾尔曼此文发表于 1963 年，而《为爱而狂》1960 年获得了豪威尔斯文学奖（表彰过去五年最好的美国小说），当年也是畅销书，此处应只是借它的影响力略带玩笑做比方。

显。这种变化在威尔斯看来，构成了他最热爱的不可言说的人类成就，庞德雷沃试图形容，说道："这样一种同时如此重要又如此虚幻的东西，它的价值要我如何表达？"于是他就只能又搬出"科学"和"真理"，这两个词在威尔斯听来意蕴丰富得就好像福斯特喜欢的"圣餐杯"、乔伊斯喜欢的"圣餐"。爱德华人提到自我——依靠神明恩典获取的生命最高成就——似乎就不得不动用最宏伟的比喻。萧伯纳的思想始终盘旋在这个主题之上也就不奇怪了；比如《人与超人》（1901—1903）和《卖花女》（1912），里面的奇迹既是俗世的，又惊世骇俗，跟辛格、乔伊斯、叶芝笔下的奇迹一样。或许我们还是可以区分一下这些奇迹，一种是萧伯纳和威尔斯的奇迹，精神上的胜利往往也伴随着物质上的成功，还有一种是詹姆斯、劳伦斯、康拉德、叶芝、乔伊斯的奇迹，他们在精神上的胜利往往伴随着某种失败。萧伯纳不遗余力地跟亨利·詹姆斯抱怨，说詹姆斯那些奇迹不"科学"。

如果说爱德华时期的写作常常以某种俗世的奇迹作为高潮的话，它们还有主题上的中心，往往是一个统摄全局的事情或物件，一种外在的符号，爱德华时期的作家会死命压榨——用康拉德不太美观的说法——"直到把它们的内脏都挤出来"。福斯特《看得见风景的房间》就围绕着这个书名；露西·霍尼彻奇最初没有风景，只能学习如何去看；福斯特在小说的各个节点上都在演绎"风景"（view）这个词，终于到最后露西有了自己的视野。在康拉德的《诺斯特罗莫》（1904）里，反复出现的主题是"银"，照康拉德的惯例，主题在第一章就会确立：银是双刃剑，既教化人，又让人着魔，它所引发的不同态度控制着整本书的情节起伏。甚至主角的名字“诺斯特罗莫[1]”也和“银”一样变得意义摇摆不定，他做了一
158 辈子好事，但与之相平衡的是一个难以根除的道德缺憾，于是他死的时候成了康拉德塑造的一个典型的堕落的人，但痛苦和死亡至少在某种意义上拯救了他。高尔斯华绥1906年写《有产业的人》的时候，多少受到了康拉德的影响，也把“福尔赛”这个名字运用成了一种符号，而且像是怕我们没留意，还一直提醒我们复数形式的“福尔赛们”不仅指这一家子人，还指一个阶层，一种心态，一种社会疾病。这些书都牢牢围绕着一个象征性的内核，合理之处似乎在于，这种内核又是开放的，可以用它衡量整个社会。亨利·詹姆斯遵循的小说策略福斯特曾觉得太过极端，《金碗》里就有这样的演示：小说家不仅好几次调用起“碗”这个意象本身，还为了营造氛围，反复地提到“金”和“金色”。词句的重复是爱德华时期作家的一种手段，为的是抵消一些他们策略上的晦涩和主题的复杂，相当于把自己的牌露几张给你看看。所以康拉德在《吉姆爷》的第一页提到主角的衣服，说它们“无可挑剔”，最后一页，这个人物被形容为“一个白点”，整本书的难以调和要用这样对“无瑕”的强调来指明。乔伊斯在《画像》里演绎了一组词：“道歉”“承认”“坠落”“飞升”，诸如此类，从头到尾都在逐渐拓展它们的含

---

[1] 主角自己选用的意大利语名字，可以理解为“水手”或“我们的人”。

义。爱德华时期对小说写作的这种理解，你甚至在劳伦斯的作品中都能感受到。他的第一本书写于 1910 年，对关键词的使用还很原始。原先的书名是“内泽米尔”（Nethermere[1]），后来改成了“白孔雀”（The White Peacock），他不辞辛劳地强调女主角肤色之白，还议论孔雀内心的骄傲。两年之后开始写《虹》，他进一步发展了这种技巧，引入了“光明”和“黑暗”这一组词，还沉迷于唤起彩虹这个意象本身，之后写《恋爱中的女人》和其他作品时，这样的手法依然显著。他甚至会做一件爱德华时期作家不爱做的事，就是写像《王冠》（The Crown）这样的文章，解读光明、黑暗和彩虹分别有什么含义。

还有一个很好的例子，是看乔伊斯的《英雄史蒂芬》（1904—1905）如何演变成《青年艺术家的画像》（主要写于 1907—1908）。在这两次创作中间，乔伊斯读了很多亨利·詹姆斯和乔治·穆尔，很可能从中感染了爱德华时期的风气。《英雄史蒂芬》很大程度上还是一部维多利亚小说，作者对情节本身很在意，觉得必须有事发生；书里史蒂芬请艾玛·科莱丽与他一同过夜，乔伊斯写好这段还对此颇为得意。但两三年之后，他完全删了这一场戏——它已经和这本书的中心意象无关了。到了《画像》，乔伊斯决定要把它写成孕育一颗灵魂的过程，在这样一个让灵魂如胚胎般成长的比喻中，
他设立自己的规则和秩序，排除无效的成分。这让他可以满怀激情 159

[1] 虚构的地名：其实是劳伦斯的家乡、英国中部矿镇伊斯特伍德（Eastwood）。

地去精挑细选了。在新的版本里，书一开场写的是父亲，结尾写的是与母亲割离。从一开始灵魂就被各种液体包围，尿、烂泥、海水、羊水般的浪潮，还有“一点一滴的泉水”——就像乔伊斯在第一章结尾时写的——“轻柔地落在满溢的碗中”。这种生物学上的挣扎一定带着黑暗、忧伤的氛围，直到生命之光透了进来。第一章里有几页，胎儿般的灵魂只有微弱的个性，它作为一种有机体只能接收到最原始的感官刺激；然后，心脏成形，可以收集感情了，生命朝着某种无法确指和了解的高潮努力，周围涌来的东西它控制和领会不了，但正一言不发向着“性别分化”摸索着前进。第三章里，羞耻冲刷史蒂芬的整个身体，道德感发展起来，低级的兽性被推到一边。然后就到了倒数第二章结尾，灵魂发现了那个它一直在神秘迫近的目标——生命。它不能再漂浮了，它要出水、升空，新的比喻是飞行。最后一章展示的是一个已经生长完全的灵魂，为了即将到来的旅程补充养料，最后准备出发。书的最后几页是史蒂芬的日记，文风的剧烈转变象征着分娩。灵魂已经准备好了，它丢掉自己的被囚禁感、它的忧伤、它那种已经不能接受的低级生存状态，等待降生。

乔伊斯把自己的这本书塑造成灵魂个体发育的子宫，这种完美的统一不输给爱德华时期的任何一个作家，而且也直白地印证了他自己对艺术家的表述：他说艺术家应像母亲一样孵化、庇佑自己的作品，直到它能独立生存。这种在小说中寻求统一似乎也和在其他领域寻求统一相关联，比如在心理学中，最要紧的任务就是把白天和夜晚的世界统一起来。爱德华时代的作家在评述历史的时候也表现出近似的冲动，就是把人类生活看成一个综合体。1900 年，乔伊斯有篇论文《戏剧与人生》，就宣称“人类社会体现亘古不变的律法”，他想象着《芬尼根守灵夜》就是照这样的律法运转的。H.G. 威尔斯之后会强调“历史是合一的”，然后勾勒这样的一部历史。叶芝说：“所有的形式都是同一种形式”，还在《灵视》中明确同样的环状规律把某个人的生命、某种文明和某个理念都捆绑在一起；他说正因为发现了这样的统一性，他就可以“在一念间容纳现实和正义”。

在陈述自己的美学理论时，爱德华时期的人都格外强调统一。
他们依据的思想很多，举其中的一种来说，在某种程度上，他们想 160
把英文纳入阿瑟·西蒙斯在 1899 年阐述详尽的 symbolistes[1] 传统。“爱德华人”认为一切都是有机统一的，而且对此感悟极为强烈，他们的作品因此成了一种宇宙的缩影，在指出这一点时往往直白又强硬。他们觉得让其他元素都为这种统一的核心服务是合理的。比如，情节就可以这样被压制，因为弗吉尼亚·伍尔夫就号称生活不是像马车车灯一样对称排列的，生活是一种“光晕”。于是，不管是短篇还是长篇，小说都开始呈现氛围而不是故事；即使是那些情

[1] 法语：象征主义者。指西蒙斯 1899 年成书的《象征派文学运动》，据说是第一部支持象征主义诗歌运动的英语作品。

节还颇为激动人心的小说，比如康拉德和詹姆斯的很多作品，艺术家的工夫也主要花在煞费苦心地设置它们的含义，而且最戏剧化的情节读者往往还看不到，要么发生在幕后台下，要么靠某个角色回忆。时间倒是可以扭曲和调转的，因为统一性和通常意义上的“时序”并无关联。而内容写什么也没有那么重要了，因为生活的任何部分只要理解透彻，都是好题材。福特·马多克斯·福特的《英国小说》（*The English Novel*，1929）里形容那个时期的作品，写道：“你的‘主题’可以只是一个小孩在沼泽抓青蛙，或是暴风雨中一个胆战心惊的女人，但整个世界的历史都运转起来，才让那个孩子和女人出现在那里……”

相对于汲汲以求的统一性，人物也是次要的，所以那时候人物总显得被控制得太紧了。没有几个爱德华时代的小说人物能逃出他们的书。高尔斯华绥有两部剧分别叫做《倾轧》（*Strife*，1909）和《正义》（*Justice*，1910），似乎名字定来就是昭告主题大过人物。那些英雄人物都非常可疑。拆台的不仅有利顿·斯特莱切的《维多利亚名人传》（开始写作于1912年），还有乔伊斯——他把自己的第一本小说命名为《英雄史蒂芬》，借用的就是民谣《英雄特平》[1]，就像是先做出局促的样子来，就怕别人误以为史蒂芬这个英雄人物塑造得太轻巧。葛兰维尔-巴克的戏剧里常写一些名不副实的英雄。爱德华时期在书里出现的男人，往往很被动，被利用、被欺

[1] Turpin Hero，指英国强盗迪克·特平（Dick Turpin，1706—1739）。

负，像毛姆《人性的枷锁》(1915 年出版，但开始创作的时间要早得多）里面的菲利普，和詹姆斯的史莱瑟，这不仅因为那时候的女权运动，也因为那个时候主角的次要地位。文学也同时不再关心主角是以何为生的——他们相对无私的心理活动被如此重视，以至于像史莱瑟、伯金[1]、布鲁姆这些人的职业变得朦胧，几乎可说是有名无实。

爱德华时期一大不可思议的文学成就，是看他们在作品里灌注了多少统一性。就像 1914 年伊迪丝·华顿严肃甚至有些凶狠地在《泰晤士报文学增刊》宣告的那样：“故事的第一页应该就像胚芽 161
一样蕴藏着故事的结尾。”康拉德在《水仙号上的黑水手》的序言里说：一件艺术品的“正当性应该每一行都能验证”。偶尔也会发现有人在反抗这种狂热的“对于完整的渴望和追求”[这是弗雷德里克·巴伦·科沃 (Frederick Baron Corvo) 一部小说的书名，写于 1909 年]。威尔斯一直认为亨利·詹姆斯强调“持续的切题”(这是威尔斯发明的很贴切的说法）是值得商榷的，他说詹姆斯的“小说关于什么，那个什么就始终在那儿”，颇不以为然，可能是想起来约瑟夫·康拉德很气人地问过好几次，威尔斯的小说到底是“关于”什么的。威尔斯后来认为自己支持的是一种“不相关”，但也是他自己说的：“每个句子都要分担整个构思的一部分”，而且他最

---

[1] Rupert Birkin，劳伦斯《恋爱中的女人》里的主角之一，学校视导员，很多想法有劳伦斯本人的痕迹。

好的几本书显然也是细心构造的；就像我之前提过，它们的统一性就在于一种神秘的自我。

爱德华时期的美学跟意象派思潮还是颇为接近的，至少接近意象派的其中一部分。庞德和其他一些人对 T.E. 休姆的学说——“内化的多样”（intensive manifold）很感兴趣，这种学说指的是所有整体都是由完全互相交织的部分构成，而不是由分开的元素堆积叠加。休姆教导他们要把自己放到“观察对象之内，而不是在外旁观”。叶芝说一首诗的中心不是非个人化的纯粹的美，而是一个真正的人在思考和感受；这句话的立场自然和休姆是一致的。叶芝把自己丢进了剧情之中，因为他发现这样也是拒绝外在化，甚至拒绝布景，同时这也在邀请写作者放弃自我。亨利·詹姆斯也认为我们必须舍弃那种“不负责任的所谓‘作者性’的朦胧威严”，只有这样他才能彻底进入自己最敏感的角色，让**他**自己的立场难以确指。

最初意象派的那些宣言容易跟其他一种理念混淆，就是推崇客观和去个人化，这一点虽然史蒂芬在《画像》里也顺带表示过认同，但它并不符合乔伊斯和爱德华时期文学的特点。大部分爱德华时期的写作都很不冷漠，而庞德赞赏的符合意象派理念的诗歌是像叶芝的《东方三博士》和乔伊斯《我听见一支军队》（I Hear an Army）这样的诗，诗人完全没有从意象中抽身出去。庞德还给爱德华时期的美学找到了一个更温和的版本，就是漩涡主义（Vorticist）运动，因为这个运动的根基号称是艺术家融入自己作品，而非抽离。“涡旋”这个词本身有些叫人尴尬。庞德说“为了得体，只能称之为‘涡旋’”，显然暗指它类似某种女性符号。但“涡旋”这个意象也有它的好处，暗示诗人死在他的那 162
首诗里：艺术家的终极自负就是消失。詹姆斯、叶芝和乔伊斯都是这样的观点；爱德华时期的写作者不像九十年代的写作者那样关心艺术家本身，他们更关心艺术。他们开始收起自己的花式领结。叶芝无法理解别的诗人为什么不太情愿让他帮忙改诗，因为对叶芝来说，诗的好坏才是唯一要紧的事。爱德华时期的写作者之所以是艺术家，不是因为他们像王尔德那样，宣称自己是艺术家，而是他们的作品这样说。他们像是没有空再去故作姿态和行径乖张了，重要的是赶紧干活。就像康拉德在《密探》的序言里说的：“说到写书，我一直会把自己的分内事做好，做的时候完全将自我交给它。”

爱德华时期的作者既然为作品放弃了自我，他们希望读者也能做出类似的牺牲。波德莱尔控诉的“hypocrite lecteur”[1]，就是那些觉得自己可以旁观艺术作品，而不参与其中的读者。这就像一个不负责任的房客，前门进后门出，而爱德华时期的作家都是厉害的

---

[1] 法语：虚伪的读者。出自波德莱尔的《致读者》，也是《恶之花》的序言。这句话（“——虚伪的读者，——我的同类，——我的兄弟！”）是《致读者》最后一句，也被艾略特引在《荒原》中。

房东，容不下这样的房客。读者必须要负起责任来，付清他们的房租。因为作家感到自己的书正在完成一些重要的事，又因为借助了一些宗教比喻，好像只有艺术才给了生命以价值，让作家们放心地向读者提出更高的要求，而那个时代的文学也开始更为艰深，多恩在1912年重获关注也是表现之一；除了艰深，也可能像劳伦斯一样，让文学变得更为迫切。那时候一个作家会议上，其中一个人跟亨利·詹姆斯抱怨太沉闷，詹姆斯回了一句："休莱特[1]，我们来这儿不是为了开心的。"

虽然提出要展示爱德华时代的两张面孔，但我似乎只展示了一张，它正急切地瞪着即将到来的"焦虑时代"。纵然爱德华时代的文学已经很现代了，但它还不算完全现代。心境不太一样——这一点叶芝提到过，他说他们之前在九十年代干了很多暴力的事，1900年之后就没有人再做类似的事了。在这个新的阶段，尽管在很多方面成绩卓著，作家对自己和对读者都那么严苛，但能否说我们的确感觉他们的文学少了一些活力和激情？爱德华时期固然保住了维多利亚时代的一些稳定之感，但他们是靠苦心经营才达成的，而前人做到这一点似乎并不费力。维多利亚时代叙事中那种驾轻就熟不见了，虽然爱德华时代的作家试图营造更不凡的效果，

---

[1] Maurice Henry Hewlett（1861—1923），原先是法律专家，后来专职写小说颇受欢迎。

自有他们的道理，但那些作品还是难逃“过于拘束”，甚至“太过刻意”这样的指摘。这是一个作序和修订的年代。他们的那些俗世的奇迹，虽然铺排得那么优雅，今天看来也未免有些太易得了，后世与之对应的，比方说马拉默德和贝娄笔下的奇迹，则慎重、 163
克制得多。就像埃斯梅·温菲尔德-斯特拉福德（Esmé Wingfield-Stratford）在《维多利亚的后果》（*The Victorian Aftermath*，1934）中点出的：如高尔斯华绥之类抗议社会的作家，他们已经接受了自己的无助。H.G. 威尔斯虽然那么有活力，但不在最佳状态的时候，就显得对科学、大众机械过于虔诚，而且读了他后期的小说，也让人不禁怀疑他先前的写作也未必如我们以为的那样有活力。本涅特呈现他的那些人生切片的时候，镇定自若如同大厨，让人觉得生活是值得品尝的，但他搭配素材时只能说中规中矩。《青年艺术家的画像》是天才之作，但兴味似不够盎然；甚至这个阶段的叶芝，大部分时间虽然文辞飞扬，但又有置身事外之感，谈不上多有激情，更像是赞同激情。康拉德耗尽心血完成了自己想要的效果，用马洛这样不自在的叙述者，艺术追求自然很值得夸耀，但那样的叙述者毕竟听来有些单调。不断重复字词和意象虽然可以帮助制造统一性，但也让这个很有抱负的时代略显拘泥和迂腐；鸟儿确实飞了起来，但翅膀却很沉重。读乔治·吉辛的《四季随笔》（1903），我只觉得读到了一个以生机勃勃自傲的年代，活力却减弱了。吉辛的生活足够动荡，但在这本自传体的小说里，他煞费苦心地要显得悠然自得；而今天的作家或许生活得很平静，但希望自己的书却能心烦意乱。

后来自然是战争，我丝毫不会否认它发生了，一切都变得更加艰难。爱德华时期对艺术感受力的信心摧折了，“或许什么都没有”的可能性似乎取代了“必定有什么”的信念。爱德华时期的作家经历了战争之后，发现再要稳定就没那么容易了。战前的叶芝可以写《东方三博士》，向往暴力；战后他写的是《复临》，暴力在这里引发的是恐惧。福斯特在他之前的作品里制造俗世奇迹是很方便的，只要把他那些意兴阑珊的角色送到华美的意大利去就行了，而现在《印度之行》下到了更低的地方，那里很残暴，人物在那里获得的启示没有之前那样丰沛，那样让人安心了。在战争之前，庞德对自己的行吟诗句并无不满，战后写《莫博利》却是对准了自己，将自毁和自辩奇妙地混合在了一起。艾略特之前是礼貌地在“普鲁弗洛克”里取笑爱德华时期的文雅，到了《荒原》，就没那么礼貌了。劳伦斯变得刺耳、狂躁、好为人师，几乎扼杀了自己的头脑。在战前找不到自我的弗吉尼亚·伍尔夫，终于发现了一个紧绷的点，可以围绕它来组织自己的书，但与其说这是一种统一性，倒不如说是统一性溃散的一种威胁。乔伊斯在早先的作品中是乐意保持清醒的，在《尤利西斯》的“喀耳刻”
164 章节他下潜到了更为凶恶的地下世界，爱德华七世在这里出现了，恰如其分地变成了一个噩梦中的形象，歇斯底里地唠叨着：“和平，完美的和平。”《青年艺术家的画像》里，分娩的奇迹没有遇到什么阻挠，但《尤利西斯》之中也有类似的奇迹，就是布鲁姆拯救史蒂芬，但在一个无端的善意似乎与氛围不符的世界里，乔伊斯下笔时就极为慎重了，就好像人道主义的奇迹让他觉得尴尬。爱德华时代把生命当做宗教的人大多数依然信奉着它，但这个教派也开始引来属于它的无神论者和不可知论者了。

1959

劳伦斯和他的魔鬼

165 劳伦斯写诗既写给普通的文学大众，也写给他的一群信徒。结果就是，即使写得不好的时候，他的诗也值得一读；而艾略特对他散文的评论——劳伦斯要经常写得很差，才能有时写得很好——对他的诗歌也是适用的。他其实有颇为细腻的技巧，而且对技巧也很在意，而很多人（甚至包括他的追随者）并不认可这一点。他们之所以有所保留，是因为在他们的印象里，劳伦斯的很多诗作固然是诗，但也有不少是直白又私密的记录，描绘他“腹腔神经丛”受到捶打时的痛楚；而所谓“腹腔神经丛”是劳伦斯自己的说法，用来指代思想和感受的要害。

但即使是那些记录也不仅仅是心事或自传，有很多象征和代表性在其中。修订自己的早期作品时，劳伦斯这样描述道：“年轻人害怕他的魔鬼，有时候就用手掩住魔鬼的嘴巴，代魔鬼说话。而这个年轻人说的东西几乎都不是诗，所以我就试着让魔鬼也能发言，最后把年轻人硬塞进来的段落删去。”R.P. 布莱克摩尔（R.P. Blackmur）对劳伦斯的厌烦并不难理解，他对这些自白做过一种带有敌意的解读，他认为“引言中的那个年轻人是一个可以比作工匠的那一类诗人，劳伦斯认为自己不是；而那个魔鬼……恰恰是那种个人情绪的喷发，需要工匠的自我约束才能成为一首诗”。可劳伦斯的本意必定不是这样。他是在区分两种自我，一种是自我的原型，清洗掉了日常的种种偶然，另一种是自我意识，是一个年轻人感受到了时间和空间的种种限制。他的那些修订提升的不仅是内容，也必然雕琢形式。

1913 年《情诗集》（*Love Poems*）中有一首《闪电》是他早期作品，同时展示了劳伦斯未经修订和修订之后的诗歌特质。布莱克摩尔指出其中满是哈代的痕迹；的确，这首诗的用词常让人想起哈代：“她的心猛烈跳动又收止”，“热血那蒙着眼的艺术”，还有“我像夹子一般的双臂”。但这首诗所描绘的情境就是纯粹的劳伦斯，你很难让它更像劳伦斯的手笔。跟他大多数早期的情诗一样，《闪电》几乎不能算是一首情诗，而是一段控诉。他带着索德罗[1]的热烈控诉那位女士的冷淡，而这种冷淡又放到了现代语境里，指出它是伪装 166
成贞洁的性冷淡：“她太良善了，让我几乎憎恨她。”这个版本的缺陷不是它太像哈代，哈代这位大诗人劳伦斯再多加研习也没有坏处，

[1] Sordello，意大利十三世纪的著名行吟诗人，情感激烈，行事乖张，流传最广的描述出自但丁和勃朗宁的诗篇。

这首诗的问题在于它很多时候像一些没那么伟大的诗人："感受到她紧贴的肌肤是甜蜜的"听上去像道森（Ernest Dowson）；"苍白的爱失落在恐惧的大雪中"听上去像斯温伯恩；"在一吻中完全拥有她"听上去像罗塞蒂或其他一些无关紧要的诗人。

如果从两个版本中都取相同三节诗出来比较，很明显劳伦斯对语言的敏感比寻常大家给他的评价要出色：

我向前倾斜寻找她的嘴唇，
　在一吻中完全拥有了她，
闪电飞过她的脸庞，
我看见她在那闪亮的
　一秒中，惧怕我像夹子一般的
双臂，因为恐惧而木讷，因为害怕我的吻而凋落。

一瞬间，像摇曳的火星，
　她的脸靠在我胸前，
苍白的爱失落在恐惧的大雪中，
一滴晶莹的泪珠守护着，
　张开的唇间是无声的呼喊，
一瞬间，她又被仁慈的黑暗取回。

我听见雷声，感到了雨，
　我的双臂无力落下，我哑口无言。

她太良善了，让我几乎憎恨她，
恨我自己，恨这个地方，恨我的血液
　在怒火中燃烧，我喊她回家，
到家里去，在闪电又漂浮而来之前。

最后的版本是十五年后完成的，也并非无可挑剔，但比之前的要好得多：

我靠进黑暗寻找她的嘴唇，
　在一吻中完全拥有了她，
闪电飞过她的脸庞，
我看见她在那闪亮的
　一秒中，如同屋顶滑落的
雪，如死亡般恐惧，哭诉着“不要这样！不要这样！”

那样的瞬间，像黑暗中的雪花
　她的脸苍白地靠在我胸膛，
苍白的爱失落在恐惧的融化中 167
融化在一滴冰凉的泪水中，
　张开的嘴唇，带着悲伤；
一瞬间，黑暗盖上了神圣的方舟。

我听见雷声，感到了雨，
　我的双臂无力落下，我哑口无言。

我几乎要憎恨她，被牺牲的人；
恨我自己，恨这个地方，恨这结冰的
　雨点在我的怒火上燃烧；说道：回家，
回家，闪电把一切照得太过明晰！

经过修订之后，暴风雨的这个意象，包括其中的雨、雪、冰，更有延续性和融合度。语言大体上也更直接、自然、有力和实在了；“这结冰的雨点在我的怒火上燃烧”比之前那个陈腐的意象要犀利得多，最后两句诗断裂得诡异，似乎象征着情人的分离。这首诗的力量并非来自爱的激情，而是深刻文学见地中蕴藏的激情。

劳伦斯为 1928 年的诗集修订诗作的时候，他没有碰 1916 年之后出版的作品，它们大多是 1912 年 5 月之后写的。他二十七岁跟弗丽达私奔之后，对自己的材料就更有把握了。如果说诗节的编排从来不是他关注的重点，语汇一向是他关注的；如果说他从来不太在意押韵，那节奏他是在意的。在艾略特、叶芝和庞德抛弃维多利亚时期的语汇时，劳伦斯也在做着同样的事情；有人甚至提出，因为意象派在出版他们的选集时，也会挑选劳伦斯的作品，后者受了他们的影响。但根据现有的证据，比如劳伦斯自己声称不接受意象派的宗旨，还有他主题的个人特色，说明他们的发展更像是平行的，而非依从。和庞德一样，劳伦斯也没有完全净化他的语汇，但前后的变化是很可观的。他早先的诗歌像“处子的青春”般逗留在“他胸膛以下柔软的波纹上”，在“他美丽、可爱的身体上”。等到了《看！我们挺了过来》(*Look! We Have Come Through*，1917)，他的身体、他的态度都不再那么双性化了，都更强硬了。在《野牧场》(The Wild Common) 中，他改了如下这一节：

> 要是金雀花萎缩了，吻不在了，该如何？
> 没有搏动的水，金盏菊和溪流的歌要去哪里？
> 要是我为爱而隆起的血管和胸膛
> 干瘪了，我不羁的灵魂会像花一样被热风带走，

新的版本有一套新的语汇： 168

> 要是金雀花萎缩了，我不在了，该如何？
> 要是水都停歇了，金盏菊要去哪里，那些鲄鱼呢？
> 我低头看到的这是什么？
> 水面的白褶皱了我的影子，像小狗拉直了它的牵绳，往前奔。

说话者的血管和胸膛已经不再为爱而隆起了，因为这首诗的力道必须来自他磅礴的生命，而不是爱的轮廓。同样的，把自然比作吻也太柔腻了，被劳伦斯拿掉；他把俗套的“溪流的歌”换成了很引人瞩目的“鲄鱼”，给后来这个版本中的大自然注入了一股活力，是之前那版里所没有的。后来的影子显然是个稍纵即逝的现象，而之前“不羁的灵魂”似乎就没有那么易逝了；这个替换更彰显了丰沛与空无之间的反差。劳伦斯修订的不仅是主题和用词，还有节奏。前一版主要都是“抑抑扬格”，尤其是聊天般的第三句，这种

韵律在第二版中被打散了；他把之前松弛的第二句切成短句，把第四句的句式也拆开了，而不是像之前吸一口气念出来的长分句。节奏不再那么细巧了，语汇不再那么柔腻，姿态也不再那么乖僻。

劳伦斯的很多改动跟叶芝后期的修订是同一种类型的（虽然质量上未必一致）。在《一个母亲的独白》（Monologue of a Mother）里，"一只奇异的白鸟"成了"一只瘦削的白鸟"，就好像劳伦斯终于凑近看了看观察对象；《工作日晚上的礼拜》（Week-Night Service）中，"暗暗的老教堂"变成了"嗡嗡作响的教堂"。他省了一些像"苍白"和"美"这样的词；《与亡者的盟约》（Troth with the Dead）里，"天空寂静、苍白的地板"换成了"天空低悬、寂静的地板"，而《莲花与霜》（Lotus and Frost）中，"激情敏感、美丽的绽放"好像收了一收，成了"激情敏感、如蓓蕾般的绽放"。而且他也更加精确了：《旧梦与初生的梦：旧》（Dreams Old and Nascent: Old）中，本来有"伟大的、升空的蓝色宫殿"，后来命名为"西登纳姆[1]那座伟大的蓝色宫殿"。他很喜欢用一个具体的表述替换掉某个抽象概念，即使抽象概念更震撼；比如在《病》（Malade）中，"滋生的灰色幽禁让我窒息"改成了"啊，但我病着，天还在下雨，冷冷地下雨"。一般来说，他的意象会改得更醒目和不加修饰。在《工作日晚上的礼拜》里，他一开始把教堂的钟声比作"爆破的火箭如大雨般洒落下碎片 /

[1] Sydenham，指的就是1851年为首届世博会建造的"水晶宫"，后来搬到了伦敦南部"西登纳姆山"的一个住宅区，后来它的周边又被命名为今天伦敦的"水晶宫"地区。

泼溅的声音，无尽，无止”；之后的修订没有那么壮丽和轻率：“雄
辩家的呼喊洒下 / 从镇上的高塔，只是无尽，无止。”在《被点燃的 169
春天》(The Enkindled Spring) 里，本来最后一诗节开头是：

> 而我，在这跳跃的春之燃烧中，
> 我是怎样的火的源泉？我的魂魄被抛掷……

后来被写成：

> 而我，在这春的大火中，
> 我是怎样的火焰？何等的差距呵——！

其中的节奏和用词有种更让人信服的不别扭。

这些修订证明他几乎和批评他的人一样清楚，一句好诗和一句坏诗到底差别在哪里。从中可以看出，劳伦斯并不听命于那条说内容即是一切、形式自然会跟上的理论；从这些变化中，如果说暗含了一条创作的理念，那就是不能孤立地追求形式，在那个自我的原型——也就是魔鬼——之中，形式和内容是同时形成的，而它们的协同浮现，也正反映了一个人的内在秩序。他在提到自己的《三色紫罗兰》(*Pansies*) 时说：“每一首小诗都是一个想法；不只是光秃秃的一条思想、一个意见、一段说教，而是一个真正的想法，它不只来自头脑，也同样来自心和生殖器。如果我足够狂妄，会说一个想法就跟火蛋白石里面流淌着火焰一样，它也流淌着自己情感和直觉的血液。”精神的建构不会只用到头脑，也不应该如此；劳伦斯

说："最深刻的感官体验，就是对真理的感知 / 第二深刻的感官体验 / 是对正义的感知。"在劳伦斯的诗歌中，头脑、心灵和生殖器或许时常配合得不够完美，可有时候它们的确达成某种让人赞叹的和谐。

他最好的诗，最好的篇章，都是迸发而出却又完整统一的洞见，这些观察带着凶残的真诚。劳伦斯不管盒里装的是什么，都先把盖子撬开再说。他的真诚来自一个带着 parti pris[1] 的人，而不是一个不偏不倚的观察者。任何东西经他触碰就不再平静；他既搅扰别人，也被人搅扰。他的诗歌源自气恼，其中的动力，有时来自愤怒，有时来自爱。一个很好的例子是《对米里亚姆最后的话》（Last Words to Miriam），它要面对的局面和《闪电》是相似的，但处理得更有自信，也更新鲜：

你有探索我的权力，
　能让我一株接一株开花；
你唤醒我的魂魄，你无聊到
让我醒来，你给了我阴郁的
　意识——然后，我承受了你的退缩。

之后谁还会点燃你，让你自由
　不受你身体中冷漠和糟粕的束缚？

---

[1] 法语：先入之见，偏见。

我内心的火还不够勇敢，
怎样的男人能俯身在你的肉体中耕耘
　那个尖叫的十字架？

这其中的爱与恨既是对米里亚姆的，也朝着性这一行为本身，这样的爱恨交加最后达到了一个别开生面的高潮，而劳伦斯平时不是一个擅于营造高潮的诗人。十字架的比喻是最戏剧化、最成功的意象之一，因为它暗含的神圣、恐惧、痛楚对劳伦斯来说都是性体验不可或缺的成分。用一种回溯的、具体的、私人的架构，劳伦斯抒发出一条不加修饰的洞见，说它出自《经验之歌》也毫不奇怪。

真诚未必就能转化为艺术中的好处。当劳伦斯只是真诚的时候，他的用词往往太松垮——有意思的是，劳伦斯自己是把“松垮”当褒词用的——有时候又不够节制。《蛇》这首诗中的主人公就有类似的缺陷：

我受过的教育告诉我
必须杀死他，
因为黑色在西西里——黑色的蛇是无害的，
　　金色的有剧毒。

• • • • •

是怯懦，让我不敢去杀他？
是扭曲，让我渴望跟他说话？
是谦卑，才感到荣幸？

我感到如此荣幸。

这种自我求索在道德上值得表扬，但写成了诗极为无趣。另一方面，他写母亲写得最好的一首是《赞美普里阿普斯》[1]，这是一份了不起的自我审视，他对自己是如此严苛，几乎像是在嘲笑自己的忧伤。诗的开头想到了他过世的母亲，然后描述他和一个活泼的乡村姑娘如何两情相悦，最后思考人的哀痛受到怎样的限制和阻挠：

她行走在死者
荒凉的长生之地；
我还在底下这健康的、冰冻的
土地游弋。

171 我心中某处也还想起
不会忘记
黑暗中我流动的生命
正朝着死亡而去！

可我心中某处却也忘记，
不再挂念。
欲望浮起，满足
更儒雅体面。

---

[1] 见本书《双面爱德华》注释。

我，一个疲惫又小心的人，
到底挂念多少？
我为何那时带着笑容，面对绝望
咯咯直笑？

哀痛，哀痛，大概吧，足够的
哀痛让我们自由，
去同时忠诚和背叛，
除此之外我们别无他求。

复杂心境要表达出来十分艰难，也增加了这首诗的分量；其中的语言算不上出类拔萃，但配合得扎实、严密，到最后缠成一个难解的结。这首诗中的真诚和《蛇》的区别就在于它是一种引人入胜的真诚。

纵然偶尔松垮，劳伦斯成熟时期的作品还是极为精彩的。或许有的地方略显笨拙，但下一刻他说出的东西却又不容错过，若被忽略会是读者的遗憾。他早先的缺陷后来几乎都不见了；柔腻、俗套、模糊的字词都很仔细地被摘除。劳伦斯想要尽可能干净地呈现某种经历或心绪，而且在对早期诗作的改写中，看出他的自律已经不可同日而语。虽然威信时而受到挑战，但在他自己这个屋子里，他依然能做主。老了之后，他的魔鬼给他的帮助也越来越多。在那些体现他力量的作品中，就像劳伦斯所冀望的，他的诗句如同“火蛋白石”般闪耀。

1952

华莱士·史蒂文斯的冰淇淋

172 品读大保险公司主管的诗作，读者很难不感到好奇，他们是如何处置死亡这件要紧事的，因为这些人优渥的生活就是拜它所赐。话题确实阴森了些，但它提供了一条探究华莱士·史蒂文斯那些晦涩诗句的路径。在他的第一本诗集《簧风琴》（*Harmonium*，1923）里，死亡惹人厌烦地出现过几次，后来露面的次数越来越少。但要探究这个话题，更应该从他早期的一部剧作开始——《三位观赏日出的旅人》（*Three Trvellers Watch a Sunrise*），因为舞台上最重要的道具是一具尸体。那是一个女孩的情人，被女孩的父亲杀了。整部剧要解决的，就是这三位来看日出（他们这次出门不是为了看尸体来的）的中国旅人，怎么来面对他们发现的这具尸体。很快观众就看出来他们根本就不介意；他们的确同情这位哀痛欲绝的女孩，但尸体本身在他们看来只是眼前场景中要一并审视的新元素。他们说太阳也会照耀在尸体上，它只是太阳底下一件新的东西：

红色不只是
血的颜色
也不只是［向尸体示意］
人眼的颜色，
也不只是［若有所指］
一个女孩的颜色。
就如同太阳的红，
对于我是一种颜色，
对于别人又是另外一种，
所以一棵树的绿，
对于别人也是另一种绿，
要不是这样，一切都是黑的。
日出
就像它照耀着的土地，
被朝它睁开的眼睛叠加，
即使眼睛已经没了生命，
如同红色被树上的叶子叠加。

他们对死亡既无憎恶，也不感到害怕；他们早就接受，有一套 173
宏大的秩序是世界的本质，而死亡是它的一部分。生命的绿、悲伤
或死亡的红，都胜过黑色。太阳照耀生命也照耀死亡，而且它不是
无动于衷地照着，那种照耀是亲切的。一具尸体丰富了风景。这种

观点也是史蒂文斯本人的观点，他要借三个中国人将它说出，或许是感到里面隐约有种东方的意味。但他并没有把这部戏的背景放在中国，而是放在了宾夕法尼亚州东部，他的中国人是华裔美国人，要是我们循着这些语焉不详的暗示以为史蒂文斯鼓吹西方要认同东方的容忍，那就错了。

如果我们读一读他关于死亡的诗，会知道他对这件事有鲜明的个人立场，早期诗作中的态度甚至可称为强悍。在《军人之死》（The Death of a Soldier）中，他告诉我们一个军人“不会变成‘三日之人’[1] / 将自己的分离强加于世，/ 要求盛大典礼”，而《罗森布鲁姆的送葬队伍》（Cortège for Rosenbloom）是一首更晦涩的诗，他辩护的是一种被他标记为中国式的生死观，辩护的方式是驳斥它的反面，也就是说死亡是某种分隔的、孤立的东西。悼念的传统仪式、其中僵化的礼仪、将死者从自然世界中抽离、臆想出来的死后生活，都在这首诗里被讽刺了。“干巴巴的罗森布鲁姆”的肉体被如此荒唐地神化着，而诗人似乎在问他，Que faites vous dans ce galère，你在这个殡葬师的乐园里干吗？罗森布鲁姆这个名字既让读者觉得是个普通人，但又像是从自然里迸发而出的花朵[2]，不应该从自然之中将他分离。

---

[1] 在北美，死亡与葬礼之间一般相隔三日。另外，或暗指耶稣献身和复活间也相隔三日。

[2] 应是拆开 Rosenbloom，含有玫瑰（rose）和开花（bloom）。

现在，那个干巴巴的罗森布鲁姆死了，
送行的人讲究地踏着步，
有一百条腿，踏着
死亡。
罗森布鲁姆死了。

这些前来悼念的讲究的人被描绘得像虫子一样。

他们背负着皱瘪的人
色泽如羊角
朝阴沉的山丘走去，
踏着的步子
因为死者而统一。

（在史蒂文斯的诗歌中，羊角是死亡的颜色）

罗森布鲁姆死了。
送行的人踏在山上
没有停止，转向 174
朝天空去。
他们把罗森布鲁姆的身体送入空中。

这次不可思议的升空是离开坚实的地面，去往空无和朦胧，再读接下来一个诗节，就很清楚诗人对此持什么态度：

这是厌世者尚在婴孩期
这是虚无尚在婴孩期
那种踏步
那种死者上升的
木然。

悼念者之所以是婴孩，因为他们对人类的理解尚未成熟，建立在对真正人性的厌恶上，所以才爱他们这些脱离人世的幻觉。

他们裹着的是头巾，
穿着毛皮靴子，
踏着冰霜之域
的地板，
欣赏着冰霜。

他们是把哀悼当迷幻药服用的瘾君子；穿戴着他们的传统服饰到这里来，把死亡视作一个隔离的、冰冻的国度。

窸窸窣窣的锣声，
叽叽喳喳的呼喊，
他们踏着发出
沉重嗡嗡声
无止尽的踏步；

他们又好像昆虫一样、蚂蚁一样了，那些荒唐的声响更增添了整体的荒唐。

成了厄运的聒噪，
和话语的混淆
本是激烈的诗
本是最严谨的散文
本是罗森布鲁姆。

于是他们把他葬下，
身体和灵魂，
在天空某处。
那可悲的踏步！ 175
罗森布鲁姆死了。

史蒂文斯在这里向我们暗示，要理解人类的本质，得用成年人的文化和交流方式；罗森布鲁姆自己是一首激烈的诗，是最严谨的散文，而与之对比的是孩童和昆虫的背景音。难怪来悼念的人会搞不清罗森布鲁姆的本质。

所以，最简单地说，像“送葬队伍”一样办葬礼是错的。那怎么才是对的？《冰淇淋皇帝》(The Emperor of Ice-Cream) 是对的。这首诗里描述少了，敦促、激励多了，语气中有种轻松和抗拒。他违抗和拒绝的是罗森布鲁姆的悼念者，那些人想用寻常的仪式来对待那具尸体，而诗人完全看不上他们这些致意。他要召唤的反而是活着的人，而且为了强调自己的主旨，他特意表明任何活着的人都是欢迎的，尤其是那些天生不喜欢繁文缛节的人。这次时间换到了夏天，和冬天的待遇正相反，这是史蒂文斯的诗歌中受青睐的季节。

喊来卷大雪茄的人，
那个肌肉发达的，吩咐他在厨房打
几杯好色的凝乳。
让放荡姑娘们穿着
她们习惯的衣裙闲逛，让男孩
用上个月的报纸裹些鲜花带来。
让是是似乎的终结[1]。
冰淇淋的皇帝是唯一的皇帝。

从廉价的梳妆台，
缺三个玻璃把手的那个，取那张
她曾绣上扇尾[2]的床单，
铺上去，盖起她的脸。
要是她长茧的脚探出来了，就显出

---

[1] Let be be finale of seem. 让第一个 be（存在、指示代词“是”）成为（第二个 be）某种“流于表面”（seem）的终结。

[2] 指扇尾鸽。

她多么冷，多么沉默。
让灯把光柱对准。
冰淇淋的皇帝是唯一的皇帝。

对待死亡的正确方式是穿日常的衣服，而不是戴头巾、换上皮毛靴子；是去厨房打些冰淇淋，而不要那么讲究；是到处摆些花，而不要钟声和呼号。我们从中国人那里懂得了死亡并不可怕。长茧的双脚可能会探出来，但探出来也没关系；不用去喊给尸体防腐的人。“让是是似乎的终结”，也就是说，抛弃那一整套空洞的传统悼念方式，空洞的关于死亡和死后生活的传说。让我们接受“存在” 176
（being），就像阳光懂得死亡和生命一样。

我们面对的最后一道城墙是这一句：“冰淇淋的皇帝是唯一的皇帝。”对于这行诗有两种解释，都有人支持，一种说皇帝是生命，另一种说皇帝是死亡。当史蒂文斯被告知评论界有这样一个分歧时，他大致意思就是：“有分歧好！”也拒绝裁判哪个解读更高明些。假设皇帝是生命，而诗人的好感全在活着的人这边，那为什么在第二节要如此刻意而精准地处理那具尸体呢？为什么不完全把它推出诗外，反而要展示它呢？如果是守灵，即使是有人做冰淇淋的守灵，能完全脱离死亡吗？但话说回来，如果认定皇帝是死亡，为什么要找来这个卷雪茄、做冰淇淋的肌肉男呢？葬礼上有情欲的意味真的可取吗？

我觉得，要是我们想起冰淇淋的特点是美味、易逝和冰冷，那就离目标又近了一些。生命或许美味又易逝，但它不是冰冷的；死亡或许冰冷，但你很难说它易逝，除非我们先假设史蒂文斯相信死后灵魂会活下去，但他并不相信，死亡也不美味，除非先假设史蒂文斯有种死亡渴望，但他也没有。不管这个皇帝是谁，他比我们司空见惯的皇帝要更真实，比那些神圣罗马帝国的皇帝、奥国皇帝、德国皇帝和恶尔精[1]都更真实，而他统治的疆域似乎囊括了生和死。冰淇淋的冷让人联想到尸体，它的甜让人联想到生命中的声色之欲。史蒂文斯曾说过他唯一的女儿对冰淇淋有常人难以企及的爱好，还有报道他曾说过女儿要他写一首关于冰淇淋的诗。不管女儿有没有提过要求，这首诗都透露出一种天真——其中的毫无禁忌，其中对传统意义上的矛盾——派对食品和长茧的脚——一种完全的、同时的、镇定自若的接受。那个天真的孩子可以同时审视这两样东西而不觉憎恶。它们双双囊括在君王的统治之下。于是冰淇淋既是死亡又是生命。

但我们一定不要把死亡和生命看做双元王国[2]，靠一个冷漠的统治者联系着。这个皇帝不只有他的那个冰淇淋王国，他还是激发、造就这个王国的那股能量。这里我又要传唤证人史蒂文斯了，虽然

---

[1] Erlkönige，日耳曼民间传说中的鬼怪，长胡子并戴金色王冠的巨人，会引诱小孩去死亡之地。

[2] Dual monarchy，或称二元君主制，指一个君主统治两个分开的王国，对外一致，对内自治，这种政治体制很多时候用来指十九世纪后期、二十世纪初期的奥匈帝国。

这个证人一直不怎么爱沟通。他之前在评论这首诗的时候，说它含有触及诗歌本质的那种浮华；我们评判这位皇帝也必然要考虑这种浮华。更切题的是我们应该想到在《作为退化的隐喻》（Metaphor as Degeneration）这首诗里，史蒂文斯断言“存在”包含死亡和想象力。所以，对于这位冰淇淋的皇帝，我心目中的候选人是生存的能量，它包含着生命和死亡，也包含着在这首诗里如此津津有味同
时把玩它们的想象力。这位皇帝创造冰淇淋，通过死亡和生命表达 177
自我，把它们视作一个整体，也同时蕴藏在它们之中。

如果《簧风琴》这部诗集有一个贯穿的主题，那就是这样执意接受死亡为生命的一部分。史蒂文斯是全然拒绝天堂和永生的；这些价值始终存疑的虚幻之物，已经被磨损透了。《周日早晨》（Sunday Morning）和《我叔叔的单片眼镜》（Le Monocle de Mon Oncle）这两首诗里，史蒂文斯都努力展现死亡在生命中占有怎样的地位。前面一首诗他在和一位女士辩论；这位女士周日早晨被触动，想到了耶稣的牺牲，以及耶稣牺牲自己为人类开启的那个天堂。诗人问：“为什么非要她为亡者放弃自己的宝藏？”还在她头脑中唤起风景之美。但那位女士面对这种周而复始、随季节变换的风景，依然渴望某种不可磨灭的天赐的福祉，诗人建议道：

> 死亡是美的母亲；于是从她那里，
> 只有从她那里，才能满足我们的梦想

和我们的渴望。虽然她在我们的路径上
撒满万物必将湮灭的树叶，
有一条路径上曾走过难以忍受的忧伤，还有很多条
曾有胜利鸣响嘹亮的词句，或是爱
因为温柔而轻轻诉说，
但她让柳树在阳光中颤动
因为少女必然要坐在那里，凝视
那些遗弃在她们脚边的绿草。
她让男孩在一个废弃的盘子上
堆起新的梨和李子。少女品尝之后
在散乱的树叶间纵情漫游。

一种与爱相对立的威胁，也就是湮灭的威胁，给了爱以力量。如果没有门就没有房间，但我们在意的是房间，而不是门。然后诗人嘲笑了天堂，笑它妄图把生命从存在中提取出来，丢弃死亡：

天堂中没有死亡的变化吗？
成熟的果子永不掉落？是否树枝
始终在完美的天空沉沉地垂着，
天空不变，但又如此像这个正在消亡的地球，
也有像我们那样的河流朝海寻去，
但永远也找不到，同样的退却的两岸
带着难以言表的伤痛永不能触碰。

为何把梨置于河岸 178

或是用李子的香味给河岸增添风情？

唉，他们在那里也该穿我们的颜色，

我们那些编织午后的银丝，

拨弄我们鲁特琴寡淡的琴弦！

死亡是美的母亲，神秘，

在她燃烧的胸膛我们发明

我们尘世间的母亲，守候着，无法入眠。

正是在死亡的语境中我们发现了自己尘世间美的母亲——她们是我们心头挂念的人，守候得无法入眠是因为她们和这首诗的女主角一样，因为人世的无法久存而焦虑。

柔韧而狂热，围成一圈的男人

会在夏日早晨放纵的祭典中歌唱，

唱他们对太阳喧闹的虔诚，

不把太阳当做上帝，而是上帝可以这样

像一种荒蛮的源头，赤裸地在他们中间。

他们的歌唱会像天堂的歌唱一样，

出自他们的血液，回向天空；

他们的上帝钟情风中的湖，

树像天使，山间的回响，

过了很久依然在自顾自结伴唱和，

一个接着一个，加入他们歌唱。

他们清楚，易逝的人类

和夏日清晨之间美妙的情谊。

他们从何处来，到何处去

都昭示在他们脚面的露珠上。

这里是用一些华美的字词重新演绎了《冰淇淋皇帝》中的一些元素；这里男人是柔韧的，那首诗里肌肉发达；这里他们狂热、喧闹，正参与放纵的祭典，那边他们吃着好色的冰淇淋。他们歌唱、崇拜的太阳不能只被视作创造生命的力量，因为史蒂文斯强调，这些歌唱的人也会如朝露一般转瞬即逝；这种力量一定也在死亡中流动。我们可以试着引用迪伦·托马斯，他形容这种力量穿过绿色导火线，可以推动花朵开放，炸开树根。我们这时候不仅接受生存，而且崇拜它。既然生命这么好，而它又离不开死亡，那死亡想必也不错。但死亡只是存在的一个小小的部分；与其把生命和死亡说成是对等的，我们不妨去聊一聊这样的一个神，它的死亡不过是让它立刻重生的讯号。

179 在《簧风琴》里有另一首好诗，《我叔叔的单片眼镜》，史蒂文斯再次提起死亡这个问题。他把自己最郑重的想法写成了男女之间典雅的对话，很符合这位诗人的特质，他一直是把英文当成法文写的（就像卡莱尔一直把英文当德文写）。这首诗开头故意写得很是文采矫饰：

“天堂之母，云的皇后，
啊，太阳的权杖，月的皇冠，
不是什么都没有，不是，不是，从来不是，
如同杀人的两个词锋利的撞击。”

一开始的两行诗能听得出祷文的音韵，却是假造的宗教感，和接下来两句构成激烈的反差。那两个词所谓的致命之处，也体现在第三行上来叫人难受的双重否定之中。但第三行不只是表面上的意思。有人提过这只是史蒂文斯玩弄的文字游戏，但真正的含义要读下去才能明白：

于是我用壮丽的韵律嘲讽她。
抑或我只是在嘲笑我自己？
我希望我只是一块能思考的石头。
海上泛起回忆的水沫，又将她
曾经那颗闪亮的气泡塞进来。此时
我的井中深深地涌起
咸味，戳破如水的音节。

一只红鸟划过金色地板。
这是一只在风和水和翅膀的合唱中
寻找自己鸟群的红鸟。
当它找到，会有洪流从它坠落。

我还要展开这个极为皱褶的东西吗？
我是一个巨富之人面对自己的继承者；
因为已经到了我这样面对春天的时候。
这些欢迎的合唱对我唱的只是送别。
过了正午，再无春日。
但你执着那些旁枝末节的幸福，
非要相信如星辰般的认知。

那么，中国古人坐在山畔池边修整妆容，
或在扬子江上研究自己的胡须，
也都什么意义都没有吗？
我不会演奏直白的历史音阶。
你知道歌麿[1]的美人如何在她们
无话不说的发辫中寻找爱的终结。
你知道巴斯[2]那些如山岳般的发式。
唉！难道所有的理发师都浪费了人生，
而没有一根自然的发丝留存？
为什么，既然毫不同情这些认真的鬼魂，
你要滴落着头发从梦里醒来？

---

[1] Utamaro，喜多川歌麿，浮世绘最著名的大师之一，尤以绘制仕女像著称。
[2] Bath，英国西南部城市，指十八世纪欧洲女子的发型，常在头顶高高盘起。

第三诗节中的“也都什么……没有”明明白白地指明：这个表达是从“她”那里借来的，所以才在第一诗节中如此嘲讽地重复否定“没有”。我们一定要想象这场对话是从这首诗开始之前开始的，当时这个女子头发散乱地下床，跟这位诗人说，现在对于中年的她，已经“没有什么”可期待了，除了变老和死亡，或许在那之后，可以期待天堂——对于曾经年轻的恋人来说，那“如星辰般的认知”。这首诗要解决的难题，就是如何说服她接受死亡，拒绝天堂。诗中的“我”一开始认可，跟她一样感到年迈和遗憾，但到最后，却坚持即使在老了以后，也应该更在意生命，而非死亡。

生命这颗甘美、无瑕的果实
向土地，似乎是因为自身的分量，坠落。
如果你是夏娃，它酸涩的汁液也是甜美的，
在它天堂般的果园的空气里，未经品尝——

一旦我们是伊甸园里的不死之身，就会渴望生命，就会摘下那颗苹果，即使死亡随之而来：

要把它当成一本书读上一轮，
苹果和头颅一样有用，
而且一样出色，就在于苹果的构成
跟头颅一样，最后会腐烂回土壤。

之后诗人提供了几个寓言式的例子，其中一个证明了：

天堂的蜜或许来，或许不来，

但地上的蜜会同时出现又消失，

因为这种蜜就跟冰淇淋一样，是交给“不可久存”的。接下来诗人又说明，即使两个人分离，生命和爱也将延续，最后演示生命纵然给了年轻人激情，也给了年长的人能力去珍惜它稍纵即逝的刹那。

史蒂文斯在他之后的诗歌中继续努力让死亡从属于生命。他的态度没有改变，但重心更少放在驳斥他人对死亡的错误认知，而
181 更多描绘自己的想法。他用心寻找一种死亡的形象，既不让我们害怕，又不让它从生命中被分隔出去。《大理石棺中的猫头鹰》（The Owl in the Sarcophagus）中，他觉得死亡是由三个现代神话人物构成的，分别是和平、睡眠和记忆；《飞行员之死》（The Airman's Death）中，那个飞行员坠入很深沉的空虚中，但那个空虚又似乎很亲切，是我们的一部分[1]；《死得无关轻重的市民》（Burghers of Petty Death）中，有一种死亡会弥漫人的思想，与之相比，真正的死似乎只是小事。但这些对死亡的描绘没有他早先的论证那么诱人。在《痛的美学》（Esthètique du Mal）的第七部分中，史蒂文斯试着完全用画面来处理这个问题，而这首诗更成功。就像《罗森布鲁姆的送葬队伍》一样，一开始他把主角牢牢定在自然之中，就像

[1] 此处不知何故，艾尔曼引述的似乎是叶芝的一首诗《一位爱尔兰飞行员预见了他的死亡》（An Irish Airman Foresees His Death）。

一朵玫瑰：

何其鲜红的玫瑰，战士的伤口，
很多战士的伤口，所有
倒下战士的伤口，鲜红的血，
时间的战士长成巨大的无死。

一座无安宁可寻的山，
除非把对更深的死的冷漠
看作安宁，立在暗中，影之山，
而在那里，时间的战士作无死的休憩。

同一中心的暗影之环，自己
纹丝不动，而随风而行，
在睡梦中构成神秘的盘旋
时间的红色战士无死地睡在他的床上。

他同伴的影于夜深时
盘绕在他周围，夏天为他们
呼出芬芳，沉重的睡意，还为他，
为时间的战士，呼出夏日的酣眠。

在这样的梦里他的伤口是好的，因为生命是好的。
他没有任何一个部分属于死亡。

一个女子抚了一下自己的额头，

时间的战士在那一抚之下平静地躺着。

这种“无死”的死亡，指的是它跟自然接近，跟生命接近，跟活着和已死的人类群体接近。它跟那种阴沉沉压过来的、抽象的、大写的“死”毫无关系。那个撩开自己头发的女子可能看上去远离那个战士，但战士从未离开活人的世界，而她的手势也是他存在的
182 一部分。这种理念是从肉身世界里生与死的接近说起的，但也暗含着它们形而上的联结。

史蒂文斯后期的诗作中，很多都在暗示读者：我们把死亡看作什么，它就是什么。《花夫人》（Madame la Fleurie）里面，一个男人觉得自然是可怕的，没有把她当成满是鲜花的夫人，而是一个长了胡子的皇后，在死亡的光芒中透露着邪恶。他就在这样的误会中死去了，结果就是他死后再不会想起冠蓝鸦，而对于之前的战士，死亡只是一种延伸，只是他的人生在不同的节奏中继续下去。

我之前提过对于史蒂文斯来说，太阳是创造和毁灭的原始力量，跟迪伦·托马斯一样。我觉得现在应该修正一下，指出太阳的毁灭力量对于史蒂文斯没有对托马斯那么重要，这一点上他们两人几乎可以说是相反的。因为对托马斯来说，身体是裹尸布，生命要么是对死亡一种欣喜若狂的无知，要么就是对它一种惊恐万分的了解。最重要的揭示就是生命中弥漫着死亡，而对史蒂文斯来说，是死亡中弥漫着生命。在托马斯的笔下，生命的美好是从死亡那里偷

来的。而史蒂文斯的憧憬（他头脑中的画面可能真的如此）是生者与“止生者”（unliving）因为对生存的崇拜聚在一起，不管这种崇拜是否表达了出来；而“止生者”比“死者”更接近史蒂文斯的想法。生存是最伟大的诗，我们这些诗都无法企及，不管在强度和力量上都只能接近它。

太阳就是这种存在中的原始能量，不管是生者和“止生者”，还是人和物，都体现这种能量。我们的二元性掩盖了它们唯一的源头。这个源头可以叫做上帝，也可以叫做想象［见《内在情人的最后独白》（Final Soliloquy of the Interior Paramour）］，而这些说法也不过是打比方，它们的本体最终是个只能崇拜的迷，是猜不透的。太阳创造的美早于人类；阳光在现实这块石头上盖满树叶之后，我们还要过很久才能出现在地球上，但我们一到这里，也就参与其中。如果说太阳是尤利西斯，而我们和世界就是忠贞的珀涅罗珀[1]。这种能量是恒定的，它反复给世上的种种变化以根基；一束束的阳光永远是不定的，但它们都发源于同一个燃烧的源头。它是无形的，从这个意义上说，它也不是真实的，但它给真实有形的东西光明和活力。“它是‘从来-从不-变化的-相同’（ever-never-changing-same），”史蒂文斯在《成人警句》（Adult Epigram）里这样写道。《纽黑文的平凡夜晚》（An Ordinary Evening in New Haven）

[1] 珀涅罗珀（Penelope）是希腊神话中奥德修斯（Odysseus，拉丁文名字是“尤利西斯”）的妻子，丈夫远征离家后拒绝无数求婚者，二十年后等到丈夫归来。

里说，我们处在一种由瞬息万变构成的永恒不变中。

史蒂文斯的很多诗都可以理解成想象力和现实之间的互动，但在那之下还潜藏着另一个主题。比如《古钢琴边的皮特·昆斯》（Peter Quince at the Clavier），乍读似乎是写一个沃格勒神父[1]式的
183 人物，怎样从经历中借用寥寥可数的提示，造出如山的音乐来，但在我看来，史蒂文斯更看重的是另一个主题，被概括在了以下几句中：

> 身体死了，身体的美活着。
> 所以花园死了，在绿色的离去中
> 波浪无休止地流淌。

波浪也是史蒂文斯常用的比喻，它所指的那种能量也就是在其他地方被称颂为太阳的东西。就像史蒂文斯在他的一篇散文里说的："波浪是一种能量，它和构成它的水从来不是同一件东西。"有时候，他会把这种能量表征为一条叫做"斯瓦塔拉[2]"的河，或者不给它名字，就说是在康涅狄格州一条不用涌向哪里的河，就像海一样；有时候它是一个变化的巨人［见《八月的事物》（Things of August）］，或是无形的蛇［《圣约翰和背疼》（St. John and Back-

---

[1] Abt Vogler（1749—1814），德国作曲家、风琴演奏家、教师、音乐理论家，罗伯特·勃朗宁有一首名诗就叫做《沃格勒神父》，让他在英语世界中广为人知；诗中写他即兴演奏如同召唤宇宙间的各种能量造出一座宫殿。

[2] Swatara，宾夕法尼亚州的一条河。

ache)、《秋天的极光》(The Auroras of Autumn)]。但这种能量也可以在一些生物中找到，比如《观看黑鸟的十三种方式》(Thirteen Ways of Looking at a Blackbird)中，那只黑鸟就有这种能量。我们读这首诗，不应把它理解为诗人宣告观看黑鸟有十三种方式，而是在这些感官印象的背后有一只真正的黑鸟。就我所知，还没有人提到过，这十三种观看方式里面，史蒂文斯只对其中一种并不认同。在第十一种里，主角不是“我”，而成了“他”。

他坐着玻璃马车，
穿过康涅狄格。
曾有一次，他被恐惧刺穿，
是他误把
马车的阴影
当成了黑鸟。

坐在玻璃马车里的人——在史蒂文斯的诗中玻璃几乎每次都是阻碍目光的——他错在只把黑鸟看作了死亡；除此之外还有证据说明他错了：他其实没有看见黑鸟，只是看见了马车的阴影，也就是他自己黑暗的想法。所以说，他就跟《花夫人》中的那个男子一样，把黑鸟从自然中抽取出来，只在它身上看到恐惧。

史蒂文斯的大部分诗歌，它们的核心意象都以某种方式参与到“存在”的这种原始能量中去，而他关心的就是如何展现那些意象中有这样的能量。当《天堂门口的虫子》(The Worms at Heaven's

Gate）孤零零出现在一些诗歌选集中，它的意味损毁殆尽，似乎只是一些虫子带着嘲讽拿出尸体细小的组成部分，还要挖苦它们正在腐坏。但对于史蒂文斯来说，美还在继续，它不会因为腐败而中断，而那些虫子聊的是美，而不是死亡，完全没有嘲讽的意思。

184 就像史蒂文斯在《桌上的星球》（The Planet on the Table）里说的，在独立的个人之中，自我是一颗太阳。这样的自我应该被想象力统辖，那也是头脑中的日光。在表达我们的想象力的时候，我们就在表达存在的能量。但在每个个体中，那种光都有可能被折射；可能想象力没有关注存在的其他部分，却只关注了自己；就像酋长依夫尤坎[1]，可能想象力只被用来贬斥自然世界，或者像松林里的那另一只矮脚鸡，太自我中心，才意识不到我们都是共同世界的一部分，意识不到我们因为分享阳光而被绑在了一起。那样的自恋有一个坏处，是它可能导致各种空虚的幻觉，比如拒绝存在——也就是天堂，拒绝美——也就是当代宗教，拒绝想象力——也就是理智，拒绝生活——也就是怀旧。所有这些，它们麻烦就麻烦在让你不敢动弹，它们产生的不是活生生的人而是糟糕的雕像，人心里创造的火焰被压制了。想象力应该是头脑中颐指气使的女王，让理智做她俯首帖耳的男管家，让记忆做她什么活都干但收入不成正比的女仆。而想象力必须把丰沛的大地当作

[1] 在史蒂文斯的《松林中的矮脚鸡》（Bantams in Pine-Woods）中，酋长依夫尤坎（Chieftain Iffucan）是诗人虚构的一只被挑战的公鸡头领。

她的领土，而不是空荡荡的天空；如果领土选错，那世界就变得一成不变、僵化迟钝，而它本来是可以被塑造、被弥漫的。想象一直在重塑和改造现实；这不是专属于诗人的领域——每个人都有想象力——但诗人用得更为稳定和有力，也更认得清它的价值。想象力就像太阳，正是它让世界没有变为黑色。想象力和所有的存在都是一种能感受得到的纽带，如果记忆和理智能确认这种纽带，它们就不会阻碍想象力，反而能帮助它。

我们也由此能想见为什么史蒂文斯的诗歌与艾略特如此不同。虽然史蒂文斯偶尔也留意我们这个时代的沉闷，但这对他来说丝毫不是个重要的主题。史蒂文斯无论如何都谈不上哀叹信仰的失落；过去的幻觉都结束了，于是想象力能重新开始，这其实让他很是兴奋。那些幻觉让我们没法活在物质世界中，而人类只要不活在那里便是种难以弥补的贫乏。重大的人——这是史蒂文斯对“超人”的谦恭的说法——就是那个把最多阳光带到最多石块上的人，就是将最多想象力带进最多现实的人，也是跟原始能量最接近的人。

史蒂文斯和叶芝有一点相似是明显的，就是他们都信奉想象力的教派，尽管如此，在史蒂文斯的理念中，原始能量存在于人类之外，也先于人类，而叶芝经常暗示这种能量始于人类，而且属于人世。在史蒂文斯的笔下，想象力不属于个人，不留名姓，让人想起奥特嘉·伊·加塞特（Ortega y Gasset）的主张：很多当代艺术是去人性化的；但对于叶芝来说，想象力发挥作用，总要通过一些

185 专有名词。我更粗率地在史蒂文斯和他另一位美国同胞之间找到某种呼应，但这种呼应不很完美。那个美国人是个肌肉发达的美国人，叫欧内斯特·海明威。如果我们回想一下海明威关于死亡的短篇，尤其是《乞力马扎罗的雪》，让我们意外的是那个颇为卑劣的主角到最后却是以一种英雄的方式高贵地死去，有一瞬间我们可能会不解，会想提问，为什么一个如此糟蹋自己才华和婚姻的人却被自己的创造者如此善待。原因便是：尽管有种种缺陷，他始终忠于自己的双眼；对海明威来说，最高尚的不是过一种好的人生，而是要睁开眼去看，就像对史蒂文斯来说，最高尚的美德是去想象。即使《乞力马扎罗的雪》的主角没有干其他的事，但他看见了，于是就主宰了现实。而在史蒂文斯的诗中，战士同样被生活所伤，但他也被自己在生活中找到的东西所拯救。史蒂文斯和海明威对死亡的看法有一点是一致的，就是一个人若能表达出他所见之物中的原始能量，生活在阳光中，那么死亡对他是仁慈的。

大部分史蒂文斯的诗歌是一次尝试，写满足是如何的复杂精微，写头脑和自然如何勾结起来，让存在的能量显得更可爱和可畏。有些是写李子的关于感官的诗，有些是写头脑如何亲近李子的哲学诗，也有几首，但不多，是“无李之诗”，但要认识到这种状况也要借助于李子本身。有些诗人对着夜间的禽鸟长吁短叹，史蒂文斯反对那些诗，觉得他们太耽于“不满足”了。对于哀痛、愤怒和其他不快，史蒂文斯的兴趣都是简略的。他不逃避悲剧，但在他看来，这不是什么重要的事情。他的文学审视世界的一个个不可思议之处，弥漫着一种喜悦的氛围；死亡成了存在如此轻微却又如此不可分割的一部分，是史蒂文斯给我们投保的死亡险。他太着迷于络绎不绝的美，没有多少心思可以分配给某个退场的个体。他将一张芬芳和鲜美的表格摊在我们面前，严肃地提醒我们，所有这些元素都跟我们一样，如岛屿般散布于生命形态出现前的空无和结束生命形态的腐烂之间，敦促我们投身其中。

1957

亨利·米修的柔韧宇宙

186 读米修会让人不舒服。他的诗歌世界跟日常世界有联系，只是很难弄明白那种联系究竟是什么。如果我们为了自己舒心把那些诗都归为异想，那就先得忽略在我们身体里四处游走的那把解剖刀。另一方面，若说它们是“讽刺作品”，乍看之下似乎同样不合适，因为米修的指涉都是隐藏的，既然没有明确提及法律、传统或者常识，那要说他在攻击人类的处世方式显然是无的放矢。此外，我们会有片刻间想说米修写的诗歌是种执念或神经质，但这样也得无视他那无处不在的灵动，这种灵动太机敏了，而且显出如此之强的掌控力，于是，要从精神症结的角度去解释也很难真正说通。

他的写作难以归类，并不在于他关心自我的摇摆和纠缠，虽然他写这些也写得极好，而更在于他呈现心理洞见时，习惯用外在的说法，或者用一种貌似随性的意象体系。他的指涉往往有种巧妙的错位。比如，两兄弟在泥里打架：他们是真的两个人，还是头脑中粗暴的波动？或许那种波动比前者更真实？一个人被变成了鲸鱼：他代表了怎样的焦虑？那些一刻都静不下来的人，总在马背上，总在驰骋：他们是从“大加拉班”（Great Garaban）来的——米修给他其中一片神秘的土地起了这么一个名字，还是你隔壁的邻居，还是只活在我们的头脑里？米修不会给出解答，而不管我们多么习惯于解读诗歌中的比喻，米修还是会让人措手不及。

米修和很多寓言式的作家一样，觉得内在的世界比外在的更重
要；但他有一点不同，就是无法也不愿将这两个世界分隔开。它们
在米修笔下让人不安地交融起来。而且这时候他还会趁读者不备，
瞄准他们头脑中日常思维习惯掌控力最为薄弱的部分。借着美梦、
噩梦为他辩护，米修似乎在说，从经历之中要是能提取出什么规律
的话，那就是出乎意料之事会发生在缺乏防备之时。他的写作应该
没有受到卡夫卡这样的作家影响，但他们最后得出的人生观在很多
地方是可以互相比照的。《内在空间》（*L'espace du Dedans*，1945； 187
英译名：*The Space Within*，1951）和《城堡》《审判》覆着同样一
层逻辑严谨的表象。两位作家在文学上都很会掌控自己的材料，但
他们的材料最根本的特点就是不可控制。他们那些角色被某些不可
知或几乎未知的力量所控制，不管抗争或不抗争都是无助的；但那
里又照着一道镇定的光，带着一份半含讥嘲的幽默，让苍凉的风景
获得一些纾解，重塑了一些平衡，重获了一些正常感，像是略微抽
离了自我，最终要表明人类不只是一个不给工具、手电筒和地图被
扔进矿洞的生物。

这样混乱错位的画面自然不容易被接受。米修从二十世纪二十年代开始写作，批评他的人说他写的不是文学，他用的文字不是法语。米修没有理睬他们。超现实主义者想把米修纳入他们阵营，但他一心只做自己想做的事。直到二战他才出名，不过他没有把自己塑造为一个战争诗人，或者像阿拉贡那样成为时代的代言人，只是他的诗歌刹那间变得可信起来；他很多年来一直在描绘的那些荒诞、可怖的事，即使它们在现实中未必有精确的对应，突然大家都觉得不再遥远。他终于被认为是那一代最有原创力、最重要的作家之一。

至于米修是如何走上这条不同寻常的路径的，我们的这份好奇心恐怕无法满足，他生平的大部分细节都无人知晓。米修 1899 年出生在比利时纳慕尔（Namur）一个体面的中产阶级家庭。他对自己童年的陈述非常稀少，而且语气含糊，但如果我们的解读多少接近本义的话，那米修的童年简直不近人情到让人诧异。“我咬牙切齿熬着我的人生。”他这样说。他跟自己的父母极为疏远。“我刚会开口就说出：我是个弃婴。”少年时期，他把自己隔绝起来；他在《A 的肖像》（Portrait of A.）里描绘的恐怕是自己当年无法无天的自立。

> 踏入青春期之前，他一直在塑造一个自给自足、密不透风的球，一个稠密又阴暗的私人宇宙，什么都进不来，包括父母、感情、任何物件或物件的形象、存在，都被拒绝在外，除非他们用蛮力。事实上，他是被唾弃的，他们说他永远也长不成一个男人……

其他还有些零散的讯息，就没有那么耸人听闻了。有迹象说明他身体不好，透露他父亲自谦到荒唐的地步，还有他似乎上过一个耶稣会学校。他说他无书不读，但没有告诉我们读了哪些书。后期他写过一首诗提到荷兰神秘主义者吕斯布鲁克（Ruysbroeck），说是他尊奉的大师；另一些源泉包括帕斯卡尔、埃内斯特·耶罗（Ernest Hello）和老子。他大部分阅读一定都是神秘主义那一派的文学，对他留下了长久的影响，很多与他同时代的诗人都是如此。米修写过， 188
他身体里有个“逃逸的无色宇宙”，这也正是他在书中寻找的；书的“揭示”让他“高于自己”。二十岁的时候他有一个顿悟：他突然意识到自己过着一种“反人生”，决定摆脱这样的生活。转变之剧烈也很有米修特色：他在布伦（Boulogne）加入了一艘运煤船，当上了一个水手，马上开始了一次次的远航。读《A 的肖像》，我们可以揣度他在北美和南美航行的那几个月是极为痛苦的。

回来之后，米修去了巴黎。很可能就在这时他读到了洛特雷阿蒙的《马尔多罗之歌》（*Les Chants de Maldoror*），见识了里面阴沉、暴力、愤怒的文采，听到其中不时爆发出的撒旦般的笑声；这本书让他第一次相信文学可能会成为他表达自我的媒介。他还接触到了一些画家，包括保罗·克利（Paul Klee）、马克斯·恩斯特（Max Ernst）、安德烈·马松（André Masson）和其他人，多年之后他自己开始画画，风格中透露出对那些画家的熟悉，尽管米修的风格仍完全是他自己的。对旅行的兴趣渐渐变成一种激情，二十年代让他在这方面大为满足，这回作为乘客他又去了一次南美，在那里写了

《厄瓜多尔》(*Ecuador*，1929)。之后的远东之行让他写出了一本完全独创的游记：《一个野蛮人在亚洲》(*Un Barbare en Asie*，1933)。1937 至 1939 年间，他是《赫尔墨斯》(*Hermès*)的编辑，这本评论刊物致力于把诗歌、哲学和神秘主义结合起来。战争打响时，他在巴西待了几个月，但 1940 年回到巴黎，战争期间一直留在巴黎和法国南部。1941 年，安德烈·纪德本来计划在尼斯做一场关于米修的讲座，但被维希政府劝阻。讲座的内容那一年后来出版了，书名是《发现亨利·米修》(*Découvrons Henri Michaux*)，给这位诗人赢得了更多的读者。即使是那些更保守的评论家也开始为他喝彩，但出名对米修来说更多是尴尬，而不是愉悦。他依然超然世外，不去咖啡馆，拒绝被拍照，怕坐地铁的时候被人认出来。如果说他那个“稠密又阴暗的私人宇宙”跟外界建立了联系，之前的一些路障街垒依然完好。

他对文学的态度也有相似的顽固，很符合他的性情。他从来不会提起文字的高贵，尽管他说它们确实有些“净化”功能。虽然一直是个苦心造诣、技艺精湛的文字匠人，他也一直维护着自己的某种业余身份，立于作家这个行当之外；他的作品必须随性而
189 发，voulu[1] 绝对不行。他有一本书叫《我的产业》(*Mes Propriétés*，1929)，自己写的《跋》中说：“这里完全没有专业人士任性的想象力。没有主题，没有进展，没有架构，没有方法。相反，只有无力

[1] 法语：造作，刻意求之，刻意为之。

之人顺从的想象力。”

规矩让米修觉得是种侵扰和压迫。他在一首诗里呼喊：“啊，我是多么恨你啊，布瓦洛[1]。”他写自由诗、散文诗、散文，它们之间的区分对他是无关紧要的。为了突出它们的随意，米修会时不时采用古怪的句法；会经常在书面体和对话体的时态间转换；会特意发明“习语”，好像无人不知似的用它；会过度把名词口语化地用成中性；为了异乎寻常地强调动词，不惜伤害其他的词类；会运用感叹、俗语和碎片化的句子。但他的离经叛道还是有限度的，让他有时能塞进一点正式的语调，效果惊人。比如《挺进隧道》（The March into the Tunnel）里面，他让荷马的比喻复活了：

> 作为比照，马虎地出海，看上去，心思不在这里，在一个更晦涩的地方钓一个更晦涩的现实，把它展示在你眼前，不幸的时代，盖满重大的字词，被不停的锤击麻醉，突然，它拿出什么重要的东西，会挑明那不堪的混乱，而在那混乱中，无数人被邪恶捆住，你死我活地拼斗着，不能停止。

整体的效果并不是杂乱无章的，虽然他自己否认，但米修的写作永远都带着目的，从来不只是任由意识流淌。但他还是不会让自

[1] Nicolas Boileau-Despréaux（1636—1711），法国诗人、文学理论家，作品主要为《讽刺诗》，还有用诗体写的文学理论代表作《诗艺》，在法语和英语文学中鼓吹要延续古典标准，在这方面影响力尤为巨大。

已被文学掌控。他在瑞内・贝尔特雷（René Bertelé）的《法国年轻诗歌纵览》（*Panorama de la jeune poésie française*，1942）中表述过他的作诗法，一如既往地桀骜不驯：

> 我根据自己的能力写作，第一次是因为打赌，或者更确切地说是因为大怒。我对结果很惊讶，那样的爆炸我们称之为诗。那样的过程不断重复；我到现在还没习惯……
>
> 我写作是情难自已的，为自己而写：
>
> a）有时候是为了让自己从无法忍受的紧张或从同样痛苦的放纵之中解脱出来。
>
> b）有时候是为了一个想象中的同伴，或者是为了另一个自我，因为我自身或世界发生了什么不同寻常的变化，我很真诚地想让他们及时知晓；我一般很健忘，但又同时相信，那种变化可以说是未受玷污时被我发现的。
>
> c）有意想要晃动那些凝固的、确立的东西；去发明。
>
> 读者让我忧虑。要说的话，我写给那个未知的读者。

190 其中的第一个目的——从某种无法忍受的紧张中解脱，米修强调过好几次。它和艾略特的一条说法如出一辙；在《诗歌的功用和批评的功用》（*The Use of Poetry and the Use of Criticism*）中，艾略特曾说写诗对他是“突然卸下了一份难以忍受的负担”。米修表达主场时的无礼并不因为他对文学淡漠，而是因为他感受到文学那种让人惊畏的神秘力量。在《苦痛，驱魔》（*Ordeals, Exorcisms*，1944）的序言中，他的说法很清晰，这篇宣言也跟他的很多宣言一样，考虑更多的是诗歌对作者的影响，而非对于读者。他再次把自我的统一形容为一个球，而把诗歌看作某种神秘的力量，促成了自我的统一：

> 要做的事情之一：驱魔。
>
> 驱魔，有力的回应，如攻城锤一般的出击，是囚徒真正的诗。
>
> 在受苦和执迷的那个点，你带入这样的狂喜，这样华美的暴力，伴着字词的捶打，痛苦逐渐消散，被一个飘渺的、如恶魔般的球取代——奇妙的状态！

此处隐含的对自我的认知在西方思想中并不传统。在很多方面立于那个传统之外的尼采曾说："我们的身体是由很多灵魂构成的社会架构。"米修也宣称我们是多重的，而不同强度的影响力从众多源头发出，以这样那样的方式推动着我们，用他的说法："我们生于太多的母亲。""没有一个单一的自我，也没有十个自我。没有自我。'自我'只是一种平衡的状态。(此外还有一千种状态，始终可能并且随时准备发生。)"不断深入任何人的思想，即使他是亚里士多德，也会发现他对自己的想法，以及构成那些想法的元素，是知之甚少的：

> 他的意图，他的激情，他的 libido dominandi[1]，他的说谎癖，

---

[1] 拉丁语：统治欲。

> 他的紧张，他的各种欲望：想要正确、想要胜利、想要勾引、想要让人震惊、想要相信、想要迫使别人相信他喜欢的东西、想要蒙蔽、想要隐藏自己，还有他的趣味和厌恶，他的情结，他的整个人生，都和谐在他的某些器官、腺体组织中，在他肉体的缺陷和身体的隐秘历史中，所有这些他都是不知情的。

当这样流动的、易变的自我想要把握外部世界，它自然没有这样的掌控力；外部世界会从他手中溜走。这些诗的态度是不被这个世界接受，是永远在这个世界的解体中挣扎。就像安德雷·罗
191 兰·德雷内维尔（André Rolland de Renéville）在他写米修的文章《言说的宇宙》（Univers de la parole，1944）中所指出的，根本上的dépaysement[1]有两种最常见的表现形式：旅行和生病。主人公因为被放逐，所以他可以用一种事不关己的姿态去旁观，这在他的故土是做不到的；所以说他是个奇异土地上的旅行者。而说他是病人，是因为他在人群中格格不入，所以他在精神和肉体上都跟一个没有面目的敌人发生冲突，又在狂躁之下猛烈地扭曲现实。但这两种状态都隐含另一层意思。第一种，那些奇异的国度都和旅行者留在身后的世界有不可消解的联系，尽管这种联系模糊得让人痛苦；就像米修在《他处》（*Ailleurs*，1948）的序言中写道："想逃离世界的人翻译着它"；更何况，旅行者的不偏不倚也只存于想象中，事件一

[1] 法语：位移、改变环境、错位。

旦发生，他就不得不选择立场，表达意见。而病人尽管渴望创造属于自己的现实，狂躁中扭曲的现实虽然对他而言像是发生了，其实是糟蹋了他原先的愿望。现实和自我永远在争执；主体和客体不能分隔（在布瓦洛的世界观里是可以的），也不能相融（在吕斯布鲁克的狂喜中是可以的）。所以才有那么多的哀伤，而那种冷冷的幽默也由此而来。

这部《内在空间》所选的诗，写作时间覆盖二十一年，它们都在表达这种不可调和。而姿态几乎全是攻击性的。就像米修自己说的，有些是攻击一切“凝固和确立的东西”——攻击所有的帕提农、所有的阿拉伯艺术、所有的明朝[1]，攻击几千年的秩序，以及对这种秩序的接受。另一些诗攻击的是文字本身。但攻击文字不是为了支持混乱，而是为了一些超越人类的东西，而目前人世的安排容不下它们。在某处有个“大秘密”，黄金时代正蓄势待发，而那个时代属于有预见的人，到时天堂里的杰克·波特[2]“在我的腹泻物中瞬间”立起他那座“笔直的无法逾越的教堂”。

谈起这样完全的解放必然是要带一点反讽的，但它的确是米

---

[1] 此处的帕提农神庙（The Parthenons）和明朝（The Mings）都用了复数，米修的诗中，指的是“我”要造一个建筑，呛你的鼻子，而“你冰冻的鼻子”是由“所有的帕提农、所有的阿拉伯艺术、所有的明朝”构成的。

[2] Jack Pot，法文为 Gros lot，就是米修把“大奖”（gros lot）玩了个文字游戏，拟人化了；艾尔曼在他的译文中相应把它译作杰克·波特；jackpot 是英文中的“大奖”。

修笔下反复出现的主题，而且在某些诗中已经说得非常直白，比如 Ecce Homo[1]，他先是描述了人类当下的种种短处，然后总结道：

> 而这些哲学属于这个世界上最不懂哲学的动物，种种“主义”把套着旧衣服的年轻人埋葬，但有些警醒的东西也出现了，就是一种新的人，不知满足的人，带着添加了咖啡因的想法，不知疲倦地期望着，伸出双臂。（有什么是不能朝它伸出双臂的？）

192 黄金时代就是存在的顶点，这是米修的一个主题，黄金时代的反面，也就是空无，是米修的另一个主题。夜晚、无层次的空间、平静而又苍凉的风景、死亡、无声、空洞，它们对米修都有持久的吸引力。他打磨得最精致的意象之一就是“冰山”，它被挑中是因为冰山没有个性、没有人：“冰山，冰山，无缘由地孤寂，封锁的国度，遥远，没有害虫。”这种“非存在”的孤绝在冰山中熠熠生辉。

空无和黄金时代在这一点上是一致的：人终于和宇宙合一了，如果是像《小丑》（Clown）说的那样“流尽了作为某个人的脓肿”，这种“合一”就是无意识的，如果他是个有预见的人，那就是通过极度敏锐的意识达成“合一”。米修清楚，大多数人的生命都在空

---

[1] 拉丁文：“你们看这个人”（彼拉多把戴棘冠的耶稣向犹太人示众时说的话，见《圣经·约翰福音》。）这首诗大致是对耶稣形象、事迹、影响的思考。

无和一切之间，这甚至可以被理解成是两极之间让人心力交瘁的拉扯。一方面是对空无的怀念，一方面是对黄金时代带着自嘲的期冀，而在它们之间是一只绝望的变色龙，什么颜色都保持不住。所以米修的追寻，追寻的是存在，是某种稳定性，是交流——交流暗含着某种稳定。他笔下的人物试图表达自我（既是表达，也是展现），就像在《头》（Heads）这首诗里那样，他们寻求自立自主。这种探求最明确的表达就是在《我正从遥远的国度给你写信》（I Am Writing to You from a Far-Off Country）这个系列中。那些国度让人迷惑，就在于它们既像也不像我们生活的地方。而那位无名的写信人始终害怕自己被误解，怕自己解释不清楚，怕永远见不到那个收信人；她已经很接近歇斯底里了，但为什么会这样？她这些信投递过吗？这很像“存在”内部的幽深之处正在竭力跟外层沟通。我们读《突堤》（The Jetty）这样的怀旧诗，或者《我的产业》《还有更多变化》（And More Changes Still）这样恐怖的诗，里面想要改变宇宙或与宇宙和解的努力都被阻挠了；前者的问题出自创造力不足，后者是因为“适应变化上的无能透顶”。

米修诗中的人物大多数没有名字，但可以粗略地把他们归为三类。第一类是普鲁姆[1]，一个心思简单、逆来顺受的人，很像卓别林。他从来不抵抗，一直被欺负，被强制送进噩梦之中。与他好斗的创作者比，普鲁姆似乎是诗人的反面，始终受周围情况摆布。在普鲁

---

[1] Plume，米修诗中多次出现的人物，名字既有“羽毛”也有“笔”的意思。

姆旁边是一个二流魔术师，不能完全将现实放进自己的模型里，也没法做出真正自由、独立的选择。总有某个点会遇到现实的抵抗力。第三种人物是不受限制的观察者，他只是观察那些对现实的扭曲，并发表看法，就像在《去大加拉班的旅程》(*Voyage to Great Garaban*，1936) 和《魔法之境》(*In the Land of Magic*，1942) 中。

193 所有这些人物都不算圆形人物，谈不上丰满。说普鲁姆是法国人或美国人，都一样有可能；所有能区分这个人物的细节都被坚决地剪裁掉了。米修处理的都是平坦的水平面，从来不进到三维的空间里。他的人和场景一样，都诞生于虚无；他们没有背景，存在于一个狭窄的空间里，容不下多重多样的日常经历。他们居住的世界从本质上就是艺术家可以随手安排的世界。那些神秘的场景——比如那个“魔法之境”——就是一个审美的范畴，米修可以顺理成章地摆布自己的人物和布景。克利把人的形象简化成几根线条，就是要排除很多混乱的细节，把注意力集中到基础元素上，迫使我们思考这些线条中包含的人物本质，米修也是一样：他剖析经历中细心挑选的很小的一部分。也跟克利一样，他在挑选事实供我们思考时，选择是很随机的；他呈现的是某种逻辑的延伸或内涵，一种夸大或低调的陈述。《呼喊》(Cries) 中他把一场热病形容为头骨里吵吵闹闹的一个交响乐团，在《去大加拉班的旅程》里，很多暴行被他随手忽略为无关紧要。因为米修每次只关注寥寥几样东西，于是就在描绘它们时传递一种提升了的敏感。就像纪德说的，米修“比别人高明的地方是让我们从直觉上感到自然的东西很奇怪，奇怪的东西很自然”。

他的文字被严苛地剥除了很多含义，不亚于他的画作在细节上的俭省。我们应该留意，虽然米修在文风上讲求自由，但他很固执地拒绝很多当代诗人中意的用典和内涵丰富的比喻。对米修来说，诗歌的比喻不应该来自于字词，而应该来自情境和状态。表述本身是平淡的，但它们所制造的紧张感也相当于整首诗所制造的紧张感。

这种紧张从来不会完全纾解。米修不会跨出他自己制造的场景，给出一些形而上的结论。他和卡夫卡不再类似的地方，就在于他不像卡夫卡，暗示一种普遍的负罪感；米修不设立上帝和魔鬼去解释世界上发生的事。相反，他清晰而冷静地呈现如何演算痛苦；用简朴的——甚至像是消过毒、杀过菌的——说法，他推出了这样的等式：人生而为人，就会发生这样那样的事。他不探究这是谁的过错，因为他关心的是数据，不是揣测。他在用冷酷的科学方式检视情绪激烈的局面时，那些随之而来的戏仿元素也完全扎根在人类的体验中。这不是憎恶人世，而正因为他的戏仿，认可了这些被戏仿之物的价值。

米修最早展现了对世界的某种新的想象，后人不断重新演绎，现在书店里随处可见这样的书，但米修依然是那种想象最重要的鼓吹者。为了回应那些觉得艺术崇高、神圣的人，米修拒绝了作家和 194
艺术家的身份；即使他真的掉进了这些身份里，也全然不是出于那些寻常的缘由。艺术不是工艺品，最多能算是自我解放。而说到交流，他不为任何读者而写，或许那个所谓的“未知读者”是唯一的例外。用猜忌、怀疑、厌恶去面对文学，将写作视为不得已；不把写作看成是萨尔·佩拉当[1]他们的 la haute magie[2]，而是一种更低等的活动，出于绝望和野蛮的狡诈：即使你不能说这些便是米修的标志，但至少可以算是米修在场的信号。

很多作家试图把作品和人生分开，米修不是这样。不是因为他反对换上一张假面——他喜欢假面——只是把艺术想成静态的、停滞的东西，对他来说已经行不通了。但另一方面，你也不能说他的作品是自传体，除非你把“自传体”的意思足够扭曲。生活中发生在表面的事件是远离电力中心的轻微电击——而电力中心才是存在的本质。这种存在不是稳定的，而是同种元素的不同形态，说得更具体些，是元素汇聚时一系列稍纵即逝的黏附，这种黏附本身也一直在变化，不可预计。而从这个角度去看行动、决定、控制的世界，它们太遥远了，即使作为幻象也不值得在意。另一方面，虽然米修关注那个不可见的现实，那个现实或许带有某些神秘特质，但他并没有因此去往 au-delà[3] 的世界，而是带他去了 du dedans[4]。他没

---

[1] 即约瑟芬·佩拉当（Joséphin Péladan，1858—1918），法国神秘小说作家和艺术批评家。

[2] 法文：高级魔法。或指伊莱法·莱维（Éliphas Lévi）1885 年的神秘主义作品《高级魔法的教条和仪式》（Dogme et Rituel de la Haute Magie），在当时的法语文学圈影响力很大。

[3] 法语：之后、之外。

[4] 法语：内部、深处。

有逃离这个世界，而是在层层覆盖之下破译原始的手迹。

虽然我们在表层之下，但我们没有溺水；我们活在鲸鱼的肚子里，仔细地（这是米修难得认可的优点）检查鱼肚子的结构，我们这些约拿既被隔绝，又处在一种不遗余力、走火入魔的科学状态里。用一些米修想要避开的抽象词汇，碰撞、侵蚀、投降、不屈、伪装成惯例的无序，和假装成不可避免的想象力不足，这些都是我们测量的对象。

米修的很多描述是布莱克所谓“微小的具体”（minute particulars），或许那种描述更像剥去某种鳞片似的表皮，而他选择的“具体”往往残忍，有些读来甚至是种煎熬。他不提供帮助，他只是在不同的痛苦间勾勒一种类似的形式感，这种形式感很奇诡，有时甚至荒诞，它和那些痛苦是如此的不相称，以至于痛苦也变了味道。暴行一开始被放大，是它的细节被具体化了，但之后便一点点消减、萎缩，就好像把它形诸言辞就是把恶从难以启齿中救赎了。米修揭露了一个巨大的恶作剧，我们把自己塑造成那个恶作剧的受害者，我们开始明白，我们会皱眉，会做痛苦的表情，也会窃笑。

所以，就像米修自己宣称的，他那些看上去如此自我的作品，其实非常关乎人与人之间的关系。把他放在拉伯雷旁边，那他笔下异乎寻常的人和动物似乎就适得其所；把他放在斯威夫特旁边，那 195
他创造的远航、无所顾忌的揭露和愤怒似乎也接续了一个传统。在描绘人类应该如何时，他没有斯威夫特和伏尔泰那么直白。他也没有塑造马国[1]和黄金国[2]。但他的标准跟那些人是一样的，相当于对症下药；善与恶都有自己的位置。米修揭示头脑内部运转的方式是很现代的，但又与传统相协调。他不会听命于社会、文学中的常规和风潮，他所发起的战斗，对手也不是社会或文学价值，而是运用一种新的口吻和新的视角，向常规体验的独裁统治开战。

1952/1968

[1] Houyhnhnm-land，音近“惠纳姆”之地，似马鸣，《格列佛游记》中由“智马”统治的地方。

[2] El Dorado，原指南美土著居民传说中的国度，盛产黄金，居民遍身都是黄金饰物；西班牙殖民者进入南美后四处寻找这个地方，始终未能找到。

三

做任何事的动机都是复杂的，可能写作尤其如此；但其中交缠的关系总能吸引探求者，就像“F6山峰”对登山者的诱惑一样。

——《认识你》

海明威的圆圈

1944 年 8 月末，一个欢欣鼓舞的海明威正在巴黎利兹酒店的 199
矮墙边消磨时间，安德烈·马尔罗来拜访他，当时马尔罗显然还是上校的派头，见到海明威直接问：“你统帅过多少人？”“Dix ou douze[1].”海明威说；他发现自己的谦虚对方根本没觉察到，又说：“Non, plus —— deux cent。[2]”马尔罗脸上抽搐了一下：“Moi —— deux mille。[3]”海明威脸上一动不动，回答：“Quelle dommage[4]，我们夺回巴黎这个小镇的时候您的部队没能帮上忙。”一个整天跟着海明威的人问：“老爹[5]，On peut fusiller ce con?[6]”但海明威气度不凡地

[1] 法语：十个、十二个。
[2] 没那么少——两百个。
[3] 法语：我——两千个。
[4] 法语：多可惜。
[5] Papa，海明威的绰号。
[6] 法语：要不要毙了这蠢蛋?

给了马尔罗一杯 fine[1]。

毕竟只是海明威的一面之词[2]，很可能与真实情况略有出入；这一问题卡洛斯·贝克（Carlos Baker）在《欧内斯特·海明威的人生故事》（*Ernest Hemingway, A Life Story*，1969）中花了大量精力探讨。海明威这种撒谎的冲动，托尔斯泰曾说一个军人难以避免，就像柏拉图说诗人也总要骗人一样。即使还是个小孩，海明威就有夸口的毛病。母亲逗他，问道："你害怕什么东西？"他咬着舌头给出了自己的一贯回应："啥都不怕（Fraid o'nothing）。"这个牛皮听上去尤为滑稽，因为海明威一直到大，始终不会发 r 这个音。但他吹嘘自己拥有的品格，或许有几条他的确有权利这么说，就算对那些品格各人有各人的理解。为了能多吹一些，他至少也会实践一二，卡洛斯·贝克疑心过重，欠缺了些前后的比照与探讨，作传对象在这一点上的复杂性就丢失了。书开头有一章，他提到一个故事，是海明威怀着杀心朝别人掷斧子，给它定性"只不过又是他的夸大其词"，但就在前一页，他也承认海明威的确朝另一个人扔过斧子，唯一可商榷的是对象，贝克说那是黑夜里一个不明身份的偷鸡摸狗之辈。在后人记载掷斧子的历史时，这依然是掷斧子。同样的，贝克不想让任何人误以为海明威真的夺回了巴黎这个小镇，但搜罗到的证据显示，海明威确实潜入了巴黎，

---

[1] 法语：白兰地。

[2] 原文 ex parte，拉丁文，法律术语：单方面的，片面的。

同行的还有海明威在OSS[1]的几个密友和几个非正规战斗人员，他们似乎在玩一个私下里约定的战争游戏；所有人都觉得他居然能成功很有意思，除了勒克莱尔将军（General Le Clerc）。即使谈不上什么英雄壮举，他也算是玩闹中的好汉了。就像他跟自己的第四任也是最后一任妻子所说的，他喜欢吹捧自己，但不是个假货。把他的每个故事驳回四分之一，剩下的这个人物依然比队长皮思图[2]要强一些。海明威甚至还会自嘲，或假装自嘲，他高中的时候 200
为了好玩，接受了一个歧视犹太人的绰号，叫“海明斯坦”，不过他的朋友也被取了一样荒唐的绰号。但他更习惯的姿态还是虚张声势，想用虚张声势压倒别人。比他性格更强硬的人，比如格特鲁德·斯泰因和威廉·福克纳，不吃他这一套，直接喊他懦夫。要在运动场和战场上把海明威称作懦夫，这个罪名并不成立，但他自己也知道，这里面说到底是那些人的一种感受，也就是在文学上——对他们来说其他都是小事——他们才是堂吉诃德，而海明威骑的是一匹才华不足、词汇量有限的小马，斩获了一些浮夸的成功，其实只是一个来自（伊利诺伊州）奥克帕克[3]、长着一双大脚的桑丘·潘沙。

早期作品里，海明威更谦逊一些，也让他笔下那些战士看轻

---

[1]（美国）战略情报局（1942—1945）。

[2] Captain Pistol，莎士比亚几部戏中出现的人物，一个言语浮夸、自吹自擂的军人。他是福斯塔夫的旗官，自称“队长”，在《亨利四世》中被戳穿。

[3] Oak Park，海明威出生地。

自己的成就。他自己非常渴望勋章——二战结束的时候，他靠摆老兵的派头让兰能将军（General Lanham）给他发了一枚勋章——但却让自己的角色很显眼地忘记自己拿过什么勋章，或者是为什么拿的。他们的谦虚是炫耀式的谦虚。《大双心河》（Big Two-Hearted River）是他最好的短篇之一，原先计划最后要写一段独白，展露主角的战时经历，但他一时兴起，非常大胆地把结尾去掉了，英雄事迹不提之后更气概逼人。米比波普勒斯伯爵（Count Mippipopolous）在《太阳照常升起》中展示自己的箭伤，勃莱特（Brett）问他是不是在军队里受的伤，他回答："是我做生意出差的时候。"战争留下的箭伤或许太过直白，但生意上出差受的箭伤可能出乎一位女士的意料，让她更觉得你英勇。海明威写作时很自豪于他的克制：哈罗德·洛布（Harold Loeb）抗议他在《太阳照常升起》中被塑造成了罗伯特·科恩（Robert Cohn），海明威回应："我让你把我［杰克（Jake）］打倒在地了不是吗？所有人都知道我随时可以把你打个半死。"但这样难以分清人生和作品后来也毁了他。

在他后期的写作中，越来越执着于对技能的大型展示，之前被留白的更多都被塞了进来，而角色也成了海明威自我辩解和自我吹嘘的工具。在这样的衰落中，的确有悲情的意味，而这种意味在《丧钟为谁而鸣》之后就散不开了。贝克的叙述没有抓住这种整体的变化趋势，原因在我看来是他过高评价了《老人与海》，把这本书视为海明威的重新崛起。（海明威自己就希望大家过高评价《老人与海》；他听到贝克说圣地亚哥就像李尔，海明威承认《李尔王》

确实是部了不起的剧作，但又宣称李尔还是国王的时候，海就已经“挺老了”，而莎士比亚不是渔夫，从来没有好好写过这种远古的力量。）海明威知道这是一条下行的曲线，自杀是止住下行的办法之一。最直接引发这种冲动的是他遭受的那些电击治疗；这些治疗摧 201
毁了他的记忆，之前海明威是从记忆“发明”那些人物的，虽然他们很多都是些存在主义式的人物，活得没有记忆。从贝克的书中知道，海明威之前就每隔一段时间会沉溺于自杀的念头，而现在，所有能写的体育（个人项目，不包括团队运动）和战斗，他都用自己简单的句法写到头了。同时他还可以借此确认和父亲间的一层潜在的关系，他自己曾把父亲形容为一个懦夫，而父亲自杀用的枪他说服母亲让他保管，作为对父亲的一个念想。

这种焦躁的失败感弥漫在海明威的很多壮举中，有时候让它们更像是喜剧，而不是悲剧。卡洛斯·贝克对其中一件的讲述比之前所有人都更细致：二战时据说在古巴周围有德军潜艇，海明威给自己的渔船“皮拉”[1]装了隐藏的武器，准备迷惑并且击沉它们。两年巡行之后，“皮拉”还没有接近过一艘潜艇，大家不免怀疑，与其说这是一艘伪装成渔船的海军船只，或许它只是一条渔船而已。但这样一来，海明威就可以摆出一副与纳粹不共戴天的样子，但实际上这些胡闹的工夫只是用来捕青枪鱼了。而在这个时间节点，他当

---

[1] Pilar，海明威妻子波琳（Pauline）的昵称，也是《丧钟为谁而鸣》中一位女性领袖的名字。

时的妻子玛莎·盖尔霍恩（Martha Gellhorn）挑动他，让他不要错过这场最新的战争，他果然受了激励，像公牛一样冲到前线，比他妻子还领先一步当了战地记者。他们夫妻都不厌其烦地把别人的惊恐转化成自己的新闻素材，让人反胃。

在这些事情上，卡洛斯·贝克提供了很多信息，可惜甄选、判断不足，对于海明威写作生涯大致脉落的理解依旧是老样子。书中的注释看出材料收集上下的苦工；只是作者的构想似乎仍带着一些不必要的畏首畏尾。有很多贝克煞费苦心保持中立的问题，若能给出他的判断，其实是有益的，比如他如何看待海明威反复将他母亲评定为婊子。大多数时候他都让我们被海明威淹没，淹没在事件之中，但没有形状的事件只能算半个事件。贝克试图化解质疑，表示他的传记不是“最终结论版”，说二十一世纪到来前没有海明威的传记能做到这一点，因为“很多线索依然需要继续探究，而接下来几代学者一定也会这样做”。此类对未来的托付是种误会；即使有更多的书信被发掘，有更多海明威的兄弟姐妹和亲信、追随者写出回忆录，未来的传记作者写出“最终结论”的概率并不会提升多少。说到底，我们需要的不是更多事件，或是对事件的修剪，而是评估关系、理解动机、描绘人物。到了 2000 年，没有传记家能像卡洛
202 斯·贝克那样跟海明威的朋友对话，采访他的三位遗孀，也不会有“海明威的那个时代如何如何”的第一手印象。贝克似乎认为解读不可取，因为那只是卖弄学问：“这不是一本提出论点的传记。”他用一系列不够严谨的印象取代论点，展现一个“有很多矛盾的人物”。

比如，海明威是“行动者，和那个作为写作者的他一起拉动马车”。但每个作家，或许每一个人，也毫无新意地全都是如此。海明威还是“一个曾经承认过想当国王的人”，要让任何一个人说一次这样的话恐怕也很容易。另一个用于证明他复杂的例子是这样的：

> 他可以因为天气而跌入低潮，不管是湿冷还是潮热。但他的低潮又可以被凌晨、被黄昏、被阳光中的微风、被清冽的凉意、被丘陵、山脉和大海一下驱走。

像这样的复杂，每一个简单的人都不妨效法。贝克还告知我们：海明威讨厌“假冒的丰胸手段”。多么大胆的创见！从细节中提取海明威为何独特，本是传记家的职责，正因为缺少论点和构想，这些片段只让读者觉得这个人也没什么特别。

这本书的档案价值有时占了上风，它呈现的那么多画面和画面中的细节分不清哪些更重要。于是一个段落间可以毫无预警地打破时间顺序：

> 他在怀里温柔地抱着这个孩子，告诉拉蒙[1]他一直想要一个女儿。虽然后来他让拉尔夫·英格索尔[2]放心，那些不过是对公众的宣传，香港的防卫很强。

---

[1] Ramon Lavalle（1909—1968），阿根廷外交家，海明威当时在香港与他和他的家人见面。拉蒙的女儿死于日军侵略。

[2] Ralph Ingersoll，作家、编辑、报刊创始人。海明威在中国活动时与他保持通信，也为他的报刊 *PM* 发回报道。

在试图描绘关系时，会简单到只是莫名其妙的同时性：

> 他们［斯科特·菲茨杰拉德和玛乔丽·劳林斯］在阿什维尔[1]的对话渐进尾声，欧内斯特正在诺德奎斯特的农场上，在席德利[2]的木屋里，喝着他晚间的威士忌。

或者一个小章节开始是喷涌而出的实在细节："1954年1月8日，星期五晚上六点一刻，海明威夫妻在熟悉的齐马纳[3]营地感到十分心安。"但接下来一个句子就滑入一种过于顺手的不祥中，一朵又旧又破的乌云笼罩着未来的许多周五："他们以后不会再有几个这样的傍晚了。"还有一章是这样结束的："他不知道未来藏着什么，但他明白那里一定不会什么都没有。"这句话很像是从海明威那篇《春潮》中抽取出来的，而那是他很有名的对舍伍德·安德森的残忍戏仿。

203 卡洛斯·贝克过去写得要好很多［参看《海明威：作为艺术家的作家》（*Hemingway: The Writer as Artist*，1952）］，似乎有可能他是被某些特殊的问题妨碍了。这本书中几乎没有引用海明威的书信，反而是一直在转述它们，可能就像传言中说的那样，他只得到

---

[1] Asheville，位于美国北卡罗来纳，斯科特·菲茨杰拉德曾住在这里的格罗夫公园酒店（Grove Park Inn），小说家玛乔丽·劳林斯（Marjorie Rawlings）在这里与他见面。

[2] 诺德奎斯特（Nordquist）和席德利（Sidley）都是海明威的好友。

[3] Kimana，位于肯尼亚，有狩猎者的营地。

准许偶尔引用一两句。如果是真的，那这条禁令对他和他的传记主角都很不公平。间接听到海明威的话都会觉得很蠢，那些本来能扎人的词句被压制成了可笑。同时，这位作家的风格又太容易感染人，会影响传记作者，那些一板一眼的直白记述读久了，让人开始渴望一句亨利·詹姆斯式的曲折的、到最后才揭示悬念的长句。这也不是说作家可以很容易地吸收海明威的风格：贝克并不总能感知到其中的危险所在。全书的第一句话："一等这个男孩出行足够安全，就被送去了北方的森林。"这里没有直接说出这个男孩是谁，是用了海明威式的顽皮，但效果在"送去了"（bore him away）这个有诗意的说法上就丢了。第二段开始是这样一句："这是老去世纪的最末一年"，更让人想起沃德街[1]而不是北方的森林。

海明威的悲情似乎就在于他强烈地感知到了自己的局限，于是这又成为了某种动力，让他不管是在写作和人生中获得的认可都超出了他真实的水准。他的成功在于给自己周围画了一个狭小的圆圈，圈里形成了一些特质：话少、精心筛选过的词汇、简化的句式，他还很有办法囊括进来带绰号的人、熟练的姿态、完全感知的物件。如果海明威换了地方，那只是他想成为后面这个地方的"老爹"。为了保护自己的这个圈，他有时候会朝圈外的人挥舞拳头、

[1] Wardour Street，伦敦索霍区的一条大道，以古玩店著称，英语中"沃德街"也用来指代古奥的英文表达。

投掷字词，不管对方是否有意侵犯。有时候，如果圈外人接受附庸地位，例如妻子、拳击赛的手下败将，或只是倾听者，那他会让这些人进圈。表面上是最国际化的美国作家，实际上他是最受限的。在这个圆圈上，勇气之弧和怯懦之弧并没有那么容易区分，或许两种说法都用处不大。海明威期待的是如果他能完全掌控住这个圈，里面会蕴积起一种魔力。他施法的语言慢慢变成套话，也渐渐失去了蛊惑人心的力量；它变成了一套用来占有而非理解的习语。在他最后的日子里，他再也没有办法让他的圈不受侵犯，妻子、朋友、疾病把他逼了出去，到了一些陌生的方格中，比如像梅奥诊所[1]。不像当年的巴黎，他无法解放梅奥诊所，不能让它变成海明威小镇。最后，他依靠自己的手枪重新补起了他的圆。

1969

[1] Mayo Clinic，位于美国明尼苏达州罗切斯特市，海明威就是在这里接受电击治疗。

华莱士·史蒂文斯眼中的自己

在他的《心理学原理》中，威廉·詹姆斯重提“马蒂纳斯·思 204
克理布勒洛思文档”[1]里的一段：约翰·卡特勒爵士（Sir John Culter）有一双黑色绒线袜；他的女仆经常用丝线给他缝补，补到最后它们成了一双丝袜。要是从一开始袜子就有意识，那么即使原来的材料到最后其实一根线都不剩，它们依然觉得自己是一双绒线袜。自我也是一样，它会变化，它主要靠记忆与它之前的阶段联系在一起，它也始终非常难以定义。大卫·休谟指出，一个人的经历中没有什么是对应“我”这个词的，而威廉·詹姆斯发现自我“只是一个被大致解析的东西”。

[1] 指《马蒂纳斯·思克理布勒洛思回忆录》（*The Memoirs of Martinus Scriblerus*），它是由思克理布勒洛思俱乐部成员合写的一部幽默作品，成员包括斯威夫特、蒲柏等。回忆录的主角思克理布勒洛思是虚构的人物。

但就像华莱士·史蒂文斯在《我叔叔的单片眼镜》里说的，我们之中“有一种材质会占据上风”，这种假设很难驳斥。一般传记作家都会假设他们的主角有一些本质或者个性在童年时是流动的，在青年时期胶凝起来，或许到老年时僵化。但他们这种假设很可能有问题;这其中的断裂不比延续要少。孩子养育出的那个成年人[1]可能根本不像他，这就不符合弗洛伊德的理论了，弗洛伊德认为一个人的性格五岁时候就形成了，也不符合文化中的各种仪式，它们常把性格形成的时间放到青春期的起点。存在主义的传记作者，比如让-保罗·萨特更愿意把自我视作他所面对的一系列戏剧化的选择，每一次选择都不能决定之后的选择；而像米歇尔·莱里斯（Michel Leiris）这样的作家，在《成人之年》（*L'Age d'homme*，1966）中认为，自我被天性塑造，被迫要去经历一系列对神话原型的认同。

大多数的人生，童年的记录总是很稀少的，所以对童年也就本不能发表多少见解。的确，作家在自传中经常提及自己小时候，但童年在他们眼里只能是那些存活下来的元素。那些被褪去的元素，以及褪去它们的原因，作家很少记得，就算记得也很少会吐露给我们。传记作者想做的，是深入那“懂得”之前“懵懂”的混沌，“选择”做出之前“犹豫”的雾霭。要是我们能回到那些冲动和放
205 弃，朦胧和模糊，小型的屈辱和煎熬，还有那些应付屈辱、煎熬的

[1] 此句化用了华兹华斯的一个著名表达“child is father of the man”，或可译作“孩子是成年人的父亲”或“孩子养育了父亲”，指童年对人生影响重大。

小小努力，或许我们就能重塑当时的气氛，看一个生命如何寻觅和衡量他在其他生命间的位置。在能被称为“事件”的变化远未发生之前，一定有初级的骚动。“事件”只是积淀和残余。要是可以的话，我们要穿过历史源头，进入史前史，找那些原始的工具和武器，虽然使用它们的那些小矮人早已被我们见到的巨人所取代。

以作传的对象来说，几乎没有人比华莱士·史蒂文斯提出更多难题。他比罗伯特·弗罗斯特晚出生四年，但很不像弗罗斯特；庞德和艾略特出生晚他很多，也完全不像他。他的人生跟莎士比亚——以及大多数文人一样——展现出两个特质：年轻时是热闹的专注；到了老年有种热闹的犀利判断。但这两个阶段我们都知之甚少，可能以后也不会挖掘出什么。比如，他曾经很想旅行，但就像若利斯·卡尔·于斯曼的《逆流》里写的那个巴黎年轻人，后者对英格兰之旅也满怀憧憬，但突然预料到出门的种种不适，结果留在了巴黎；史蒂文斯也基本都留在了家里。他也像他自己笔下的克里斯平[1]，史蒂文斯曾在散文中这样描述：“一个普通人，生活中没有半点历险，除了也跟我们所有人一样，生活在一种诗意的氛围中。”每天朝九晚五，他把精力都投入在“哈特福德赔偿和保险公司”的

[1] Crispin，罗马的基督教殉教士，制鞋匠的主保圣人；在史蒂文斯笔下，是一个用来指代诗人（也就是史蒂文斯自己）的鞋匠形象。史蒂文斯 1921 年写了《选自克里斯平的日记》(From the Journals of Crispin)，并未完成，之后改写为《作为字母 C 的喜剧演员》(The Comedian as the Letter C)，主要训斥年轻时自己在艺术上的很多误会。

档案中。在保险业，他有像查尔斯·艾夫斯（Charles Ives）和弗朗茨·卡夫卡这样的同行，不过他们的工作诉求正好相对。“到了晚上，”他说，“我在属于我的国度阔步而行。”两种事业的毫不相干很让史蒂文斯自豪。莎士比亚之后，还有哪个诗人像这样难以了解？如果只是从他们那里获取讯息，哈特福德几乎跟斯特拉福德一样不可知。史蒂文斯称自己的朋友威廉·卡洛斯·威廉斯反诗歌，那他自己就是反自传。传记作家大多很幸福，因为他们的写作对象一般都有告解的冲动，或至少会对亲密的人透露秘密，但史蒂文斯表现出一种相反的冲动：他一直在掩藏、沉默。

史蒂文斯出了名地不擅于跟诗人同行打交道，他选的那些寻欢作乐的朋友从性子上都不像是会写回忆录的人。他们也证明了史蒂文斯的精准眼光，谁都没有留下什么记述。另一些朋友他很少见面，或者从来没见过，其中包括他最主要的通信对象，但这些人也始终只是“某某先生”或“某某夫人”。有些被记录下的事件可信度存疑，比如维特·拜纳[1]说史蒂文斯离开哈佛时是笼罩着阴云的，可能因为他开玩笑，假装要强奸一个女服务员；或者有些传闻不知该如
206 何理解，比如欧内斯特·海明威曾经暴打史蒂文斯，后者留下了一个青肿的眼眶。他给妻子写的信，尤其是史蒂文斯追求她的那五年，照理能揭示一些诗人的内心，但那些情书固然温情脉脉，但传记作

---

[1] Witter Bynner（1881—1968），二十世纪初期美国最重要的诗人之一，也是编辑、剧作家和翻译家。哈佛学生，华莱士·史蒂文斯编辑大学刊物《拥护者》（*The Advocate*）时，他是最早的成员之一。

者期待的是那些没有维持住端庄稳重的时刻，也没有找到。诗人的女儿霍利·史蒂文斯告诉我们［《纪念和预言：年轻的华莱士·史蒂文斯》（*Souvenirs and Prophecies: The Young Wallace Stevens*，1977）］：她母亲讨厌见到史蒂文斯的书，因为里面有些诗她觉得是只写给她的。但那些在她看来只能她读的诗，似乎根本没有什么私密性。

像这样的一个人，他居然留下了一本日记，似乎是矛盾的，特别是他还把自己的日记取名为《怀疑与恐惧之书》（*The Book of Doubts and Fears*）。但这本日记里缺的就是私人秘密。或许曾经还是有一些的，有些段落被删掉了，我们不能确定是他还是他的妻子删除的。有时我们会读到他提起之前被删除的文字，但即使在这种地方，他还多有保留。1900 年 3 月 20 日，他写了这样一条："我发现我之前在这本书里写过，我永远也成不了一个伟大的诗人，除了有一些缄默的感受。"（这里提到的之前那条日记已经找不到了。）然后在二十二岁的时候，他又驳斥自己十九岁时的那份自我评估，认为那"愚蠢、不成熟"。（但他的感受中的确有种缄默，相伴他一生的善于表达。）另一条很典型的表述写于 1900 年："个性是不能让世界知道的秘密。"之后他会在《作为阳刚诗人的年轻形象》（The Figure of Youth as Virile Poet）里给自己的看法找到权威论据，引用亚里士多德："'诗人 propia persona[1] 时不要多说什么。'"可他虽然拒绝了直接的自我中心主义，又强调："没有间接的自我中心，

[1] 拉丁语：亲自，代表自己。

就没有诗。没有诗人的个性，就没有诗……”他的书信（编辑：霍利·史蒂文斯，1966）在这个话题上也一样彼此矛盾。他告诉哈维·布赖特（Harvey Breit）：“诗人要努力压制仅关于个人的东西”，但同时他又说，个人的东西是诗歌的“源泉”。同样的，他自陈很少读其他诗人，怕诗中有别人的回响，但也很骄傲地宣称：“与此同时，当然了，我是从过去延续下来，这个过去是属于我自己的，上面没有标记着柯尔律治、华兹华斯之类的名字。我想不到哪个对我格外重要的名字。我的现实-想象体系完全是我自己的，虽然我也在其他人的写作中见到过。”实际上，没有哪个当代诗人的创作比他更生发于前人的作品。

史蒂文斯诗歌中自我的投影大多数是带着挖苦的；他不可能像叶芝那样形容自己：“以阳刚姿态恼怒，虽然满心怯懦”。史蒂文斯的一封信里提到朋友托马斯·麦克格里维（Thomas McGreevy），说他“居住在姓名的世界里”，或许因为史蒂文斯认
207 为自己的世界从根本上是没有名字的。[《我们的星辰从爱尔兰来》（Our Stars Come from Ireland）是个例外，里面提到了麦克格里维的名字，对于一个会自动屏蔽此类指名道姓的头脑来说，这样的致敬很难得。] 史蒂文斯更喜欢用的名字是“皮特·昆斯”[1]“克里

[1] Peter Quince，见《古钢琴边的皮特·昆斯》（Peter Quince at the Clavier）以及本书《华莱士·史蒂文斯的冰淇淋》（Wallace Stevens's Icecream）一文对这首诗的讨论。昆斯是莎剧《仲夏夜之梦》中的一个人物，在戏里创作了一部剧中剧，自己也在其中参演。

斯平”“乔肯达斯”[1]“阿尔弗雷德·乌拉圭夫人”[2]。在《齐维斯特的秩序观念》（The Idea of Order at Key West）中，他提到了一个真人的名字：“雷蒙·菲尔南德兹（Ramon Fernandez）”，但立马否认诗中这个人物和现实中那位叫雷蒙·菲尔南德兹的批评家有任何关系。他后期的诗作中也会提到像弗洛伊德、尼采、克劳德[3]、惠特曼这样的人名，或者纽黑文这样的地名，但它们在上下文之间总有叫人瞠目之感，就像北极探险者突然杀进了非洲。

现在，如果我们要在史蒂文斯身上找他性格最早的骚动，压制私人的境遇和感受显然是一大特质，即使这种特质对我们是很大的妨碍。他与艾尔西·摩尔（Elsie Moll）结婚是在1910年，1908年史蒂文斯写给对方的一封信里，他提到之前写了一个小时日记，但只是为了强调自己有很多事情未落于笔端：“似乎透露太多自己的心灵不是什么好事”，然后马上又补充：“我并不是假装我有多少神秘之处”。但如果真的没有神秘之处，似乎也就没有必要如此三缄其口了。对于任何时代的诗人来说，觉得透露心灵不好都是奇怪的

---

[1] Jocundus，来自愉快（Jocund）的拉丁词源，见《一杯水》（The Glass of Water），提到一个不应该会无端忧心的“胖欢喜者”（fat Jocundus）。

[2] Mrs. Alfred Uruguay，见史蒂文斯同名诗作，讲的是阿尔弗雷德·乌拉圭夫人骑驴上山，寻找真实，有青年人往相反方向下山，“最终的优雅是想象的土地”。乌拉圭首都蒙得维的亚（Montevideo）词源上跟幻象有关，而阿尔弗雷德则暗指艾略特的诗《J. 阿尔弗雷德·普罗弗洛克的情歌》。

[3] 克劳德·洛兰（Claude Lorrain，1600—1682），法国风景画家，革新古典风景画，开创表现大自然诗情画意的新风格。

信条，尤其对于一个与叶芝、庞德和艾略特同时代的抒情诗人，更是如此。那些诗人的作品，史蒂文斯都很熟悉，虽然相较于我们今天理解的“自白诗”，他们还没有到那个程度，但其中任何一位袒露的自我都要比史蒂文斯多得多。

我们若想勾勒史蒂文斯在自己心目中的形象，显然诗人一直在刻意阻挠。但这种困难也可以成为一种刺激，借用马拉美的一个表述，就是让我们想去探索一下史蒂文斯“头脑的故土”。尽管缺乏外部事件，但蛛丝马迹还是不少，甚至足够我们绘制那片故土的地图，确定某些轮廓，推测气候状况，或许还可以设想那些让它成形的几次喷发。在《华莱士·史蒂文斯：我们时代的诗》（*Wallace Stevens: The Poems of Our Climate*，1977）中，哈罗德·布鲁姆认为史蒂文斯“从未经历过智识上的危机”，但这也正是我想要追索的区域。史蒂文斯早期的材料颇为稀少，而且作家们还没有受弗洛伊德鼓舞，系统性地审视自己的想法和意象。但史蒂文斯留下的文字显示这位年轻诗人除了方才提过的渴望隐秘，还有思考时无法抑制的活力。他喜欢的品质是“力量”，就像到后期，他会逐渐喜欢上一种叫做“中心性”的品质。因为弗罗斯特看不上史蒂文斯，鄙夷他是个“做小工艺品”的诗人，那史蒂文斯对阴柔的轻视就值得我们注意了，尤其在1900年，阴柔是很受欢迎的。就在那一
208 年，他评价另一位诗人，说“他的诗歌有时非常美——但从来没有多少力量——除了惹人可怜的力量”，还在日记里写：“过去那些老

家伙的想法是多么有力，比任何当代人都要有力得多”。他给后期一首诗取的题目：《诗歌是种毁灭性的力量》（Poetry Is a Destructive Force），包含的是同一个意思。他甚至出人意料地对汉斯·阿尔普[1]不满，说后者的作品不管情绪上多激烈，总“缺少力量”。在书信中，史蒂文斯提到诗歌总会用“怒火”“暴力”这样的词，或者“瞬间的暴力”，还有用意更明确的：“释放自我”。

史蒂文斯年轻时展现活力无疑有很多方式，其中之一是描写自然。1897年加勒特·史蒂文斯（Garret Stevens）跟他十八岁的儿子评论起“你用文字作画的能力”，语气就像是这一点早已众所周知，他甚至注意到，“你的天才中有些古怪”，这句话不只是玩笑，说得好像儿子的语言能力已经非同寻常。

要想解析华莱士·史蒂文斯当年是怎样一个人，加勒特·史蒂文斯能帮上大忙。他们父子之间感情很好，尤其是华莱士少年时，两人颇为亲密。后来史蒂文斯认为他的父母之中，父亲是那个讲求实际的，母亲则充满想象力。但这种对父母的认知至少无法从他留存下的信件中证实。他母亲的书信——至少看留下来的那些——说的基本都是母亲照例该关照的事；相反，父亲的信则展现出一个关心文学的人。史蒂文斯故意把父亲刻画成一个只关心俗务之人，显出他有强烈而又不安的愿望，想让自己脱离父辈的根茎。加勒

[1] Jean Hans Alp（1886—1966），法国雕塑家、画家、诗人，二十世纪前五十年欧洲先锋艺术的领袖人物，对很多风格流派都做出巨大贡献。

特·史蒂文斯给里丁一家报纸写随笔、短篇故事、诗歌，从1906年一直写到1911年去世；而那些诗歌不管有多少不足，至少能看出一种癖好，就是引入外语词汇，这一点他儿子是继承人。加勒特的本职工作是律师和商人，但他并没有那么讲求实际，至少1901年前后，他还是让自己坠入到一次精神崩溃中。史蒂文斯意识到自己某些方面在模仿父亲。他自己也说："我决定要当律师，跟我决定要当一个长老会信徒、要当一个民主党是一样的。我父亲是个律师，是个长老会信徒，是民主党。"史蒂文斯在不知不觉间透露了更深层的联系。他1943年写自己的父亲是"最不会沟通的人之一"，就好像他自己完全不是这样。还有，"他人生大部分时间都花在办公室里了；他想要清静，然后在那清静里创造只属于他的生活"。史蒂文斯忘记了他不久前刚承认过："大家说，我活在属于自己的世界里……"当年大家住在里丁父亲的房子里，史蒂文斯这样描述那时的生活："我们那个家是个奇怪的地方，我们所有人都在那幢房子不同的区域，只管自己看书。"他的女儿霍利透露，史蒂
209 文斯在哈特福德的家差不多也是这样的情形。

加勒特在书信中提的一些问题，儿子也认为至关重要。父亲也很享受把智慧包裹在警句中，其中最有魅惑力的一句是："一点点浪漫对狂喜是不可或缺的。"我怀疑他之所以写这句话，至少有规劝儿子的心思，后者当时很犬儒地嘲讽一切浪漫，就像阿尔弗雷德·乌拉圭夫人把月光像土一样擦去。华莱士·史蒂文斯承认"诗歌本质上是浪漫的"，但也强调他寻求的浪漫会摒除"大家所谓的浪漫"。

加勒特·史蒂文斯喜欢周日下午进书房，安心读一本长长的小说。他的书房里也有很多诗集，而家里关于书的讨论也似乎是他来主导。早期写给华莱士的一封信里，他称赞了新英格兰的作家，但不是顺理成章夸他们深刻，而是夸他们“文雅”。同样的，他欣赏波士顿作家的优雅品位，但这些作家他颇不优雅地称为“Bostonese”[1]。像这样强调文学上一种雅致的光泽，把衣冠楚楚不仅看做一种精神品格，甚至一种美德，一定引起了儿子的注意，也似乎隐藏在史蒂文斯想要调制“终极优雅”的计划中，这也是他在《最高虚构笔记》里宣扬的目标。

我之前提到过加勒特·史蒂文斯精湛的语言技巧。但让人惊讶的是，这不仅体现在他的诗歌中，也体现在他的一封书信里，那是他知道儿子被选进了哈佛的文学社——“印章”（Signet），一边祝贺一边开他玩笑：

> 你被选入“印章”表明（signify）什么我全无讯息（sign）。重要（significant）的是你的信是又一个信号（signal）：我又得签（sign）一张支票，让你别再叹息哀嚎（sigh）。我在揣测你赢得了怎样的特权，是可以戴一枚图章戒指还是徽章，上面刻着一只幼天鹅（Cygnet）吗——把你和那些普普通通的鹅区分开？还是可以把那些存心（design）要让你放弃（resignation）

[1] 波士顿人，较为现代和规范的称法是 Bostonians。Bostonese 似更为随便，甚至带有贬义。

> 的学业，发配（consign）到某个指定（assigned）的港口，让它们不再打扰你？

这种花哨的玩笑直接预演了史蒂文斯那首《作为字母 C 的喜剧演员》。史蒂文斯多年后承认，在那首诗中他很荒唐地玩弄着字母 c 附带的那些 x、ts 和 z 的声音，比如这一句："从原封不动的多彩国库里收取财富"（Exchequering from piebald fiscs unkeyed）。加勒特的这个小游戏在他去世后还在继续，尽管规模和层次上不可同日而语。

而父亲的影响还延伸到了发现新主题上。至少根据目前的线索——当然证据还是稍嫌稀疏了一些——他不仅加入儿子内心关于
210 头脑和现实交互的大讨论，他还是发起者。1897 年 11 月 27 日他写信给儿子："当我们在脑中重塑我们见到的东西，就超越了纯粹的想象，就像在黑暗中，我们似乎真的可以听到我们想听的声音——但在形容真的物件时，我们可以画直线、曲线，那样东西或许可以在数学意义上被演示——但谁不更爱阳光——和它投下的阴影。"表达方式有些扭曲，但加勒特·史蒂文斯提出的想法很惊人，就是当我们试图描述我们看到的事物时，其实我们凭借的是想象，但因为现实施加了强大压力，我们又会超越那种想象。他说听觉也是一样：在黑暗中，我们既会唤起那些我们在想象中渴望的声音，但也是能真正听到的。[他的儿子在《致虚构的音乐》（*To the One of Fictive Music*）会写："那种颂扬近物的音乐 / 最是激烈……"]

最后是父亲对比了两样东西，一样是想象力可以把真实事物转

化成怎样的抽象规律，另一样是那些事物在真实的阳光和阴影里如何更有魅力。然后他生硬地总结道："这么长篇大论只为了说明一点：不要一直把真相描绘在乏味黯淡的衣衫中。"但要说的那"一点"这才说了一半，还有另一半是：把想象扎根在真实之中。他儿子的诗歌也就活动在这两极之间。在《简单生活》(The Common Life)中，华莱士·史蒂文斯把现实中的一男一女和"一条黑线边上一条白线"作对比；就像在《大石》(The Rock)里，他冷冷地描绘恋人约会如同"两人间提出的数学定理"。再举一个例子，《某某斜靠在她的沙发上》(So-And-So Reclining on Her Couch)这首诗先让想象力把一个真实的女子投射为A、B、C三个形象，她们三个纵然精致，但那个不是投射的、活生生的模特有别的好处，是那三个形象并不具备：

> 这样的安排藏着艺术家的
> 渴望。但我们只对没有潜藏创造者的那位
> 倾吐秘密。轻松地走在
>
> 并非画作的海岸上，除了雕塑
> 世界是什么都可接受。再见，
> 帕帕多普勒斯夫人[1]，非常感谢。

---

[1] Mrs. Pappadopoulos，这个名字只在全诗末尾出现，指的应该就是这位起身跟艺术家告辞的模特。

一个半月之后，父子之间又有一次交流；加勒特·史蒂文斯写道："想必你已经发现了，太阳并不是一个发出光和热的火球——像个炉子似的——相反它的放射和投影都是未知——我们去得越高——离太阳越近就觉得越冷……"这作为物理是乱说，但作为玄
211 学却很深刻，而作为比喻，它反复出现在史蒂文斯的诗中——就像在《夏天的凭证》（Credences of Summer），"追踪金色的太阳……看着他荒凉的本质"，或者是《今年三月的太阳》（The Sun This March），里面写道："冷是我们的元素……"把太阳想象成被寒冷包围，热带与北极相接，史蒂文斯一直在满怀热情地加工着这个意象。

他的父亲朦胧却又微妙地瞥见了儿子日后会成为怎样的写作者，那是一个娴熟优雅的艺术家，想象与真实的探究者，对真相和喜悦的魅惑同样敏感。在他眼里，儿子跟自己一样，比起行动，更愿意回想；比起供认，更愿意沉思。华莱士·史蒂文斯的这些特质（还有其他一些），在冷僻有趣的地方也曾露出过端倪。比如，到了上高中的年纪，他着迷于声光，也对自己的辞采爽利很是得意，这都被人注意到了，当时的同学埃德温·德特克·贝克特尔（Edwin de Turck Bechtel）提供了几个细节。贝克特尔的遗孀引她丈夫的原话是："'高中里华莱士是个很有热情的人，常心血来潮，冒出些难以预料的想法；他取笑过狄多[1]在山洞里涕泪涟

[1] Dido，罗马神话中迦太基的建国者及女王，拉丁史诗中说她爱上了特洛伊战争英雄埃涅阿斯，因情人离去而自杀。

涟的历险，还写过深邃难解的关于瞪羚的对句。'” 这样的回忆听上去很准确，表明史蒂文斯最早的诗歌中会拿传统的浪漫关系和场景开玩笑，也已经在召集一些悦目的生物。贝克特尔的回忆似乎可以在史蒂文斯后期的诗歌找到验证，有一些翻新了最初的构想。比如在《我叔叔的单片眼镜》里，另一位女子也像狄多一样满是泪痕，受到像咒语般对女王的致敬（“天堂之母，云的皇后，/啊，太阳的权杖，月的皇冠”），诗中批判了她的忧郁，因为她阴郁的根源不是维吉尔诗句中情人的离去，而是青春不再，也批判她对死后生活的虔诚是种虚假的浪漫主义。而说到“深邃难解的关于瞪羚的对句”，很可能就是《松林中的矮脚鸡》的前身。在贝克特尔眼里，史蒂文斯是个既满怀热情，又乐于嘲讽之人，日后在他的诗中，他会让克里斯平一次次化入新的历程中，让之前那个“古老的克里斯平一次次消融其中”。

贝克特尔的发言也被史蒂文斯的书信证实了。十九岁开始写日记的时候，史蒂文斯已经把自己看做一个诗人，而且他觉得不是自己想成为诗人，而是他有这个需要。我怀疑他开始写作是因为他头脑里同时有活力和自嘲，因为它们并存而引发的不安。当世界不断在被放大和被贬低之间摇摆时，它可能会被丢失；所以史蒂文斯自己说，写作是“让我自己和世界产生联系”。也是因为这个道理，在他谈起自己与另一位诗人的不同时，他说自己写诗似乎是出于不
得已。他需要诗歌，因为它是“生活的一种准许”。他十五岁写给 212
母亲的一封信是他留存下来的最早的一封，我之前提到他有彼此消

解的特质，那封信里表明他当时就或多或少认知到了这一点。史蒂文斯放假被送去埃弗拉塔山温泉夏季度假村，那个地方离里丁不过十五英里。一开始他写信是为了抱怨：

> 我亲爱的母亲：
>
> 我是在郁闷之中写这封信的。我已经决定要回家来了。埃弗拉塔这里虽然还是个夏季度假村，[但]如果度假村是让人高兴的，它已经名存实亡，这地方真的已经完蛋了；也可能是我的犬儒让我心里这么怨愤。我在这里消磨时间一点问题也没有，就觉得埃弗拉塔和家里真是不同。

“犬儒”这个词出现在这里让人意想不到。他提到自己的犬儒是如此随意，但在行文中如此突出，可以推断他很早就注意到了这一点，而且母亲也必定经常听他提起。这个推断被他 1899 年 7 月 31 日的日记证实了。这是史蒂文斯智识危机的最有力证据。读者一定要想象他是要划破多少层含蓄才写下了这些话：

> 我做出的事情不知为何越来越造作。十二岁左右那些犬儒的岁月消磨了我天然的感受，让它们不再自然流淌。我讥笑太多，分析太多，或许，也看到事物的太多方面——而且还往往不是它真实的一面。比如我在怀利家这边已经快一个月了，但从来没有注意到他们状况有什么悲情。而列文古德想起他在这里待过的一天，就要落泪。我太冰冷了，做不到这样。

或许没有谁能和叫“列文古德”[1]的人相提并论，但史蒂文斯对自己的确严苛。这里他的犬儒不只是像“埃弗拉塔”的那封信里一样，孤零零出现了，它周围还有一堆贬义词：造作、太多面、冰冷。批评史蒂文斯的人也常会提到这些特质，而史蒂文斯二十岁的时候就已经将这些罪名加在了自己身上，这一点不容忽略。

史蒂文斯所谓的“犬儒”大概就是贝克特尔所谓的“乐于嘲讽”。史蒂文斯难得一次回忆童年对此有所澄清：1940 年，他在一封给海·西蒙斯（Hi Simmons）的信里写道：“还是少年时，我一直以为事物都是通过一个个对立而发展的，有一种‘对立法则’。”于是，这种犬儒与热情的交替，他在回想中意识到是自己的特质，最初它被视作一种值得检讨的私密习性，从他用了“犬儒”这样负面的词也可见一斑；而之后——他的智识危机也正是
这样解除的——它成了一种对普遍法则的回应。他之后会说：“北 213
和南是一种内在的对应。”而在《一杯水》中，一个物体“只是一种状态，/ 两极之间，很多状态中的一种”。谈论克里斯平的时候，他似乎还对这种来回往复颇有眷恋：“于是他把自己的远行视作 / 在两种元素间的上下，/ 波动在日与月之间。”所以，这种一开始让史蒂文斯自责的犬儒，慢慢转化成了思想上的一极，仅此而已——而且是必要的一极，而诗人也走出危机，进入了一种自圆其说的成熟期。

---

[1] Livingood，字面本意是“活得好”、“活得端正”。

我这样说，并不意味着他在转化时没有被焦虑所困扰。那些本来为之懊恼的特质，后来史蒂文斯为它们辩护时极为强硬，这就是那些焦虑造成的。我之前引的日记里，他提起自己的“多面性”，认为有些过头，但“多面性”这个词本身并不是贬义词；事实上，十九世纪很多人习惯用这个词形容歌德，而它在歌德笔下也时常出现，虽然在《威廉·麦斯特》里他说，“多面性”的唯一功用就是作为“单面性”的铺垫。[G.H. 刘易斯把“多面性”推举为歌德的特质，后来 J.S. 穆勒（J.S. Mill）也这样说；而既然史蒂文斯那时候正在研究歌德，很可能在刘易斯写的传记里见到了这个词。] 只是一开始，史蒂文斯把这个词和他的犬儒、造作联系在一起，担心他看到的很多面是他看错了。他在日记里几乎从不承认自己受过什么困扰，我们或可推断他在这一点上受的困扰还不小。或许他跟叶芝一样，觉得自己正走在“变色龙之路”上[1]，而且他日后还说，那时的他“全是想象”，感受到太多方向的引力，把自己扯向太多“黑暗中繁衍的玩笑”。他是一点一点地才找到“做自己的勇气——我想这也是成为一个艺术家最必不可少的要素”。

史蒂文斯对多面性和犬儒的自责何时成了对它们的肯定，我很难找到确凿的日期。1901 年他在这个问题上的焦虑是显而易见

---

[1] 叶芝在自传中称自己有一本自传体小说，既写不完，又不肯放弃，主题是“Hodos Chameliontos”，即“变色龙之路”，本是神秘学中的正确道路，但叶芝拿来表示想象力过于丰富造成的创作危机。

的，之后他的难以释怀和最终平息可以从他父亲的一封信里察觉出来，那是 1907 年 11 月，父亲显然是收到了华莱士笔下的某种自信，回复道："我很高兴你感觉到了自己的强健和独立。"史蒂文斯的自信至少看起来从未达到过毫无挂碍的境界，但他坚韧、果敢；为了表达自我，他需要借助自己的精神史，而不是接受他人累积的东西。而孕育他这种倾向的事件很可能包括第一次世界大战和 1913 年的军械库展览会[1]，前者的直白突兀质疑着史蒂文斯自己的丰富情感，而后者证明了体验物件时可以有多种视角。到了 1917 年，史蒂文斯已经在《观看黑鸟的十三种方式》里歌颂那个眼睛如阿耳戈
斯[2]般的观鸟者，以及其中"烘焙师一打"[3]的多面性；一年之后他 214
给妻子写信，说"我对田纳西的想法一直是左右摇摆的"；正如霍利 · 史蒂文斯所说，这种摇摆到了 1919 年就成了《坛子轶事》。这首诗既享受着田纳西的繁茂植被，但又犬儒地质疑它在艺术上太过粗疏；既喜欢坛子的完美，但这种欢喜又夹杂着一种犬儒的遗憾，遗憾它这种光秃很没有田纳西的风格。史蒂文斯的朋友贝克特尔一

---

[1] Armory Show，正式名称为国际现代艺术展览会，1913 年在纽约市第 69 兵团军械库举行，展品三分之一来自欧洲，展出了从印象主义、象征主义、后印象主义、野兽派、立体主义的代表作品；有很多年轻激进的美国艺术家参展，是美国艺术发展史上的重大事件。

[2] Argus，希腊神话中的百眼巨人。

[3] Baker's dozen，英文习语，即"十三"，据说是因为中世纪面包师缺斤短两会受到重惩，但面包制作过程并不完全可控，为了确保不被误会私吞材料，往往会自己加一点，做成十三个。

定对这种左右摇摆非常熟悉。

史蒂文斯不仅向外看的时候发现许多不同方面，朝内观察也是如此。1899 年日记里被贬低为造作的态度现在似乎非常自然了。因为他认可了威廉·詹姆斯的结论，那就是每一个自我都是很多自我；这可能是他在哈佛读到或者听到的。之前提过他父亲 1906—1907 年称赞他变得强健了，正是这个阶段史蒂文斯在一封写给艾尔西·摩尔的信里宣称："说到底我不是这样或者那样，而是今天这样，明天那样。"他在 1906 年 4 月 27 日的日记里将此事陈述得更详尽了些：

> 可能会让人改变的箴言是无穷尽的——但人并没有改变。比方说，当你感受到某个警句说得极对，一开始总想把它作为你行事的准则。但这个警句会被下个警句替代，于是一切又变回了老样子。在这样飘忽不定的道德感中，有一种愉悦：当有一天你开始信仰节操、贫穷和顺从，你会大喜过望地发现你原来一直是个修行者——这样的修行者会像林中的精灵一般突然现身；当有一天你成了易卜生的支持者，你就会承认，原来你一直都是支持易卜生的，只是自己不知道罢了。于是你就对自己，也对你新的信念有了信心。每个人都藏着闹哄哄的一大堆角色——每个人都像一个演员的旅行箱[1]，装满了奇怪的生物，新的 + 旧的。但一个演员和他的旅行箱并不是一回事。

[1] 一般是巡回剧团成员所用的大木箱，里面的分格较多、较小，方便给不同剧目、不同角色的道具分类。

这里的几个比喻提出，我们不是像演员那样主动挑选角色的，而只是没有预谋地“依次”表达我们本性中暗藏的可能或自我。所以他在 1935 年可以写出：“在我看来，我做的任何事之中都没有丝毫的造作。”这个宣言有一首三行诗作为注释，这首诗写在 1920 年给哈丽特·蒙罗的一封信里（发表在史蒂文斯的《书信集》中）：

玩偶的玩偶[1]

她不是宗教或科学的孩子，
不由上帝或土地创造。
她是她自己众多头脑的后代。

多面性已经不再是虚弱的标志，这里倒成了一种有支配力的准则。事实上，多面性会成为史蒂文斯的一种诗学追求。

但他依然需要应对 1899 年 7 月 31 日在日记里自责的另一个特 215
质：冷漠。冷漠是他经常重访的主题。1899 年 8 月 1 日，也就是接下来那一天的日记里，他试图用一首十四行诗来解决这个问题；这个浪漫的解决方案是这样：“草场上的霜。尽管如此，没有鸟儿来歌唱吗？没有爱的歌谣去驱散死亡的念头吗？”但慢慢地，史蒂文斯想到的歌谣会维护冷漠和冰霜，而不是否决它们。其实，在属于他思想的那片土地上，温度一直在降低。他没有正式背弃列文古德那种同情心，但他也发现同情之外还有别的角度也有它们的用处，

[1] Poupée de Poupées，诗题为法语，或可理解为“由玩偶们构成的玩偶”。

至少能让他免于坠入那种日后会遭庞德抨击的“感伤”。就在他对自己的冷漠感到如此不安还没过两年，史蒂文斯已经开始得意自己不是个易于被温暖打动的人了：

> 为了说明我的改头换面，我或许可以提一下昨晚，在高架列车上看到一群姑娘，她们在布里克街边上一家破旧的工厂里做花。我几乎连半点感想都没有。要是去年夏天，这个场景的悲情会让我沐浴在泪水之中。（日记，1901 年 3 月 12 日）

他似乎正在跟佛罗里达道别，而且把冰冷视作跟温暖同等重要的经历。他并不忽略悲情，但要“建一座雪城”战胜它，这几乎能确切感受到是种对列文古德的攻击。就像他给理查德 · 威尔伯（Richard Wilbur）的信里说的：“想象力的生活大部分是在两极环境中创造和享受的。”而他最后一首诗《正当你离开房间时》（As You Leave the Room），其中的论述是这样：“现在，此刻，被我遗忘的雪成了 / 重大现实的一部分……”［这首诗有另一个版本：《初暖》（First Warmth），聊起“那些我已忘却的暖意”。］到了这个阶段，史蒂文斯很可能觉得自己已经给两种温度同样重要的戏份了。对于两极气候的辩护，或许 locus classicus[1] 就是他的《雪人》，诗中史蒂文斯强调只有“冬的思维”才能正确审视霜与雪。风中的难熬也要提一提，就像工厂姑娘的惨状也必须考虑，但一定要冰凉的思维才能理

[1] 拉丁语：（常被引用来说明某一词语或问题的）最有权威性的章节。

解雪。史蒂文斯的态度变化至此，部分原因可能是他读了 G.H. 刘易斯给歌德写的传记，里面说冰冷是歌德气质中的重要成分。不管怎样，接近冰点的温度在自省自察中发挥了很大作用。但问题并未就此结束。那种煎熬依然还在，而雪人的坚固是一碰就碎的。有些声音他听不到，但正质疑着他绝对的权威。

史蒂文斯渐渐把这种对冰冷的辩护视作自己立场不可分割的 216
一部分，于是后面也就有了《冰淇淋皇帝》[1]。冰淇淋的美味只能存在于一套冰冷的体系中。所以，之前让史蒂文斯深感自责的冷漠也不再像是种缺陷了。他开始觉得像罗伯特·弗罗斯特（虽然名字合适[2]）这样的诗人可疑，他们在作品中一直推崇人道，就好像温暖是打开世界的唯一钥匙。

我猜史蒂文斯越来越相信他对冰冷的认知，也包括其中暗含着的死亡、赤裸、空无和拒绝，是他对诗歌独特贡献的一部分。1928 年 4 月 8 日写给哈丽特·蒙罗的一封信里，他为自己聊了太多“关于死亡的闲言碎语”而道歉；他对这个话题的思考既执迷又冷静，显然是让蒙罗女士和她的宾客很不舒服了。他意识到只给李子作编年史是不够的，写作者还有义务想象“李子的缺失”。“‘我对一切 / 都说了不，为了抵达我自己。’”阿尔弗雷德·乌拉圭夫人说道。史蒂文斯现在更完整地理解了父亲当年坚持太阳被冰冷包围是多么正

[1] 原注：参见本书中作者讨论此诗的文章。

[2] 弗罗斯特（Frost）字面上是“冰霜”。

确。《周日早晨》和《我叔叔的单片眼镜》里那些女子谈论死亡和空无，她们并没有错，但只说到了事情的一面；充足建立在稀缺之上，就像空白是稠密的基础一样。《周日早晨》的“纷乱落叶”是和《纽黑文的平凡夜晚》中的“不见树叶”联系在一起的。诗歌既然是“一种毁灭性的力量”，就不能只看到这个世界上存在的东西，也要看到它们的缺失。要去剥除一切的冲动跟想要装点的冲动一样，是本能。丰富是跟贫乏紧密结合的，就像奥克西迪亚与奥林匹亚的关系一样[1]。所以在他的戏剧《蜡烛间的卡洛斯》（Carlos Among the Candles）中，诗人先是逐一点燃了十二根蜡烛——类似普罗米修斯——然后又逐一将它们熄灭，类似丰沛战胜冰冷，又输给了冰冷。之后他会把这个想法表达为一个循环，从浪漫主义到现实主义到宿命论到信仰的无差别论。对史蒂文斯来说，现实总包含了它的覆灭，就像想象力也包含了它自己的消亡一样。就如同他在《最高虚构笔记》里所写的：“这不是在排斥哪些事物间 / 选择……他选择包含那些 / 包含着彼此的事物……”所以他搜寻那种“脱去了诗意的诗”。

史蒂文斯靠肯定那些让自己痛苦的事，解决了自己的精神危机，但那些痛苦并没有被完全抹去。这也是为什么他在塑造自己或诗中人物的时候，不管把他叫做雪人、叔叔、皮特·昆斯还是克里

---

[1] 在华莱士·史蒂文斯的书信中，他解释过奥克西迪亚（Oxidia）从氧化物（Oxide）变化而来，指的是典型的工业化郊区，阴冷、肮脏。而奥林匹亚则是众神之地。在《有蓝色吉他的男人》（The Man with the Blue Guitar）里，有一句“奥克西迪亚即奥林匹亚”，大致是说，现代人不仅从神话传统中来，也从当代工业和城镇中来。

斯平，似乎都有随时崩溃的危险。史蒂文斯笔下的自我不仅是多重
的，而且那一个个自我都在自毁的边缘，另外，虽然跟里尔克一 217
样，死亡对于史蒂文斯来说也是“进程的一部分”，但那些关于生
存的高贵公理并不能自如地收管痛苦与绝望。如果我所提到的这些
元素真的对史蒂文斯的诗歌和自我认知不可或缺，那么他在这个世
纪开端所经历的智识危机不可能完全解决。即使用诗歌给世界重建
了一套最包罗万象的秩序，那种肆虐的不快依然会残留。

像《观看黑鸟的十三种方式》这样一首诗，对史蒂文斯种种困境的表述，并不少于他的日记和书信。对很多读者来说，这首诗只是一堆印象和冥想。但在我看来，这种互不关联只是表象，掩盖了一种潜藏的、含蓄的联系，它之所以成为这样的形式，是被看作了诗人精神历程的一系列片段。如果是这样，它就是一部隐秘的自传，恰好写于史蒂文斯将近四十岁的时候。成诗的时间是 1917 年，跟他的剧作《碗、猫和扫帚》（*Bowl, Cat, and Broomstick*）一样；剧本号称要讲述一个写情诗的十七世纪法国女诗人，但给了一个显然非常粗略的生平，还描绘了她的头发、眼睛和下巴，引用了她的一些诗句；到最后，这位女诗人的本质和之前一样飘渺。那个轻柔生命的颤动难以捕捉，关不进任何传记的条条框框里。

《观看黑鸟的十三种方式》同样暗示自己作为回忆录有力所不及之处，但史蒂文斯并没有因此放弃这次尝试。同一年他有另一首诗，也一度安排成十三个部分，可以和《观看黑鸟的十三种方式》

联系起来。那首诗名为《战士的信》(Lettres d’un Soldat)，最初是依据一位法国军人真实的日记所写的组诗，依照时间先后排列。每一封“信”固然彼此并不紧密相连，就像“十三种观看方式”一样，但史蒂文斯从军人无奈接受自己的军人身份写起，最后写到他替战友挖坟时的憎恶。虽然两首诗之间没有什么具体的对应，但《战士的信》表现了史蒂文斯对战争所感到的沮丧，也能帮助解释为什么（正像他跟他的意大利语译者所说）“十三种方式”的最后一部分应该传达出“绝望”。

在《观看黑鸟的十三种方式》这首诗里面，史蒂文斯更贴近他自己人生的精神历程。诗的开头和结尾都发生在雪景中，但两处的口吻相去甚远，而黑鸟的眼睛出现时，是一片了无生气中最初的生命迹象，如同婴孩获得了意识。这种效果很像史蒂文斯的《思想的发现》(A Discovery of Thought)，里面写道：“就像在蓝雪的襁褓
218 中”，“夏日的蟋蟀从雪中造出自己”。正是在这一刻，意识如同这首诗歌一样诞生了。史蒂文斯在他自我认知的历史中航行，而他辨认这样的历史不是靠叙述物质世界中发生的事件，这些事件他从来不觉得牢靠，而是只有一种办法：指出意识之中他曾发现、担心，甚至在某种程度上重建的那些元素。因为他对自己智识危机的几个阶段依然感到不安，所以无法接受任何一种表述是最终权威。

相应的，他提到的第一件事就是最初让他如此焦虑的习惯：多面性。他在第二诗节很轻巧地提起它，甚至还带了一些自嘲，果然是个认为回忆录无足轻重的回忆录作家：

我有三种心思

像一棵树

里面有三只黑鸟

观察者的头脑有很多重，自然世界淡淡地表达它的许可，就是让黑鸟也叠加起来。第三诗节中，黑鸟像哑剧一般自愿在风中飞旋，或许，就像一个终于跟埃弗拉塔山温泉夏季度假村和解的孩子。年轻时爱情到来，内含着气候的转变，诗人不用担心爱会淹没诗心，因为人的创造意识跟爱是和谐的，就像相爱的一对男女再加一只黑鸟也是和谐的一样。黑鸟的歌其实是一种庆贺，而且他们也乐于接受这样的庆贺。

但这些婚姻的暗示会引向死亡的念头——在史蒂文斯笔下，关于死亡和爱的想法从来靠得很近。如果这部自传是关于外部世界的纪事，那就一定会提到在他结婚不久之后，1911 年和 1912 年他的父母相继故世，但这是一段内心的游历，没有地方留给具体的指涉。在几首早期诗作中，史蒂文斯强调爱的美妙来自它的易逝，没有死亡，爱也无法存在。这时冰棱突然侵犯到落地窗的玻璃上——这样的窗暗示温暖、文明的生活——让你想到的是一种超越冬季的冷，是一种终极的冷。那只穿过冰棱的黑鸟，似乎象征着一种原初的规则，就像它是在混沌之中创世的痕迹。

接着是对“哈达姆[1]瘦男人”的批评。在《簧风琴》里最主要

[1] Haddam，康涅狄格州的一个地名，据史蒂文斯自己在书信中解释，选这个词完全是因为它听上去有美国味。

的批评都指向女人——指向“一个信基督教的音调很高的老女人”，指向《我叔叔的单片眼镜》里那个披头散发的同伴，指向《周日早
219 晨》那位忧心的女士。诗人劝诫这三位都是出于同一种不足，就是她们觉得现实的世界“虚无”，希望在天堂里能终止这种虚无。这些诗中之所以如此频繁而急切地探讨着这个话题，很可能因为史蒂文斯需要反复应对自己妻子的阴郁。但在观看黑鸟的第七种方式中，“哈达姆瘦男人”成了他的目标，他们的亵渎也一样在于拒绝了这个世界的美，就如同它是某种虚无，而只在意那些超越此世的玄奥。在《大石》中他把一种活跃、简单、基本的想象力称为“万物之主要、思想本身”，而自然界中，黑鸟就代表着这种想象力，而史蒂文斯要强调的，即万事万物，不管是可见的现实还是最高的艺术，都有这种想象力参与其中。或是像在第九诗节中，思想飞出了自己的疆域，它也在勾勒边际，就像《齐维斯特的秩序观念》里，创造者的语言给了混乱的海以秩序。拙劣的诗人在第十诗节中被描述为“和谐音调的老鸨”，他们也无法抗拒这种纯粹的生命力，只能认可它的能量。

但想象力跟存在一样，是用生命去拥抱死亡，但对于那些没有意识到这种双重性的人，不管他们如何在隔绝现实的玻璃后寻找庇护，还是会被想象力引发恐惧。错误解读了表象之后，他们也错误理解了内涵。过一种有想象力的生活，自有它凶险的一面，最后两个诗节也记录和承认了这一点。史蒂文斯自己说，第十二诗节暗示：“在我们做的事情背后，常常是被某种力量胁迫的。”这句

解释再次证明，尽管黑鸟依旧属于大自然，但它代表的是人类的特质。头脑是受一些它自己无法主导的力量莫名掌控的，至少这样的状况会不时发生。最后一个诗节，也就是倒霉的第十三诗节，描绘在一个时间不对的自然里，创造意识停滞了——“整个下午都是晚上”——就像一个在盛年时为死亡担忧的诗人。在第一诗节还是漂亮白背景的雪，现在让人不适，世界暗了。头脑如同黑鸟，不管如何努力，总要在某些时刻并入冰冷之中，那便是死亡的氛围。就像在史蒂文斯创造的愉悦时刻里，想象力可以重塑世界，但温暖不会一直延续。“但时间不会心慈手软。”[1] 而黑鸟即使不动了，它依然活着，似乎在证明静止的绝望和之前狂喜的飞旋一样，都是哑剧中的一部分。认清了这一点，诗找到了可以暂停的地方，因为一个循环结束了，重新开启循环的元素却已经聚集起来。黑鸟的眼睛还会再次转动。

单个的人生是所有生命的寓言。就像他次年所作的《大人物的比喻》(Metaphors of a Magnifico) 里写的：“二十个人过一座桥，/ 220
进一个村子”也就是“一个人 / 过一座桥进一个村子”。史蒂文斯描绘黑鸟的十三个阶段，类似叶芝用月亮圆缺的不同阶段来形容意识的发展。(他最早的成熟的抒情诗被称为“阶段”，就好像发现当下的世界解放了他。) 史蒂文斯的诗歌在冰冷与温暖之间的摆动，也像

[1] 出自史蒂文斯的《那个咽喉有恙的男人》(The Man Whose Pharynx was Bad)，咽喉问题指代诗人写作上的障碍。

叶芝在“原始”（primary）和“反相”（antithetical）之间交替的螺旋（gyre）。就像叶芝一样，史蒂文斯呈现了一种理解现实的方式，它同时反映了那个现实的内在机制。袜子里的绒线变成丝绸的过程不仅仅记录了一种进化，它也是一种对意识的定义。构成存在的诸多元素，对它们的认知是不断发展的，这也是唯一真实的自传模式。

如果这样表述史蒂文斯的自我认知是成立的，那么我们习以为常的对于生活和作品的分离就对他不适用了，而传记经常建立在这样的分界之上。他的书信、日记和诗作中隐现的那些智识上的危机，早于任何生活与作品的分岔点。作为一个生死有时的活人有哪些可能的局限，作为一个永生的诗人有哪些可能的局限，史蒂文斯同样在意。不管叶芝在诗里如何说，人生的完美或作品的完美不是真的非此即彼，因为这种对立是互相渗透的。史蒂文斯为他内在生命构建的意象，以及对他内在需求、满足、欲望、缺憾和借口的明晰想象，都在他生活和文学的重大事件之前，又对它们产生了决定性的影响。他是如何看待自己的，以及他如何评价、重估这些看法，给了他写诗的动力，而在那些诗作中，他既是演员又是观众。在这个意义上，他说自己的诗作很个人化是对的。他认为自己不像莎士比亚，形容莎翁是“众多顶尖剧作和诗歌汇聚在周围的一块虚空”，而觉得自己更像歌德，因为歌德是“他作品的核”。歌德说他的诗歌是他人生宏大供状的碎片，读“十三种方式”以及整体上理解他的诗歌，史蒂文斯也有理由这样宣称。

1980

认识你

“值一先令的传记也能给你所有事实。”奥登在他某幅虚构肖 221
像中这样说笑。事实永远不能囊括一个桀骜的心是如何运转的。查尔斯·奥斯本的《W.H. 奥登：一个诗人的一生》（*W.H. Auden: The Life of a Poet*, 1980）是这个领域里第一部问世的传记，提供的主要就是事实。很遗憾，大部分的事实是旧事实；而就像史蒂芬·斯彭德和其他人已经抱怨过的，另一些则不准确。奥登有些谈论自己人生的话，能帮奥斯本排忧解难，但除此之外，传记作者在叙述一个生命如何从一个事件跳到另一个事件的时候，其中的联系和背景要么缺失，要么就很贫瘠。奥登被挂在一根长长的鱼线上抛来甩去，浸到这个水池、那个水池：但永远只有鱼饵，从来不见鱼。

有些事实自然是有用的。我们想知道奥登是什么时候体验了“圣爱”[1]——1933 年，他什么时候娶的艾莉卡·曼（Erika Mann）——1935 年，他什么时候去了美国——1939 年 1 月，他什么时候回到牛津——1972 年。我们对他的情人很好奇，其中包括一个女子——罗达·雅芙（Rhoda Jaffe）；这份好奇心也被满足了。但读完了奥斯本的书之后，我们比还没读的时候离理解奥登更远了一些。奥登在一篇关于莎士比亚十四行诗的散文中，警告过他的传记家大约不会成功，他习惯下判断时预先否决与他不同的意见：“[一个诗人]的人生与他作品之间的关系太明显，无需评论——每件艺术品在某种意义上都是袒露自我，但它又同时复杂到永远不可能厘清。”做任何事的动机都是复杂的，可能写作尤其如此；但其中交缠的关系总能吸引探求者，就像“F6 山峰”对登山者的诱惑一样。

奥登对于传记的反感似乎泄漏了什么秘密，因为他在这件事上的态度实在多变。再也没有哪个传记的反对者对他人的生平更好奇了。他对于八卦的兴致一直延伸到过去，所以他可以宣称莎士比亚跟艾森豪威尔一样，都是 homintern[2] 的成员；他还说，如果你不把福斯塔夫和哈尔王子看做情人，他们的关系就无法理解。对于同时代人的私人生活，他什么都想知道，如果实在没法知道，他就推

---

[1] Agape，也被译为阿加比、爱加倍等，源于希腊语词根，此处特指基督教中形容的在某一时刻体会到对所有人类一视同仁的爱；奥登在诗和散文中均对这一时刻有所描绘。

[2] 见本书《颓废之用》的注释。

测。正像他在《重大约会》（Heavy Date[1]）中所写：

目光掠过 222
一张张地铁中的脸，
每张都独一无二，
若他足够放肆，谁不曾
探究爱与绝望到底
要用怎样针对他们
弱点的形态，
成为那里的主宰。

他抱怨 J.R. 艾克利（J.R. Ackerley）从来没有“说清楚他在床第之间到底喜欢什么”，还为自己的好奇辩护：“所有‘非正常’的性行为都是有象征意味的魔法仪式，要真正理解两个人之间的关系，就一定得先了解他们彼此期待对方扮演怎样的象征角色。”关于豪斯曼，他宣称自己“颇为肯定”这是个“被动肛交者”。

他也很乐意发现与指出他人的心理状态和心理规律。奥登写过一系列明显带有传记性的诗：描述叶芝一辈子依赖女人；孝顺的马修·阿诺德假装自己继承了父亲的权威，针砭时弊；爱德华·李尔为了逃避自己的丑鼻子，躲到幻想中去；兰波放弃诗歌如同它

[1] 此处原文 Heavy Dates，似笔误，奥登这首诗的标题应为 Heavy Date，是他在和卡尔曼相识之后，描述在等待情人时一些关于爱情的思考。

是“一种特殊的耳部疾病”；暮年梅尔维尔驶入“一种非同寻常的柔和”；帕斯卡尔“通过一个接一个的疑惑”重建“自己崩塌的信仰城堡”。对这些特征的概括，大多数透漏出奥登的亲身体验；他的那些虚构肖像也是如此，写来就是为了捕捉那些书写对象暴露自我的时刻，捕捉他们的潜意识或私密的欲念采取行动的时刻。奥登所谓人生和作品的关系不可能厘清，而上述两种诗作都在意图揭示这种关系。他很乐意想象我们都是特工，携带着罪过——这种罪过可以是我们自己的，也可以是别人的——但不管如何都最好坦白出来。年轻时，他喜欢简化弗洛伊德，比如发明了一种名为“说谎者扁桃脓肿”的病，身体就可以这样给头脑提供一种途径暴露自我。

查尔斯·奥斯本归拢了奥登童年的一些重要细节。那时候奥登打定主意想成为一名科学家，还因为收集、分类贝壳和昆虫拿过一个奖。八岁时刚到圣艾德蒙学校，正是因为这种对分类的热爱让他说道：“我期待能学习不同的心理类型。”没有什么比用表格来解释一件事更让他开心的，就像在《纽约客》一篇很不同寻常的书评
223 里，他比较了伦纳德·伍尔夫、伊夫林·沃和他自己的不同人生阶段；他并不介意这种比较其实没能说明什么问题。他还把童年很多时光用来幻想开采铅矿：

我从人生的第六到第十六年，
都以为自己是个矿产工程师。

还有很多时间用来迷恋大型机械设备。日后他会说这些兴趣明显包含了象征义，这种微微带着羞涩的放肆是奥登惯有的姿态。既然奥斯本不愿解读其中的象征义是什么，我们不妨提出，奥登认为挖矿跟“口欲”（orality）相关，而电动机（与他自己强弱分明）则和“被动”（passivity）相关。他还很顽皮地回忆起六岁时跟母亲合唱，她唱伊索尔德，奥登唱特里斯坦[1]，似乎在怂恿读者按照弗洛伊德的套路，把他的同性恋倾向追溯到母亲的影响中。但他的同性恋是否为母亲所灌输，尚存疑惑，可以肯定的是母亲大大增进了他的音乐见识。

奥斯本认为奥登并不真的反对传记，只是表面上故作如此。据我判断，奥斯本是错的。出于种种原因，想到要让其他人深入他的经历搅弄一番，奥登总觉得不舒服。他们当然会弄错的。除此之外，奥登一直有种高度发达的负罪感。他觉得自己的人生不符合他的自我要求，认为有很多事情被揭露出来是不光彩的。他讨厌躲避，但自己就躲避了。他讨厌伪装，但自己就会伪装。他讨厌不完美，但明白自己时常“对自己的工作 / 仓促马虎了事”，他给自己找的借口是缪斯“不喜欢奴仆般的献身”，但依然化解不了那份懊悔。他成长的年代，诗歌被认为至少有可能做成无可挑剔的艺术品，而他总感觉自己满足于一些不完美的成果。

---

[1]《特里斯坦和伊索尔德》的故事原型最早来源于凯尔特传说，表现了两人激荡的爱情故事；此处应指瓦格纳的著名歌剧。

作为一个抒情诗人，奥登的性生活恰如其分地处在他诗歌的中心。他不介意透露自己的弱点，也想强迫别人跟他一样。这是有风险的，但他愿意冒这个险。他跟一个年轻诗人说过：“我忍不住觉得你太害怕出丑了，千万记得，别装腔作势。”但奥登自己也明白，要闪避未来传记家的剖析，他的这份小心其实是违背了自己宣扬的主张。十几岁刚出头的时候，他就知道自己喜欢的是男孩，不是女孩。他的父亲发现了他给学校里一个男孩写了一首诗，那个男孩叫罗伯特·梅德利（Robert Medley）；他把两个男孩一起找去谈话，场面既好笑又尴尬至极：他说年轻男子间的浪漫友谊没有关系——他自己也曾体验过——但只要两个人不要走得“那么”远。你们还没有吧？两个男孩说没有，让他放心。奥登医生和他的妻子越来越
224 担心他们的这个儿子威斯坦，但这个儿子却越来越自豪于他的爱在“边界之外”，就跟他在学校散步的态度一样。但他不能告诉自己的父亲，由此而生的语焉不详也就和他在诗歌中追求的坦诚掺杂在一起，似乎还诱导他在写情诗的时候把性取向模糊化。读者就跟他的父母一样，是“异的”[1]（他用的词），不要对这些人太苛求。他也认识到闪避在某种意义上是种美德，后来拒绝别人将他的诗放进同性恋文学的选集里，因为写这些诗的时候，他并不想让它们被当成同性恋文学去读。

在给艾克利写的书评中，奥登提出大多数同性恋者的生活都是

---

[1] Heters，即 heterosexual，异性恋。

不幸福的。他自己就是典型。1938 年，奥登向衣修伍德坦白，他“在性方面是个失败者”。但不管在那之前还是之后，他都有一系列性经历。这样灰心丧气的原因之一可能是奥登二十三岁的时候，在一场萍水相逢的性爱中，他的肛门撕裂了。奥斯本没有具体评论此事，只说 1930 年 2 月，奥登不得不接受手术，而且接下来好几年都为之困扰。而心理上受到的影响恐怕比肉体上的更严重。“此处的中断似乎是绝对的”，奥登在《致一个伤口的信》(Letter to a Wound) 中这样写道。人生会侵入艺术，这首散文诗比任何箴言都更好地说明了这个道理：

> 女仆刚把茶具收走，直到晚餐无人会来打搅。我会一个人在这房间里，可以选择无拘无束地想你，亲爱的，相信我，这的确是我的选择。很长时间以来，我意识到你每天都在占据我更多的生命，但还是惊讶于竟然到了这个地步……回看那段我还未曾丢失“健康”的时光（真的只是去年二月吗？），我已经认不出我自己。

这个伤口似乎在奥登心里孕育了情欲上的不自信，让他觉得自己说到底恐怕是不值得爱的。奥斯本记录了奥登的一个梦，奥登一生只觉得这个梦值得写下来，但奥斯本还是没有评论：

> 我在医院里接受阑尾切除手术。那里有个绿眼睛的人，他对我的喜爱让人觉得可怕。有个老太太要伤害我，他就把老太

太的手臂卸下来了。我跟医生解释这个人是怎么回事，但医生们没有在意，很快，我发现他们更在意的是这个人对我造成的坏影响。我决心逃出医院，而且的确逃了出来，但先在一个壁橱里找了一通，不知道找什么。我到了一个火车站，挤在两节车厢之间，从一个螺旋楼梯走下去，从一群男孩、女孩的腿间走出。现在我的那位同伴又来了，带着他的三个兄弟（可能
225 只有两个）。其中一个是金发，皮肤光滑，指甲也精致，看着更让人放心一些。他们跟我说，他们从来不会抛下他们喜欢的人，而他们经常青睐那些胆小的。那个可怕的人名叫吉伽（Giga）[冰岛语里吉霍（Gigur）指的是坑洞]，让我想到金盏菊（Marigold）这个名字，眼前出现一幅追捕的画面，就像书里的插图；我觉得这个画面跟《蓬蓬头彼得》[1]里长着两条红色长腿的“剪刀人”有关。场景又变成了月光下一个废弃的工厂。那些兄弟都在那儿，还有我的父亲。一直传来巨大的捶打声，他们告诉我是一个老姑母的鬼魂发出的，她住在工厂的一个锡盒里。果然，那个很像我饭盒的锡盒一路蹦过来，到我们脚边停住、打开了。里面全是水煮蛋。那几个兄弟很自私，把蛋都抢去了，只有父亲把他的分了一半给我。

[1] 原文中奥登给出了英文书名（*Shockheaded Peter*）和德文书名（*Struwwelpeter*）。这是1844年德国心理医生海因里希·霍夫曼创作的经典儿童绘本，讲述十个小孩不听话结果遭受悲惨后果的故事，其中有个故事就是一个爱吮指头的孩子，被一个穿红裤子的裁缝用剪刀剪掉了手指。

作为第一批研习过弗洛伊德的英国诗人，奥登存下了这个梦，因为他不可能没有看到在这种梦境的缩写中，记录了他个人历史的一些基本元素：他那些不同到让人害怕的兄弟（因为他们是异性恋），医院是他动手术的地方，也跟他父亲的职业有关；挤到车厢间和螺旋是“肛门－口腔”的意象。而父亲给他的鸡蛋是被煮过的，这似乎在自嘲他的那些交往必然是无法孕育后代的，这一点他用切割阑尾、截肢和剪刀反复重申了，而且他最后抵达的工厂也是废弃的。奥登清醒时对自己的认知很接近这些无意识的意象。日后他会在朋友面前贬损自己“只是个老女王”[1]，还说他“已经戴上了寡妇帽”。在给罗达·雅芙的一封信里，他说：“上帝小姐似乎已经决定了我只能写作，不能获得其他快乐”，把自己概括为一个“神经质的中年黄油球[2]”。

让奥登不舒服的第三件事，是他二战期间待在美国。他没有承认后悔（“太爱自省的都是恶心的家伙”），也从未告解（“告解就像在公共场合脱衣服；所有人都知道会看到什么”）；之后他一直硬撑着不松口。奥登知道这是一个传记家很容易误会的话题。与其说是他早打定主意要留在美国，不如说他很可能只是推迟回英国而已，虽然奥登后来号称自己的抉择都是深思熟虑的。到了 1939 年 4 月

---

[1] 英文中“queen”指男同性恋，中性词，但这句话中显然带着“无男子气概”的自嘲。

[2] 美国口语中常用来形容胖子。

8 日，他遇见了切斯特·卡尔曼，爱上了卡尔曼，知道自己走不了了。战争爆发，他说愿意为纽约的英国总领事馆效力——这是他不
226 久之后告诉我的事——但被告知他们暂时不需要奥登帮忙。一战中英国失去了很多诗人，可能是官方这样回应的部分原因，但奥登也的确是个平足的同性恋，不大符合军人的标准形象（尽管有过喀罗尼亚[1]）。

奥登 1940 年在美国征兵处登记，1942 年接受体检，再次被拒绝参军。在这段时间他还干了一件看上去不相干的事情，但只是看上去：1940 年 10 月，他回归了 1922 年后就退出的英国圣公会。他丢失信仰和他开始写诗差不多是同时发生的。奥登说他回归是因为母亲去世，但奥斯本指出了一件很有用的事实：奥登的母亲是在他回归圣公会之后十个月才死的。所以他必然是想找回一些他放弃的东西，即使肉身不愿回归，至少在精神上回归到一些淳朴的英国性上。

奥登跟卡尔曼相伴三十四年，在早期或许消解了一些远离故土的懊悔。但他们两人相处并不轻松。其中的困难是显而易见的：奥登是个居家的人，卡尔曼骨子里就在寻觅新的性伴，可以在一念之间为了另一个人飞奔而去。从五十五岁左右直到去世，跟卡尔曼真正相处的时间之外，奥登在这段感情中常常是不快的——有时在一起也是如此。

---

[1] 喀罗尼亚（Chaeronea）之战发生在公元前四世纪，马其顿打败了第比斯和雅典。第比斯军队的精锐是由一百五十对男性恋人组成的。

或许不能算是这段感情的必然结果，但至少是后续：政治本是奥登的一个核心主题，住在远离战争的美国把他从这个主题引开了。之前时势的压力让他对政治更为关注，但远离故土减弱了这种压力。年轻的时候他在一封给 E.R. 多兹（E. R. Dodds）的信里解释自己要去战地，“因为诗人必须要亲身了解重大的政治事件”。沉浸于政治给他的诗歌添加了力量，其中多少是有意为之并不重要，而他在政治的触发下写了很多他最好的诗篇，比如《我们打猎的先辈》（Our Hunting Fathers），还有其他众多警告我们灾祸将至的作品。

但在美国，他的中心偏移了，《1939 年 9 月 1 日》记录了一种因为背井离乡而加重的迷茫。这首诗宣称每个人都要为纳粹承担罪责，这样的判断太过无所不包，奥登后来认定它“不诚实”，在编辑诗选时去掉了这首诗。庞德获得博林根诗歌奖（Bollingen Prize）时，也正是这种糊涂的直率让奥登为他辩护，奥登的立场是：“很不幸，每一个非犹太人都在某些时刻会产生一些反犹情绪，但重要的是，大多数人对这样的情绪并不感到羞耻。直到他们为此感到羞耻之前，必须把他们当小孩看待……”在撕下面具的时候，奥登有时会扯掉一些脸上的皮肤。

叶芝是晚期奥登的一个幌子，奥登对叶芝的不耐烦，很大程度 227
上是他意识到自己纵然已经如此坦率，但在回应公共的、当代的挑战时，他越来越难以企及叶芝所做的事。诗歌可以改变现实进程，这个观点是雪莱散播、叶芝演示的，但奥登自愿将自己放逐，远离他最关心的政治事件，显然就和这套说法有冲突。他慢慢开始坚持诗歌的价值在于娱乐，而不是揭示真理，至少在某种程度上，似乎是他在让自己的背离家国合理化。就好像他因为害怕自己变得无效，就迫切要让大家相信诗歌本来就是无效的。好在他这套理论并不妨碍他偶尔回到自己曾经的主题，就像苏联侵占捷克斯洛伐克时他写下了《八月，1968》：

吃人魔自要干吃人魔的事，
那些行径人类难以企及，
但有一项荣誉还难度过大，
吃人魔还不会说话：
在一片被征服的平原，
在绝望和被屠戮的人之间，
吃人魔叉着腰昂首阔步
涎沫从唇边喷涌而出。

但这样的诗作和《阿喀琉斯的盾牌》一样，都是例外，他更常挑选的还是一些相对更私人的主题。

从一开始奥登就有一种“错过”的倾向。奥利弗·萨克斯（Oliver Sacks）在斯彭德编辑的《致敬奥登》（*W. H. Auden, A Tribute*）里写，奥登曾告诉他一个反复做过的梦：

他为了赶上火车飞快地跑着，心里极度焦躁，他觉得自己

> 的生命、自己的一切都要看他赶不赶得上这次火车了。阻碍一个接一个出现，他到最后只能慌张地无声嘶喊。这时，突然之间，他意识到已经来不及了，他错过了火车，而且这根本无关紧要；于是一股强烈的感受袭来，像是一种极致的幸福，然后他会射精，醒来时脸上带着微笑。

意识到自己错过时的那种喜悦，似乎符合奥登内心里的期望。在他醒着的时候，这种特质或多或少体现在他偏爱“un”[1]开头的单词，就好像“失落”（unfulfillments）才是统治生活的法则。奥斯本引了他最早期的一首诗《牵引车》（The Traction Engine），就是由这样的词堆积而成的。他用《信》这首诗开启“现代文库”给他出的诗选，那首诗里已经显示出一个爱说葡萄酸的诗人。奥登在《序跋
集》（1972）中写道：“一个艺术家若有几个才华横溢的想法，他就 228
会让自己落入几段与这些想法相和谐的感情中去。”他文中的例子属于瓦格纳，但他自己的生活就是很好的材料，有不少遭排斥和冷落的例子。奥登的朋友觉得他是个制定法则的人，而他觉得自己一直在被呼来喝去：“猎狮子，攀险峰，/ 没人猜得出你是个弱者。”

奥登介意别人给他写传记，恐怕和切斯特·卡尔曼的共同生活是最后一项原因。卡尔曼是个聪明的人，对音乐理解很深；奥登一直坚持，在他们共同创作的歌剧中，卡尔曼在诗句上的贡献比他自

[1] 表示“非”“未”等否定义的词头。

己要大。但有时候奥登明显“抗议太过”[1]。将天才和一份明显逊色不少的才华搅拌在一起会产生什么效果很难测算，但不可能是最理想的状态。不过，即使奥登在这件事上心里存疑，他也从来没有表达出来；他对卡尔曼的钟情是不计后果的：福楼拜在对文学的全心效忠像圣人，但奥登更愿意在感情中像个圣人。

之前大致描述了奥登内心的剧情，他被重重围困的情势似乎是明确的。他是个伟大的诗人，但后期下落明显，其中缘由似乎是他有意无心之间自己找来的。调整自己文学风帆的角度，就跟他调整在情爱中的幻梦一样，在某种程度上不能全算在世事多变的头上，他自己性情中潜藏的元素至少也起了相当的作用。幸好，即使是衰落的奥登依然写得出有趣的诗歌，时不时依然才情耀眼，而且始终值得一读。

1980

[1] Protest too much，出自莎剧《哈姆雷特》，王后掩饰过头，反而露出马脚。已经成了英文中的一种惯用法。

西姆·波切特的人生

大家之前以为，现代作家之中最不可能批准传记的应该就是萨 229
缪尔·贝克特了。他着迷于沉默，易于绝望和恐慌，脖子上长了约伯[1]般的疖子，还感染了肛周囊肿，用他自己的话说，实践着一种"绮靡的个人中心主义"；若要写传记，很难想象一个会比贝克特更不情愿的对象。他对公共仪式本身的厌恶在获得诺贝尔奖的时候变得众所周知了，他躲到了突尼斯的一个小村庄里，徒劳地期望着新闻媒体不会找到他。美国学者迪尔德丽·贝尔（Deirdre Bair）踩着贝克特对隐私的渴望，拿到了文学史上罕见的一份独家报道，不亚于政治界的伯恩斯坦和伍德沃德[2]。

---

[1] Job，《圣经》人物，上帝用各种磨难考验他，但他依然坚信上帝。

[2] 指卡尔·伯恩斯坦（Carl Beinstein）和鲍勃·伍德沃德（Bob Woodward）。两人在三十出头的时候为《华盛顿邮报》揭露了水门事件。

一切都是从1971年开始的。迪尔德丽·贝尔当时正要为哥伦比亚大学的一篇论文找题目。打靶场上有只大鸭子[1]——准确地说是一只公鸭——名叫贝克特；贝尔瞄准、射击，就把那只鸭子给打了下来。说得再具体些，她是写了一封信，然后又写了一封，然后又写了一封，贝克特每一封都回得很客套，淋漓尽致地表现了他那种自贬和不愿招惹事端的脾气。他说，他的人生“很无聊，没有可以探究的地方。那些大学教师比他自己知道的还多”。之后的一封信又重复道：他是个“非常无趣的家伙”。但两人的通信没有中断，在迪尔德丽·贝尔看来，这说明情势非常有利；她安排了跟贝克特在十一月见面，并在这一次面谈中拿到了贝克特那个著名的不置可否：“我既不会帮忙，也不会阻挠。”

之后的七年，贝克特的“不帮忙不阻挠”证明是某种支持。不管迪尔德丽·贝尔需要某项批准，或者是贝克特的某个朋友不愿接受她的采访，需要引见，她都会请贝克特帮忙，而贝克特会客气地回复：他既不会帮忙，也不会阻挠，但同时，那个机构或朋友不妨也跟他一样，其实也就是批准那件事或者答应那次访谈。“从头至尾，”贝尔在序中用一种就事论事的语调承认道，“我很确定他不希望这本书被写出来，如果我放弃的话他会很感激的。”但她没有放

[1] 鸭子经常是打猎或练习射击的对象，“浮在水面上的鸭子”（sitting duck）成为习语，指容易攻击的目标。同时，duck可以泛指鸭子，但也可以和drake（公鸭）相对，特指母鸭。

弃，而是采访了很多很多人，包括一些隐藏身份的“深喉”[1]，还拿到了书信的使用权。其中最重要的材料是贝克特写给托马斯·麦克 230
格里维的三百多封信；麦克格里维也是华莱士·史蒂文斯一位最重要的通信人。年轻的麦克格里维是个很有才情的批评家，也是一个让人非常自在的同伴，贝克特给他写信时极其坦诚；后来麦克格里维担任爱尔兰国家美术馆的馆长，功成名就，失掉了当年的锐气，贝克特出于对友人的忠诚，依然会给他写信。这些信对自我的袒露，不亚于当年乔伊斯的书信，而迪尔德丽·贝尔引用了贝克特对乔伊斯书信出版所表达的不安和失望，那他对自己受到相同待遇想必反应更是激烈。

迪尔德丽·贝尔最后写成的这部《萨缪尔·贝克特传》（*Samuel Beckett: A Biography*，1978）不管有怎样的缺陷（缺陷确实不少），但里面充满了让人瞠目结舌的意外。有大段大段阴郁的篇章：贝克特的疾患似乎每一声呻吟都被记录下来了，像是要刻意证明他对一个医生提出的观点：“整个人生是一种疾病。”他肉体上承受的痛苦有些时刻难以忍受，又不可解释，让他不得不在伦敦接受两年精神分析治疗。他当年和家人住在都柏林的福克斯洛克（Foxrock），那是一片富庶的郊区，贝尔小姐细致地呈现了那时的生活场面。她细致地追溯了贝克特的几段恋情，尽管他日后跟一个年轻诗人说过：

---

[1] Deep Throats，即前文提到的鲍勃·伍德沃德借用当时一部电影的名称，对内情提供人的称呼；一般指匿名揭发政府内部非法活动的位高权重的人。

“这种被称作爱的东西，你知道吗，根本不存在的，只有做爱。”但似乎在那些恋情上耗费了不少精力。贝尔女士延续了几位前人的做法，总结了他那本未出版的小说《梦中佳人至庸女》(*Dream of Fair to Middling Women*)，之后有好几部作品开采了其中的材料。她还描述了贝克特早期一部未完成的剧作，关于约翰生博士和斯雷尔夫人[1]，显示贝克特对约翰生的疾病和抑郁感同身受。他解读约翰生对斯雷尔夫人的态度，说那是一种被阻挠的欲望，一方面是不愿行动的性情，另一方面，性无能也让阻碍变本加厉：

> 更有意思的是：他从她身边退却时假装发火，用来掩饰，而后是他意识到退却根本没有必要时真正的愤怒，而在这一切之下，是情人的绝望，因为没有什么东西可以让他去爱了……

贝克特一直不受出版社欢迎很多人都知道，但迪尔德丽·贝尔是第一次详细地叙述了他如何越来越多地跟小出版社合作，他们要么很少人知道，要么就是有足够勇气出版他的作品，很多时候他自己都已经无所谓了。书里用很大篇幅详细报告了他的婚姻，贝克特允许自己结婚就很不可思议，这里面包含了太多和婚姻抵触的元素。迪尔德丽·贝尔写贝克特战时经历读来最为有趣，当年他是法国抵抗纳粹情报网络的成员，这些讯息就是贝尔女士从他战友那里

---

[1] Mrs. Thrale，即赫斯特·林奇·皮奥奇（Hester Lynch Piozzi，1741—1821），英国女作家，约翰生博士密友，著有《已故塞缪尔·约翰生博士最后二十年间生活轶事》等。

收集来的。一开始贝克特只是作为一名译员被招募，但是他自己提议，很快也开始传递缩微胶卷拍摄的情报。有好几回他在毫厘之间就差点无法全身而退，最惊险的一回，是他跟妻子刚从巴黎的公寓走出，就有盖世太保来搜捕。从巴黎他和妻子逃到了鲁西永 231
（Roussillon），加入 Marquis[1]，成了一个爆破手。这些事情贝克特什么也没告诉贝尔小姐，当然也没有提过 1945 年戴高乐将军授予他“十字军功章”。贝尔小姐这本书的最后部分，是深入描绘了贝克特作为一个不具名的导演，怎样指导自己的剧作搬上舞台。

贝克特相信自己的人生是一场绵延的灾祸，这本传记的出版不过是另一段延续，他不屑于阻拦，甚至似乎都不屑于一读。就像叶芝在乔治·穆尔那本《欢迎欢送》（*Hail and Farewell*）问世的时候说的，所有他视为无价的东西都像电线杆一样，路过的狗都可以糟蹋。贝克特并不是一直这么大度的。之前也有一位学者叫劳伦斯·哈维（Laurence Harvey），也大胆进入了传记的领域，贝克特坚持除了一些最为梗概的事实，其余细节一概不准使用。那他为什么又允许迪尔德丽·贝尔推进她的研究写作呢？这个问题和这本传记本身提出的问题一样有意思，而答案未必就完全猜不到。在哈维那件事上扮演审查者让贝克特极为厌恶，在某种程度上，

---

[1] 相当于二战时期法国的游击队，marquis 本义为“灌木”，一开始指为了躲避维希政府征召躲入山林的人，后来成为有组织的抵抗力量。

人生真的被公开也未必有那么让他恶心。当贝尔小姐找到一个又一个线索之后，他自我保护的冲动一定慢慢减弱了。一开始他自然无法预料贝尔小姐的孜孜不倦会有这么多收获，但既然一开始容忍了她，什么时候叫停就变得愈发微妙了。更重要的是，贝克特认为被污损是人类生存的本质。他有什么资格成为例外呢？对隐私的执念会不会是他最后残留的妄自尊大？说到底，他出版过的一个短篇里就有几句话是从某位女士写给他的信里摘录的，他已经侵犯了别人的隐私，轮到自己的时候大发雷霆就不是很站得住脚了。

贝克特对自己传记家的容忍还有另一个缘由。迪尔德丽·贝尔告诉我们，贝克特对女人向来是被动的，虽然她并不是在谈论她自己和这本传记。一开始是贝克特接受了他母亲的控制，虽然后面他颠覆了这种等级关系。他们两人之间的矛盾大多来自贝克特一次次艰难地要跟母亲住在一起，那时他都已经三十，甚至三十多岁了，很多不像贝克特这么了不起的人都觉得孝子这个角色实在难以维持。母亲临终前，贝克特会照顾生病的母亲，他还告诉我，母亲去世之后的三年，他什么都没写，完全陷在悲伤和愧疚中。

听跟他有过恋情的女子描述，比如像佩姬·古根海姆（Peggy Guggenheim），贝克特更多的是被女性勾引，少主动出击。给予而非索求是他的习惯。对贝克特的顺从，迪尔德丽·贝尔评价并
232 不高，但这其中有一丝世俗化了的圣人意味。对于贝克特受女性支配，贝尔给出最重要的例子就是苏珊娜·德夏沃-杜梅斯尼尔

（Suzanne Deschevaux-Dumesnil），这是最终跟贝克特结婚的女子。1937 年的一天，这位有才华的钢琴家看到一个男子受了刀伤躺在巴黎街头，叫了救护车。这个男子就是贝克特，他被一个皮条客没来由地捅了一刀。苏珊娜去医院看了他几次，又来往了一段时间之后决定搬去与贝克特同居。照迪尔德丽·贝尔的描述，贝克特纵然没有邀请，他也没有拒绝。这位文学上伟大的反对者是个不会说“不”的人。他似乎当时就接受了那样的安排，后来也没有为终止它作任何努力。

贝尔女士把贝克特夫人说成是一个代理母亲，可虽然传记家号称婚姻里已经没有性爱，他们的感情显然无法被“代理母亲”这个说法完全涵盖。战争期间，贝克特和他的妻子共同反抗，亲密无间，最终逃离纳粹时，一定要白天躲藏，夜间走几百英里的路。之后两人有矛盾，但至少在这个话题上，贝克特是沉默的，而贝克特夫人似乎没有对丈夫的传记作者吐露过一个字；贝尔小姐对那些争执的描述依据的是他们那些很配合的朋友们。但他们还住在同一个公寓里，虽然不一定起居都在相同的房间，而且度假还是一起去旅行，这样看来，那些饶舌的朋友们未免夸大其词，他们之间的分歧可能只在有限的范围之内。或许他们真的在公寓里装了自己的电话，有时候只靠电话联络，那也只是为了不用跟对方的客人见面寒暄，方便传些话而已。有一点似乎是清楚的，就是这对夫妇（他们 1961 年才正式结婚）把婚姻视作不可动摇的誓言，超越了琐碎的性爱。

迪尔德丽·贝尔因为贝克特的淡漠、不计得失、自毁倾向和负罪感而得益，除此之外，贝克特还有一样有利于传记家的特质，在他一生中比任何其他特质都更常表现出来——那就是一种纯粹的善良。精神分析学派对这一点最不以为意，但成百上千的人记住贝克特，就是记住了他的善良；这些人包括学者、老鸨、演员，还有很多难以归类的普通人。贝尔女士似乎也以为他只是对女性被动，这种看法是错的。他跟男人之间的关系也颇为相似。年轻的时候他读到叔本华，验证了自己恐怕早先就有的感受，那便是大多数人都在不遗余力地施展自己的意志，表现为情场和商场中的贪婪。到处是你争我夺，而贝克特决定在能力范围之内，要离那些东西越远越好。很年轻的时候他就说过："我唯一想做的事，
233 就是赖在椅子里放屁，想想但丁。"他唯一认可的竞争是体育：他从来没有放弃过为爱尔兰队打板球的梦想。下象棋也是可以的。如果不是这些运动，他都宁愿置身事外。安特卫普的阿诺德·海林克斯（Arnold Geulincx）是另一个贝克特热衷的哲学家，他将意志从行为中分离出来，是对叔本华的增援。我们控制不了头脑里的想法，更不用说我们的身体，那些"不灵便、不可爱的无知工具"。我们是"赤条条的观众"，只能看着这一台兼具心理与生理的机器——我们的头脑和身体，也延伸到整个宇宙——完全不理会我们的愿望自顾自运转。

有了这样的精神历程，当一个急切的迪尔德丽·贝尔向他提出要写一部传记时，贝克特就不太可能直接说："不准写！"禁止别人

行动，就意味着一个人要假装他能够禁止自己，也意味着他似乎知道该禁止什么、准许什么。贝克特不会有这样的主张。被这本书暴露在公众之前，他自己的确难辞其咎，但在贝克特的世界里，“咎”或者“疚”这类东西还说不清是好是坏。再者说，何必为这么一件根本无关紧要的事大动干戈？贝克特唯一不忍舍弃的秘密是作家的 secret d’état[1]，在跟贝尔小姐的会面和通信中，贝克特一直都坚持只有他的写作才重要。不过心境也不会永远不变，有时他会像自己的角色贝拉夸[2]，寻找“让存在失效的最佳途径”，这时他连写作重要这件事也不那么确定了，虽然他跟其他作家还是有一点相似，就是他们都不怎么喜欢负面的评论。

贝克特的写作和他人生之间的关系布满了难题，迪尔德丽·贝尔说她要解开疑惑，却只让它们更云雾缭绕了。因为贝克特在他人的强烈意愿下看似如此顺从，会以为他是个如面团般的人。这是对他最深的误解。在面对危险的时候，他是无所畏惧的，这可以是开着摩托车或是他那辆雪铁龙 2CV，在巴黎无所顾忌地穿行，也可以是在他的写作中：他的作品若要读者接受，几乎就是要他们完全颠覆固有的习惯和预期。贝尔小姐注意到了他的外在行为时常被动，

---

[1] 法语：国家机密，重大机密。

[2] Belacqua，但丁《神曲》中的次要角色，以懒散著称。贝克特对这个人物非常感兴趣，在他写的第一部小说和之后的短篇集中都用到了他，其他的创作中也不时提及。

但没有认清这种被动和他写作中绝对的坚持无法调和——这种坚持贝克特说他是从乔伊斯身上学到的。

贝尔小姐的确承认，贝克特在当戏剧导演的时候，绝对不是那个事事接受的人了；这时他的吹毛求疵会让演员恐惧。他对自己戏剧的掌控与日俱增，跟叶芝一样觉得剧场的舞台应该属于作者而不是演员。那些刚出道的斯坦尼斯拉夫斯基派们还没明白，他们不是去表演的，只是去听贝克特差遣罢了。他们或许能为贝克特心里的意象增添些什么，但也仅此而已。互相抢戏，或者抢剧作家的戏，是那个意志的世界才有的，贝克特的戏剧正渴望抵御那个世界。他听说几年前叶芝有过一个主意，把演员都塞到桶
234 里去，不让他们“表达”，这让贝克特很高兴。他最近的戏剧成就之一是终于在《不是我》（*Not I*）中实现了自己的一个理想，就是让观众只看到“两片啜泣的嘴唇”，虽然比利·怀特洛（Billie Whitelaw）的嘴唇倒是没有啜泣[1]。

在把戏剧搬上舞台时贝克特对细节的追求，会让人忍不住推断他创作所有的作品都是如此严苛。迪尔德丽·贝尔更愿意相信他的小说是一种自白，认为《无法称呼的人》（*The Unnamable*）是一份终极自白。但她自己收集来的事实却和这种看法相抵触。贝克特在创作第一部被出版的作品时对精准有一种偏执的追求。他的小说

---

[1] 1973年在伦敦首演的戏剧作品，剧场一片漆黑，只看得到舞台上一张移动的嘴念出台词。

也不能简单看做是一种宣泄。贝克特给麦克格里维的信中，有一封为《莫菲》(*Murphy*)的结尾辩护，他是如此的有理有据，对结尾的其他可能性又是如此清醒，让你明白其中没有任何失控可言。谈到贝克特的三部曲，贝尔小姐没有给出例证，但要我们相信里面有大段大段的话是直接从给麦克格里维的自白信中摘抄的。即使真的如此，那也带来了其他的疑问。贝克特是记住了那些话吗，还是他会备份自己的私人书信？不管怎样，那些文字在他头脑中始终是文字，而不是唾沫星子。贝克特最鄙夷的文学形态他称作“血腥的维罗尼卡主义”[1]。他绝不会满足于自己的任何一部作品只是一张浸过血腥现实的纸巾。

贝克特的三部曲源于他的疏离感，疏离于他自己的身体，疏离于他大部分的思想，还有就是疏离于外部世界。主体、客体之间的古老区分崩塌了，但一种强烈的叙事意识依然在运作。最后一部中，当那个无法称呼的人感到必须要形容生命时，他最终只能用一系列“亚语言”的声音去描绘——“撕心裂肺的呼喊”和“无法辨认的呢喃”。“我会练习，”他说，然后我们听到的是，“嗯，啪嗒，呲，除了情绪别无他物，砰，乓，那是爆炸，呃，噗，还有什么，唔，啊，那是爱，够了，这太累人了，嘻嘻，是那个阿夫季拉人，不，是另外一个……”这一堆声音里包含了回味、排泄、战争、厌

[1] 耶稣受难时，圣女维罗尼卡曾用汗巾为其拭面，汗巾上留下耶稣的面像。贝克特以此反对一种简单的写实主义。

恶，然后顺便想到了爱，想到笑声，把生命降解到一个荒唐的地步。但这一系列的声音突然闪避到了一个用典的谜题中：或许是因为他的生命观被拆解成了呼喊和呢喃，那个无法称呼之人先是联系起了那个阿夫季拉人，应该就是阿夫季拉人德谟克利特——被称作“谈笑哲学家”，然后又选择了“另外一个”，那就很可能是忧郁的赫拉克利特——一般认为是和德谟克利特相对的人物，他更可能认同一切都会衰退和消逝。

这一段追根溯源是笨重的，也是半开玩笑的，它要证明对文字与文学的知识并非一无是处，把表述降到“亚语言”常把我们送回
235 到字典中去，这在贝克特的作品中是再寻常不过的事。头脑感知经历的那部分是被看轻的，但头脑有它报复的方式，就是靠制造意象和字词，靠开玩笑和搜寻源头。如果说贝克特在这三部曲中写的是自己，那他不是靠指明真实的事件与关系，而是把自己的特质分配给他创造的生命，然后让它们变得具体，分析它们。他让悲伤和沉默对抗幽默和语言，而前者从来无法将后者打败。三部曲终结，但那个无法称呼之人的声音还在延续。

贝克特有一位朋友是精神科医生，他认为三部曲可以视作贝克特思想的摄影般的投射，贝克特感到被深深地冒犯了。贝尔的书中引述了这件事，但没有加以评论；而她自己也犯了同样的错误。从被引出的部分判断，给麦克格里维的书信贝克特写得极为细致，对他来说，写作是连接或者断开连接，从来不是呕吐。被描述的心痛

是被改变了的心痛。所以在这段历史中，任何被表述的颓丧时刻都超越了哭嚎的必要。就像在《莫菲》里，听完了一段令人丧气的对生命的总结之后，一个人说："说得真漂亮！"

贝克特的否定论既然被表述得如此完美，那到底在何种程度上可以认为它在抵抗自己、不被抹杀呢？诺贝尔评选委员会认为贝克特"将现代人的匮乏升华成了他的振奋"，把文学奖颁给了他，但就像魏尔伦一样，贝克特从来没有想过要写"文学"。迪尔德丽·贝尔这里有一个评论贝克特作品整体含义的契机，但她没有贯穿全局的理论，于是比贝克特自己还沉默。她反复说贝克特的作品是自传式的，从来没有指明它们到底该如何被理解为自传，只给出一些零星的细节。比如，她（两次）引用了贝克特书信中的一句话："我的记忆开始于我出生之前，在一张餐桌下，我父亲在家里办宴会，母亲正招待客人。"但这不太像贝克特的自传，反而更像《项狄传》。当贝尔小姐觉得她不得不讨论贝克特的心灵史，她遵循的是莱因（R. D. Laing）或荣格的一些论说，绕过了核心的棘手之处：贝克特骨子里不仅仅是个受难者，他更是一个作家。

当迪尔德丽·贝尔的确在提炼和归纳时，却往往经不起自己的推敲。贝克特曾说："我父亲没有打过我，我母亲也没有离家出走过。"贝尔小姐断言，反过来才是对的。贝克特的母亲或许真的打过他，但传记中给出的证据就说明他的父亲从来没有离家出走；实际上，她几乎立马承认，父亲其实一直都在，而且"傍晚父亲回家

是每天的大事”。贝尔小姐发现贝克特号称自己生于4月13日，是
236 个耶稣受难节，觉得自己逮住贝克特撒了个小谎，还有他不承认波托拉学校杂志上一篇装腔作势的幼稚文章是他写的。这些欺瞒暗示一种毫无必要的虚荣，可既然贝尔小姐已经把自责表现为贝克特长久以来背负的重担，那两者就彼此冲突了，而没有一个认识贝克特的人会指认他经常无来由地撒谎。

这些细节或许看上去无关紧要，但它们暗示，正因为贝尔小姐对贝克特缺乏解读，所以一直在轻微扭曲着这个人物。她对贝克特的体认太过含混，所以传记中时常让人觉得是文雅的八卦集。她不止一次说到贝克特认为自己高人一等，因为他是有英格兰血统的爱尔兰人，而且上的是圣三一大学。这样把现实经历划分层次对于贝克特来说是很难想象的。甚至乔伊斯也被同样对待；贝尔小姐写乔伊斯请到贝克特当助手时，有种“势利的愉悦”，因为贝克特读的是圣三一大学，而其他助手基本上都来自都柏林大学。但乔伊斯明白在他身边的这些追随者中，贝克特是最有才华的一位，根本不需要“势利”才看重贝克特的协助。在审视天才之间的交往时，贝尔女士不妨稍加克制，不要用不加甄别的逸闻来贬低他们的关系。在写到尤金·乔拉斯和玛利亚·乔拉斯夫妇时，尤其考虑到玛利亚曾帮助过她，贝尔女士说他们“想方设法钻进”了乔伊斯的朋友圈，这种无礼似乎没有必要，或许在形容乔伊斯最坚固的两段友情时，可以找到别的说法。她还写道，在贝克特拿到诺贝尔奖之后，“他有股不可动摇的信心……未来没有什么事

是他不能应对的”。贝克特已经受了太多的苦，不宜再承受这样的陈词滥调了。

在描述1937年贝克特前往纳粹德国的时候，这样的扭曲就显得尤为可惜。为了证明贝克特是不关心政治的（贝尔小姐一直坚持这个观点，尽管证据显示贝克特一生都是个反叛者），她说贝克特没有意识到纳粹已经控制了那个国家，仅仅两页之后，她又告诉我们，当贝克特发现有德国研究生正研究纳粹反对的课题时，他万分惊讶。贝尔小姐有时会不忍舍弃一些错误的观点，即使她自己正在罗列驳斥这种观点的证据。

这部传记在讨论贝克特的作品时很容易出错。比如，贝克特给乔伊斯的《工作进行中》[1]写过一篇鞭辟入里的文章，而贝尔小姐像施恩一样称它“显出一些潜力”；她还认为《克拉普最后的录音带》(*Krapp's Last Tape*)结尾的“自我实现之感”也是贝克特自己的感受：

> 或许我最好的时光已经消逝了。那时还有一线快乐的机会。但我不希望回到过去。不想用此时我心中的火焰交换。是的，我不想回到过去。

但克拉普听到这段自己三十九岁时录下的“卷3”，在自己的香蕉皮 237

[1] Work in Progress，即《芬尼根守灵夜》在写作中的暂定书名，乔伊斯也用它在二十世纪二三十年代发表书稿的片断。

间感受到的“火焰”[1]，是不能以这样华兹华斯的方式去理解的。

贝尔小姐的文字时有闪光之处，但她缺乏自己书写对象的那种讲究，对类似“商业主义的粗俗根源”这样的陈词滥调很不敏感，还可以一本正经地说出佩姬·古根海姆“把他掌控在股掌之间”这样的话。有时候又没有必要地太过微妙：“反讽（irony）被急智（wit）削弱了”。书里有不少乏味、轻率的总结：“贝克特认为自己写诗和写评论已经同样驾轻就熟。”因为很多出处都看不到，我们无法确认贝尔小姐的转呈是否精准，但她把拉博尔[2]放在瑞士，让诺拉·乔伊斯1953年依然健在，这样的错误让人担忧。贝克特一定看出了很多讹误，但他缄默地放过了它们，这不是他在评论贝尔小姐的学术，而是他对宇宙规律的感受。

虽然迪尔德丽·贝尔在这本需要解读的书里未做解读，她的确提供了很多细节，有待来日能从它们的纷繁多样中整理出线索来。贝克特有一个恒定的元素，是他信念和忠诚的深度。信念之一是他坚定的对祖国的敌意。他的那种反爱尔兰特质只有爱尔兰人才展现得出来。爱尔兰对贝克特来说，是côte de misère[3]，是“那片我流产失败的土地”。这并不等同于贝克特认为他的国籍对他没有决

---

[1]《克拉普最后的录音带》这部独幕剧中，是一个老人克拉普吃着香蕉，听自己年轻时录下的口述，然后录下感想。“卷”（Spool）是老式录音机磁带所用的量词。

[2] La Baule，位于法国西部。

[3] 法语：穷苦之岸。

定意义。一个法国人问他是不是英国人的时候（这件事不在这本传记里），他的回答是：“Au contraire。[1]”被问到为什么二十世纪爱尔兰作家写得这么好，贝克特给出了一个简单的答案（正如贝尔小姐所引）：“是因为那些神父和英国人。我们被他们干出生命来了。说到底，当你他妈被逼到绝境的时候，也只能歌唱了。”爱尔兰政府也曾查禁贝克特的书，这种恣意的清教徒式的道德拘束让他感慨：禁止所有避孕措施的爱尔兰却立法“让头脑绝育”。

贝克特的忠诚是不可动摇的。即使到了现在，他谈起被纳粹夺去生命的保罗·雷昂[2]和阿尔弗雷德·佩隆[3]，那种痛楚和憎恶显然和当年一样强烈。贝尔小姐说他参加抵抗运动不是为了帮助法国人，而是因为纳粹杀了他的朋友，又说这证明了她的观点：贝克特是不关心政治的。但似乎这些事证实的是相反的观点。贝克特的人生有一个方面贝尔小姐没能处理，那就是不管贝克特如何寂寞，他总是过着某种群体生活。写到贝克特人生的某个阶段，贝尔小姐说：
“除了少数例外，贝克特是没有朋友的。”但贝克特向来有这样的 238
“例外”，可能比大多数人都更多。友情是纾解他忧愁的一道亮光，这样的亮光甚至可能会让人对他的忧愁产生疑惑。

---

[1] 法语：恰恰相反。

[2] Paul Léon（1893—1941），波兰裔社会学家，乔伊斯写作《芬尼根守灵夜》最重要的顾问和助手（雷昂会七门语言）。

[3] Alfred Péron（1904—1945），法国作家，和贝克特一起翻译乔伊斯和贝克特自己的作品，对贝克特参与抵抗纳粹运动和从中逃生起了很大作用。

作为一个艺术家贝克特展现出一种毫不留情的完美主义。他的作品似乎总是很肃穆，有种非如此不可的感觉，而且每次都比之前一部更难以接近。贝克特自己说过："我的写作就是尽量将最本质的声音（并不说笑）完整发出。"说到不为了受大众欢迎而妥协，除了乔伊斯之外，还没有谁能像贝克特这般决绝。完美对于贝克特来说意味着放弃一些小的野心：他的榜样是乔伊斯和杰克·叶芝[1]。他很早就贬斥大多数爱尔兰作家都像古董，他始终认为，要对当下的时代有所洞见，必须认清"客体的瓦解"和"沟通渠道的断裂"。他的角色新陈代谢的活力都比较低，同时贝克特也相信悲剧之中必定有怪诞，这和之前他所提出的对当下的洞见都是相称的。

他想从家庭和国籍之中解脱出来，一开始靠在国外定居，之后开始用别的语言写作。从英语换到法语这一成就让他后来做的所有事情都显得不同。《等待戈多》上演的时候，亨利·米修评论：贝克特是少数几个能用法语写作的在世作家。贝克特的人生体验大多数是在英文里发生的；把它们在法语中重塑，对他也是一种重获新生。这也不能说是完全自发的选择。就像他自己所说，他的书——或者用他自己的说法，"他的苦难"——"也不是他想写的"。

---

[1] Jack Butler Yeats（1871—1957），爱尔兰画家，W.B. 叶芝的弟弟。描绘爱尔兰日常生活和神话传说，早期风格写实，后期自由，二十世纪最重要的爱尔兰画家之一。

迪尔德丽·贝尔引了贝克特一句话："我对成功的故事不感兴趣，我只关心失败。"他自己的成功对他来说是另一种悲伤，允许这本新传记的终极缘由是他想公开他的弱点和缺陷，挑战那份成功。但他的成功是真实的，也是他应得的。贝尔小姐呈现的是一个被绊倒、被阻挠、遭遇不幸的故事，但那只是一个替代本尊的假象，一个"西姆·波切特"[1]，而不是"萨姆·贝克特"。幸好，贝克特活在别处。

1978

[1] Sim Botchit，此处是作者的文字游戏，这个名字发音与贝克特的昵称相近（Sam Beckett），而 Sim 是"假象"（simulacrum）的缩写，Botchit 是 botch it——拙劣地拼凑，笨手笨脚地搞砸。

在叶芝家

239 1945 年夏天，二战的风云变幻把我送去了英格兰，我替美国海军效力，暂时安排在战略情报局。欧洲胜利日[1]之后，中立的爱尔兰政府不再那么严格禁止美国军人造访，当时的气氛似乎也很适合写信给乔治·叶芝，告诉她我三年前开始了一个研究，关于她已经离世的丈夫，询问是否可以登门一见。这位了不起的女性有个名声是从不回复书信，这是她靠长久的努力挣来的，幸运的是我并不知道。叶芝夫人回信说：可以。

在拉斯曼斯（Rathmines）的帕莫斯顿街（Palmerston Road）46 号，第一眼见到叶芝夫人的书房，也就是之前她丈夫的书房，很让人震撼。书架上是叶芝工作时用的藏书，很多都做了详尽的批注；文件柜、文件袋里全是他的手稿，叶芝夫人整理得非常仔细。她可

[1] V-E Day，1945 年 5 月 8 日，德国投降。

以眨眼间找出某一首诗、某个剧本、某篇散文的早期草稿，或是叶芝收到或写给别人的信。听到赞许，她说自己不过是只啄食碎屑的老母鸡。这些碎屑里包括所有叶芝给格雷戈里夫人写的信，一沓沓难以计数，都用丝带按年份绑好。我问到叶芝第一次跟乔伊斯见面的情形，她给我看《美好与邪恶的概念》（*Ideas of Good and Evil*，1903）未发表的序言，里面叶芝描述了那个难得的场面。或许她没有料到我对叶芝加入的神秘学组织“金色黎明”很感兴趣，就打开一个柜子，拿出叶芝的器具、制服和仪式规章。我被这样目不暇给的宝贵材料吓呆了，只能说我很希望战争结束之后能再回来，叶芝夫人说：“我希望你会回来。”这也是为什么我 1946 年到 1947 年待在都柏林，研究这些书和文稿。

我显然不可能每天去敲叶芝夫人的家门，但材料流转这方面的问题也难不倒她。叶芝夫人拿出一只旧旅行箱，塞满了我希望能细看的文档。一开始她对其中一份材料颇为担心，那是叶芝未出版自传的初稿，不许我保留太久。我觉得我得立刻先抄写一份，但发现
叶芝的手写文字非常难以破译。除了通宵之外别无他法，天快亮的 240
时候，我发现在这不眠之夜中我已经对叶芝的节奏有所体会，能分辨他特有的遣词造句方式，所以及时送还了手稿，缓解了叶芝夫人的忧虑。

叶芝夫人的善意不仅仅体现在借我手稿，有时候还延伸到对它们的解读中。比如，我有次向她提出，叶芝《螺旋》里面的那张“老石头脸”可能指月亮，高高在上统辖人世更迭。但叶芝夫人

想起，写这首诗的时候，她的丈夫在读关于特尔斐神谕的资料，发现神谕是通过石壁裂缝发布的，对这个意象很是兴奋。她说她颇有把握，诗里描绘的是神谕，而不是月亮。毫无疑问，她是对的。还有一次，我说叶芝有好几首诗，把月相变化二十八个阶段的结尾跟鲜血迸出联系起来，带着些尴尬问她，这是不是建立在月经的周期上。不管怎么说，弗洛伊德也曾一度慷慨认可过他朋友弗赖斯（Fliess）的一种理论，说宇宙的基本数字也因为上述原因是 23 和 28。但在这一点上，叶芝夫人很肯定："我们结婚的时候，W.B. 对那些事都不怎么了解，实际上，直到《灵视》那部分写定之后很久，他还是不太懂。"这么多年过去，我理解这种流血在叶芝脑海中更像一次性侵犯，而不是我所提出的那种惯例。

那一年我与叶芝夫人熟悉起来，明白了她再如何自谦，其实泰然自若地发挥了重大作用。有一次我告诉她，1918 年她身患流感生命垂危的时候，叶芝的父亲 J.B. 叶芝在信里说，如果她死了，威利[1]会崩溃的。"这封信我还没读过，"她说，"反正不管怎样，这不是实情。"她只承认，有一个比他年轻很多的人能陪他说说话，对叶芝的确有好处。但叶芝自己写过："要我如何忘记 / 你带来的智慧，你给的自在？"叶芝的话很准确。叶芝夫人给了他一个安宁的家，她懂丈夫的诗，她喜欢丈夫这个人。同时，她还能帮忙；比如，叶芝的戏剧《窗上文字》里面有个灵媒，是叶芝夫人建议降神会之后她应

[1] W.B. 叶芝的昵称（威廉的亲切叫法）。

该点一点收到的酬劳——这正是他需要的现实主义碎屑。

她坦诚地跟我谈论“这段婚姻”——或许是我下意识地回应她的客观，所以常不自觉地这样指涉她的家庭生活，让她觉得很有意思。她是 1892 年 10 月 17 日出生的，1911 年第一次见到叶芝时才十八岁。如果说叶芝当时就注意到了她，也不过是看到了“一个女孩 / 栖息在她母亲房子的窗户中”。那时候她已经丢弃了母 241
亲对她的期待，不想过一种舞会和派对连成的上层中产阶级生活，因为她想当一个艺术家。她的艺术生涯没有走多远，但利用母亲给的自由，她研究了一些母亲觉得不够女性化的主题，比如哲学和神秘学，就像以前她会去读乔治 · 穆尔的小说这类“禁书”。对神秘学的兴趣是她和叶芝的共同点；1914 年，叶芝鼓励她加入“金色黎明”，还在她入会的时候担当 Hiereus[1] 和担保人。她很快通过了初期阶段，被纳入了“核心组织”，而叶芝本人才刚进“核心组织”不久。然后，战争爆发，她不得不转移兴趣，先是成为一个医院的厨师（她干得很开心），后来又当了护士（这份工作她就没那么喜欢了）。

叶芝跟她母亲和她们的朋友都很熟悉，但要过了好些年之后，才对她本人更感兴趣。叶芝那段时期参加降神会非常勤快，很多人都知道这跟他心里期待的婚姻有关：他会先问问灵媒死后生活的

[1] 希腊语中的“祭司”，特指“金色黎明”中的六位“仪式官员”（和管理“金色黎明”的常任官员有别），职责是“神秘的阐释者”。

秘密，然后就问此生有多大几率能娶到多年的心上之人茅德·冈。因为茅德·冈已经嫁人，又皈依了天主教，所以1916年之前，讨论能不能娶到她没有实际意义。这时，复活节起义[1]让她成了寡妇，已经很久没有和她共同生活的丈夫约翰·麦克布莱德（John MacBride）是被处决的起义者之一。在叶芝眼里，这位丈夫一直是个“爱喝酒和自我吹嘘的粗汉”，他听说麦克布莱德被处决时拒绝蒙眼，还宣称：“我这辈子端着步枪，从没眨过眼。”叶芝评论：他还不如说自己一辈子都是这么瞪着品脱杯底的。对麦克布莱德的反感让叶芝一开始觉得起义全是错的，他和茅德·冈——根据她的女儿伊索尔特（Iseult）所说——为了这件事不可开交地吵了一架。之后他让自己意识到流血者做出了重要的牺牲，甚至承认了麦克布莱德在其中的作用。他的诗作《1916年复活节》并没有放弃自己反对起义的理由，也没有声称对麦克布莱德改观，但他现在把起义者的“糊涂”归咎于“过度的爱”，这种病症他完全能够同情，而且对于任何一年的复活节都是合适的。

叶芝似乎觉得此时为了尊严也要向茅德·冈求婚，虽然他心里很明白往后会有怎样的困难。诚如伊索尔特·冈·斯图尔特跟我说的：“我母亲不是一个很有洞察力的人，但她还是看得足够清楚她和
242 叶芝不合适，不能嫁给他。”正是那时候，叶芝一度考虑和伊索尔特

[1] Easter Rebellion，爆发于1916年4月24日，4月29日投降，五月初起义领导人被审判处死。

结婚；这个女孩从小他就认识，那种凌厉的美他向来就很倾心。（在《灵视》的人物性格学里，她是第十六阶层的住民，那里是美女聚集的地方。）伊索尔特跟自己的母亲很不一样。那时候她已经对母亲的政治活动感到厌倦了，虽然那些观点她后来还是认同的；多年之后她会在自己格伦达洛[1]的家中庇护一个纳粹间谍。年轻时，她对文学和艺术感兴趣；她会和叶芝一起读夏尔·贝玑（Charles Péguy）这样的法国作家，也对他正在创作中的诗文非常关心。她跟我回忆道，1916年叶芝对她说，他在重读济慈和雪莱，说他之前居然能看出他们有任何可取之处，很是奇怪。叶芝写给她的诗名为《致一位年轻的美人》，里面要她不要再关注上述那些诗人，而要多读兰多和多恩。十五岁的时候，她对日记吐露心事（这也是她告诉我的），说自己爱上了叶芝，让叶芝娶她，但被拒绝了。现在叶芝又想起了这件事，提出可以带她离开她母亲极端主义的政治氛围；虽然他已经成了个老头，但他能让伊索尔特在文雅的人中间度过一生。“但你说不出你爱我，对吗？”她问。叶芝心里犹豫，所以就没有说。伊索尔特·斯图尔特告诉我，她也想过像母亲一样把叶芝留在身边，但叶芝变得很有决断。他们相约在伦敦莱昂街角大厦（Lyons Corner House）见面，讨论这件事。她试图闪烁其词，但叶芝说：“行，还是不行？”这样的问法，她只能答：不行。多年之后，叶芝留恋往

[1] Glendalough，爱尔兰威克洛山中的一个山谷，因为迷人的湖光山色（Glendalough在爱尔兰语中是“两湖之谷”）和基督教修道院而闻名。

昔，跟她说“当年我们结婚就好了”，伊索尔特打断他道：“那又怎样，我们在一起撑不过一年的。”

从那时起，叶芝开始认真考虑乔琪·海德-利斯了。她比茅德·冈和伊索尔特都要聪明，更好相处，有她们没有的幽默感。纵然她没有“让陌生人目光烦乱的美貌”，却有一双明亮、敏锐的眼睛，脸色红润，所以叶芝跟朋友描述，乔琪有种荒蛮的美。她对叶芝的主题感兴趣；她还有一大优点：她爱叶芝。已经有好多年，叶芝一直觉得他应该结婚。1914 年他跟一位女士有染，那位女士说自己好像怀孕了，吓了他一跳，虽然后来证明是那位女士弄错了，格雷戈里夫人给叶芝建议，说结婚对他会是件好事。（多萝西·莎士比亚·庞德[1]告诉叶芝夫人，有一度叶芝和格雷戈里夫人也曾打算结婚，但叶芝夫人一直没有勇气问丈夫是真是假。）在格雷戈里夫人眼
243 里，伊索尔特是最合适的人选：她喜欢这个姑娘的不问世事，觉得伊索尔特因此更好掌控一些。但多萝西·庞德的母亲奥利维亚·莎士比亚也是叶芝的好友，她更喜欢乔琪·海德-利斯，部分原因是她在乔琪身上看到一种野性和不同寻常。叶芝并没有跟海德-利斯小姐隐瞒自己的感情史，形容自己是个经历过许多奇遇的辛巴德[2]，终于找到了自己的港湾。1917 年 8 月，她放弃了自己的护士工作。

---

[1] Dorothy Shakespear（1886—1973），英国艺术家，小说家奥利维亚·莎士比亚（Olivia Shakespear）的女儿，1914 年嫁给了埃兹拉·庞德。

[2] Sindbad，《一千零一夜》中的巴格达富商，曾作七次冒险航行。

当叶芝跟格雷戈里夫人坦白，他和乔琪（很快叶芝就让她改名为“乔治”）决定要结婚，还问能不能带她去库尔[1]拜访。格雷戈里夫人回复：“我觉得你最好还是等结了婚，没有变数之后再来。”

在如此不祥的预兆下，叶芝和海德-利斯小姐在1917年10月17日结为夫妻。但叶芝夫人告诉我，婚礼之后的那几日，她发现丈夫“阴郁”。当时他们住在艾仕荡森林酒店[2]。她了解丈夫的状况，明白他或许觉得娶错了人，觉得伊索尔特或许会回心转意。叶芝夫人想过要抛弃新婚丈夫离开。为了排遣心情，她想到了“无意识书写”（automatic writing）。虽然“金色黎明”反对这种做法，但叶芝对它颇为熟悉。叶芝夫人最初的想法是伪造一两个句子，让她丈夫不再因为伊索尔特和她自己如此焦虑，到时候再承认自己是有意为之的。果然，到了10月21日，婚礼之后第四天，她怂恿一支铅笔写出这样一句话——我只记下大致意思：“你做的对于猫和兔子都对。”她很确信叶芝会怎样解读：那只警觉、怯懦的猫是她自己，那只兔子——一个灵巧的逃逸者——是伊索尔特（《一个傻瓜的两首歌》采用了极为类似的动物意象）。叶芝立马中招，大为释然。他的疑虑消失了，妻子居然能猜出他心事的根源，在叶芝看来，没有超自然力的帮助是绝无可能的。

---

[1] Coole，库尔庄园是格雷戈里家族的产业，始建于十八世纪。

[2] Ashdown Forest Hotel，艾仕荡森林位于苏塞克斯郡，伦敦以南五十公里。

这时发生了一件奇怪的事。就像叶芝夫人日后告诉我的，因为她当时动了感情——对自己非凡丈夫的爱；对自己婚姻的恐惧——所以当时感应格外敏锐，她就觉得自己的手被抓住，无法抗拒地运动起来。铅笔写出的句子不但她没想过要写，甚至从来没想到过，它们似乎来自另外一个世界。看着那些在铅笔的笔迹中成形的意象和想法，叶芝早已跳出最初对婚姻的释然；眼前的神示要有力得多：他的婚姻带他进入了德尔斐。在茅德·冈和她女儿看来，这段
244 婚姻把诗人埋葬了；她们常用的说法是“这段庸常的婚姻”。但现在叶芝的体验不能离“庸常”更远。他的兴奋被写进了一首庆贺新婚的长诗:《哈伦·赖世德的礼物》[1]。这里叶芝延续了自己是辛巴德的阿拉伯想象，给自己分配的角色是宫廷诗人库斯塔·本·卢卡[2]。

春天一到，苏丹王哈伦·赖世德依照惯例又新娶了一个妻子，兴高采烈，于是敦促那位禁欲的老人库斯塔·本·卢卡也结婚。库斯塔毫无这样的心思。他说，虽然苏丹王不这样想，但对他来说，爱不随季节转换，他也对长久的爱不抱期望。苏丹王代表叶芝更世故、更滥情的一面，认为无法长久的爱更好，那是一种带着我们动物本性、稍纵即逝的东西，它是人类对不变灵魂的嘲弄。但他又知

---

[1] The Gift of Harun Al-Rashid。哈伦·赖世德（763/766—809）是阿拔斯王朝的第五代哈里发，在位时期是阿拉伯帝国规模最大和最富裕的时期。

[2] Kusta Ben Luka，即 Qusta ibn Luqa（820—912），叙利亚科学家、翻译家，最重要的贡献是从拜占庭帝国带回希腊文献，翻译成阿拉伯语；“库斯塔·本·卢卡”是叶芝给他改的名字。

道库斯塔的想法正好相反，所以就给这个诗人找了一个女子，她和诗人一样“渴求那些晦涩的古老奥秘”，

> 可她本人却像是青春之泉，
> 满溢着生命……

库斯塔应答道，若果真如此，“那我就找到了生命所能给予的最好的东西”。他娶了这个女子，婚后不久，她会挺直着背脊在床上端坐，讲述那些奥秘，而且不是用她自己的话，用的是一个精灵的声音。

就像叶芝本人一样，库斯塔既欣喜又担心，怕妻子以为自己爱她只是爱那“午夜的声音”——就像“无意识书写”的手稿——和其中揭示的奥秘。他强调：不是的，

> 那个声音
> 从她那特别的爱中，引出
> 一种智慧。记号与形状；
>
> ・　・　・　・　・
>
> 所有，所有那些螺旋和立方和午夜之物
> 不过是她肉身沉醉于青春的
> 苦甜滋味的新的表达。

超自然的力量源于自然，又证实自然的存在。

智识上的刺激，情感上的触动，还给叶芝带来心灵上一种深刻

的安宁。这种安宁要到五年之后的爱尔兰内战才被打破。他喜欢自己丈夫的身份，不久他们就生了一个女儿，之后又有了一个儿子，父亲的身份也让他开心。1919 年他出版了《库尔的野天鹅》（*The Wild Swans at Coole*），里面有好几首诗记录了他的新生活和新的想法，1921 年的《迈克尔·罗巴兹和舞者》（*Michael Robartes and the*
245 *Dancer*）是一卷对妻子的宏大精微的致意。同名诗篇和之后的一篇《所罗门与女巫》（Solomon and the Witch），文雅地歌颂了他们结婚是智慧与爱的结合。接下来的几首诗也以不同方式用了那时“无意识书写”收到的文字。《给女儿的诗》是欢迎安妮·叶芝降生。最后一首，《将被刻在巴利李塔楼的石头上》（To Be Carved on a Stone at Thoor Ballylee）：

> 我，诗人叶芝，
> 旧磨坊的木材和海绿色的板石，
> 再加上高特[1]铁匠铺的帮手，
> 为我妻子乔治重修这座塔楼。

能收获如此美妙的诗句，不枉之前给妻子改名[2]。

叶芝同时还有了机会展示他已经不再受旧日的生活控制。茅德·冈 1918 年把她在都柏林史蒂芬绿地（Stephen's Green）73 号

---

[1] Gort，位于爱尔兰戈尔韦郡，即巴利李塔楼所在地。
[2] 原句乔治（George）与之前一行最后“高特铁匠铺”（Gort forge）押韵。

的家租给了叶芝。她自己被英国政府禁止进入爱尔兰，但乔装打扮成一个乞丐，偷偷回到爱尔兰，在叶芝的家门前要求被接纳。这时候乔治·叶芝得了流感，病情危急；叶芝明白，一旦茅德·冈住下来，家中必定大乱，所以拒绝让她进门。但这毕竟是茅德·冈的房子，即使医生已经警告，她到家中可能会危及病人，茅德·冈还是不肯走。但叶芝变得很是严厉，茅德·冈随后还是退让、离开了。叶芝知道自己该真正忠于谁。

他满怀激情地建造体系，想把“无意识书写”中揭示的碎片融入到一个整体中。“灵视”为这种体系提供了一个很贴切的名字。叶芝之前也努力地融合诗歌与神秘学的传统，但这次他急切地搜寻着更加完备的符号体系。他让妻子谈论她婚前看的书——威廉·詹姆斯、黑格尔的《历史哲学》、克罗齐——他自己也去读那些书，看“无意识写作”是否在无意中体现了这些作品。让他高兴的是两者并无联系：

> 没有父亲的真相，真相不在
> 那些我读过的无以计数的书中，
> 也不由她和我头脑中的想法孕育，
> 自生的、出身高贵的、孤独的真相，
> 那些可怕的无法安抚的直线，
> 从游弋的无性繁殖的梦中抽出……

无意识写出的手稿中会包含一些意外的字词，似乎和如此庄重的语 246

境不符，比如“漏斗”（funnel）和“螺线”（spiral）[叶芝后来改成了螺旋（gyre）]，那个接通的声音还会借用家养宠物的名字（叶芝家养了不少）。叶芝要求妻子每天坚持“无意识书写”两到三个小时，一般放在下午的三点到六点；这对她是巨大的消耗。乔治·叶芝担心这又会变成丈夫的另一种执念，就像在结婚前他心里时时记着的那些“鬼魂”（spooks）。本来周一朋友们会来沃本楼[1]聚会，就因为叶芝的这些“鬼魂”，他们都渐渐不来了。所以，这个并不热衷于此的女巫好几次中断了书写，要叶芝赶紧回去写诗。但叶芝的诗作也开始展露出“无意识写作”的影响。不仅有那些象征意味明确的诗作，比如像《月相》（The Phases of the Moon），而且乔治·叶芝感觉，如果没有“无意识书写”，丈夫应该不会把《复临》构想成理性的灭绝。叶芝的日常举止也受到了影响：既然要照手稿的指示，把世人安排到合适的月相中，就需要听他们说了什么、如何行事，于是叶芝和之前相比，对外部世界变得格外关心。而且出人意料的是，这种关心似乎与他非常和谐。

有一段时间他毫无保留地接受“无意识书写”带来的讯息。妻子在睡梦中可以口头应答，不一定要落诸笔端，于是叶芝也尝试过，但还是手写那套方法用得更多。有些问题似乎两种方式都无力解决。比如，叶芝夫人告诉我，叶芝从来拿不定主意，那个精灵到底能在什么程度上控制自我；有时候他把那个“反自我”（anti-

---

[1] Woburn Buildings，叶芝 1895 年至 1919 年在伦敦的住处。

self）看做一种魂魄，但有时候又不这么想了。

“无意识写作”中揭示的一切终有一天会作为一本书出版，这是叶芝从一开始就想好的。但如何呈现这些材料让他颇为焦虑。叶芝夫人希望他可以直接照原样呈现，不必介绍，但叶芝的头脑太精微、细腻了，是不可能接受这种方式的。说到底，他一辈子的写作，大部分的作品都在用优美的措辞，表述一些本会让读者退避的东西。所以，“无意识写作”开始还没过几个星期，他就开始营造一个关于讯息接送的神话。在这个繁复的故事里，一个英格兰的历史学家杰拉尔德斯·坎布伦西斯（Giraldus Cambrensis）和库斯塔·本·卢卡联手了。[之前故事中的两个人物，迈克尔·罗巴兹和欧文·俄赫恩（Owen Aherne），也被拉了进来。] 他将一本叫做 *Speculum Angelorum et Hominorum*[1]（应该是 Hominum，让很多拉丁文比叶芝出色的人觉得很好笑）的书分配给了杰拉尔德斯，而把 247
“无意识写作”当中的主要符号作为舞蹈分配给了库斯塔。他让自己的朋友埃德蒙·杜拉克（Edmund Dulac）给杰拉尔德斯做了一个

[1] 拉丁文书名：《天使与人的镜子》（叶芝最初发表时，hominorum 的变位是错误的）。叶芝创造的故事线大致如下：罗巴兹告诉俄赫恩，他发现了一种古老的智慧，关于螺旋系统，里面解释了灵魂如何体现在月相中。而这种智慧有两个不相关的源头，一个源头是杰拉尔德斯的书《天使与人的镜子》；另一个源头，是罗巴兹在阿拉伯世界游历时，发现路边的沙地上有图形跟杰拉尔德斯的书里一模一样，于是他找到制作这些图形的部落，了解到他们的信仰系统来自库斯塔·本·卢卡的一本书《灵魂在日月间的路》（*The Way of the Soul between the Sun and the Moon*），而当年库斯塔和他的追随者是用舞蹈来解释其中的图形和理论的。

木刻的肖像，显然是照着叶芝的脸刻的，而且这个作品1918年1月就完成了，所以那个传说故事的主体应该是在叶芝结婚的最初两个月就成形了。

第一版的《灵视》要到1926年初才问世。叶芝很快意识到其中大部分内容都跟原来的“无意识书写”太接近了，需要进一步阐明。他决定再出第二版，这一回要公开他们的“无意识书写”。叶芝夫人彻底反对这种做法，她后来告诉我，这是他们婚姻中第一次也是唯一一次真正吵架。叶芝吵赢了，不过除了实际情形的叙述，还是收入了很多他神话层面的发挥。1937年的第二版容纳了很多反思和犹疑。阿兰·韦德（Allan Wade）曾问他是否真的相信《灵视》，叶芝的回答虽然闪避，却又精确，他说：“啊，我从中提取了很多写诗的意象。”这本书飘移在哲学和虚构、面包和蛋糕之间。

《灵视》既已修订完毕，叶芝又可以展开其他的工作了，不过，有一份题为《七种提议》（Seven Propositions）的文档留了下来，说明在叶芝生命的最后十年，他将自己关于“终极问题”的揣测推得更深更远了。他还读了不少哲学，期待着它们能证实或者扩充他的理论。他有时候会开神秘主义的玩笑，但就像他妻子指出的，一个对神秘主义认真的人，也还是可以开这样的玩笑。至于我自己，不管是“无意识书写”还是对于各种超越物质世界的现象，叶芝夫人都认为我似乎太过多疑。“你完全不相信鬼魂吗？”她问我。“我只信我自己心里的鬼魂。”我回答。“你的问题就出在这里。”她这句话中的严厉出乎我的预料。

关于鬼魂，我到现在依然懂得很少。但我看得出叶芝那种形而上的渴望跟他能成为一个伟大诗人是分不开的。要是把他这种渴望移除，恐怕就不剩几首诗了。有些事情，大家觉得不过是人世间的体验，他会认为是玄虚的：比如记忆会有甜或苦的滋味，或者有时候某个生命会无来由地放射光芒。在《格伦达洛的水流和太阳》（Stream and Sun at Glendalough）中，叶芝描绘类似的体验：

太阳或水流
或眼睑怎样的运动，放射
穿透我身体的光?
是什么让我活出
那种能生于自身、再生如新的生命?

喷涌的感触不止这些，其他的或许源头更难确指，但在它们之中， 248
两个世界似乎汇聚了，提供一种完整的生命，展露万物的本质，对未来有所感知。

从叶芝夫人零星的回忆中，我知道了一些叶芝当年的样子。比如有一天她聊起丈夫的手。相较于叶芝的手背，他的掌心很宽，指尖是方的，很薄，而指甲是圆的。[肖恩·奥沙利文（Sean O’Sullivan）给叶芝画过一幅肖像，收藏在艾比剧院，上面叶芝的指尖是圆的，指甲是尖的，并不准确。] 叶芝夫人还告诉我，结婚之前，叶芝曾被“国内税收局”调查，因为他上报的收入实在太少。直到 1900 年之后好几年，他每年进账依然不过几百英镑。乔治·罗素（George Russell）还被找来当“品格见证人”。最后，税收局的官员向叶芝道歉，说他们没想到整天在报纸上见到的大人物居然只赚这么一点钱。她还提到叶芝后来喜欢蓝衬衫，大家以为他认同爱尔兰的法西斯组织“蓝衫党”，这是误会；蓝衬衫只是跟他的白头发更配而已。叶芝的确见过蓝衫党的领袖艾欧因·欧达菲（Eoin O'Duffy），但叶芝夫人发现“他们谈话只顾说自己的，彼此都不听对方说了些什么”。在跟朋友描述欧达菲的时候，叶芝一直称呼他为“虚张声势的家伙”，这个标签中的轻蔑足以见出贴标签者的淡漠。叶芝 1905 年在给约翰·奎因的信中写过：“每个人都有权利以自己的方式认识世界”；尽管他和欧达菲等人有这样的往来，他始终都是那种权利的鼓吹者。只要那种权利被侵犯，他向来毫不犹豫地谴责当权者，所以叶芝绝不可能接受一种专制的政权。

她还跟我聊了叶芝的幽默感。有时候这种幽默感往往表现在恶作剧中，比如他们第一回去库尔庄园，他就没告诉自己的妻子不要带上他们的猫。格雷戈里夫人的人生是由禁令构成的；二十四岁的时候，她戒了打猎，因为觉得自己对这件事太过热衷了。她下了一条无任何商量余地的禁令，规定动物不能在家中出现。所以叶芝只能等女主人睡觉才把猫带进门，然后趁她早上还没起来再把猫带出去。叶芝夫人问他，为什么之前没有提醒她不要带猫，叶芝说：“我想看看她会怎么说。”他喜欢强迫好友乔治·罗素陪他打槌球，但从头至尾都在捣乱，不让罗素把球打进第一个球门。罗素唯一的应对手段就是早上九点半去拜访，因为这个时间点叶芝也没有办法强行开展娱乐活动。

叶芝还讲过一个故事，就让叶芝夫人没那么开心了；这个故事 249
他是讲给弗兰克·奥康纳听的，那种反讽带着极端保守的气息——叶芝是右派，而叶芝夫人是极左的左派，她似乎很讨厌住在他们隔壁的纳粹同情者。某天叶芝夫人走出门，发现她一只民主母鸡不见了，就估计是被邻居的警犬给啃了。她给邻居写了一封信。回信很快收到：“狗已杀。”叶芝夫人还在为这条消息惊惶失措，那只民主母鸡又出现了。她想再写一封信给邻居，但叶芝说：“不管你做什么，那只纳粹狗也活不过来了。”还有一件事没这么激烈，叶芝在给妻子写信的时候一直称她为“我亲爱的多布斯（Dobbs）”，因为有个叫多布斯的男人身材是圆滚滚的，而叶芝夫人也有点圆。但交谈时叶芝没有用过这个称谓。

叶芝夫人觉得她丈夫很有“人味”[1]。她跟我确认，叶芝在《库尔庄园，1929》（Coole Park，1929）中对自己的描述是写实的——“那里有人恼怒，姿态阳刚，虽然满心怯懦”；叶芝夫人说他是真的害羞。有一次弗兰克·奥康纳到了一个聚会中，周围都是不熟悉的人，叶芝夫人去搭救他，说他当时抓头发的动作跟叶芝在类似情形中一模一样，就知道他害羞了。叶芝夫人还告诉我，为了渡过此类

[1] 原文“human”，指有常人的脆弱，让人觉得亲近。

难关，叶芝养成了一个习惯，会絮絮叨叨个不停。他还跟自己的妻子抱怨，说他不得不如此，因为他们看他的眼神，就像他是动物园里的动物。叶芝告诉妻子，格雷戈里夫人很敏感，但却完全不知道他也是个敏感的人。

孩子出生的时候，叶芝或许真的岁数太大，和他们亲近不起来，但他们还很小的时候，据说叶芝也会跟他们玩闹。他更疼爱安妮，胜过迈克尔；有一回他出去办事，坚持只带安妮，其他人谁也不带，迈克尔看着父亲上楼梯避开他们，一边哭一边问母亲："这个男人是谁？"但在叶芝后来的一些书信中，看得出他对两个儿女都感到骄傲和疼惜；其中一封写到"又高又优雅的"迈克尔刚刚赢了一个数学奖回来，另一封写安妮如何朝他显摆一条新裙子。1937年，捷克斯洛伐克要被瓜分的时候，叶芝把局势讲给迈克尔听，当时儿子十六岁。讲完了之后，这个男孩突然说道："你讲的可不大对。"然后把正确的讲了一遍，叶芝惊得哑口无言。

因为叶芝的诗歌和人生弥漫着茅德·冈，我好几次去拜访了这团遥远火焰的壮丽遗迹。大家一直都称呼她为麦克布莱德夫人（Madame MacBride），我因为无知，称呼她为"Mrs. 麦克布莱德"[1]，直到她的朋友埃塞尔·曼宁（Ethel Mannin）严厉地训斥了我。当
250 时她八十二岁，六英尺高，外表和体型看上去都很高贵威严。她把

[1] 此处，Madame 是对女性的尊称，而 Mrs. 则仅指涉她的婚姻关系。

我视作一个前来拜见她的年轻男子，而我自己感觉也仿佛是宫廷觐见。我现在可以看得更清楚，她的确有很多神秘之处。在爱尔兰人挣脱英国统治的历史中，她的地位很独特。她出生在英格兰，家庭也是英格兰的血统，而她把自己归为爱尔兰人虽然说法可信，但却依旧让人困惑。她对自己这个后来归属的国家用情至深，从很多角度看值得钦佩，但她天性中又有一种狂热让这种钦佩变得复杂；因为这种狂热，让她在德雷福斯事件中变得仇视犹太人，让她在希特勒的时代同情纳粹。希特勒对英国的进攻正是她一直以来所渴望的。要让自己一生的奋斗神圣不容置疑，她应该像罗兰夫人[1]一样牺牲自己，但她活了下来，一身的黑衣不是悼念被处决的丈夫——他们结婚两年之后就分开了——而是为了同样分隔的爱尔兰。长寿往往会带来某种伟大高贵之感。叶芝给她的那种不朽其实与她自己的功业并不相配。曾经年轻人来见她是为了她的美貌，慢慢的，他们像我一样是因为欣赏叶芝给她的形象而来；于是，她也死了，很不情愿地死在叶芝的诗歌中，而那些诗她从来都不怎么喜欢。约翰·斯帕罗告诉我，他收藏了一本叶芝的书，上面有诗人的字，是题赠给茅德·冈的，但里面只有写给她的诗，书页才被切开。

茅德·冈说，叶芝写给她的信，在爱尔兰的“动荡”（troubles）

---

[1] Madame Roland（1754—1793），她和丈夫都是法国大革命中吉伦特派（较温和）的领导人，对大革命的动向和思想有很大影响。

中都被毁掉了，但至少后期有一些存在都柏林的银行仓库里毫发无伤。她和叶芝之间的关系，诗人所呈现的版本她并不同意。叶芝觉得茅德·冈从来没有斩钉截铁地劝止他，而茅德·冈认为自己从来没有给过叶芝心存希望的理由。或许她忘了跟叶芝缔结过“心灵婚姻”，那是叶芝在自传的书稿里写到的。在诗歌中，叶芝说：

> 另一些人，因为你没有践行
> 那个深深的誓言，成了我的朋友。

当叶芝收到茅德·冈的信，得知她嫁给了约翰·麦克布莱德，叶芝觉得她背叛了当初的誓言。不过他还是克服了最初的震惊和心痛。叶芝是如此出色的一个诗人，又是如此大度的一个男人，不会不明白美是拥有特权的，特权中包括残忍。他的很多诗歌虽然写自己受的伤写得明白，但也是一次次繁复而细腻的原谅。

我一直以为叶芝的感情从来没得到回应，而茅德·冈的文字也巩固着这样的印象。但我在都柏林读到了一本叶芝 1908 年的私密日记，里面有一条是那一年年末写的，他和茅德·冈一起住在诺曼
251 乡间科勒维尔（Colleville），那里有茅德·冈的一个住处。里面隐晦地提到了茅德·冈觉得他们无法继续。我问叶芝夫人这是什么意思，她说：“我本来是不会主动提供这个信息的，但既然你自己已经找了出来，我可以跟你确认，W.B. 跟茅德·冈那时候是恋人。”叶芝晚年还爱过一个女子，叫伊迪斯·沙克尔顿·海尔德（Edith Shackleton Heald），叶芝夫人确认我的发现之后，海尔德也告诉我叶

芝曾向她吐露过同样的情况。我意识到《一个年轻和年迈的男人》里那句话是什么意思。在“他的记忆”那段里，最后几句是这样：

我的双臂像弯折的荆棘，
可美人枕在上面；

部落最美的人枕在上面
而且是如此愉悦——
她曾让了不起的赫克托耳[1]臣服
把整个特洛伊全部变成废墟——
她在这只耳朵中喊道，
“尖叫的话就抽打我。”

至少对于叶芝来说，春的激情到了秋天盛开，它的重大和它的短暂不成正比。他觉得早先那些毫无实质的追求被证明都是对的。

后来我试着从茅德·冈的角度看她与叶芝的关系，似乎更理解了一些。1889 年她第一次震撼造访叶芝的家，但叶芝不知道的是，那时候她已经深深地爱上了一个法国人。一年之后，也就是 1890 年 1 月，她生了一个叫乔姬特（Georgette）的孩子，但其实是个男孩。孩子的父亲是一个已婚的报纸编辑，名为鲁西昂·米勒沃耶（Lucien Millevoye），他政治上的极端让茅德·冈觉得很是亲近。米

[1] Hector，希腊神话中特洛伊王普里阿摩斯的长子，特洛伊战争中的英雄，后被阿喀琉斯杀死。

勒沃耶非常热忱地支持布朗热将军[1]的政治野心，而茅德·冈为了支持他们，满欧洲地传递秘密消息。1889 年，布朗热的烤炉凉了[2]，逃出法国。茅德·冈转向爱尔兰的独立运动。叶芝很快为她神魂颠倒，让她加入自己的很多活动中，还找了些新的事情，他们可以一同参与。叶芝完全不知道米勒沃耶的存在，觉得茅德·冈既然应允了心灵婚姻，终有一天它会不只存在于心灵之间。

我认为应该是在 1893 年的年末，乔姬特夭折了，让茅德·冈非常难过。她问过叶芝和叶芝的朋友乔治·罗素，孩童死去之后，灵魂会怎样，罗素宣称那个孩子的灵魂很多时候会重生于同一个
252 家庭中。叶芝注意到了她情绪的波动，在自传里写他很想告诉茅德·冈，虽然罗素说那很有可能，不过是臆测。但罗素的话却让她和米勒沃耶下到他们死去孩子的墓穴里，寄希望于把亡童的灵魂重新孕育在新的肉身中。一个女儿倒真的被召唤来了；就是伊索尔特。其中纵然如此戏剧化，却还是悲情的意味更浓烈些。就像叶芝所懂得并描述的，茅德·冈的经历从很多角度看，都让人感觉只是某种天真在闯祸。在《铜制头像》里，诗人想到茅德·冈就喃喃道："我的孩子，我的孩子！"而说到茅德·冈的那位情人米勒沃耶，则对她很糟，但茅德·冈一直没跟他分手，直到 1896 年他带

---

[1] General Boulanger，即 Georges Ernest Boulanger（1837—1891），法国将军、陆军部长，政治冒险家，策划推翻共和，建立军事独裁，被定为叛国罪，逃亡比利时后死亡。

[2] Boulanger 在法语中本意为"面包师傅"。

着新的一任情人来看伊索尔特，才算结束。

伊索尔特出生于1894年8月6日，接下来一年多的时间，茅德·冈一直待在法国，心思都在照看女儿上。就在那段时间里，叶芝遇到了莱昂奈尔·约翰逊[1]的表姐奥利维亚·莎士比亚。莎士比亚夫人是一位律师的妻子，但婚姻不幸福。她当时已经有了女儿多萝西，这个女儿后来会嫁给埃兹拉·庞德。叶芝在自传里一直把这位有魅力的女子称作戴安娜·维农，这是《罗伯·罗伊》[2]中的一个人物。叶芝跟莎士比亚夫人的婚外情颇为简单直接，而叶芝后来也一直对这段关系心存感激。她让叶芝卸下了某种负担，这种负担在一首题为《朋友》的诗中被叶芝形容为"年轻人的虚幻负载"。可惜，没过几个月茅德·冈就写信来说，她梦见了叶芝；叶芝随后的心神不宁莎士比亚夫人看得很清楚，于是结束了这段恋情。之后他们还会重续前缘，但没那么投入了，而且一辈子是非常好的朋友。

一直要到茅德·冈1903年结婚，叶芝才在性爱中真正获得自由。之后他跟好几位女士维持亲密的关系，包括演员弗洛伦斯·法尔（Florence Farr），和一个按摩师梅宝·迪金森（Mabel Dickinson），那次有惊无险的意外怀孕就发生在迪金森女士身上。他还因为对某位女士有明显的非分之想，跟自己的朋友约翰·奎因

---

[1] Lionel Johnson（1867—1902），英国诗人、散文家。

[2] *Rob Roy*，沃尔特·斯科特1817年的一部历史小说。罗伯·罗伊是苏格兰民间故事中的一个人物，被小说男主角遇到；男主角还会爱上戴安娜·维农（Diana Vernon），大致是一个美丽、聪明、敢为敢言的女子。

闹翻了。奎因是纽约的一个律师、收藏家，他的情人多萝西·科茨（Dorothy Coates）有一段时间在巴黎，奎因谴责叶芝对她示爱。叶芝的否认方式很有爱德华时期的派头："如果她是你的妻子，或许我会如此，可既然是你的情人——绝无可能！"奎因那时并未结婚，也并不觉得这种话有趣，有好几年没有理睬叶芝。

叶芝晚年对自己年轻时抑制情欲深为惋惜，尤其是 1927 年至 1928 年，他长期的各种疾患最终成了"马耳他热"。他在诗集《旋梯》（*The Winding Stair*）里写了一些怀想自己性爱经历的诗。到了 1934 年，他觉得自己能力大减，便接受了"斯泰纳赫手术"[1]，身体上的收效远没有想象力上的变化惊人。接下来好几年，那些把他最
253 终送入坟墓的疾病还未显现，叶芝在性和诗歌上都"叹为观止"地激情重燃，而这两方面他一直觉得是相辅相成的。直到生命末尾，叶芝还有几段情爱关系。叶芝夫人始终意识到自己嫁给了一个诗人，知道这对丈夫很重要，还是容忍多过抗议。有一次她对叶芝说："你死之后，大家会写你的恋情，但我什么都不会说，因为我会记起你曾经那么骄傲。"

除了茅德·冈，她有时还会跟我聊起叶芝带入婚姻的另一个负担。那就是他跟父亲一辈子的紧张关系。叶芝认为父亲对他的影响

---

[1] Steinach operation，实际上就是输精管结扎手术，由奥地利医学家尤金·斯泰纳赫（Eugen Steinach）发明，认为可以刺激其他细胞恢复活力。

是不可估量的。一开始是 J.B. 叶芝发现童年的威廉不会阅读，就开始自己教他，教学中时常伴随着暴力胁迫。另外几个孩子莉莉、萝莉和杰克都自由自在，不过，每次有年轻男子来访，J.B. 叶芝都坚持自己接待，女儿们根本没有嫁人的机会。但威利是他格外关照的孩子。他对自己的这个儿子了若指掌，那身自我保护的盔甲可以被父亲的一个字词轻松击穿。这种压力往往带着不少拳脚欺侮，或许要到叶芝真正长成一个青年才停止。杰克·叶芝跟哥哥住在同一个房间，有一天见证了父亲的蛮横，杰克对着哥哥喊道："你记住，在他给你道歉之前，一句话都不要再跟他说。"J.B. 叶芝会呵斥儿子一直到深夜，缘由可能是高中的成绩，是没进三一大学，或是在神秘活动中浪费了自己的才华，甚至可能只是 1903 年叶芝决定把自己的作品换到费雪·昂文（Fisher Unwin）出版。他们之间的争执一直到 1908 年 J.B. 叶芝去了美国才停歇；他是 1922 年去世的，之前一直就留在了美国。乔治·叶芝 1920 年在纽约见到了他，两人相处融洽，父亲很喜欢儿子受婚姻触发写的那些诗。这符合他的理论：艺术要扎根在真实经历之中。

J.B. 叶芝始终坚持，他儿子固执是因为带着"伯里克斯芬基因"[1]——也就是母亲的遗传，就好像叶芝家从来没听说过有固执的人。但没有人比 J.B. 叶芝更固执的了，不管是他多么执着地要成为一个艺术家，或者他坚定地想要驱散儿子威廉那种根深蒂固的神秘

---

[1] 叶芝母亲未嫁时名为苏珊·伯里克斯芬（Susan Pollexfen）。

化倾向。J.B. 叶芝晚年对儿子的成就更能感到一种松弛的喜悦，会说："老普里阿摩斯自己不算人物，但他儿子叫赫克托耳。"他为儿子做的，就是把九十年代那些过早被否定的理念拿出来，让威廉可以用到二十世纪去。理念之一：和真理的所有其他形式相比，诗歌
254 和艺术是最高的一种；J.B. 叶芝提升了这个理念，指明这种形式和生活是不可分割的。理念之二：一个人不能像佩特那样，为体验而体验，也不能让体验听命于道德或宗教规则；他应该搜寻那种 J.B. 叶芝所谓的"生命的完整"，一个人的所有品质都会在其中和谐共鸣。

儿子的确听从了父亲的这些理念，但加了很多自己的复杂性。有一点让 J.B. 叶芝无比忧虑，他怕儿子将神秘理论置于一切之上。但他无需担心，威廉在《灵视》中发展出的体系中内置了一种"反体系"。从表面看它自然是决定论的，但也蕴藏了很多自由意志的元素。它支持生命即一切，但也意识到圣人的自我覆灭也有它的意义。这种体系在一道分界上颤动，一侧是对个性和历史的陈述，它遵循着某些教条，另一侧是一个神话，它在人类认知中的地位是模糊的。就像叶芝夫人跟我说的，有时候叶芝信它，有时又不信。《灵视》中所描绘的"第十七月相"里，有像叶芝那样的人，他们自己的体系永远限制不住他们的成长，就像果荚迸开，喷出种子。

叶芝生命的最后几年是一段哀伤的故事，他始终渴望重获新生，但身体的疾患也始终在阻挠。离去世还剩三年的时候，他告诉妻子，活着比死去更难。更接近生命终点时，他说："我一定要

葬在意大利，否则在都柏林的话，会有送葬队伍，走在最前面的
会是伦诺克斯·罗宾逊[1]。”叶芝夫人告诉我，他的工作计划要完
成，最起码还需要一百年。叶芝一直认为这世上有两种力量，一种
把现实看做是暂时的、权宜的、如潮汐般的，而另一种把它看做如
蜂巢或鸟巢，非常坚韧、持久；我猜测他后来开始模糊这两种力
量的边界。《摇摆》中并吞八荒的征服者们说“让一切消逝”，而
在《灵视》中，诗人带着认同引用了一句伊索尔特·斯图尔特的即
兴歌词：“啊，上帝，让一些东西留下吧。”这也和他在《哈伦·赖
世德的礼物》中所描绘的两种爱相关，一种嘲笑另一种追求的永
恒。1938 年 5 月，他写了一首四行诗给伊迪斯·沙克尔顿·海尔
德，其中给出了“对于一切的解答”——“从茫茫到茫茫，空无流
淌”。类似的词句回响在他最后的两部剧作中。《炼狱》里的老头最
后说道：“两次杀人，全归空无。”而《猎人赫恩的蛋》最后一段话
中有这样一句：“如此麻烦，却不见成果……”而在另一个晚期作
品——一首名为《螺旋》的诗中，叶芝认定，从“任何丰富而黑暗
的空无中”，完整的赏景亭将会被重新建起。在他的想象中，空无 255
可以是空虚的，但也可以内蕴饱满。我想，有一种冲突越发直白地
暴露在他眼前，那是两种冲动之间的交锋，一种是抛弃精微区分、
细腻激情和事物万千变化的冲动，另一种是不惜一切代价保留它们

[1] Lennox Robinson（1886—1958），爱尔兰剧作家、导演，年轻时深受艾比剧院影响，后接受叶芝雇用，与艾比剧院合作密切。

的冲动。他最后的剧作是《库丘林之死》(*The Death of Cuchulain*),其中收场的唱词里问道:

> 那些人们深爱和痛恨的东西
>
> 是他们仅有的现实吗?

叶芝已经开始在《灵视》的体系之外,发展新的理论,想表现物质世界的参差多态其实反映了灵魂和灵魂间变化的关系。或许这正是他还来不及完成的探索。生命最后的其中一封书信里,叶芝有一句话,既是朝怀疑论鞠躬、屈服,但也是他对怀疑心态的最后反抗,他说:“人可以是一条他无法知晓的真理的化身。”

叶芝夫人的观点与丈夫有足够大的出入,让他不至于太过自得。但大部分时间,她都努力让他能在生命末尾写出自己要写的诗。她了解丈夫躁动的心神,知道他可以风趣、善解人意,也可以荒唐、不好相处。她也明白,叶芝有时会言过其实,会犹豫反复;叶芝没有她的帮助,会多做不少蠢事。叶芝能塑造起自己重要诗歌作品中的意象和思想体系,没有妻子也是不可能的。丈夫有一个特质始终让妻子感到不可思议;那就是他那种非凡的预感,能知道以后在大家眼中,事物会呈现出什么样子。很可能叶芝早就知道后人阅读他的故事,妻子会占据无比重要的位置。如果说她身上盖着叶芝的印记,叶芝身上一样也有妻子的印记。

我那本叶芝的书写了出来,叶芝夫人并未表达什么异议,又过了几年,我写了一本叶芝的朋友詹姆斯·乔伊斯的传记。我问叶芝夫人是否可以把这本书题献给她，她也默许了。我又问，应该写：“致 W.B. 叶芝夫人”“致乔治·叶芝夫人”还是“致乔治·叶芝”？“这个由你决定。”她这样答复。我最后决定“致乔治·叶芝”，用来点明在这篇文章里我希望已经呈现的主旨，那就是她的独立、她的敏锐、她的幽默。对于叶芝来说，婚姻对他是美妙的，但也充斥着各种问题；而叶芝夫人在这段婚姻中始终不失镇定，慷慨付出，让人感到一种高贵。

1979

弗洛伊德与文学传记

256 虽然今日的作家们对弗洛伊德有诸多微词，我还是以为我们所有人都在他长长的阴影之中。不久前在美国，我在报纸上读到一起可怕的罪案：年轻人在母亲的怂恿之下杀了他的父亲。报纸很热心，解释道，这个年轻人展现了极其显著的俄狄浦斯情结。我们可以只把这看成新闻写作的冗笔，而且可能只有在美国的报纸上才会见到，但也不妨提醒我们自己，当代人只要开口，很难不展露弗洛伊德对语言的影响。有些话题我们随口就会聊起，像是婴孩的性意识、兄弟姐妹间的敌意、对母亲的依赖、施虐和受虐的冲动。有时候想不起来一件事，我们会怀疑是我们自己有意要忘记它。弗洛伊德有些词汇太过专业，我们大概是会避开的，像“自我”“超我”“本我”“肛欲期”“口欲期”“性器期”，还有“唯乐原则”和“现实原则”等等，但有些词几乎是我们离不开的，比如“攻击性”“焦虑”“情结”“强迫性”“意识”“防御机制”“自恋”“死亡冲动”“动欲区”（“性感带”）“固着”（“固恋”）“罪疚感”“升华”“愿望满足”。这些词恐怕没有几个是弗洛伊德发明的，但他把它们联系了起来，给了它们特别的色彩和形态。除了这些术语，弗洛伊德还让我们坚信一件事：我们头脑中上演着另一个人生，而这个私密的人生并不完全受我们掌控。

弗洛伊德出现之后，社会中受冲击最大的恐怕就是文人。十九世纪，文学越来越习惯于把自己看做一个独立的领域，似乎还高出别的领域一等。像“艺术”这样的词散发着异乎寻常的高贵气度。精神分析对这些姿态是巨大的冲击，表现在好几个方面：一，精神分析想要论证，不管是不是艺术家，我们都在不断制造幻象，可能是真的做梦，也可能是白日梦，但那些梦里的意象都或多或少是有明确指向的。如果真是这样，那艺术家就并不高人一等了，他跟大家都很像，最多他是伦勃朗，而我们其他人都是摩西奶奶[1]。二，精神分析是一门尚在襁褓期的学术，而文学源远流长，但精神分析不但把“俄狄浦斯”“那喀索斯[2]”这样的词从文学作品中接管过 257
来，在某种程度上甚至可说是“提前抢占”，于是，它们在文学中的运用似乎只是为了演示更深广的原理。实际上，现在见到“俄狄

[1] Grandma Moses，即安娜·玛丽·罗宾逊（Anna Mary Robertson，1860—1961），美国民俗画画家，1927 年丈夫去世后开始刺绣，后因关节炎放弃刺绣，转向绘画。1938 年以七十八岁的高龄在一家杂货店举办了第一次画展，后来创作了一千多幅表现农村生活的画作，享誉国际。

[2] Narcissus，希腊神话中的英俊青年，爱上自己在泉水中的倒影，憔悴而死。自恋（narcissism）是精神分析学派的重要概念。

浦斯”，我们想到的是弗洛伊德，而非索福克勒斯，原因就在于精神分析试图仰仗更古远的文明：先有俄狄浦斯，索福克勒斯才能写他，头脑先要表露本能，艺术家才会捕获它们，用来创作。三，在精神分析家的畅想中，文学成了一些必须要靠他们去证实的东西；文学是不自知的，虽然那么会说话，但文学无法自辩。文学只能提供实践，而弗洛伊德给出它们背后的理论。四，文学既然在理论上对自己如何产生缺乏理解，它们用的词也就很粗率了，比如，文学里谈到“爱”，其实有些时候说的是“里比多”；作家们聊起拜伦所谓的“那种绅士常有的恶习——贪欲”，其实更准确的名称是“肛欲”[1]。所以，文学那些所谓的揭示都不准确。最后，十九世纪，我们读文学（尤其是读小说）是为了接收关于人心的新闻；现在我们转投精神分析，想要知道新闻背后的新闻。

弗洛伊德自己既敬重文学，又看轻文学。他对人类精神的很多洞察早有文学作品提出过，这一点弗洛伊德不仅认可，甚至会反复强调。比如，在讨论詹森的《格拉迪沃》（*Gradiva*，1907）时，他赞扬詹森的正是这一点。詹森那时尚在人世，弗洛伊德对他小说的解读，作家本人是嗤之以鼻的。但弗洛伊德整体评价艺术时，很少有这么多的褒奖之辞（虽然也有例外）。作家会升华自己的欲望，或者照弗洛伊德的说法，“作家的白日梦为自己而做，

[1] Anal eroticism，弗洛伊德认为积累财富的欲望与婴孩时期对进食和排泄形成意识的过程有关。（后文有相关讨论。）

但为了柔化其中的自恋意味，他会修改和伪装这些梦幻”。写作成了一种愉悦的掩盖，它并不坦率，反而有些偷偷摸摸，纵然表达了现实，但也至少在相同程度上压制了现实。写作不能让人摆脱本能的恐惧与紧张，而是将它们隐藏起来。那些作家珍视的品质：对美的感知，灵感和兴奋，对已有形式的改进，这些东西在精神分析看来并没有多少价值；它们被消去了神秘，或者说，可以用更基本的冲动和欲望来解释它们。作家幻想自己是雄鹰，结果只是牡蛎。

文学界觉得受到了挑战，对这种新的心理学略有些手足无措，这种不安在一种体裁中尤为明显，因为精神分析对这种体裁的侵袭也尤为激烈，那就是传记。传统的传记依赖两种讯息来源，一是像书信这样的材料，二是口头或书面的回忆。如果这些都缺乏，传记家就经常根据作品来做推断、揣测。他们觉得莎士比亚年轻时有点像哈姆雷特，老了有点像普洛斯彼洛，而且很多书就是凭着类似推断写出来的。弗洛伊德本人就不介意材料和口头回忆的稀缺。莱昂 258
纳多·达·芬奇有一段回忆，说自己还在摇篮中的时候，飞来一只鸢鸟，尾巴的羽毛打在他的嘴上。弗洛伊德坚持认为这不是记忆，而是一个梦，把鸢鸟硬译成秃鹫，又从这些揣测出发，描绘了一整套心理状态，不仅涵盖了达·芬奇的童年，也可以解释他成熟期的画作。用类似的方式，弗洛伊德认为陀思妥耶夫斯基有弑父的罪孽感，让他很快成了癫痫症的患者，只不过小说家的癫痫发作似乎在他父亲去世之后很多年。处理歌德的一段童年记忆时，弗洛伊德同样大胆。那是歌德想起自己曾把陶器往窗外扔，弗洛伊德称这和他一个弟弟的出生有关，而且推断得有理有据，虽然我们并不清楚扔陶器是不是真的跟他兄弟的出生时间重合。据我所知，最近为达·芬奇、陀思妥耶夫斯基、歌德作传的传记家，都没有遵照弗洛伊德的理论。但弗洛伊德或许只是在探讨一些可能性。他对自己关于摩西的学说更坚定一些，但即使在这个话题上他也还是留有疑虑；1934 年 12 月 16 日给阿诺德·茨威格（Arnold Zweig）的信中，他担心“要在松动的黏土基座上建如此恢宏的一座雕像，任何一个蠢货都能将它推倒”。弗洛伊德更在意的或许是这些形式中共同揭示的心理规律，而不是每一则个案的准确性。

让-保罗·萨特给福楼拜写了一部三卷本的巨著，但源头也一样微末。根据福楼拜的侄女卡罗丽娜·科曼维尔夫人（Mme Caroline Commanville）晚年回忆，福楼拜曾经私下透露，他直到九岁还不会认字。只可惜我们有福楼拜刚满九岁时候写的一封信，不但信写得不错，里面还提到他已经创作了几部剧作。萨特本来也可以这样解释：科曼维尔夫人当时岁数不小了，可能记错了人。但他舍不得这段回忆，于是断定老太太只是口误，号称记得福楼拜说了“九岁”，实际上他说的一定是“七岁”。然后他又假设，当福楼拜七岁还认不清字母的时候，有人一定对他说过：“你是这个家里的笨蛋。”［熟悉萨特文字的人想到了他给热内（Jean Genet）所作的传记，里面也想象了有人对孩童时的热内说过：“你是个小偷。”］于是，萨特的福楼拜传，书名就是《家族笨蛋》（*L'Idiot de*

la famille，1971—1972）。我们自然可以反驳：即便假设福楼拜曾经真的学不会认字，他幼时在另外很多方面都很早熟，但我也很难想象萨特会让步。说到底，他无论如何都要证明：福楼拜在他家人的眼里是个笨小孩，我想我们也可以说，在萨特的眼里也是如此。 259
不管科曼维尔夫人的证言如何可疑，就算萨特没有那段回忆，他也很乐意断言，从我们在成年福楼拜身上看到的结果，可以倒推出他幼年种下的原因。只要给我们一条狗尾巴，我们就能从它的特点分析出狗鼻子是什么样的。

精神分析对作家的审视是极为细致、严苛的，就好像是某种权威，在一切都结束之后来揭示作家生前的脱轨或隐秘，剥夺他们超凡脱俗的地位，自然让作家们不安起来。不过他们对弗洛伊德的反应并不一样。托马斯·曼满是溢美之词。奥登的《演说者》（*The Orators*）有一首“开场白”，开头是“风景曾让他想起母亲的曲线”，让读者一下意识到，我们是在弗洛伊德的时代里。T.S. 艾略特对弗洛伊德的回应有好有坏，《干燥的塞尔维吉斯》中，他写道：“探索子宫、墓穴或梦境，都是寻常的 / 消遣和药，是报纸关注的事”，不过在《鸡尾酒会》里，他又设置了一位好心的、神秘的精神分析师。乔伊斯在《芬尼根守灵夜》里有这样一句：“when we were jung and esaily freudened.[1]”这只是玩笑话，但乔伊斯或许又

[1] 字面上，可直译作：“当我们还是荣格，很容易弗洛伊德化。”从读音上，又很容易理解成：“when we were young and easily frightened.”即：当我们还年轻，很容易害怕（受心理创伤）。

是第一位有意运用“弗洛伊德式口误”的作家。利奥波德·布鲁姆本想说“妻子的顾问”（the wife’s advisers），嘴里说出的是“妻子的仰慕者”（the wife’s admirers），因为他潜意识中想到的是自己妻子的仰慕者；提到那位仰慕者时，他又有口误，本想说“business manager”，却说成了“business menagerer”[1]。弗洛伊德和琼斯[2]用俄狄浦斯心理困境解释《哈姆雷特》的学说，并没有让乔伊斯信服，但很让他着迷，在《尤利西斯》中，他也对这部莎剧提供了一番心理解读，但关注的是老国王的感受，而不是那位在世的王子；几乎就创造了一部没有哈姆雷特的《哈姆雷特》。有人提议乔伊斯去让荣格分析一番，被乔伊斯拒绝了，但他允许荣格尝试治疗他抑郁的女儿。再往后的作家，比如海明威，若你说他的创作源自某种心灵创伤，他会愤然抗拒，说自己的写作是最高明的艺术巧思。当然也有作家接受了精神分析，比如希尔达·杜利特尔（H. D.）和多丽丝·莱辛，但不少作家会认为他们的才华是自身弱点和强项的神秘配合，拆散了细看是没有好处的。埃里希·弗洛姆（Erich Fromm）

---

[1] “business manager”可译作“业务经理”，“menagerer”是个生造的杂糅词，包括“manager”、“ménage”（跟家务有关）、“menagerie”（杂七杂八的或许跟性爱有关的事）。此处也因为博伊朗（Boylan）替妻子重新布置了家具（ménager），布鲁姆之前不小心撞到了头。

[2] Ernest Jones（1879—1958）是弗洛伊德的好友和同事，为弗洛伊德作过传记。受弗洛伊德的想法启发，他1949年出版了《哈姆雷特和俄狄浦斯》（*Hamlet and Oedipus*），其中很重要的一个观点就是哈姆雷特的犹豫就在于叔父承载了他自己的愿望：弑父和恋母。

就劝康拉德·艾肯不要冒这个险。

当然，对于作家来说，把自己的人生交给传记作者摆布，向
来是不让人放心的。在作家们看来，让人重新建构自己的过往，
却又无法回复，可预见的好处没有多少，却很可能损失惨重。奥
斯卡·王尔德说过，传记“给死亡增添了一份新的恐怖，不免让
人觉得艺术就该全都匿名才好”。托马斯·卡莱尔宣称“文人的传
记大致上是人类史最可悲的篇章，只略胜于《纽盖特纪事》[1]”。传 260
统传记最生动的部分往往是传记家对传主表达倾慕的渴望，或者
至少在必要的时候替传主辩解，但未免有些细节与这种企图冲突
或者不相干，传记家也很难将它隐藏起来。那些留下创造性文字
的作家也和其他人一样，生命中不可能只是超越自我或者战胜境
遇的辉煌时刻，一定也有小小的不堪和重重的耻恨。对于这一点，
弗洛伊德再清楚不过。1936 年阿诺德·茨威格提出要给弗洛伊德
写传记，弗洛伊德 1936 年 5 月 31 日回复，他太喜欢茨威格了，
所以不能接受这个请求。“要写出一部传记，”他说，“你只能把自
己缠绕在谎言、隐瞒、虚伪、修饰中，甚至要藏起某些不解，因
为传记是没有真相的，要是真能写出真相，我们也不能用它。”他
继续说道：“真相是难以维系的，人类配不上真相，我们那位王子

[1] Newgate Calendar，最初只是伦敦纽盖特监狱发布的行刑通告，后来被一些出版商借用了名称，印行一些罪犯的生平和故事，在十八、十九世纪广受欢迎。

哈姆雷特不是说得很好吗？要是人人都受到应得的奖惩，我们之中哪一个躲得过一顿鞭刑。”所以他反对的理由有两条，但似乎是矛盾的：一，传记家会说谎；二，要是传记家写出了真相，没有人受得了。他后来找到了一个出言谨慎的传记作者，就是欧内斯特·琼斯。他避开了很多话题——如果是弗洛伊德自己探讨别人，那些话题是一定会涉及的；而且琼斯作为一个精神分析家，也完全没有动用自己的专业。

考虑到对传记这种体裁有这么多中肯有力的反对意见，更何况连弗洛伊德自己都不喜欢，读者不得不惊叹二十世纪传记之泛滥。濒死之时作家提前感受到的颤栗往往事后证明是有远见的。最后那口气都还没咽下去，就有好多只握笔的手伸在遗孀或者鳏夫面前，想要留下白纸黑字的回忆，逼他们从中做出选择。连哀悼都来不及，公众对故事的胃口跟坟墓一样等着被填满。这种胃口也不完全是丢人的。我们渴望了解这个世界，想象着我们可以借助了解其中那些鲜活的人物来了解它。只要有办法，我们就想尽可能地让那些人物死而复生。一旦对象是个文人，这种冲动就更好理解了；电视上的常客——政治家、运动明星、新闻主播——我们见得多了，像老熟人，而作家的工作是如此的私密，而且对他们的意图和创作源泉如此讳莫如深，我们在面对他们的人生时，反而兴趣更为浓烈。我们希望传记家能解释清楚那样的天才到底从何而来。弗洛伊德承认过，理解天才超出了他的能力范围，之后的传记家虽然从不否认这是他们的职责之一，但最后的结果往往不尽如人意。

毫无疑问，我们读传记、写传记，还有一个没有那么高尚的目的，就是关心秘闻轶事，想要从才华横溢的人生里找出那些细节，证实他们虽然在很多方面跟我们不一样，但也跟我们一样要面对各种需求和欲望，也一样闻得出终有一死的人味。一方面，我们既要 261
传主跟我们站在同一个舞台上，可另一方面——因为不想让英雄豪杰完全消失——我们又要他们跟想象中一样高大。

弗洛伊德明白他的那些病历跟传记是很像的，他把它们称作“病理志”[1]。但在他的理论中，健康和疾病是如此的彼此纠缠，谁也不知道自己什么时候就成了病人。他的时代似乎建立在这条箴言之上：一点变态，世界相通[2]。“正常”“健康的性生活”，或者类似的名目都反而不合常理了。“普通”所需要接受的检视丝毫不比“反常”更少。弗洛伊德的病历是没有英雄的传记，它们之中也没有反派。它们还是没有历史的传记，因为弗洛伊德对线性的过往兴趣不大，更关心那个想象出来的过去。尤其是成为了传说的童年，它们很可能是病人为了满足某些需求而构想出来的，很可能以某种不合常规的方式凸显出来。正如弗洛伊德所指出的：潜意识里没有时间。他最终下了这样的论断：不管我们是否见到原初的那个场面，其实无关紧要；我们以为我们看到了，我们想象我们看到了，这就

[1] Pathography，与“传记”（biography）词根相同，读音也相近。

[2] One touch of kinkiness makes the the whole world kin，其中变态（kinkiness）和“亲属 / 同类”（kin）押韵。

够了。我们生活在情绪中，事实可能符合这些情绪，也可能不符合。本来分辨事实和幻觉是传记家的必要功课，他们从来没有觉得如此自由，居然还能抛开这一层束缚。

弗洛伊德对写于他那个时代之前的传记是很严厉的，认为那些作品都建立在刻意隐瞒之上。在他那篇关于达·芬奇的文章里，他说大部分传记家都对传主的性活动和在这件事上的个人特质闭口不言，那就不可能真正理解书写对象的内心生活。在这一点上他毫无疑问是对的。在前弗洛伊德时代，男女之事的细节对传记家来说是禁忌，他们很不愿去触碰。卡莱尔的夫人简·卡莱尔在临终床上告诉她的一位密友，卡莱尔是性无能，弗劳德（James Anthony Froude）从那位密友口中得知了此事，但在长长的四卷卡莱尔传记中，他避开了这一点。小说家写性越来越放松，尤其在法国，但传记家脚步拖沓，并没有跟上，小说家想要拆掉所谓“得体”“体面”这样的理念，但传记家依然舍不得。

弗洛伊德还宣称“传记家执迷于他们笔下的主人公，那种执迷有它的独特之处。在很多作品中”，他在《莱昂纳多·达·芬奇》（1910）中写道：

> 他们之所以选定了这样一个研究对象——是因为他们受私人生活中的一些感受影响，从一开始就对传主产生了一种特别的好感。于是把自己的精力都投入到了这个造神的任务中去，
> 262 想把那个了不起的人物也列入他们幼童时的楷模中去，或许还

要在那个人物身上让他们对父亲的想象复活。为了达成这个愿望，他们消除了描绘对象的面貌特征。传主在人生中与内部、外部阻挠的抗争，被他们轻巧地带过，而且他们也不允许这个对象留有一丝人类的弱点和缺憾。于是，呈现在我们面前的，其实是一个冰冷的、怪异的、理想化的形象，而不是一个活生生的人，我们不会感到他与我们的生命有着遥远的关联。这样的传记写作是很让人遗憾的，因为他们为了一个幻象牺牲了真相，他们本可以探查到人性之中最引人入胜的秘密，却为了一些幼稚的痴念而放弃了这样的机会。

弗洛伊德此处的指摘自然很凶狠，但也有些过时。当代的这些传记家，我不太相信他们之中有谁对自己的对象过度迷恋，或在传主身上寻找父亲（也没有寻找母亲的；这后一种情况弗洛伊德自然是略过了）。现代的传记家都读过弗洛伊德，即使没有读，他也吸收了弗氏的学说；他已经明白"迷恋"和"理想化"是危险的。1966年出版的伍德罗·威尔逊传记据说由弗洛伊德和威廉·C. 布列特（William C. Bullitt）合写，而写作的动机或许可以被称为"反迷恋"，是一种明确的厌恶，这也是两位作者都承认的。一位现代的传记作者，即使他在传主身上见到了自己，这种认同也带着各种保留，时时注意着抽离。

另外，必须提一点，文学传记的主角——也就是那些作家——也越来越警惕，越来越提防着不要这么容易给精神分析家看穿。

我认识一位精神分析师，告诉我城市中受过良好教育的阶层，即使癔病发作，也极少见到那些典型的癔病症状，比如一只手臂或一条腿失去知觉、没有办法说话或吞咽、昏厥或抽搐，这些症状在弗洛伊德最初刻画歇斯底里症的时候都很常见——即使是歇斯底里的人现在也知道不能太老套。不过一位奥地利的分析师告诉我“在维也纳我们还是经常见到那些典型的症状”。我们从很小的时候开始，就反复被灌输我们拥有俄狄浦斯情结，这种行为的范式大多数人都很会辨认，作家就不太愿意再去写了。要是索福克勒斯活在今天，他一定不会再写俄狄浦斯。弗洛伊德的其他发现，比如口误是有含义的，现在口误之人自己立马就意识到了，更不用说听到的人，于是口误的意义似乎就没有那么重要了，就好像被压抑的东西还压得不够深。如果发生了什么事故，我们都了解意外容易发生似乎跟内在驱动有什么关系，虽然痛苦并不因此减轻。弗洛伊德强调对英雄过于关注是不对的，这样的错误我们也没有那么容易犯了。我们对不英雄的方面也很关心——那些行径卑劣的时刻，或是疾病的症状——弗洛伊德自己的下颚癌就时常
263 被拿来分析。传记家经常被批评失礼，他们就反过来说这些批评者故作拘谨。

艺术创造是如何发生的，我们对它的认知经历了巨大的变革，传统上认为天才必然包含无限的艰苦用心，所以十九世纪的传记家寻找的是证明这种辛劳的线索，但现在的传记家找的不是这些证据了。单纯的上进心已经无法再让我们动容。十九世纪，大家以为文

学作品之所以存在，是因为作家的心意要它从无到有。现代传记家会说那种心意恐怕不全是自发自控的。他更可能把作家看成是一个受害者，迫害他的是内在的冲动、家庭内外的纠葛，它们会乱糟糟地爆发在文学中，不管你是否愿意，写作不再是展示精巧的技艺，而是（或许）排解恐惧。亨利·米修写过很多想象中的旅行，其中有个族群叫“阿克人”，他们培养艺术家的方式是一种寓言，很贴合我们当下对艺术家的认识：

> 阿克人会每年选出几个孩童，作为赴难者来抚养，让他们遭受艰难的生活和显而易见的不公，任何事都要假造理由，用谎言添加各种纷繁复杂的困难，让他们成长在恐惧和不解中。
>
> 负责这些工作的是一些铁石心肠的人，真正的莽夫，他们又听从一些残忍和狡猾的主管。
>
> 就像这样，他们培养出了伟大的艺术家、伟大的诗人，但很不幸的，也培养出了杀手和改革家——一个个都是不见棺材不掉泪的人。
>
> 如果风俗习惯和社会机构得到了改进，这是多亏了他们；阿克人的军队规模极小，但无所畏惧，这也多亏了他们；如雷电般闪现的暴怒被辞句捕获，这也多亏了他们——他们的语言虽直白，但外国作家心机深重、如糖似蜜的文字相较之下却像狗食一般。这都多亏了他们，多亏了那几个邋遢的、可怜的、绝望的孩子。

在这样的看法中，艺术不是由胜于他人的品行造就的，而产生于阻碍。马修·阿诺德欣赏索福克勒斯，推举剧作家能镇定、全面地审视人生，可我们喜欢的作家用愤怒和激情回应压迫和屈辱。歌德睿智、沉思的面容不是我们想象中作家的面容，卡夫卡那张受伤的、诡秘的脸才是。乔伊斯在《尤利西斯》中让史蒂芬·迪达勒斯给了我们一个莎士比亚的形象，但那个形象并不是埃文河上静静审视人类生活的天鹅，而是一个妻子出轨的丈夫，满心怨愤地凭着醋意写作。我们在写传记时的注意力从艺术的完美转到了艺术家的缺憾上，我想这一点是因为弗洛伊德的深远影响。叶芝提醒我们，所
264 有艺术之梯都立在心里那个收旧衣物的污秽店铺中，而我们应该仔细探查的，也就是那个旧店铺，而不是梯子通向的那个天堂般的阁楼。罗伯特·洛威尔是一个有缺憾的诗人，他在一首晚期的诗作中写道，艺术的语言就是缺憾。萨特想象福楼拜自言自语道："输的人就赢了。（Loser wins.）"就好像艺术的胜利只能通过生活的失败来获取。作家靠写作出气。

要是把现代传记的特质抽取出来，第一点就是它高度敏感。我想这很大程度上是因为弗洛伊德。传记家不再想象自己在传主的头脑之外，而是置身于他的思想之内，与其说是观察，更像是东翻西找。事实本身不会说出它的意义。我们把弗洛伊德当成模板，都成了不用沙发的分析师。就像菲利普·里夫（Philip Rieff）指出的，弗洛伊德要教我们的是在任何经历中都能找出症状来。轶闻趣事能

告诉我们的跟危机一样多。我们都很愿意收集那些透露内情的口误或笔误，但你读了《日常生活的精神病理学》（*The Psychopathology of Everyday Life*）会以为它们无处不在，其实并不好找。保罗·利科（Paul Ricoeur）在他关于弗洛伊德的书中称我们生活在一个怀疑的时代；我们不止呈现，我们还责难。萨特写波德莱尔的时候跟写福楼拜一样，语气时常就像控诉方的律师，而过去的传记家就更像在法庭上为传主辩护。

坚信一切都有互相关联的意义，对于时间线来说多少是毁灭性的。在十九世纪，大家可以把人生看成一种进程，从原始的童年到文明的成年，或许在迟暮之时再次回归原始。但弗洛伊德让我们意识到，这种线性的发展大概无法充分地描绘人的精神世界，当之前被压抑的那部分自我突然现身之时，Nachträglichkeit[1]，即所谓的“延宕效应”就把生命推到了完全不同的地方。头脑的某些层面是带着历史先后的，但“非历史”的潜意识不停地侵入那些层面。另外，传记家也很可能会抛开某个统一的自我，相信一个人是变化多端的。一些早期意大利绘画中耶稣很小的时候如同干瘪的长者，我们也一样，一出生就老了。我们从诞生起就与性有关，满是对象明确或模糊的幻想，就算我们有强烈的愿望要长大，我们也没有时间。萨特曾提出过，人生只是塞子都被拔掉的童年；但人生也很可能就是某些塞子越塞越紧的童年。我们那个所谓的自我不过是一层

[1] 也可译作“后遗性”，指记忆可被之后发生的经历重塑。

层的积淀，压着的很多特质朦朦胧胧的，很难辨析，有些压抑得成功些，有些压抑得失败些。即使我们坚持要把自我看成单个的整体，不能算成“多个”，但依然得承认萨特的这个形容：有无数动机绕着自我那个中心在不停地翻腾、旋转。

265 弗洛伊德关于我们性爱本性的谆谆教诲，其实我们学得几乎太好，记得几乎太牢了。“弗洛伊德式的”这个词几乎就跟“与性有关”同义了，虽然弗洛伊德在他那篇《“狂妄”精神分析》（‘Wild’ Psychoanalysis）已经指出，这种看法是大错特错的，因为压抑是性不可或缺的一部分。他常抱怨十九世纪的人太讳于谈性，今天这样的拘谨几乎已经从我们身上消失。一旦找到了一个人在床笫间的小怪癖，我们会很果敢、有时也很幼稚地做出一些推断。比如，拉斯金的道德热忱来自他对性的恐惧；又比如，卡莱尔的尖锐是为了补偿自己的性无能。这些几乎都成了传记家顺手为之的解读了。菲茨杰拉德和奥登近来的传记不仅讨论传主的交配习惯，甚至还涉及他们的生殖器尺寸。身体会听命于头脑，弗洛伊德称之为“躯体依从”，我们一下就接受了，也认同它的反面，就是头脑会听命于身体。甚至叶芝都说：“我们的身体比想法更接近‘潜意识’。”可话又说回来，我们读到萨特的一段论述时，心里还是存疑的。他说福楼拜的外婆死在了生产之中，而他的外公为了报复这个新生儿，不但生病，最后还病死了。这份恨意真是何其绵长！精神分析还可以减轻几分我们对那些房中事运动家的妒忌，他们的春风得意可能跟更常见的孤寂一样，是病态的。唐璜那不叫耽于美色，他那是病了；他不该下地狱，他该去医院。或许吧。

这些新发现的探究手段，影响深远，效果难料。未知的成了未必不知。略微换一下弗洛伊德的措辞，可以说朦胧晦暗之处就该有假设。在这个意义上，信息匮乏倒可能成了优势，因为头脑可以自由地揣测了。精神分析最看重一个人幼时发生的事，可这又几乎是我们知之最少的一个阶段。话说回来，神秘是贯穿人的一生的。一旦找不到直接的证据，就只能依赖旁人的证言了。朋友和亲人的陈词也未必真的有用。当然，一般都有书信。现代的传记家明白书信本身是种文学形式，写信和收信之人在玩一场掩藏和揭示的游戏。读信的时候，我们一定要读那些不在信纸上的话，就像在派对上，我们会注意那些没收到邀请的人。对于早先的传记家来说，信是圣人的遗骨；对于弗洛伊德之后的传记家，书信很可能有伪饰之处，至少不够完整。

在展现书写对象时，弗洛伊德有一点传记家是认同的，那就是对于英雄壮举要多加猜疑。即使没有弗洛伊德的帮忙，或者拉罗什富科[1]的指点，我们也从来都知道美德经常是伪装的劣习。只是现在连美德本身是否存在都值得拷问了。在艾略特的《大教堂里的谋杀
案》中，牺牲是托马斯·贝克特[2]要面对的最后的诱惑。即使是为一 266

[1] Rochefoucauld（1613—1680），法国贵族作家，以《箴言录》闻名，关于美德有很多条名句，此处最为切题的可能是“虚伪是劣习向美德致敬”。

[2] Thomas à Becket，一位生活在十二世纪的英国人，中世纪晚期在西欧最受爱戴的圣徒。

项事业而死，我们也忍不住担心这只是一种追名逐利。很多美德失去了从前的崇高地位，自我牺牲只是其中之一。奥斯卡·王尔德把它跟野蛮人的自残联系了起来。弗洛伊德让我们极为敏锐地意识到我们对痛苦的需求。“施虐–受虐狂”的概念让很多看似高尚的行径落荒而逃。虽然弗洛伊德从来没有这样直白，但他实际上就是要告诉我们：胃其实一直在追求着胃溃疡。

正如美德纷纷带上了一丝败坏的气息，劣习也少了几分邪恶。奢靡就是如此。在家庭开销中不知俭省自然值得反思，但用在文学的创新上或许就情有可原了。乔伊斯认为自己把这两方面都占了。醉酒本身或许该谴责，但作为控制精神分裂的一种办法，可能有它的好处；荣格说乔伊斯就用了这种办法。一意孤行之下，可能藏着如深渊般的羞涩和躲闪，内在的坚定可能被摇摆和推诿所掩盖。洛特雷阿蒙评论他自己那本可怕的《马尔多罗之歌》，说他的确跟拜伦、波德莱尔和其他几位一样，在歌颂邪恶。“我当然夸张了一点，只为了能给这一类文学做出一些新鲜的贡献；这种美妙的文学只歌颂绝望，是要读者难过到渴望良善作为解药。”贝克特的作品运转方式略有不同；他用幽默拯救绝望，又用无可挽救的绝望反过来抵消那种幽默。唯一确定的就是不确定。彼此对立的冲动可能一致起来；正像弗洛伊德告诉我们的，潜意识里没有“不”。拉康在《文集》（*Ecrits*，1966）里指出：“潜意识让我们不得不正视这条规则：任何言说都不能简化成它表述的意思。”叶芝的《灵视》里有神秘学、哲学和诗歌的大杂烩，当他自问是否相信这一切时，回答似乎是既相信又不相信，而关于“相信”的问题不属于这个时代，诗人的人生可以体现某种真相，而那种真相依旧可以是未知的。亨利·詹姆斯欣赏乔治·艾略特的一句话，提到“联结所有对立的那些被压抑的转变”。弗洛伊德有说法叫“反相作用（Reaction-formation）”，描绘当我们想要压抑一种愿望的时候，会做一件完全与愿望相反的事。现代的传记家明白每一种动机都由大量的动机构成，它们之中很多都彼此冲突；就像米修说的，我们降生于太多的他人。

生物学想必已进入了一个完全不同的阶段，而传记写作并不能完全跟上科学进展。要做出那些微妙乃至曲折、可疑的解读，其中要应对的挑战实在太多，没有几个传记家真的想一一应战。很多
缺憾是可以体谅的。一方面，在那些对于弗洛伊德来说至关重要的 267
问题上，传记家掌握的讯息经常很是稀疏，他们不愿假想出一些事实，就好像它们跟确知的细节具有同等的分量，这样的迟疑自然再正常不过。另一方面，穷根究底地找根源会消减差异：弗洛伊德和布列特给伍德罗·威尔逊写的传记、埃里克松（Erik H. Erikson）给马丁·路德写的传记、萨特给福楼拜写的传记，都花很多笔墨强调传主的俄狄浦斯情结，强调他们与上帝这个父亲形象的关系，于是你几乎分不清哪个是总统，哪个是宗教改革者，哪个是作家。潜意识是个大熔炉。甚至弗洛伊德自己有时也抱歉，说某些心理样式确实一直在重复，传记家一旦过于依赖这些范式，就很可能塑造了一个刻板类型，而不是一个真正的人物。

精神分析提供的一些样式的确可能会造成一种朦胧感。比如，弗洛伊德抽离出一种人格特质叫“肛欲”。埃德蒙·威尔逊说本·琼森就具有这种特质。要演示海明威有“肛欲”也很容易。海明威跟他挥霍无度的朋友菲茨杰拉德很不一样，他一直在收集、吸收、储存、保留。他为自己的那些秘密而自豪，他的写作方式也是尽可能俭省地提供讯息。杰克在《太阳照常升起》里说道：“一旦聊起它，就会失去它。”对于海明威来说，写作是某种压制，释放是有限的。他在生活中的做派也跟艺术中相似，靠饿肚子省钱，然后爆发式地挥霍，但自始至终有一堆钱是存着不会去动的。他的善于留存还延伸到了自己的笔记，有几本早期的笔记本在银行保险库里放了很多年，只为了将来开采。甚至他那些段落围绕着几个关键词形成环状，也让人想起肠道的蠕动。虽然海明威想给人一种强蛮无礼的形象，其实他的力量来自于自我隐藏。他非常好胜，众所周知，但其中最重要的企图，恐怕还是要捍卫自己过冬的存粮。

一个替海明威作传的写作者自然想要呈现他个性中的这种特质。但要说到本·琼森也有这种特质——他们是如此不同的两个作家——或许就让人对自己的发现没有那么得意了。是否有这样一种可能：作家多多少少都有些肛欲？一般他们都有些俭省，想多储存一些补给，更想当蚂蚁而不是蚱蜢。而他们在生理上是否有相似之处——肠道到底有没有饱含肛欲——我们几乎是不可能搞清楚的。但有一点确信无疑：不管是海明威文风上的勇猛创新，其中狂热的俭省，还是本·琼森的幽默和诗意，非要用肛欲作为框架去展现它们，对那些艺术特质是种伤害。

弗洛伊德之后的传记有时要面临另一个处境，就是传记家依 268
照弗洛伊德的理论剪裁事实，甚至到了歪曲的地步。众所周知亨利·詹姆斯的兴趣主要在同性上，他给某位男性所写的情书也证实了这一点。弗洛伊德对同性恋有好几条解释，其中包括了基因使然，但就像他在达·芬奇的那篇文章里一样，把大部分笔墨都花在了另一条解释上，那就是同性恋都过于迷恋自己的母亲。（弗洛伊德后来承认，他很遗憾那篇文章的依据不足。）莱昂·艾德尔（Leon Edel）在他给詹姆斯的传记里一直在搜索证据，想证明他的母亲让儿子亨利“窒息”。只可惜他找不出多少证据，转述的证词——来自朋友、亲戚和亨利·詹姆斯自己——几乎都和他的结论相悖离。当然，没有证据也不妨碍那样的论断。这类事情本来就证人难寻，大胆揣测是少不了的。我们这个时代或许可以给弗洛伊德式的传记这样一条座右铭：如果你看不见，那它一定就在那里。只是我们若想要他人也信服，还是得小心仔细一些。

没有让-保罗·萨特的自信，很难写出一本实打实的现代传记。虽然他称不上是弗洛伊德正统的信奉者，比如他觉得潜意识并不潜，但大致上萨特依然遵循着弗洛伊德的阐释规则。福楼拜重新发明小说这件事，他没有什么话要说，可能部分原因是萨特对文学是质疑的；他尤其鄙夷十九世纪晚期的文学，称之为“空虚骑士”炮制的“艺术-精神紊乱”，他认为这种文学的终极追求是反人类的。而福楼拜就是一个“空虚骑士”，萨特想要做的是展现他怎么成为了这样一个骑士。前文已经提到过他是如何把分量很重的推断悬在很单薄的一段回忆上，每次别人问起某件福楼拜的事情他是如何知道的，萨特总能很镇定地回复：“我读了福楼拜啊。”虽然他很强调艺术和人生不能等而观之，但他一次又一次地画出了这样的等号。比如，他号称从福楼拜早期的短篇中找出了一些规律，而且很依赖这些发现。他不得不承认这些故事在那个时代是很常见的，福楼拜顺手就可借用，但萨特又反问道：为什么福楼拜面对那么多常见的故事，唯独选中了这几个呢？

他的推断气势磅礴，言辞又满是谐趣，可说服力恐怕并没有他想象的那么强。就拿那些短篇来说，萨特特别急切地在其中寻觅兄弟阋墙的情节；故事里很多时候都是哥哥胜出，于是就验证了萨特的揣测，他认为福楼拜面对哥哥时一定是受害者的心态。但
269 有一个故事里，赢家是弟弟，而萨特不慌不忙地解释道，这一回只是福楼拜“洗了一下牌”。当然一个问题油然而生：他为什么不多洗几下牌呢？要是洗牌不成问题，我们又怎么能确定那些哥哥胜出的故事里，不是作者真正洗了牌呢？我想我们对创作的过程多少有些了解，明白竖起的笔是不知廉耻的[1]，明白福楼拜很可能从别人的生活中引进了一些细节，或只是近期听到、读到某个故事之后自己也试试手。读者可能一边通读着萨特如何自圆其说地完

---

[1] 作者此处有意借用常见的表达“勃起的生殖器不知廉耻”。

成了他对传主的控诉，一边心里留着不少乐观的希望，觉得福楼拜的家庭生活恐怕和萨特想象出的炼狱大有不同。萨特没有给福楼拜丝毫的自由，牢牢地用迷恋和恐惧绑住他的手脚。只要大致根据弗洛伊德的学说，在福楼拜的家庭生活中提几个假设，萨特就可以一遍又一遍地验证自己的论断。他对于未知的振振有词不由得你不为之叹服；文件材料越单薄，他越有话说。每次有事实提出来，往往是作为增援和解围。什么东西都可以替换：福楼拜写的一个短篇里，萨特确信无疑地说里面的父亲其实是母亲，母亲其实是父亲。（后来萨特说福楼拜在彭勒维克[1]崩溃之后，父亲像母亲一样照顾他。）他还把家庭传奇演绎到了最为激烈的地步，不但儿子要杀父亲，父亲也要杀儿子。这些都精彩极了，我们只希望有办法能证实一下。

我想萨特体现了现代传记写法的优点和缺憾。一方面，感谢弗洛伊德，我们对于性格中的各种复杂更为敏锐了；另一方面，解读这些复杂的方式实在太变化多端，很难给人一个坚实的立足点。如果一切都能代表它的对立面，如果幻想和事实完全纠缠，那我们无论如何在时空中寻求一个定位都会很艰难。弗洛伊德应该曾经说过这样一句话：有时候一根雪茄就是一根雪茄。可这样简简单单认出对象的宁静时刻，我们要如何才能知道它已经到来？

弗洛伊德的确让传记写作变得困难，但这不意味着我们就该将

[1] Pont-l'Évêque，法国北部小镇，福楼拜曾赶马车至此，突然晕倒。

他抛开。传记家需要深层心理学[1]，弗洛伊德，以及那些追随他和偏离他的人，提供了这样一门学问。经历一段人生和把它变成想法是不一样的；体验无法直接转化成纸上的文字，它们必然要先经过一个陌生头脑的过滤、筛选。在运用弗洛伊德理论的时候，或许我们是该小心翼翼，因为往往是那些最让人大开眼界的例子又最显得牵强。可要说萨特跑得太快，那完全驻足不前就太怯懦了。一个现代
270 的传记家必定要关照非理性对理性的侵袭，去找那些出乎意料的联系和动机。要做这些事情，弗洛伊德依旧是种范式，尽管用起来并不容易。

1984

[1] Depth psychology，一般指与潜意识有关的心理学。

原版索引 [1]

[1] 对应页码为本书页边码。

A LONG THE RIVERRUN: SELECTED ESSAYS
by RICHARD ELLMANN

图字：09-2018-887 号

图书在版编目（CIP）数据

川流复始：理查德·艾尔曼随笔/（美）理查德·艾尔曼（Richard Ellmann）著；陈以侃译. — 上海：上海译文出版社，2022.11

书名原文：A LONG THE RIVERRUN: SELECTED ESSAYS

ISBN 978-7-5327-8966-5

Ⅰ.①川… Ⅱ.①理… ②陈… Ⅲ.①随笔—作品集—美国—现代 Ⅳ.①I712.65

中国国家版本馆CIP数据核字（2023）第087093号

川流复始
［美］理查德·艾尔曼 著　陈以侃 译
责任编辑/顾　真　装帧设计/周伟伟

上海译文出版社有限公司出版、发行
网址：www.yiwen.com.cn
201101　上海市闵行区号景路159弄B座
上海盛通时代印刷有限公司印刷

开本 889×1194　1/32　印张 15.5　插页 5　字数 280,000
2023年7月第1版　2023年7月第1次印刷
印数：0,001—5,000 册

ISBN 978-7-5327-8966-5/I·5563
定价：108.00 元